高梨大乱

上杉家を狂わせた親子の物語

小田切健自

郁朋社

高梨大乱　——上杉家を狂わせた親子の物語——／目次

第一部　上杉家を狂わせた親子の物語

御射山祭……9
五十子陣……13
坂戸城……18
盗賊……24
冬……35
春……39
夏……42
徳政令……45
高橋の合戦……51
戦後処理……57
講和……61
相続争い……68
山田城奪う……73
青苧……84
延徳田んぼ……88

善光寺合戦……95
災厄……103
房能検地……112
関東出兵……117
長尾能景戦死……126
天水越……130
守護不在……143
顕定乱入……149
決戦長森原……159

第二部　上杉家に消えた親子の物語

越後は混乱……171
信濃は反乱……182
上様御謀反……194
澄頼の帰国……198
高梨と和解すれば村上が怒る……204
高梨政頼の家督相続……207

越後の内戦……210
定実復権　高梨疎外……216
村上義清は義兄弟……218
敵は上杉党……219
勅使下向……223
信濃武士団、武田晴信を鍛える……229
上杉定実は観念した……242
二股膏薬は武士のたしなみ……244
武士の嘘を武略という……249
戸石城……251
東に声して西を撃つ……255
武田勢潰走……258
ドロボーッ！……262
政頼の上洛……265
葛尾城の於フ子……274
村上義清総崩れ……278
義清退去……283
味方は敗れた……288

甲越戦争の予感……298
旭山城……302
一回目の和睦……316
景虎家出　尼飾城は落ちた……323
奥信濃蹂躙……334
六日のあやめ　十日の菊……346
無敵の川中島奥四郡……352
武田の軍勢が戻ってくる……358
越後が危うい……362
二度目の和睦……364
景虎上洛　高梨没落……371
景虎は功成り、高梨は家来になった……380

装丁／宮田麻希

第一部

上杉家を狂わせた親子の物語

御射山祭

寛正二年（１４６1年）秋、御射山祭《みさやま》に行った高梨政高《たかなしまさたか》は息を飲んだ。御射山は諏訪社の神域である。通常なら狩りはおろか、一木一草までも採取や持ち出しが禁止されている。許されるのは御射山祭の時だけである。

それが広い御射山高原の至るところで土までもが掘り返されていた。飢えに苦しんだ民衆が後先を考えず、山野草の根を掘り返した跡である。

「これは。諏訪の飢饉はこれ程までにひどかったのか。不作が続いているにしても、御射山の神領を掘り起こすとはただ事ではない。」

この年の御射山祭は政高代替わりの示威行動の意味もある。政高は例年より多くの人数を高梨家から出している。高井郡小布施《おぶせ》、椚原《くぬぎはら》に居館を構える高梨政高は一族の総領である。一族の内から元服したばかりの若武者を多数引き連れて御射山祭りに参加する政高は得意満面であった。

長禄二年から寛正二年にかけて全国は干ばつと台風、長雨と水害、それに冷害と蝗害《こうがい》が交互に加わり凶作に襲われていた。特にこの年は全国で信じがたい数の餓死者を出す大飢饉だった。

昨年の寛正元年の凶作は深刻度を増し、飢饉となって全国に広がっていた。「天下で餓死するもの三分の二」「天下疫饉、人民あい食む」とまで言われる惨状である。

京都には「その数幾千万」という飢餓難民が乞食となって押し寄せた。乞食は施しをめぐって大喧嘩をはじめる有様である。

将軍足利義政は銭百貫文を放出して飢民に粟粥《あわがゆ》を施したが焼け石に水である。粟粥を胃袋に流し込んだ飢民は直ちにそのまま死んでいき、かえって命を縮めた。銭百貫文で用意した施しは末期の水ならぬ末期の粟粥になった。

「銭百貫文とはまた渋い。義政公には花の御所造営の銭はあっても、飢民に施す銭は無いのか。」

後花園天皇も政高と同じ思いで義政に苦言を呈している。政高が諏訪社祭礼の頭役を勤める時は五十貫文から八十貫文は負担している。

政高の高梨領にも飢えた流民が入り込んでいる。政高は流民たちに粥を施し、抱え百姓として住まわせている。その多くは享徳三年（１４５５）以来戦乱が続く関東からの者たちである。政高の目には飢饉の原因は凶作よりも兵乱による田畑の荒廃と映っていた。凶作と飢饉の発生には地域差があった。

御射山祭は諏訪明神の祭礼である。平安時代には、「信濃なる穂屋のすすきも風ふけば　そよそよさこそいはまほしけれ」と詠われ奇祭として既に広く知られていた。鎌倉時代以降、信濃武士の軍役とみなされている。ご奉公のひとつである。御射山祭に参加して初めて一人前の信濃武士と認められる。政高の生きた室町時代にもこの習慣は引き継がれていた。立春から数えて二百十日、七月二十六日から三十日の五日間で祭りが行われる。

旧暦の七月末、御射山の高原は秋である。信濃や甲斐から多くの武士が集まる。神官たちはススキで仮屋を造って泊まり込み、巻き狩りの神事を執り行う。巻き狩りの獲物を神々に供えて豊作を祈り、ドジョウを放って厄を払う。流鏑馬や小笠懸《おがさがけ》、相撲といった奉納試合が執り行われる。田楽、猿楽などの興業もある。人出が多い場所の常で泥棒も出る。警備の侍も出る。

この年も二十六日の早朝、日の出とともに神官が前宮・溝上の両社へ詣でて出発の儀式を済ませた。初日は御神体の入った神輿を諏訪上社本宮から御射山社まで運ぶ「神輿迎え」が行われる。神官たちは白装束に身を包んでいる。騎馬武者はきらびやかな狩り装束に身を固め、長蛇の列でこれに続く。

行列は二流ののぼりを立て前宮十三神のお札を鉾に付けている。この行列、百騎を超える。供回りまで含めると数百人の規模になる。狩りをしながら物見が丘に向かう。

弓矢で生きた獲物を狩ることになってはいるが、御射山の高原は広く、四足動物の逃げ足は速く、翼のある鳥は空高く舞い逃げる。獲物は簡単には狩れない。正式な狩りの流儀ではないが鷹を使う者もいる。鹿やイノシシの形をススキで作って立て、そこに矢を放って射取ったことにしておく者もいる。お祭り騒ぎではある。

日が沈む頃、物見が丘は諸国から参詣の貴賤の面々や芸人、乞食までもが詰めかけている。群衆が見物する中、一騎ずつ、櫛の歯を引くように雄叫び高く大鳥居を駆け抜けるのは信濃武士の得意の時だった。その中には腰に夏毛皮の鹿の覆いをつけ、弓を手挟んだ新野長安《しんのながやす》と大熊高家《おおくまたかいえ》の姿があった。

五日間にわたって鉦や鼓の音、巫女《みこ》の託宣の声、飾りたてた騎馬武者の行列が山野に満ち。祭りの歓声が響き渡る。祭礼と饗膳《きょうぜん》は連日続き、飢民や乞食には粥をふるまい、銭を撒き与える。

最終日の御神楽の後、諏訪社は翌年（寛正三年、１４６２年）の御射山祭の頭役を新野長安と高梨政高に当てた。なお、同じく諏訪社の祭礼である花会《はなのえ》の頭役は四月に大熊高家に、五月会《さつきのえ》の頭役は江《え》部《べ》（高梨）道朝《みちとも》が当てられている。

彼岸入りを前にした八月十五日（旧暦）、小布施栂原の高梨館では新参衆に加えられてまだ間もない新野長安と大熊高家は末席に控えている。高梨家では毎年、この満月の日に集まって規則の変更、所領の相続や譲渡といった重要事項を合議している。

「来年の花会頭役は大熊高家、五月会の頭役は江部（高梨）道朝、御射山祭の頭役は新野長安が務める。新野長安の後ろ盾はこの政高だ。諏訪社の頭役を勤めあげるのは、聖朝安穏、天長地久のおんためである。さらに、征夷大将軍家の社稷《しゃしょく》が延長すれば国事は泰平、人民は豊楽となるが故である。依って新野郷、大熊郷の役として忠勤に励まれよ。」

鎌倉時代から頭役は幕府御家人が回り持ちで務めることになっていた。政高の認識では諏訪社祭礼の頭役を務めるのは将軍の御家人である証拠であった。高梨家の当主は将軍の名前から一字をもらっている。

諏訪社祭礼の頭役は誰でもなれるというものではない。金銭的負担もさることながら、源氏、平氏、藤原氏の出身であるのは最低条件である。加えて鎌倉時代以来の御家人かその庶子家に限られる。庶子家なら総領が信用保証するし、新参であるならば近在の有力な頭役経験者から保証を取り付けなければならない。経済力さえあれば務まるわけではない。江部道朝は高梨家の分家であるが、新参の新野長安や大熊高家が頭役に指名されたのは政高の後ろ盾があってこそだった。

高梨家で頭役を務めるのは政高の総領家と将秀《まさひで》の中村家、道朝の江部家だけである。他に有力な分家は山田と菅《すが》にあったが、この二家は諏訪社祭礼の頭役を今のところ勤めていない。

「ところで。」

政高は姿勢を正して言葉をつないだ。政高の心はあくまでも足利幕府の御家人である。

「新野殿、大熊殿。良いか。財を惜しむのでないぞ。諏訪社の祭礼頭役は大切な御奉公。丹誠を込めて勤めるのだぞ。丹誠を込めて勤めれば、謀反八逆の重罪を犯しても許され、生涯をまっとうできる。その証拠に高梨の家は断絶しなかったし、その子孫は未だにこうして栄えている。神徳の至誠不思議である。」

政高は本心から忠告していた。前九年の役から四百年が経過している。高梨家には武士の一族として血塗られた歴史が堆積している。数え上げればきりがない。

五十子陣

関東では享徳の乱が続いている。将軍の命を受けた上杉家と、将軍に敵対する古河《こが》公方の足利成氏《しげうじ》が利根川を境にして睨みあっていた。関東の国人衆は同族毎に、あるいは同族を割ってどちらかの陣営に所属している。両陣営は多数派工作、または敵陣営からの寝返り工作に精を出していた。

五十子《いかっこ》の陣（武蔵国児玉郷・現埼玉県本庄市）は上杉方の本陣である。築いて四年になる。寛政三年（１４６２年）初春、上杉一門の主だった者が集まっている。

「まだ冬が明けて間もないと言うのに、もうこの有様か。」

固く炊いてあるはずの玄米飯が柔らかく煮てあり、粟や干した大根が混じっている。

「この二年、飢饉は何とか乗り切ったがその結果兵糧の蓄えが全くなくなっている。昨年は信濃の兵糧料所から兵糧が入ってこなかった。のみならず、段別銭も思い通りには入ってはおらぬ。」

五十子陣は兵糧不足に悩まされていた。

関東は真二つに割れている。敵対陣営の国人衆に課税した段別銭が入る訳もない。課税に応じるか応じないか、呼びかけに応じて参陣するかしないか。それが敵と味方を見分ける一つの目安でもある。守護の兵糧を抑留して納入しないのは敵対行動以外の何物でもない。信濃にある守護兵糧料所では静間《しずま》郷、志久見《しくみ》郷、小嶋田《おしまた》郷・船山郷から来るはずの兵糧は全く途絶えるか、滞っていた。

「信濃でも飢饉があったとは聞いているが、それでも静間郷と船山郷の他からは兵糧が納入されている。市河保房から聞いたところでは静間郷や志久見郷の一部が高梨に食い荒らされ、乏しい秋の収穫が奪われている。同じ事を村上が船山郷でしている。」

食糧不足は信濃の高梨氏や村上氏も同じだった。何とか持ち堪えているのは関東のように何年にもわたる戦乱に巻き込まれなかったからである。戦乱の外に居て、食料を蓄え、兵糧や軍勢の加勢要請にも従わず、隙を探し求めては近隣で所領の拡大に努めたからである。それが時として守護の意に反するとしても、自分の一族を生き永らえさせるのが最優先の課題だった。

「高梨と村上は既に古河公方に気脈を通じておる。この際。関東のみに止まらず古河公方に味方する信濃の高梨、村上をも除くべきであろう。」

高梨氏と村上氏は上杉家の敵とみなされた。上杉家は幕府の支持を受け、幕府は天皇から古河公方追討の綸旨《りんじ》と御旗を得ていた。すなわち、上杉家の敵であれば幕府の敵という事になり、古河公方と組んでいるなら朝敵という事にもなる。

上田庄（魚沼）や妻有庄《つまり》（十日町）は上杉家の大切な穀倉地帯である。そこを通る三国街道は越後から関東に兵糧を運ぶ大事な補給路である。坂戸城や琵琶懸城《びわがけ》が設けてある。

越後守護の上杉房定《ふささだ》が関東に主力を派遣している間、この辺り一帯から街道沿いに夜討ち、強盗、山賊、刃傷が増えていた。治安が悪化したのである。

得体の知れない者共が集まって家々を襲うのであるが、時には関東へ運ぶ兵糧が襲われる事もある。場合によっては飢えた村人が地侍を巻き込んで他所の村を襲い合戦になる事さえある。

特に稔りの秋、穫り入れの秋には地侍たちから強引に収穫物を奪う強盗が出没した。拒めば命を奪われる。取り返しに行けば合戦になる。その数は多く、また犯人の特定も難しい。報告を受けて追跡しても主力の軍勢は関東へ出陣している。残った者たちだけでは強盗集団を捕縛するには非力であり過ぎた。

「食い詰めた盗賊どもの退治だけならさして難しくもない。しかし高梨や村上が裏で糸を引いているとなれば、面倒な事になろう。越後で何かある時は必ず、北信濃か阿賀北（阿賀野川北岸）の国人衆が一枚噛んで騒ぎを起こす。あの者たちは守護の権威なぞ石ころのように思っている節がある。」

越後守護の上杉房定は関東に滞在して八年になる。越後の事は守護代に任せてある。

守護の任務は刑事や民事に及ぶ。守護の権威だけで盗賊や謀反人を捕縛できれば問題はないのだが、盗賊は逃げるし謀反人は刃向う。一所懸命で生きている国人衆は所領争いで守護の裁定に素直に従わせるのは難しい。守護の権威は軍事力で守らなければならない。

「誰かが出向いて上田庄や妻有庄の盗賊共を捕縛せねばならぬな。このまま放置すれば高梨政高が越後の方に手を出し、何を企てるか分かった事ではない。」

房定は傍らに控えている長尾重景《しげかげ》に笑いかけた。重景は守護代頼景《よりかげ》の嫡子である。老いた父に代わって房定と共に関東へ出陣していた。年齢は三十を超え、歴戦の武功がある。

「さて、どうしたものか。信濃半国と上田庄、妻有庄あたりで守護の使いが務まる者がいれば良いのだが。信濃半国の守護使が務まる者、といえば右馬頭《うまのかみ》しかおらぬか。」

確かに上杉右馬頭しかいなかった。守護の使節として信濃に下り、房定の裁定を国人衆に遵守させる。成り行きによっては小笠原家に代わって信濃半国の守護が務まるに者なぞ多くいる訳がない。

右馬頭の官位は従五位の上、大名格に列せられている。上杉家臣団の重鎮である。関東の兵乱に応じて京都から下向してからは深谷に城館を築いて陣取っている。

将軍義政は房定の求めに応じて北信濃を越後守護の管轄下においた。信濃守護の小笠原家は内部抗争を続けていて信濃全域に支配は及んでいない。義政が小笠原家に関東へ援軍を出すよう命じても、北信濃の高梨と村上が協力しないので援軍は出せない。将軍義政はこれを謀反と捉えた。将軍に逆らう敵の古河公方に味方する謀反である。

一方、高梨家臣の萩野《はぎの》倫秀《ともひで》は高梨領と関東を僧形でしきりに行き来している。戦乱の膠着状態が長引くにつれて、古河御所も上杉の五十子の陣も城下町ができて商業や文化の中心地の姿を見せ始めている。

旅の僧が訪れることもあれば、猿楽や狂言が演じられ、また連歌の会が催されて陣中の緊張と憂いを慰めている。兵乱の時代であればこそ情報は良く洩れた。虚実取り混ぜて噂は飛び交った。謀反の噂もあれば其処ここで起こった小さな合戦の情報もある。旅の僧に成り済ました萩野倫秀はどちらの町にも難なく入り込める。疑われることもない。

倫秀が携えてきた書状を読んで政高はうれしそうな顔をしている。書状には古河公方の内意が書いてある。

「犬飼北条・中村、上条御牧、中野西条、静間郷の地頭職、小菅神社別当職を高梨にくれるとか、これは本心か。」

多くは事実上高梨領になっていたが、名義上は志久見郷の市河保房の所領だった。とりわけ、静間郷の地頭職と小菅神社の別当職は名義上も事実上も市河保房が握って放さない。さらに、静間郷と志久見郷は守護の兵糧所であり、市河保房は守護の譜代家臣である。

古河公方は室町将軍の代理人だから将軍の約束を取り付けたに等しいはずなのだが、将軍は古河公方を敵とし、別に堀越公方を立てているのだから話はややこしい。

関東随一の力を持つ上杉氏は堀越公方を担いでいるのだが有力な国人衆は、強大な上杉氏を喜ばない。上杉家に対抗して古河公方の陣営に参加している。上杉氏は相模、武蔵、伊豆、上野、越後、五か国の守護職を独占していた。

坂戸城

上杉右馬頭は三国峠を越えて坂戸城（魚沼）に入った。寛正三年（１４６２）初夏、麦秋の頃である。坂戸城は魚野川と三国川の合流点に向かって張り出した比高四百メートルほどの山城である。西側の麓に広さ一ヘクタールほどの居館がある。周囲には支城がいくつかある。

魚野川の西の山麓では焼き畑の煙が上がっている。城主は上杉家の譜代家臣であり、魚沼の上田庄を預かる上田長尾家の総領でもある。上田庄には上杉家臣団の知行地が多い。

「京の都では去年は八万を超える餓死者が出たと聞く。この辺りでも飢饉はつらかったであろう。」

志久見郷から出てきた市河保房が口を開いた。市川保房は越後守護・上杉房定に仕えて信濃の守護兵糧料所、すなわち静間郷と志久見郷を預かっている。中野郷から志久見郷の北信濃一帯の代官であり、越後にも所領を持っている。

「この数年は不作が続き、民百姓は飢え申した。特に一昨年は凶作で、昨年の夏には田畑に食う物はなく、それでも栗やドングリの蓄えは僅かながらあり、だがしかし、それでも限度がある。飢饉になり餓死する者も多い。」

保房の目には涙が浮いている。

「ある者は死に、ある者は去り、百姓は櫛の歯が抜けるように減っていき、残った者が一息ついたのはようやく秋になってからであり申した。相次ぐ干ばつと長雨と冷害と台風と洪水と飢饉とで、五穀の蓄えは、今は一切ござらぬ。」

保房は「蓄えも無くなった」に力を込めて説明した。その他に「兵糧米の供出を減らしてくれ」とも言いたかったのだが、これは言葉を呑みこんだ。常の事なら半年から十か月分の食料は備蓄してあるのだが、この数年の凶作と関東への兵糧送り出しでそれも底を尽いていた。右馬頭に乏しい食料を召し上げられるのではないかと心配している保房はうらめしそうな上目づかいになっている。

「分かった、分かった。良く分かった。それで、今年の作柄はどうか。」

右馬頭は保房の心配が全く分かっていない。分かったとしてもどうしようもない。この時期を選んで越後へ来たのは初夏に収穫期を迎える麦を当てにしたからでもある。

右馬頭の軍勢も兵糧が乏しい。関東へ送る分は後回しにするとしても、当面の間に食いつなぐ兵糧は早急に手に入れなければならない。

「今年の麦は何とか平年並みになりそうだが、まだ心細い。焼き畑を広げて蕎麦を作らせようと思っている。今年の秋は稗も蕎麦も大豆も充分ではないにしろ、餓死者がでる飢饉だけは避けたい。山には栗もドングリもある。今年も秋口には少しでも多く集めて蓄えておく。」

右馬頭が来る途中で見た焼き畑の煙は蕎麦を作付けるための夏焼きの煙だった。

山間部の食糧事情は米への依存度が低い。麦や粟・稗・蕎麦・大豆・小豆といった雑穀が主流である。米に凶作の気配を感じれば蕎麦の作付けを増やす。米が不作なら稗は豊作の時もある。凶作に備えてドングリが皮付きのまま屋根裏に煤けて保存されていたりもする。しかしそれでも飢饉になる時はなる。餓死者が出る時は出る。

市河保房は守護から地頭職を任せられているにすぎない。水内《みのち》郡の静間郷と高井郡の志久見郷に守護領を預かっている。この数年、関東へ送るはずの兵糧が減っているのを気に病んでいた。臨時とは言え上杉右馬頭は守護の使節として来ている。北信濃と越後の一部に渡る保房の所領を取り上げてしまう事もできる。全幅の信頼を寄せる事は出来ない。

「この京都育ちの荒武者に一体何が分かろうか。また無理を求められなければ良いが。」

市川保房は外を眺めた。麦が黄金色に色付き収穫が始まっている。夕暮れ時である。

「そろそろ、麦の雑炊が出てくる頃か。」

右馬頭はがっかりした。北信濃と中越地方から兵糧を集めて関東に送ろうとしたのだが、蓄えがない上に不作とあれば仕方がない。坂戸城は北信濃攻略と関東への兵糧供給の根拠地になるはずだったが、目論見が外れた。北信濃や越後で地頭職を務めている「忠臣」がこの有様では、右馬頭の痩せた手勢に食わせるので手一杯である。これではどうにもならない。

麦と粟の雑炊をすすりながら、「さて、どうしたものか。」と右馬頭は思案している。

雑炊にはワラビが混ぜ込んである。菜は川魚の塩焼きと味噌である。

黙り込んで雑炊をすする右馬頭に市河保房が畳みかけた。

「それればかりではなく、腹立たしいのは、高梨政高。」

右馬頭に語り掛ける市河保房の目は怒っている。

「なに、高梨政高。」

右馬頭は身を乗り出した。

「そこの処を詳しく説明してくれ。」

高梨一族の惣領として政高の名が槍玉に上がるが、実際の行動を取っているのは地侍や土豪たちだった。政高が全てを承知しているとは言いきれない。食料が不足し、飢えれば生きていくためには「何でも有り」である。政高も誰が他領まで出かけて盗賊を働いたのか、までは知らない。自分の所領内の治安にしか興味はないし、それで手いっぱいである。高梨領内にも盗賊は出没している。

しかし、保房の語る話は飢えによる強盗や略奪とはどうやら異質である。市河保房は話を続けた。

「一昨年の凶作では種籾まで食い尽くす者が大勢おり申した。それで、去年の春には田植えができぬ。多くの地侍は何とか種もみを工面して百姓に貸し与えたのだが、中には自分の手作り地の田植さえできぬ地侍もいた。そこで、進退窮まった地侍は高梨政高から銭や米を借りたのが間違いの元。」

右馬頭の目は険しくなり、説明する保房の目に据え付けられた。右馬頭は京の土倉《どそう》の利率を知っている。八文子、すなわち銭百文につき八文、月利で八％である。年利だとほぼ百％になる。

担保になった田畑は一年後には質流れとなる。質流れになった土地はそのまま元の持ち主の借物となる。借地料は生産物か銭か、または軍役として支払うのが慣例だった。市河保房が預かっている守護兵糧料所内の土豪や地侍が高梨の年貢、軍役を負い、地頭である市河保房には何も入ってこない。これでは地頭職の存在価値がない。

「それが、静間郷と中野郷西条で著しい。」

静間郷は市河保房が地頭職を務めている守護兵糧料所である。市川保房と守護が上がりを折半にするはずだった。それが高梨氏の勢力に蚕食《さんしょく》され、収穫の多くは横取りされている。

中野郷西条は市河氏の本領である。市河保房は右馬頭が出陣してきたこの機会に失地を回復したい。西条郷の一部も奪われて久しい。保房は可能な限り市河勢の出血と出費を少なくし、可能な限り多くの領地を手に入れたかった。

右馬頭とその軍勢は存在するだけで安心感がある。

「政高もこの軍勢を見れば、少しは遠慮するであろう。」

右馬頭は心細い兵糧の心配を他所に自信有り気に言い切った。右馬守は歴戦の自信に満ちていた。

「田舎侍に何ができるか。」

右馬頭が坂戸城へ入ったと聞いて政高は領内の巡視を厳重にした。右馬頭が何をする気なのかは分からないが、武装集団が近くまで来たのである。何が起こっても不思議はない。地侍たちの反抗心をくじくための示威行進でもある。萩野倫秀は足軽組を引き連れてこれに付き従う。

常盤郷の小堺、戸狩、柏尾、犬飼郷の中村がいわば高梨領の「北の国境の村々」である。高梨領は千曲川と小菅神社をはさんで市河保房の本拠地・志久見郷と向かい合っている。

御射山祭をひと月後に控えた立秋の頃、政高は戸狩からの帰途に大泉《おおずみ》山に立ち寄った。中村郷の高梨将秀（中村将秀）や新参の新野長安、大熊高家らも同行している。中村郷の高梨家は高梨四家のひとつであり、将秀は高梨家の重臣である。ちなみに高梨四家とは、中村家、江部家、山田家、そして政高の高梨総領家である。

大泉山は飯椀を伏せたような形状から飯山とも呼ばれている。地元の国人である泉氏が見張り台やのろし台に使っていた。ふもとに「神桜の井戸」と呼ばれる名水で知られた泉があり、旅人の喉を潤している。神桜の井戸には泉親衡《いずみちかひら》にまつわる伝承があり、泉氏一族によって大切に守られてきた。かたわらに小屋が建てられている。

「この水は、冷たくてうまい。今年の花会と五月の会も無事済んだ。大熊高家は花会の頭役だったか。ご苦労だった。ほぼ毎年、諏訪社祭礼の頭役が高梨家中の者に当てられるが、これは高梨家繁盛の証拠である。それにしても銭の掛かること掛かること。ともあれ、頭役が回ってくるうちが華よ。頭役を勤めてやっと信濃武士の仲間入りだからな。」

政高は新野長安に顔を向けて言った。

「あとは御射山祭を残すばかりだが、頭役はこの政高と新野長安だったな。ところで、新野神社は出来上がったか。」

新野長安は嬉しそうに答えた。

「社殿は既に立派に完成しましたので、秋の穫り入れが終わった頃にはお諏訪さんを勧請しようかと考えております。」

「そうか、それは良かった。勧請のときはこの政高にも声をかけてくれ。祝いの品のひとつも持っていく。」

新野長安は中野氏一族であり市河氏の譜代家臣ではあるが、近年は高梨家と親しくしている。中野氏は観応の擾乱（１３５０〜１３５２）を経て一族の団結が弱くなっている。同じ中野氏一族の夜交《よませ》氏は百年も前から高梨譜代の家臣になっている。

大熊高家は以仁王を擁して平氏と戦い破れた源頼政の後裔を自称している。大熊郷に土着してまだ間もない土豪である。

盗賊

政高の所領は飢饉を境に増えていた。飢饉で苦しんで進退窮まり、高梨に借りを作った地侍は多い。借りた米穀や銭は既に消費している。どこに消えたかはもう記憶にない。担保とした土地は質流れになっているのだが、地侍はそのまま耕作しているのだから田畑を失くした意識が薄い。借りている田畑だから借地料を出さなければならないとは理解できない者も多い。「米を二石出せ。」と言われても反発して抵抗する者も出てくる。それをなだめすかして徴収してくるのが足軽組を率いた萩野倫秀だった。

「去年の春に高梨から米穀を借りて餓死を免れたのを忘れたか。その利銭、出挙を出さなかったからここは高梨の所有する所となった。今年の春にも銭や種籾を貸してやったから飢えないで済んでいる。強盗の乱妨取り（略奪）とは違う。ここに証文もある。」

萩野倫秀は丁寧に説明するのだが、それでも分からなければ力ずくで蔵から米を運びだすしかない。人口が五十人ほどの村の地侍なら萩野が引き連れている足軽だけで人手充分だった。例年なら高梨の蔵には年貢が無事に積み上げられている季節である。

しかし、この年は萩野の手の者だけでは手に余る事態が出来した。静間郷である。市河保房は郷内の地侍たちに高梨へ金銭米穀の納入を禁止した。

「守護兵糧料所の地頭は市河保房である。市河に無断で高梨が利銭・出挙と称して金銭・米穀を持ち出すのは不法である。たとえ田畑の沽却状《こきやくじよう》（売却証文）を高梨に渡してあっても、それは無効である。何の役に立つ物でもない。誰かが高梨から徴収に来ても渡す事はない。追い返せ。」

千曲川西岸の静間郷と東岸の志久見郷一帯は守護領である。市河保房が地頭職を勤めていた。萩野は仕事がやりにくくなった。

仕事を終えて引き上げる萩野一行が初めて賊に襲われたのは秋の夕暮れだった。どこからともなく飛んできた矢に驚いた馬が棹立ちになり、不意を突かれた上に数で劣る萩野一行は荷を奪われた。

「これは強盗、盗賊のやり口ではないか。」

報告を受けて政高は怒った。盗賊の被害が増えている。始まりは家人の隙を狙った物盗りコソ泥だったが、いつの間にか武装して盗賊集団化していた。凶作で飢えた盗人が出るのは仕方がなかったが、盗賊団の横行となると見過ごせない。しかも武装した高梨の家臣が襲われたのである。

襲われたのは萩野の一行だけではなかった。豊かな地侍の屋敷が襲われ家人と切り結ぶ合戦が頻発した。野武士であり強盗である。百姓や下級の足軽が食い詰めて野盗に変身する可能性は充分にあった。飢饉なら餓死したはずの者たちが盗みを働く体力を取り戻した、と言えなくもない。

夜討ち強盗の追捕は守護の仕事だが、北信濃では守護の力は極めて弱く、存在しないに等しい。高梨氏のような国人衆は自力で盗賊の取り締まりをしなければならない。

盗賊団の一味が捕まるのは当然と言えば当然だった。盗賊に備えて待ち構えている所へ押し込むのである。難なく無事に仕事を終えて、守備よく、となる訳がない。

政高の前には泥だらけになって縛られた盗賊が引き据えられている。縄を掛けられた盗賊は痩せてはいたが、身に着けている衣服、武具はなかなかの上物である。盗賊を働いて得たのか合戦場で拾ってきた得物なのかは分からない。

「どこから来た。」

尋ねる政高に盗賊たちは生国を口にした。

「武蔵国。」

「上野国。」

どうやら右馬頭に付き従ってきた者らしい。

「右馬頭の陣では食えぬか。」

「食えぬ事はないが、十分ではない。分かり切った事を聞くな。そこで千曲川筋や街道筋で旗揚げした。」

「たった二人で旗揚げか。」

「見くびるな。一声かければ百人は集まる。百姓部落を支配している立派な武将だ。安塚《やすづか》街道や千曲川では関銭も取っている。今度は右馬頭勢や高梨勢が村を襲って食料を盗んだから取り返しに来たまでだ。盗られた物は取り返す。一所懸命は武士の習いではないか。さあ。縄を解け。盗んだ物を返せ。」

政高はいぶかしげに盗賊の顔を見つめている。

「高梨の誰が盗みに行ったのか。そんな話は聞いておらんぞ。それから、勝手に関所と称して銭を撒き上げるのは山賊と言う。旗揚げとは言わん。山賊と言う。」

「それなら高梨口にある関所は何だ。俺が盗賊なら高梨も盗賊ではないか。」

「口の減らぬ奴だ。高梨口、いや、あの野尻の関所は幕府から安堵されている。良いか、幕府から安堵されているから高梨は盗賊ではない。お前と一緒にするな。」

政高は暫く考えていたが、

「おい、盗賊。その首、この場で切り落としても構わないのだが、カラスや山犬の餌になる前に面白い物を見せてやろう。念仏でも唱えながらついてこい。」

縄を付けられ月明かりの中、引きずられていった先は山際の小さな集落だった。小屋の中には荒くれ共が雑魚寝をしている。

「逃げようとしても無駄だ。逃げたら山犬の餌食になるだけだぞ。」

オオカミの遠吠えが近くで聞こえる。近くに千僧林念仏寺がある。

翌日、聞こえてくる念仏に目を覚ませた二人は観念した。周囲の荒くれ共は薄ら笑いを浮かべて二人の顔を覗き込んでいる。

「起きたか。呼んでくるから暫く待て。」

この集落は萩野倫秀の支配下にある。萩野自身は所領を持たないが、政高から手作り地の耕作や新規田畑の開拓を任せられていた。働いているのは土地からはぐれた農民や高梨領に迷い込んだ流民である。合戦ともなれば足軽として戦場に赴く足軽の村でもある。

「どうだ、ここで働くか。働くなら飯は食える。それとも出ていくか。これからは寒くなる時期だ。野に伏せているよりは此処の方がよほど住み良いはずだ。もう一度、盗賊をやったら命はない。」

二人にとって芦《あし》と稲わらをふんだんに使ったこの小屋は極楽に見えた。荒くれと見えた男たちも気の良い農民であり足軽である。戦乱と凶作で食い詰め、口減らしに自分から妻子の元を去ってきた連中である。家から出るのは男の方だった。

「この中にお前の村を襲った者がいるかも知れんが、高梨領の外であった事は忘れろ。高梨領にたどり着くまで何をしていたかは問わないし、言うな。」

粥と汁を与えられた二人は目を丸くして尋ねる。

「こんな物を毎日食っているのか。」

「何か珍しいのか。」

「ドジョウ汁に味噌がたっぷり入っている。麦の粥には米が混じっている。しかも固く炊いてある。今日は何かの祭りか。」

それを聞いて一同は笑った。

「ドジョウは今が旬だ。田の水を落とすといくらでも獲れる。秋が忙しいのは知っているだろう。しっかり食ってしっかり働け。人手はいくらあっても困らない。」

二人は今まで粟や稗の雑炊しか食っていなかった。倫秀の足軽組に足軽が二人増えた。足軽も野盗も元は食い詰めて土地を離れた農民である。同じ材料でできている。「食えるから」足軽になり、「食えない」から野盗になる。両方を兼業すれば大飯が食える。

関東では長引く戦乱に加えて凶作が続いていた。飢餓難民となって土地からはぐれた農民が戦乱のために足軽となり、耕作者を失った田畑は荒れた。足軽となった農民は別の農民から奪い、搾取と凶作で食えなくなった農民は土地からはぐれて足軽に、の悪循環が始まっていた。耕作者がいなくなった田畑は荒れ、食料不足に輪をかけた。

凶作と飢饉に見舞われる度に高梨領へは流民が入り込んだ。流民は政高の抱え百姓となり萩野の下で田畑を開墾した。原野の中に焼き畑が広がり、それが水田に変わっていく。耕作地が広がればその維持にも人手が必要である。高梨領では人手が足りなかった。

「秋は穫り入れで忙しいのは当然であるが、その他にも仕事は山のようにある。千曲川が増水して氾濫しても流されぬように田の周りに堤を築く。焼き畑を作る。何よりも大事なのは出挙、利銭、年貢の取り立てだ。うっかりしていると高梨に入る予定の年貢を横取りする者がいる。農民が刈り入れる前に田や畑から作物を刈り盗っていく者もある。盗賊は村を襲い、その捕縛にも人手が欲しい。分かったか、盗賊。」

萩野は二人をにらみつけた。

水田や畑地造成の仕事は農作業の暇な時期にやるわけだが、麦、粟、稗、蕎麦と順繰りに穫り入れ作業が回るので暇な時期は限られている。水田の造成は水路の工事も含めて一年に一区画が何とか完成する。翌年にようやく田植えができれば上出来だった。抱え百姓が増えればその分の田畑を増やさねばならない。

萩野は二人に語った。

「その昔、遠洞湖には横湯《よこゆ》川が流れ込んでいた。五十年ほど前の応永十三年のある夜、横湯川が轟音と共に北に流れを変えた。中野扇状地を縦断して遠洞湖に流れ込んでいたのが直接千曲川に流れ込むようになったのだから遠洞湖は少し小さくなった。水が引いた遠洞湖の縁を畑にし、水田にしたのが今の姿だ。」

田畑の向こうは湿地帯となり芦原が広がっている。横湯川が流れを変えても、松川、十二《じゅうに》川、江部川、草間川と未だに流入する水量は多い。未だに広い沼地が残り、千曲川に続いている。

政高は天候不順や飢えと戦っていた。種もみを借りに来れば種もみを貸してやり、銭を借りに来れば銭を貸してやる。貸した相手は名もない農民ではない。合戦ともなれば従者の二三人も引き連れて参陣する地侍たちである。本来ならばその土地の領主、すなわち静間郷ならば守護や市河保房が貸し付けるべきものである。

しかし永年にわたる関東の戦乱と凶作によって守護も市河氏もその力を失い、地侍たちの困窮度は深まっていた。必然的に高梨家で貸すことになる。秋には利息をつけて返済しなければならない。高梨氏は返済させなければならなかった。決して不法に力ずくで強奪する訳ではない。

貸借だけではなかった。静間郷には高梨一族や高梨の家臣が買い取った田畑が点在している。それらの土地からは年貢を取り立てなければならない。年貢の徴収も地侍たちの抵抗に会い、決して順調ではなかった。

右馬頭が坂戸城へ入って以来、出挙利銭年貢の取り立ては日々に難しくなっていった。政高は萩野が連れ歩く足軽の数を増やした。そんな折、事件は起こった。

静間郷入口には蓮城《はちす》という山城がある。城の麓を長野と小千谷を結ぶ街道が通っている。南の中野方面と千曲川を一望できる城である。

街道を通ってきた萩野倫秀一行は城の麓で行く手を遮られた。相手は胴巻姿に弓矢を持った合戦支度である。

「戸狩の地侍の所へ行くだけだ。通せ。」

戸狩には高梨氏配下の土豪が住んでいる。

「駄目だ。戸狩へ行くと言いながら、静間の地侍から米を奪う気だろう。それはならぬ。」

蓮城には信濃市河氏の三つ巴と上杉氏の竹に二羽飛び雀の旗が翻っている。多勢に無勢の上、弓矢を射かけられては引き返すしかない。

「市河め。右馬頭が来たので強気になったか。」

市河氏は未だに北信濃の大勢力であり、中野から志久見郷にかけて広い知行地がある。

百年ほど前の延文元年（１３５６）市河氏には大菅口の合戦で山田（高梨）二位阿闍梨と三郎五郎が市河に討ち取られている。危うく山田高梨家が絶えるところだった。それ以来、市河氏と高梨氏がうまくいった例はない。

この段に至っては市河氏と高梨氏が良好な関係を築くのは無理である。市河氏は守護領の支配を任せられている都合上、常に守護側に付いた。一方、高梨氏は隣接する市河氏の所領を機会ある度に切り取っていた。特段の事情がない限り、高梨氏は伝統的に守護の下風に付く事はまずない。喧嘩騒ぎは所領を増やす契機になるかも知れないが、その逆も在り得る。今は市河氏が守護と組んで高梨の所領を奪おうとしている。

政高は腹を決めた。当面の敵は坂戸城にいる上杉右馬頭ではなく、志久見郷の市河保房である。政高は市河の所領である西条郷全域の支配に取り掛かった。保房に静間郷で奪われた出挙・利銭・年貢を西条郷で取り戻すのは当然の権利である。

政高は倫秀に命じた。

「西条郷の市河分、乱妨取《らんぼうど》りを許す。」

乱妨取りとは略奪の事である。小競り合い程度の事は日常茶飯事だが、市河保房の後ろには上杉右馬頭が控えている。ここで乱妨取りをすれば上杉右馬頭を敵に回す。遠からず、本格的な争乱になる。

「結局、古河公方と上杉家との争いに巻き込まれるか。命の覚悟もせねばなるまい。」

坂戸城の右馬頭は市河保房を前にして機嫌が良い。充分な兵糧もなく坂戸城に乗り込んだ右馬頭だったが、静間郷から得た年貢で「これで冬が越せる。」と胸を撫で下ろしたのが本心ではある。

「この右馬頭がいればこそ、市河も高梨から年貢を横取りされないで済む。静間郷までは全て取り戻した。まだ高梨に奪われて支配されている所領もあろう。取り戻してやるから遠慮なく申せ。」

市河保房はここぞとばかりに並べ上げた。一時的にせよ宛がわれた事があった場所は全て入れた。

「高梨が不法に支配しているのは犬飼郷の北条と中村、上条御牧。それと西条。」

西条は年貢の一部が滞っているだけだった。西条以外は高梨氏の誰かが支配している。

「一つずつ、片づけていけば良い。関東管領として東国に下った上杉家の威光に逆らえる田舎侍がいるものか。不埒者は踏み潰せば良い。」

政高の抵抗が静間郷では思いのほか弱かったので、右馬頭は行く先を楽観している。そして市河保房は一抹の不安を覚えていた。

「果たして右馬頭や上杉家の威勢で政高が大人しくなるだろうか。」

北信濃に信濃守護の勢力が及ばないのは、高梨家が伝統的に反守護の立場を取っていたからでもある。

そこへ飛び込んだ報せが「西条が高梨に乱妨取りされた。」である。右馬頭は驚いた。右馬頭は越後守護上杉房定の使節、または信濃半国守護の立場である。背後には関東管領がいてその背後には将軍がいる。政高の西条押領は右馬頭の権威、越後守護の権威、関東管領の権威、そして幕府の権威に対する正面からの挑戦だった。

右馬頭が裁いた北信濃の所領争いは、右馬頭の実力で従わせなければならない。従わせた上に二度と反抗できなくする必要がある。市河保房が主張した犬飼郷の北条と中村、上条御牧の全てを右馬頭は政高から取り上げねばならない。右馬頭のしたい放題、思いのままと言えなくもない。いずれにせよ、武力を背景にした強制執行を伴う。合戦になる。

上杉陣営は関東平野で太田の庄の合戦、羽継原《はねつくばら》の合戦と大敗を喫して委縮していた。戦況の膠着状態を何とかするための坂戸城入りでもあった。

「ここで政高を討てば古河公方は気落ちし、上杉勢は元気づくだろう。坂戸城に居座っている場合ではない。」

すぐにも兵を集めて高梨との合戦に向かおうとする右馬頭を市河保房は留めた。静間郷で政高の勢力を追い払いこそしたが、代わりに右馬頭に兵糧を徴収されている。西条からは政高の乱妨取りで米穀が奪われている。右馬頭は兵士に食わせる兵糧の他に関東に兵糧を送っている。保房の兵糧は蓄えが薄かった。

「これ以上右馬頭に兵糧を食い潰されて堪るか。」が保房の本心だった。

同じく、高梨勢を追い返した静間郷の地侍たちにも不満がつのっていた。

「出挙・利銭・年貢を踏み倒せたのは良かったが、これでは元の木阿弥だ。一息ついたのも束の間だったか。」

右馬頭は新しく段銭なる税を課してきた。「足利将軍家への御奉公役」という名目である。兵糧にするという。

「それでも高梨に払うよりは少なかろう。」と言うのが右馬頭の腹だったが、そうはいかない。右馬頭の所へ入った兵糧は予想しただけの量があったが、保房が集めた兵糧はそれより多かった。つまり、保房は間に立って儲けた。恨みつらみは右馬頭の代官として徴収に当たった保房に向けられる。

「これでは騙されたようなものではないか。」

静間郷の地侍たちは腹を立てた。

右馬頭は段銭を静間郷の地侍に限らず、北信濃全域から徴収しようとした。高梨を始めとして泉、島津、市河といった国人衆の全員にまで課税したのである。

「足利将軍家への御奉公役の名目であるが、こんな物は右馬頭の私段銭だ。将軍家とは何の関係もない。古河公方とのいくさに役立てるだけだ。出す事はない。」

政高から見れば、右馬頭は高梨が苦労して手に入れた所領を強奪に来た強盗である。命を懸けて守り切らなければならない。政高は高梨一門はおろか、高梨家譜代衆、新参衆の全てに段銭の拒否を指示した。

右馬頭が坂戸城に入ってからの一連の出来事は信濃の中小領主・地侍たちに波紋を広げていった。話は「段銭を出すか、出さないか。」から始まった。

「高梨は守護に従う気がない。」

「右馬頭の連れてきた手勢は百に満たないというではないか。いざ合戦ともなれば右馬頭は高梨に歯が立たない。」

「いやいや、高梨と張り合う島津氏や井上氏は右馬頭側に付くらしい。」

「越後から援軍が来たらどうする。」

「埴科《はにしな》郡の村上政清は信濃守護の小笠原光康に一歩も引いておらぬではないか。高梨も右馬頭に一歩たりとも引くわけがない。」

「待て待て。守護の後ろには将軍の足利義政がついている。守護を追い払えても将軍家は怖いぞ。」

「その将軍は古河公方をどうにもできないでいるではないか。高梨家の後ろには古河公方がついている。」

いくさになるか、いくさになったら自分はどちらに付くか、が最大の関心事だった。信濃武士団はかつて信濃守護の小笠原長秀を京都に追い払った経験がある。守護を恐れはしないが、どちらに付くにしても勝つ側に付きたい。ましてや土豪・地侍たちには一家一族の栄枯盛衰と滅亡がかかっている。

冬

立冬も過ぎた頃の昼頃、小布施梱原の高梨館に数人の若い者が倫秀に率いられて入ってきた。掛声だけは元気が良いが、足取りはヨタヨタと頼りない。

「お。釣れたか。」

たっぷりの水を張った桶の中には大鯉が揺れている。

「これは立派な鯉だ。この時期によく間に合わせられたな。で、どこで釣った。」

「それは聞かない約束ですぜ。泥は吐かせてある。」

政高は苦笑いした。

「いや、ご苦労だった。」

この年の諏訪社祭礼頭役を勤めた面々が集まっている。大熊高家、江部郷の道朝、新野長安と政高である。この四人、遠洞湖跡の干拓仲間でもある。

「今年は大風も吹かず大水も出ず、やれやれ豊作だったと喜んでいたが、御射山祭が終わってから右馬頭がひっかき回してくれたわい。遠くを失い近くを得た、と喜んでもいられまい。失った静間郷は大きい。」

政高は静間郷の足がかりを失ったが、西条郷の全域は手に入れた。江部郷と西条郷は隣り合わせであり何かと西条郷領主の市河氏とは軋轢が多かった。それがなくなったのは喜ばしい。

「この秋は西条から年貢を徴収できたが、来年はどうなるか分からぬ。市河保房も黙ってはおるまい。来年、再来年と徴収し続けるのは大仕事だ。」

小者が熱い鯉の鍋を囲炉裏にかけて出ていった。味噌で味が付けてある。「今日は無礼講と聞きましたので。」と後から都住《つすみ》郷の桜沢禅沢と萩野倫秀が入ってくる。

「おう、一番の働き頭が来たか。」と一同が迎え入れた。新参衆の桜沢禅沢も四人と同じく遠洞湖の干拓仲間である。都住郷はこの半世紀で水田面積を何倍にも広げた。

「いやいやこれも高梨様の助力があってこそ。」

この五人は遠洞湖に多少の増水があっても水田が浸からぬように堤を築いていた。その音頭をとっていたのが政高の高梨総領家である。都住郷の旧名は堤郷である。

小者が詰めの間から折敷を運び込んだ。鯉の洗いと里芋の煮つけ、梅干しが並んでいる。鯉の洗いには酢味噌が添えられている。

「鯉は体を温める。まだ日も高い。」

煮えたぎった鯉こくを小者が椀に盛るのを見ながら政高は「右馬頭について何か聞いているか。」と萩野に顔を向けた。

「冬の声を聞くなり、帰り支度を始めたとか。最後のひと働きとばかりに静間郷。志久見郷から妻有郷、魚沼郷にかけて兵糧米の徴収に余念がない。」

萩野は自分の目で確かめに行っていた。

「志久見郷でもか。市河保房は忠臣だのう。」

政高は右馬頭の言いなりになっている保房が憐れだった。

「何でも右馬頭、来年は関東の大軍を率いてくると息巻いているとか。」

「大軍というが、古河公方と睨み合っている上杉家にどれだけの軍勢を集められるか、これは見ものである。」

政高は笑った。上杉陣営では仲違いをして引退を表明したり、自分の根拠地に帰ってしまう者が続出している。

「右馬頭は犬飼郷の北条と中村、上条御牧それと中野の西条から手を引け、と言ってきておる。それで、こちらからは静間郷から手を引け、と使いを返してやった。」

「そういう事か。俺には犬飼郷の地頭職を宛がう、と右馬頭は言ってきた。これは有り難きしあわせ、と答えておいた。右馬頭が高梨に攻め込む時には高梨を裏切って右馬頭に付くことになっている。」

江部（高梨）道朝はにやりと笑うのだが、政高は心中穏やかでない。犬飼郷は高梨領である。

「新野殿、大熊殿、桜沢殿は何か聞いておられるか。」と萩野倫秀が水を向けた。

萩野はこの新参の三人の館にも右馬頭の使いが来ていると睨んでいる。そして三人とも似た話は右馬頭から受けていた。

「どっち道、空手形よ。馬鹿な奴。」と新野長安は答えた。

新野長安は右馬頭に段別銭は出さなかったが、高梨政高には納めていた。干拓に伴う築堤に助力を仰いだ礼であるが、事実上の年貢である。

「これは豪勢な。」

誰かが声を上げた。鯉の味噌漬け焼きが出る。鯉を突きながらも頭は右馬頭から離れない。

「今度は合戦になる。」

政高は呟いた。

「三国峠の雪が溶けて、麦が稔って、それから。米が穫れる頃には必ず来る。」

断言したのは萩野である。

「関東では不作が続いている。魚沼郷、妻有郷、志久見郷、それと高梨の米を狙わなくてどこから兵糧を手に入れるのだ。来年の秋までに右馬頭は必ず来る。」

政高は高梨領内を見回る時間が増えた。栩原の城館では工房に居る時間も長くなった。右馬頭が侵攻してくれれば合戦になる。籠城になる可能性もある。籠城戦になっても持ち堪えられるだけの兵糧と矢は蓄えたかった。

右馬頭を先頭に関東勢と越後勢に攻め込まれたら勝つ自信はない。降参して命を永らえる気もなかった。常日頃から馬を肥やし武具兵糧を蓄え、城館の整備に努めているが決して十分とは思わなかった。政高は職人が工房で作り上げた矢の一本ずつ、弓の一張りずつを工房で丁寧に吟味した。高梨館は一族の兵器工房の横顔を見せていた。

春

犬飼郷の中村（高梨）将秀は政高の城館を見上げて驚きの声を上げた。

「ほう、これは。また護りを固めたものだなあ。土塁が高く、堀は深く、しばらく見ぬ内に随分と様変わりしている。柵も頑丈に作り替えてある。」

中村将秀は政高の従兄弟である。犬飼郷の中村に居を構え、犬飼郷から毛見《けみ》郷にかけて地侍や土豪を束ねている。志久見郷の市河保房とは小菅社と千曲川を挟んで対峙している。いわば高梨の北辺の護りについている。

「お前はここで待っておれ。」

将秀は供の者に馬を預けて言い残すと表の館に入っていった。玄関には松が飾ってある。広間の最上段には大鎧が置かれ、鎧の前には丸い具足餅が据えられていた。政高を上座にして中村、江部、山田といった高梨四家のほか親類の面々が二十人ほど居並んでいる。

「これより具足開きを行う。」

詰めの間に控えていた力自慢の者が餅を外へ持ち出した。

「細かく割れる程、豊作だという。昨年は右馬頭に静間郷を横取りされて無念であった。右馬頭は今年も来るだろう。夏か、秋。麦が穫れる頃か、米が穫れる頃になろう。皆、城館を堅く固めておけ。足軽の全てに槍と弓の修練を積ませておけ。機会を見つけては鷹狩り巻き狩りに励め。南無八幡大菩薩。」

一同、盃をあおった。膳には酢大根とぜんまいの煮つけ、塩鮭の焼き物が出ている。それに赤い米の飯と芋がらの味噌汁。

「刃柄《はつか》固めの餅が煮えるまでにまだ間がある。それにしても右馬頭め。今年来たらどうしてくれようか。」

室町時代は気温が低下し、慢性的な食料不足に悩まされた時代である。食料不足に加えて干ばつや冷害に見舞われると簡単に飢饉になる。餓死者が出る。高梨領内の畑では冷害に強い稗や蕎麦を作付けしていた。その上、高梨領では水田の面積が拡大していた。陸稲が全滅するような干ばつでも低湿地の水田は豊作だったりする。水田に引く水は十分にあった。

収穫期は初夏の麦から晩秋の稗までほぼ半年間にわたっている。凶作の他領からは人が集まり、高梨の抱え百姓となって田畑を増やしていった。抱え百姓が増えると農地が広がり、また人手が増えて手作り地の規模が大きくなっていった。いわば、高梨領は豊かな土地だった。

「所詮は所領の取り合いよ。関東で合戦ばかりしておるから兵糧が足りなくなる。そこで上杉家は北信濃に目を付けた。高梨が古河公方に通じている、と言うのは苦し紛れの後知恵よ。」

どんな理屈をつけても上杉家が敵に回ったのは否定できなかった。

「お、来たか。」

鴨肉とねぎが入った熱い餅の汁は湯気が立っている。

「この鴨は、遠洞湖で。」

誰かが聞いた。

「そうよ。政盛が昨日遠洞湖で獲ってきた。昨年小さい弓を与えたら喜んでな。ようやく鴨を射るまでになった。なに、大人が付いて居ての話よ。」

政高は嬉しそうに答えた。政盛はまだ八歳である。何人かの子が生まれたが、男の子で育ったのは政盛だけである。

「右馬頭め。今頃何を食っているのやら。」

政高は熱い餅を口に運びながらつぶやいた。

「右馬頭からは色々と調略の手が伸びていると聞く。」

政高は一同を見渡した。

「うかうかと騙されぬよう、気を付けろよ。」

政高は切に願っていた。

夏

「そこは危ない。左は沼地。このまま向こうへ行くと馬は肩まで沈んでしまう。」

萩野は政高に警告した。芦原の手前である。芦原の向こうには遠洞湖の水面が透けて見え、小舟が一艘もやってある。萩野は時々抱え百姓と一緒にドジョウや鯉を獲っている。水底の地形にも詳しい。政高の城館の少し北へ、都住郷から新保郷にかけては芦原と水田が入り組んでいる。

そろそろ田植えも終わる頃である。

「魚が獲れるのは有り難いが、もう少し水が引かぬと田起こしが出来ぬ。全く皮肉なものだ。水が引けば堤を築いて干拓できるのだが、渇水期に膝まで水に浸かるようではドジョウを獲るのが関の山、という事か。」

水田には給水と排水の施設が必要である。田植え後から収穫までの半年で給排水が自在にできる設備が望ましい。千曲川の増水で稲が水に浸かるのも避けなければならない。また沼地に種籾を播いただけでは収量も高が知れている。

「目の前には遠洞湖の水がこれだけあるが、水田開拓の邪魔になっている。水田を潤しているのは周囲から流れ込んでいる沢水だ。大熊や新野、椚原から流れ込んでいる水だ。」

政高は右側山上の山城を仰ぎ見た。

「新野長安の小曾崖《おそがい》城も最近は護りが堅くなっている。」

天然の崖の上に物見やぐらと小屋がいくつか建てられている。左側遠洞湖の向こうにある小高い丘には江部（高梨）道朝の城館が見えている。

道は桜沢、大熊、新野から西条を抜けて千曲川沿いに中村郷、志久見郷、そして越後へと通じている。遠洞湖を左にして右側に山が迫っている。山と沼の間では耕作できない湿地帯が未だに広く残っている。

中村郷の将秀の館に着いた一行は千曲川向こうの静間郷を眺めている。萩野倫秀は春先から関東へ出向いているのだが、田植えの前には戻ってきている。

「静間館にまだ変わりはないようだが、右馬頭は坂戸城に入ったまま動かぬ気か。それともまだ関東に居るのか。大きな合戦の話も聞かぬが和睦したとも聞こえてこない。古河公方も上杉方も関東はどうなっている。」

政高と将秀は白湯を飲みながら萩野から関東の様子を聞いた。

「去年の冬はみな城館に籠っていて大きな動きは見えない。敵方の所領を襲って兵糧を持ち帰る程度の小競り合いはしきりにあるが。上杉方内部の味方同士で起こった兵糧料所の奪い合いも将軍の仲裁で収まっている。今年の秋には、あるいは合戦があるかも知れぬ。しかし、兵糧不足がはなはだしい。大軍を動かして雌雄を決す大きな合戦は、当面はないと思う。」

萩野は辺りを見回して話を続けた。部屋の中には政高と将秀、そして萩野の三人しかいない。

「そこで、上杉方が合戦を挑むとすれば弱い武将、すなわち高梨になるであろうと古河公方は考えておられる。高梨の兵糧を奪いつつ、高梨を攻める事になろう。」

「弱い武将」と言われて政高は面白くないが、周りを見回せば味方になって加勢してくれそうな国人衆は極めて少ない。信濃で古河公方側に付いているのは政高と村上政清しかいない。

萩野は話を続けた。

「右馬頭は関東で兵を集めている。あとは越後勢をどれだけ引き連れてこれるかは分からぬ。決して少なくはないだろう。そこに志久見郷の市河保房勢が加わる。大軍を相手にすることになろう。」

館の前には千曲川原の広い芦原が広がっている。千曲川は争い事さえなければ舟を浮かべて水運と漁業で富をもたらす恵みの川である。しかし水量は多く流れは速く、馬で、あるいは徒歩で渡れる場所は少ない。土地の者が知るだけである。

中村将秀が加わって一行は千曲川西岸に渡り、尾崎庄の泉晴平の館へ立ち寄った。泉晴平は常盤郷尾崎庄に根を張る泉衆の総領である。泉晴平の正室は市川保房の娘である。

市河保房は越後守護・上杉房定の譜代家臣であるが、中村（高梨）将秀と泉衆の所領は千曲川を挟んでいるので高梨家と軋轢が生じる事も少なかった。泉衆と将秀は普段から懇意にしている。

泉晴平は高梨一行の突然の来訪に驚いたが、右馬頭に麦や米を奪われぬよう忠告する政高に妙に納得した。昨年の右馬頭のやり様に地侍たちが不満を持ったのを知っているからである。

「うっかり地侍衆を敵に回すと怖ろしいことになる。少なくとも右馬頭に加担して段銭を集めることはするまい。」

全国各地で頻発する土一揆の話は尾崎庄にも伝わっている。地侍や土豪の中には土一揆蜂起の時期を見計らっている者さえもいる気配がある。

「御味方はできないまでも、高梨の敵に回るものでもない。」

晴平はそこまで言って口を閉じた。市河氏の親戚でもあり、すぐ近くの静間城館には右馬頭が陣取るに違いない。晴平にそれ以上のことを言える道理もない。泉衆は高梨と右馬頭・市河保房の対立に巻き込まれたくはない。泉晴平はどちらも敵にしたくはなかった。

徳政令

案の定というべきか予想通りというべきか、秋を前にして右馬頭は静間城館に入った。静間館に入った関東勢は去年より大きく増えている。

「昨年は静間郷で兵糧を手に入れるので手一杯だったが、今年は予定通りに犬飼郷、それと上条郷と中野西条村から高梨の手を引かせる。まずは土豪・地侍たちを高梨から離反させる。次に秋の穫り入れが終わる頃には越後衆を静間郷に呼び寄せる。越後勢と関東勢、市河勢の連合で政高を北信濃から除く。高梨の命運も尽きる。」

夏の間、坂戸城で右馬頭は越後衆の協力を取り付けていた。静間の城館に続々と集まる予定の軍勢を頼みにして右馬頭は強気だった。北信濃全域を守護の支配下におく第一手として徳政令を発した。

右馬頭が出した徳政令の概略は以下の通りである。

（一）越訴（裁判で敗訴した者の再審請求）の停止。
（二）既に売却・質流れした所領は元の領主が領有せよ。
　ただし領有後二十年を経過した土地は返却せずにそのまま領有を続けよ。
（三）債権債務の争いに関する訴訟は受理しない。

　室町時代は貨幣経済が発達した時代である。貨幣は便利であるが、どんな性格を持ちどんな結果をもたらすか、一般にはよく理解されていない時代でもある。今から見るとおかしな観念が存在している。不動産は売買しても占有権は元の所有者が保持している場合がある。それが田畑ともなると売却しても元の所有者が耕作しているわけで、毎年調租利銭を払わなければならぬ理由をそのうちには忘れてしまう。

　正しい政治＝徳政とは元の所有者へ所有権を戻すことである。これでは貸借や売買に信頼性が無くなってしまうが、それで良いのである。右馬頭は高梨が持っている所領の権利を全部引っくり返そうとしていた。徳政を施すのは守護の権限と認識している。

「高梨に奪われた田畑を取り戻せるならば地侍どもは喜ぶであろう。」

　十年前まで京都の将軍の近くにいた右馬頭は高梨武士団の事情には疎かった。

　高梨家には宝徳元年（１４４９）の規式なる定め書きがある。高梨武士団内部のもめ事はこの定め書きに従って処理してきた。総領の政高が中心となって親類衆の合議と合意で裁定するのである。守護や幕府よりも親類衆の合意の方が当てになる。高梨武士団の結束は一片の徳政令では揺らがない。高梨武士団は右馬頭の徳政令を無視した。

「既に売却・質流れした所領は元の領主が領有せよ。」とは、高梨がこの二十年間に手に入れた所領が無くなるということである。「債権債務の争いに関する訴訟は受理しない。」とは高梨からの借財は踏み倒しても良い、という事である。「越訴（裁判で敗訴した者の再審請求）の停止」に至っては徳政令を出した張本人が裁判官なのだから、政高には訴訟で打てる手はない。

一方、高梨一族衆以外の土豪や地侍たちは動揺した。そもそも信濃守護の小笠原家は分裂と内紛を繰り返して北信濃までは守護権が及んでいない。したがって「守護が正式に譲渡・売却を認めた土地」なぞは存在しない。私的に契約を結んで約束通りに所有権や貸借を履行してきただけである。日頃から武力を蓄えているのは相手に契約を守らせるためであり、時と場合によっては契約を踏み倒すための武力でもある。

問題が深刻なのは地侍よりも土豪というべき階層である。何人かの地侍を支配下に置いてはいるが、独力では右馬頭にも高梨にも抵抗できない。しかし無為無策でいれば地侍たちが徳政令を楯に反抗する可能性はある。徳政令は地侍たちの田畑にまで及んでいる。

年貢には田畑の賃貸料の意味合いがある。「債権債務の争いに関する訴訟は受理しない。」となれば裁判が成立しないのだから年貢の踏み倒しも可能である。地侍たちが団結して実力（武力）に訴え、土豪の年貢を踏み倒す可能性は充分にある。地侍たちが土豪の暴力的な取り立てを強盗行為として訴えれば右馬頭勢が助太刀する事も考えられる。土豪たちは地侍の反乱を恐れた。

右馬頭の目論見に反して徳政令が年貢の取り立てに影響したのはごく一部だけだった。地侍たちは高梨には反旗を翻さなかった。

「高梨の仕置きは分かっているが、右馬頭は何をするか分からない。」のである。

静間郷の地侍たちは目の前に右馬頭の軍勢を見て従った。すなわち、高梨家からの債務を踏み倒した。しかし静間郷以外の地侍や土豪の腹の中は、「昨年は右馬頭の口車に乗って損をしたが、高梨に素直に従うのも腹立たしい。それならばどうする。方法は三つある。高梨に盾突くか、上杉右馬頭に盾突くか、それとも両方とも与せず立て籠るか。」だった。

新野長安と夜交高国は共に中野一族である。かつて鎌倉時代、中野氏は中野郷と志久見郷（栄村、野沢温泉村）の地頭であった。それが相続争いの結果、総領家の立場と地頭職を市河氏に奪われている。いわば市河氏に中野家を乗っ取られたのである。以後、時代の変遷を経て新野長安は市河氏の譜代家臣となり、夜交高国は高梨氏の譜代家臣となって現在に至っている。

新野長安は右馬頭に上手く乗せられた。

「今でこそ高梨や市河の風下に立っているが、元を正せばこの北信濃一帯の地頭は中野家ではないか。この一帯、千曲川沿いに越後まで中野一族の支配下にあっても何ら不思議はない。右馬頭・市河勢に付いて高梨を滅ぼせば、江部、新保、都住郷一帯は新野家の支配に入る。このまま高梨勢に加わり右馬頭勢に勝ったとしても、増える所領は目の前の、自分で開いた干拓地でしかない。」

政高の助力を得て遠洞湖の干拓に力を注いでいたのだが、仕事の結果が見えてくるにしたがって含む所も出てくる。思った程には水田が増えていないのである。

無駄に水量が多すぎる天井川が原因で思い通りに干拓が進まない。その割に政高から要求される労力の提供は多すぎる。何となく損をしている気がしてならない。その上、水田が広がった面積に応じて政高は租税や軍役を課そうとしている。諏訪社祭礼の頭役を務めた結果、政高に少なからぬ借財もできている。これを踏み倒せればまことに有り難い。上杉右馬頭は新保や江部、都住郷を恩賞にして新野長安を味方に引き込んだ。

　大熊高家は高井郡大熊村に土着してまだ間もない。上杉領だった大熊村を上杉家から宛がわれている。高梨家では新参衆の仲間に入れているが、これは遠洞湖の干拓に必要だった高梨家の援助を得た為である。高梨家への忠誠心は全くない。忠誠心は無いのだが、目の前には高梨領が広がっている。頼るべき山城もない。高梨勢に攻められたらひとたまりもない。

「右馬頭勢が中野郷にまで来て合戦になる時には必ず上杉方に御味方いたす。」

　大熊高家は内応を確約した。

　新野長安、大熊高家が味方に付いたのを聞いて右馬頭の目は輝いた。

「この二人が味方につけば、政高は小布施栅原の城館から直接中野西条へは入り込めなくなる。大熊高家と新野長安は政高を小布施に閉じ込めてくれる。回り道はあるがそれを塞げば犬飼郷も西条郷も政高から分断できる。それができるのは夜交高国だが、高国を味方につける事ができれば中村(高梨)将秀と政高を順番に一人ずつ討てる。」

　右馬頭は市河保房の顔を見つめた。

　上条郷内夜交村は観応（１３５０～１３５２）の擾乱前は夜交家が本主だった。このとき夜交家は敗軍側に付いていたために所領を取り上げられ、それ以来高梨氏に夜交村を「給恩」されている立場にある。

「夜交高国が高梨の譜代家臣ならば諸役、年貢や軍役も課せられているはずだが、高国はそれで満足しているとは思えぬ。上条郷の地頭職は夜交高国にくれてやれ。市河には静間郷と替佐《かえさ》郷の地頭職を与える。それで損はあるまい。」

右馬頭の言う通りである。地頭職に就いているとはいえ、高梨の勢いに押されて市河保房は上条郷には入り込めないでいる。頼みの綱であるはずの信濃守護も北信濃では無力である。上条郷の地頭職は手放しても惜しくはない。それよりも替佐郷から静間郷に及ぶ千曲川西岸一帯の地頭職には魅力的があった。

保房は夜交高国の説得に乗り出した。夜交村の本領安堵と上条郷の地頭職は条件として悪くはない。高梨家に家臣扱いされるのにも嫌気がしている。高国は乗り気になったのだが、高梨に背くのも怖い。

夜交高国は保房に高梨氏から離脱するのには同意した。同意はしたが、腹の中は別である。右馬頭に敵対しても高梨に敵対しても、夜交村は襲われる。村内の家々に火をかけられたりするのは避けたい。合戦になるのは明らかだが、損害は極力避けて勝つ側に立ちたい。高国は保房から聞いた話を全て政高に伝えた。

秋の穫り入れが始まる頃である。右馬頭は信濃半国守護の名で各所に命令を出している。高梨一族の所へは特に強硬である。

「昨年来、静間郷、犬飼郷、上条郷、西条村で略奪強盗を働いているのは許し難い。強盗だけでも大罪であるのに、再三の中止命令を聞かぬのは謀反に等しい。悔いて罪人を引き渡せば謀反の罪は許してやる。罪人を引き渡せ。」

右馬頭から見れば政高は罪人の親玉である。高梨一族の誰かが政高を捕縛すれば仕事は完了する。その後は市河保房に任せれば良い。しかし高梨一族の者にすれば、これは喧嘩の果たし状である。

「強盗を働いているのは右馬頭ではないか。古河公方に反抗している謀反人は上杉ではないか。右馬頭を捕縛して古河公方に差し出すのは御奉公である。高梨の忠義を見せる時である。」

高梨一族の士気は上がったが、政高の行動は将軍からは古河公方と結んだ謀反と見られている。

高橋の合戦

右馬頭は怒りを覚えていた。足かけ二年を費やして取戻したのは静間郷だけである。犬飼郷や上条郷はかつての信濃守護代・斯波義種《しばよしたね》が高梨から取り上げて市河氏に任せた土地である。それが上条郷は言うに及ばず、犬飼郷も上条郷も西条村も市河保房の支配が及んでいない。

「このままで良い物か。守護を蔑ろにするにも程度がある。これでは守護などいないも同然ではないか。」

まさしくその通りである。強いていえば、高梨氏の勢力が及ぶ範囲では高梨政高が事実上の守護だった。信濃半国守護の権威に高梨衆は驚かない。右馬頭になびいたのは夜交高国、新野長安と大熊高家の三人だけだった。

既に十一月（旧暦）も下旬、冬至の頃である。雪が積もっている。さして雪が積もらない関東から来た右馬頭は積雪に驚いた。例年なら六尺は積もると保房は言っている。右馬頭は焦っていた。

「六尺も積もれば人も馬も動けなくなるではないか。これだけの軍勢を擁して高梨勢に手も足も出ないのは許されぬ。小いくさを繰り返しても勝負はつかぬ。全軍を動かして真面目の合戦に持ち込む。雪に閉じ込められる前に、高梨政高を捕縛する。いや、政高を討ち取る。討ち取れ。」

平沢城の見張り台には政高と中村将秀、萩野倫秀が立っている。平沢城は尾根上に築いた山城で、伝説を信じるならば、木曽義仲に従った高梨氏の先祖が平家討伐に出かけた時にこの城に立ち寄ったはずである。平沢城の麓には志久見郷と犬飼郷、上条郷夜交村を結ぶ主要街道が通っている。この街道沿いには毛見、宮嶋、平原、本栖《もとす》といった土豪の村々があり、夜交村に至る。

千曲川の川霧の向こうに静間郷が一望できる。静間館と北畑館には右馬頭と保房勢が陣取っている。見渡す限りの雪野原が広がっている。

「時折、市河保房勢が川向こうの高梨領で乱妨取りを働いているが、右馬頭勢に動く気配がない。」

「二千もの兵を引き連れてくるという触れ込みだったが、話ほどのこともない。上野国から連れてきた兵の数は多くはないらしい。他は越後と地元の者という事になるが、越後勢の多くは関東に張り付いている。うっかり大軍勢を北信濃に動かせば古河公方勢に上杉勢が攻められる。」

千曲川は右馬頭と高梨衆の主力を隔てる障害だった。千曲川の渡しに使っている船は全て引き上げてある。

「どこへ向かうつもりだ。」

政高の指さす方角を見ると千曲川沿いに行列ができている。足軽も馬も山のような荷を背にしている。

「昨年と同じだ。冬の足音を聞いて関東へ帰る気だ。有り難い。」

政盛の期待に反して右馬頭は関東へ戻らなかった。右馬頭が密かに向かったのは志久見郷の平林館（野沢温泉村）市河保房の居館である。ここに主力の軍勢を隠してある。関東へ送るべき兵糧はまだ足りない。舟なしで真冬の千曲川を渡るのは不可能であり無謀である。ましてや中村将秀が守る犬飼郷の前で敵前渡河なぞできる訳もない。右馬頭は高梨の目が届かない所で千曲川を舟で渡り、平林館に姿を隠した。

右馬頭は市河保房に言った通り、大軍で一気に高梨政高を討ち取り、春の終わりには関東に凱旋するつもりだった。高梨領からは食料を根こそぎ奪い取り、北信濃から高梨一族の勢力を駆逐する。その後の事は市河保房に任せれば良い。

十二月朔日（旧暦）、右馬頭と市河保房は軍勢を動かした。襲うのは高梨重臣の中村将秀の館である。次いで犬飼郷一帯で乱妨取り（略奪）してから家々に火を放つ。ここまでやられると民百姓はその土地から出ていかざるを得ない。土豪や地侍はその土地の基盤を無くす。

昨夜から降り続いている雪の為に人馬の音は遮られている。物音に気付いた中村将秀が屋外に目をやった時には既に手遅れだった。小降りになった雪を透かして見えるのは右馬頭勢に乱妨取りされている犬飼郷である。各々の屋敷を急襲された地侍たちは抵抗空しく将秀の館へ逃げ込んでくる。

「右馬頭は関東へ帰ったのではなかったか。」

急報を受けて政高が駆け付けた時、将秀の館は焼け落ちていた。萩野倫秀に確認させなかったのが悔やまれたが、後の祭りである。

犬飼郷から夜交村までは多くの土豪や地侍たちが村々を支配している。右馬頭勢はそれぞれの館へ踏み込んでは参陣を強要した。背後の大軍勢が有無を言わせない。従わなければ殺され略奪される。現に平沢城やその他の山城に籠ったり逃げ出した者の館は乱妨取りされ、放火されている。従うしかない。右馬頭勢は人数を増やしながら夜交村へ向かった。

夜交高国は抵抗しないばかりか右馬頭を館に泊めた。高国の館には前もって萩野倫秀の手の者が何人か潜り込んでいる。右馬頭勢の軍容は丸見えである。確かに大軍である。関東から連れてきた兵と越後から来た兵に犬飼郷に侵入してから加えた者たちが軍勢に加わっている。

しかし、略奪した戦果は右馬頭が取り上げてしまうので士気は低い。しかもこれから政高と合戦になると言うので怯えている。高梨家の勇猛さは近隣では有名である。

数日後、新野長安と大熊高家が挙兵した。目の前の新保郷や都住郷を襲って乱妨取りした後、小曾崖城に立て籠もったのである。険しい尾根に築いた山城を攻め落とすのは厄介である。わずか数十騎の軍勢ではあるが、立て籠った山城は街道沿いにある。右馬頭勢が中野郷まで出てきて新野、大熊までをも支配下に置けば、高梨一族は互いの連絡が困難になる。

政高は本陣を江部道朝の安源寺《あんげんじ》城館に移した。城館は江部郷を見下ろす城山にあり土塁と空堀、柵で守りを固めてある。中野扇状地一帯から小布施、新野の小曾崖城、東には右馬頭勢が陣をおいている夜交高国の城館、遠くは川中島まで見通せる。

数日間雪が降り続いて止んだ十二月十二日、大寒を少し過ぎた頃の早朝である。

「いよいよ来たか。」

見張り台に立った政高は朝日を浴びて右馬頭勢が夜交村から出てくるのを見た。右馬頭、市河保房勢に遅れて夜交高国の軍勢が従っている。江部郷の外れ、西条との境近辺に右馬頭は陣を布いた。政高は動かない。右馬頭がしびれを切らせて攻め込んでくるのを待っている。坂の上にあって守りを固めてある城館に拠って合戦に及ぶのが有利である。

しびれを切らせた右馬頭は江部郷の乱妨取りに取り掛かった。略奪しては家々に放火した。右馬頭勢は今まで激しい抵抗を経験していない。今回もさして抵抗はないものと思い込んでいる。それを見て籠城していた新野長安、大熊高家も右馬頭勢の乱妨取りに加わる。

「何という事をする。」

自分の村が略奪されるのを見て江部道朝は館を飛び出した。

「烽火を上げろ。」

政高は命じた。ヨモギと稲わらでできた烽火は勢いよく白い煙を噴き上げた。江部郷で乱妨取りする右馬頭勢を前にして政高は時間を稼いでいる。見張り台の上にいる政高は遠洞湖周辺の動きが手に取るように見える。対して右馬頭勢は百姓小屋や木々に遮られて自分の周囲しか見えない。

右馬頭は自分の誤算に気付いていない。高梨領の外れにある犬飼郷で強い反撃を受けなかったのは、多勢に急襲され、無勢の中村将秀には全く手の打ちようがなかったからである。今、右馬頭は高梨一族が支配する領域のほぼ中心にいる。逃げてきた将秀の軍勢と新規に集合した高梨勢で右馬頭勢は半分囲まれている。政高の上げた烽火で個々の館に隠れていた高梨勢が一斉に行動を開始した。決して少ない数ではない。

周囲に烽火が連なるのを待って政高勢は安源寺城館を出た。右馬頭勢の後ろについてきた夜交高国勢は高梨勢に合流する。江部郷の略奪に参加した者たちは江部道朝勢に攻め立てられて右馬頭の陣に戻れない。

高梨勢は時と共にその数を増やした。近在の男という男の全てが高梨勢に加わる。西からは政高、中村将秀、江部道朝の高梨勢が攻め立て、北には夜交高国の軍勢が陣取って動かない。右馬頭勢は数に押されてじりじりと後退した。

右馬頭勢の背後は新野郷であり、小曾崖城である。そこまでの間には浅い沼地がある。西条の湧き水が遠洞湖跡の泥質地帯に流れ込んで沼地になっている。夏なら幅三百メートル、長さ一キロほどのドジョウの生息地であるが、寒中のこの時期には雪と氷で覆われ歩きやすい平原に見える。

この沼に右馬頭勢は追い込まれた。沼地に気付いても後から詰めかける味方に押されて戻る事もままならない。ぬかるみに足を取られて弓も槍も思うように扱えない。

政高はこの好機を見逃さなかった。

「掛かれ。」

政高は短く叫ぶと右馬頭勢を攻め立てた。沼にはまった右馬頭勢と沼の外にいる高梨勢とが合戦になった。足場の定まらない右馬頭勢は弱かった。一人討たれ、二人討たれと右馬頭勢は数を減らしていく。

地形を知っている新野長安、大熊高家勢は沼地を右に抜けて背後の小曾崖城へ逃げ込もうとした。それを見た右馬頭、市河保房も後に続こうとした。

右馬頭と市河保房は沼地を這い出ようとしたところを発見され、弓で射すくめられた上に政高の野太刀で討ち取られた。市河保房の跡は嫡子の朝保が継いだ。新野長安と大熊高家は何とか小曾崖城に逃げ込んだが、翌日には城を攻め落とされ自刃して果てた。

この戦いは右馬頭が落命した地名をとって西条高橋の合戦として知られている。応仁の乱が始まる四年前である。

戦後処理

関東管領であり上杉家総領でもある上杉房顕《ふさあき》は頭を抱え込んだ。房顕の右腕と頼んでいた家宰の長尾景仲が病没したのはほんの三月ほど前である。そこへ届いたのが右馬頭討ち死にの報せである。上杉家内で右馬頭の序列は四条憲房に次いで二番目である。両腕を同時にもがれたも同然だった。

上杉勢は武蔵太田庄の戦いで大敗を喫してからこの方、古河公方に押されるばかりだった。堀越公方は上杉分家の扇谷家と諍いを起こしている。同じ上杉陣営内で所領争いを起こす者もいれば、反発して陣を引き払い領国に帰ってしまう者が出てくる有様である。房顕は関東管領の任にあるのが辛くなった。幕府に辞意を明らかにしたが、それは幕府に拒絶された。

諏訪社大祝《おおほうり》は、「この年越後勢、高橋まで討ち向かひ、在々所々に放火す。この御罰に依り、大将右馬頭十二月十二日打たれ候。神慮有難く候か」と神罰の恐ろしさと神慮の有り難さを強調している。

諏訪氏は武家ではあるが源平藤橘の出ではない。諏訪社の大祝は出雲神話の神・建御名方《たけみなかた》神に始まる祭神の系譜であって正一位の神階にある。いわば生き神様で、絶対的な神秘性と高い権威があった。国人領主としては足利将軍家の奉公衆、御家人ではあるが、権威と神秘性だけなら足利将軍よりも高い。

　諏訪社の祭礼は頭役の負担で行われ、高梨氏一門はほぼ毎年頭役を勤めている。いわば右馬頭は諏訪社の神領を侵したに等しい。ましてや高梨政高は翌年の御射山祭の頭役に当てられている。

「軍神である建御名方神の怒りに触れたのだ。」

　大祝は断定した。

「神慮有難く候か。」

　政高は右馬頭を討ち果たし得たのは諏訪社の神慮と八幡大菩薩のおかげと考えている。翌年には次年度の花会頭役は新野郷の政高、大熊郷の高梨房高《ふさたか》、中村郷の高梨（中村）将秀に決まった。幕府の意向はどうであれ、諏訪社の神威は新野と大熊の領有を高梨家に認めたのである。これで政高は大熊と新野、西条郷は自分の所領になったと心得た。

　年貢の徴収は静間郷で市河朝保の妨害があったが、武力で排除したのは当然である。市河氏の家臣だった西条村の地侍は改めて政高から所領を「給恩」されて高梨家新参衆に加わった。

　京都ではこの事件を幕府公権力に反抗する下剋上と捉えた。室町幕府は守護大名による連合政権であり、守護は将軍の権威を背景に領国を支配している。時として両者の利害は対立するが、今回の事件はまさしく、守護と幕府の権威と権力に武力で反抗した下剋上そのものだった。

　力を落としたとはいえ、幕府は未だに機能している。大熊、新野の領有を政高に認めなかったばかりではない。政高は相変わらず右馬頭の殺害人であり、幕府公権力に対する謀反人である。一年経っても幕府の怒りは収まらない。

　市河保房の嫡子朝保からは西条郷と静間郷、新野郷の返還を求める訴状が幕府に届いている。幕府は市河朝保の訴えを容れて静間郷と上条郷を市河氏に宛がった上、大熊と新野郷を幕府御料所に繰り入れようとした。政高は政所執事の伊勢貞親《いせさだちか》に馬を贈って取り成しを依頼したが、返事は連れないものだった。

「幕府はいまだに立腹している。上杉右馬頭を殺したのでさえ勘弁ならぬのに、未だに西条や静間で狼藉を働き幕府に盾突くか。上杉右馬頭を討ち取った事についてより一層の深い詫びを入れなければ、この願いは受け入れ難い。」

幕府を引き合いに出しているが、貞親の意志でもある。

「大熊と新野、西条と静間、上条郷を差し出せば命だけは勘弁しよう。」

それが本意だった。

政高はそれ以上の詫びを入れて許しを請おうとは思わなかった。新野は政高の直領とし、大熊郷を高梨房高に与えた。ただ良馬を一匹、無駄にしたのが惜しかった。

古河公方に味方する者はすべて幕府、すなわち将軍義政の敵である。将軍義政は信濃守護小笠原光康に越後守護上杉房定と協力して高梨政高と村上政清を退治するように命じた。寛正六年（１４６５）六月九日である。

伊那松尾城の小笠原光康の戦意は上がらない。右馬頭を討った獰猛な政高を本能的に嫌った。家督相続で同族と三つ巴の争いの最中でもある。また幕府が信濃守護領の船山郷（埴科郡）に大井《おおい》刑部少輔《ぎょうぶのしょう》の入部を認めたのも面白くなかった。光康の頭越しだった。しかし、幕府から早く行動するように催促を受けては従わざるを得ない。上杉家長老の上杉房定には信濃まで遠征する余力はもうなくなっている。

戦意が高揚したのは光康に高梨を討つように命じられた井上満貞である。井上一族の所領は村上領と高梨領の間にあり、両者とは利害が対立している。

「守護が援けてくれるならこれほど心強いことはない。」

守護の命を受けた井上満貞と政家父子は「所領は切り取り放題」とばかりに喜んだ。これでは関東の戦乱を北信濃に持ち込んだようなものである。

当然のことながら、政高は無策のまま攻め込まれるのを待っていた訳ではない。隣接の須田氏を味方に取り込むのには成功している。その結果、井上父子は高梨、村上、須田の三者連合を敵に回す事になった。

小笠原と井上の連合軍が高梨領に攻め込もうとしたのは秋の収穫が終わる頃である。戦意の上がらない小笠原光康が伊那へ引き揚げてからは、井上氏は高梨と村上、須田を敵に回して千曲川東岸で孤立した。幕府に命じられて高梨と村上を討伐するのが名分であるが、事実上討伐されたのは井上満貞だった。

山田（高梨）高朝は合戦の結果、山田郷にあった井上氏の所領を全て奪い取った。翌年の文正元年（1466）には村上政清が井上領に攻め込んで井上満貞を討ち取った。倅の井上政家は応仁二年（1468）に須田雅政を攻めて敗れた。

政高の嫡子、政盛元服の馳走は初陣だった。政高は小布施雁田《かりだ》郷から井上氏の勢力を一掃しようとした。その結果、争いは雁田郷全域の土豪や地侍を巻き込んだ合戦に発展した。土豪や地侍たちの田畑屋敷は境界を接している。敵味方が混在しているのである。

方々から火煙があがり雁田郷全域が終日合戦場となった。家屋敷は燃え、穫り入れ間近の田畑にも火が放たれた。文明元年のこの年（１４６９）、雁田郷は不作になった。

「お諏訪様の神意を蔑ろにするからこういうことになる。関東は古河公方と堀越公方に分かれて戦い、幕府は東幕府と西幕府に分かれて自ら権威を落としている。実に馬鹿げたことだ。」

政高は幕府の権威を尊重はしていたが、それ以上に諏訪社の神威を怖れていた。

京の都で始まった応仁の乱を政高は冷ややかに眺めている。幕府の統治能力は北信濃では高梨や村上といった国人層には及ばなくなっている。京都には信濃の僻地の事を気にする暇はなくなっている。幕府が信濃と越後の守護に高梨と村上の征伐を命じたのは確かだが、応仁の乱が始まってからは幕府はそれを忘れた。政高の追討令が撤回される可能性はなくなった。

相次ぐ敗戦に参ってしまったのが井上政家である。そもそも千曲川東岸で孤立したのは守護の要請に従ったからである。越後守護も信濃守護も同盟者として全く機能しない。それが足かけ五年に渡るいくさになり、無くした物も大きい。「切り取り放題」のはずが「切り取られ放題」になっている。馬鹿馬鹿しい事、限りない。政家は信濃守護に泣きつき、話は越後守護につながった。

講和

越後守護上杉房定は五十子陣（本庄市）に詰めている。右馬頭の死後三年も経たずに関東管領上杉房顕が陣没した。これで上杉家は長尾景仲、上杉右馬頭に続いて屋台骨の三人を失った。上杉家を率いる能力のある者は越後守護の上杉房定しかいなくなった。

房定の次子、まだ十三歳の顕定《あきさだ》が関東管領職に就き、房定がその後見をして関東管領家は何とか持ちこたえている。房定は顕定の若年を理由に関東管領就任を断りたかったのだが、将軍の足利義政から命じられては断り切れなかった。

「五十子の陣を構えてからもう十年を超える。一体何人が五十子のいくさで死んだものか。」

戦没と病没を合わせると上杉家だけで重臣を軽く十人は亡くしていた。

「綱取原合戦の大勝を期に古河公方に対しては徐々に反撃に出てはいるが、高梨政高を討ち取るのは考え直した方が良いかも知れぬ。損害ばかりが増えて得る所が無い。何か良い考えはあるか。」

房定は年上の家臣、長尾重景《しげかげ》に尋ねた。

「一筋縄ではいきますまい。右馬頭が討たれている以上、何の処罰もなく和議に及ぶのは上杉家中の同意も得られず、また将軍家も許さぬはず。しかも井上政家は高梨を攻めるどころか周りから攻められて身を守るのに精一杯。再び信濃に軍勢を出すには手不足。これは難しい。」

「そこを何とか考えてみてくれんか。」

房定は重景に頼み込んだ。五十子陣を維持するには越後から兵糧を運び込む必要がある。高梨政高を敵に回すと交通路が遮断される。上杉家は古河公方とは未だに激しく抗争を続けている。敵は少ない方が良い。高梨を懐柔できるなら、さまざまな感情を乗り越えても講和したかった。

年が明けて春。関東へ出向いていた萩野倫秀が戻ってきた。長尾重景が高梨を訪れるという。

「また攻めてくるのか。」

政高は緊張したが、萩野は講和の話だという。供回りもわずかだと聞いて政高は胸を撫で下ろした。

「講和と言えば聞こえは良いが、古河公方から上杉房定へ寝返る事になる。それでは今度は古河公方と戦う事になる。それは避けたい。古河公方を裏切らずに上杉と和睦できるのなら、それに越した事はない。いずれにせよ、また上杉勢に攻め込まれてはかなわぬ。」

一か月後、萩野は長尾重景が善光寺に入ったと報せてきた。

政高の館には将秀を始め重臣たちが詰めている。

「しかし、右馬頭のように犬飼郷を寄越せの西条を寄越せのと言い始めたら容赦できませんぞ。」

「そうとも。静間郷や上条郷からも手を引くことはできぬ。」

「右馬頭から高梨が受けた損害はどうしてくれる。こちらは勝ち戦だったのだぞ。」

高橋の合戦では高梨家でも多数の戦死者を出した。中でも江部（高梨）道朝は嫡子を失っている。江部道朝の代で江部高梨家が絶える可能性もあった。

「かといって上杉家を降参させる力量が高梨にはないではないか。」

口々に言い募る面々を政高は「待て、待て。」と押しとどめて、

「どんな話なのか聞いてみるまでは分からん。話を聞いてから一同集まってまた評議を調えよう。」

政高は萩野倫秀のみを伴って善光寺へ赴いた。僧が運んできた熱い茶に口をつけてから政高はゆっくりと尋ねた。

「何の御用向きかな。」

重景は答える。

「北信濃の戦はもう終わりにしたい。」

「終わりにしたいのは高梨も同じ。しかし、一度手に入れた所領を手放すことは絶対に出来ぬ。」

「それは分かっている。双方の顔が立つようにしたい。」

この時既に政高は頭を丸めて僧形になっている。右馬頭の侵攻以来、あまりに多くの人間が政高の目の前で死んでいる。右馬頭を含めて命を落とした者の菩提を弔う為でもある。法名を天桂高雄と号している。

「右馬頭の事は五戒を授けられ、僧形になった事で許してもらえぬか。高梨でも人は多く死んでいる。」

これにも重景は同意した。講和に持ち込むには恨みを忘れなければならない。

難しいのは所領の扱いだった。

「所領は渡さぬことで房定公には納得して頂けるか。」

「西条郷は高梨と市河の私戦、新野、大熊も私戦の結果高梨が手に入れた、という事で納めたい。もう八年も経っている。表立って高梨が所有を主張しない限り、幕府も特段の事は出来まい。つまり、目立たぬようにしていれば上杉家も手は出さぬ。」

重景は静間郷の事は何も言わなかった。

重景が手を打つと次の間に控えていた僧が茶を出した。

「これはうまい。」

粽《ちまき》を口に入れた政高は笑顔になった。二人とも庭の冷たい雨脚を眺めている。

「しかし、それだけでは上杉の顔が立たぬ。幕府の命に従わず、右馬頭と上杉家臣の市河保房を殺めた罪は裁かねばならぬ。幕府の定法に従うなら、この場合は半知召し上げとなる。」

「話が違うではないか。所領は取り上げぬ、と今言ったばかりではないか。それを舌の根も乾かぬ内に半知召し上げでは話にならぬ。承服はしかねる。」

「騙すわけではない。新野か大熊を高梨総領家以外の誰かに分けてやれば良い。それで半知召し上げになる。上杉家は政高殿が独り占めにするのを嫌っている。内緒の話ではあるが、上杉家を納得させられればそれで良い。つまり、表立って政高殿の支配をあからさまに言い立てなければ問題はない。それと証人(人質)だ。この三つで和睦できる。これで全部だ。そうすればもう高梨を攻めたりはせぬ。」

翌日、高梨館には早くから重臣が集まった。中村将秀が口を開く。

「高梨領を削らずに済む所までは良いのだが、総領家の半知召し上げと証人を出すのは得心が行かぬ。総領家に力が無くなれば高梨の結束が悪くなる。決して高梨は上杉に敗れたのではない。それに誰を証人に出すのか。」

「右馬頭の侵攻以来、高梨は確実に所領を増やしている。半知を召し上げられても総領家の力が削がれるわけでも無かろう。増えた分が高梨家の中で動くだけだ。」

山田郷の高朝である。高朝は江部家から山田家へ婿養子に入っていた。山田家は最も古くからの高梨分家であるが、高梨四家の中では所領が少ない。度重なる合戦で戦死者を出し、それに伴って複雑な相続を繰り返したためである。一度は絶えた山田家を今は高朝が継いでいる。

「しかし、丸呑みでは面白くない。丸呑みではなく条件を付けたら良かろう。上杉は政高殿を処罰した形が欲しいのだろう。半知召し上げは一代限り、政盛殿の代には総領家に戻す。これで重景殿が納得すれば和睦しても良かろう。」

「難しいのは証人だ。子は政盛と姫しかおらぬ。分家の誰かを養子にして人質に出す手もあるが。」

「人質を出すとなると高梨が上杉に敗れた事になる。高梨は敗れてはおらんし、上杉の家来でもない。こちらの顔が立たぬ。さて、どうするかだ。」

政高は口籠り考え込んだ。

しばらく流れた静寂を中村将秀が破った。

「ちと分からぬのだが、この人質は何を明かすための証人であるのか。高梨に大軍を編成して関東へ攻め入る力はない。よって上杉が証人を求める言われも無い。上杉方、と言うよりも市河家が求めているのではなかろうか。高橋の合戦の折には大いに痛め付けてやった。それ以後も少しばかり所領を取り上げた。市河が悲鳴を上げて証しを求めるのならば理解はできる。高梨に攻められたくはないのであろう。」

高橋の合戦後、市河家の総領は保房から朝保に交替した。保房の娘は尾崎庄泉晴平に嫁しているので晴平の倅の政重と朝保は従兄弟同士である。

「高梨の姫を泉政重の室にするのであれば、こちらの顔は立つ。嫡子が生まれれば政盛の甥となる。これならめでたい話ではないか。」

長尾重景も上杉房定も面倒な事は言わなかった。関東の戦乱が拡大したのか、それとも応仁の乱が飛び火したのか、戦乱は伊豆や駿河でも起こっていた。そして越後守護房定の足元、越後でも叛乱の兆しが見えていた。房定は倅の定正と顕定に関東を任せ、五十子の陣を離れた。

越後へ戻った上杉房定は将軍の要請にも関わらず、越後から動かず関東へは戻らなかった。関東へ兵糧を届けるのに手一杯だった。その兵糧があったればこそ、関東管領上杉顕定勢は攻勢に出られた。文明三年にはほぼ半年の間、上杉勢は古河公方側を連日のように攻め立てている。

古河公方は関東にいた安田房朝を越後に戻して叛乱を起こさせた。この叛乱は房朝を討ち取って大事には至らなかったが、越後と信濃の情勢は楽観を許さない。

「高梨政高がまた何か企てなければ良いが。」

政高の企てる事は古河公方の企てる所でもある。古河公方は関東よりも越後や信濃、伊豆方面で上杉家の力を削ごうとしている。

上杉房定は高梨政高から休戦の約束を取り付けても安心はできない。政高は房定に心服しているのではなく、守護代の長尾重景が導き出した妥協の産物を呑んだだけである。実際、守護領である静間郷に上杉家家臣の市河朝保は充分に支配を及ぼしていない。房定は喉に刺さった魚の骨のように北信濃が気になっている。

上杉房定の心配を知ってか知らずか、政高は遊び歩いていた。草津へ湯治に来た蓮如《れんにょ》が長沼西厳寺《さいごんじ》へ逗留しているのだが、そこへ遊びに行くのである。知識も覚悟もなく、成り行きで入った仏門であるが、僧の話が面白くてならない。萩野倫秀を供に川魚などを手土産にして半日ほど遊んでくる。

政高の嫡子、政盛は十八歳になっている。関東管領上杉顕定より一歳年下である。政盛は最近の父の代わり様が不思議でならない。

「仏門に入ったとは聞いているが、あの僧が来てからどうも調子がおかしい。何かある度に南無阿弥陀仏と唱え、阿弥陀如来の本願などという小難しいことを言う。あの坊さんは魚も食えば肉も食う。聞けば大変な子福者だと言う。合戦も否定はしない。」

政高が小難しい事を言い始める時には政盛は逃げることにしていた。

政盛が興味津々で「あの僧」から聞いたのは関東や京都の戦乱だった。蓮如は自分でも広く旅をしていたし、各地の信者が蓮如を訪ねて各地で起こった出来事の話をする。蓮如の知識は豊富であったが、それをまた蓮如はあたかも自分で見てきたように話す。政盛の興味は尽きなかった。

この旅の僧に政高は、「仏門に入り隠居の身であればもう合戦に出ることもあるまい。仏門に入った政高は大人しくなった、とふれ回ってくだされ。」と頼んでいる。

政盛の見る限り、父政高は少しも大人しくはなっていなかった。隠居したと言っても口だけである。山田（高梨）高朝と一緒になって睨みを効かせている。ただ人に会えば「政高殿は仏門に入って大人しくなった。」と言わせようとはしていた。政盛が理解したのは「高梨家と上杉家は合戦にならない」だけだった。

関東でも古河公方と関東管領が和睦した。

相続争い

隠居したと称してはいるが、政高は支配者の位置から退く気は全くない。その支配地域は近隣の土豪たちを家来に巻き込んで広がっている。所領は増え、支配地域が増えている。右馬頭を討ち取った高橋の合戦は十数年を経て高梨家に重大な副作用をもたらしている。

政盛は父に異議を唱えている。

「大熊郷を房高から取り上げて山田高朝に与えるというのか。それでは房高は納得すまい。」

政高は大熊郷を高梨房高に宛がっていた。大熊高家の跡地は房高の所領になり、大熊郷の地侍たちは房高の支配下に入っている。

「半知召し上げを無視する訳にはいかぬ。房高から大熊郷の所領を奪うのではない。上杉家の意向に従って大熊郷の支配を高朝に任せはするが。房高の所領には高朝に足を入れさせぬ。房高は軍役だけを務めれば良い。それも一代限り。次の代には大熊郷の支配は房高に戻す。当然の事ながら大熊郷の諸役は高朝に務めさせる。」

高梨四家のひとつ、江部高梨家は嫡子を合戦で失っていた。当主の道朝が他界するに及んで直系が絶えた。傍系は何家かあるのだが、旧家の江部家の総領が務まるほどの者は一人もいない。政高は江部郷を自分の直轄地に組み込み、江部家の一族を政高直属の家臣団に組み込んだ。これで高梨四家は一家減って三家になった。

組織の再編が必要だった。政高は新参、古参の土豪や地侍、高梨家臣団を再編成しようとした。椚原以南の支配を嫡子の政盛に任せる。遠洞湖周辺の新保、大熊、新野、江部、西条一帯は政高の直轄地にし、山田高朝を代官にして統治させる。犬飼郷一帯は今まで通りに中村将秀の支配である。政高は高梨家総領として全体ににらみを効かせるつもりだった。

新体制に組み終えた後、政高は椚原の館を政盛に譲った。自分は新野の外れ、石動《いするぎ》に隠居所を設けて直轄地の整備と開発に乗り出した。

大熊郷には二つの渓流がある。その他に北側には細い沢があり、これは土居で堰き止めれば溜池になる。新野郷奥の間山からは水量の豊富な川が二筋、新野郷を潤して遠洞湖に流れ込んでいる。大熊、新野沖は芦原であり開墾を待っている。水路を張り巡らせ、渓流から引いた水で灌漑すれば水田になる。

大熊、新野、間山《まやま》の奥は山塊である。その山塊の中心に建応《げんのう》寺がある。政高はこの山塊を一つの大きな要塞と見なしていた。建応寺から左右に延びる痩せ尾根上には小曾崖城、間山城、山田城、菅城が並んでいる。その南の尾根には滝ノ入城、二十端《つつはた》城、雁田城がある。これらの城砦群は尾根道と峠道を押さえ、敵の侵入を防いでくれる。政高は右馬頭に侵入された恐怖が忘れられない。一歩誤れば家族もろとも全滅するところだった。

建応寺は平安時代から続く天台宗の修験の寺である。土塁と急傾斜で囲まれ七堂伽藍十二坊を擁している。鐘楼からは遠く長野平から中野平が見渡せる。建応寺に集まる修験僧や参拝者は全国の出来事を知らせた。

政高は一帯の総合的な開発を構想していた。河川と山城の整備を任せられた山田高朝は張り切った。十年前には山田郷の一部しか支配していなかったのだから張り切るのも当然である。高朝は山田郷の流儀をそのまま持ち込んだ。一帯の地侍を直接に動員して工事に注ぎ込もうとした。

大熊郷には大熊郷の、江部郷には江部郷の掟がある。高朝にはこれが分からない。地侍の手作り地で働く農民は地侍に隷属している。土豪の隷下にある地侍も多い。これを勝手に召し出して使ってはならないのは常識だったが、高朝はこれを無視した。旧来から住み着いていた地侍や土豪にとって高朝は秩序を破る無法者だった。

開拓は原野、芦原を焼いて畑にし、畑には水路を引いて水田にしていく。開拓地は年を追って広がっていったのだが、原野や芦原にも持ち主がいる。入会地の優先権の多くは地侍か土豪にある。また開拓事業や水路の開削はそれまでの境界をあやふやにした。地侍たちはこれに強く抗議したのだが、高朝は聞く耳を持たない。

高梨家には全部で十か条からなる宝徳元年（１４４９年）の規式なる定め書きがある。高朝はこれに大きく違背していた。代官として統治すべき地域が急拡大した高朝は高梨一門の憤りが理解できない。一族内のもめ事は詳細を親類の面々に説明した上で決着する事になっているのだが、高朝は問答無用とばかりに武力で解決を図ろうとした。喧嘩以外の何物でもない。喧嘩の禁止は規式の第一に挙げられている。

「宝徳元年の規式では代官の差配について何の規定もないではないか。地域の者どもは政高殿から代官を任せられたこの高朝の家来と同じよ。代官を任せられている以上、労役や年貢を領民に課して何らの不都合もなかろう。」

「規式で判断つかぬ事は親類衆が集まって評議を加える事になっておるではないか。いきなり刀槍を持ち出して決着をつけるのは規式では禁じている事ではないか。」

山田高朝は驕っていた。高朝が諏訪社祭礼の頭役を務める回数は高梨総領家の回数と同じである。信濃武士団に顔を売ろうという思惑もあったが、結果的には高梨家中で高朝の発言力を増した。高朝は西条村の地侍を自分の家来に組み入れもした。西条村が高朝の支配下に入ったも同然である。

高朝の傍若無人とも言える行動を政高は知っていた。知った上で高朝に采配を任せていた。周辺の豪族から侵略を防ぎ、領内に出没する夜討ちや物取りを捕縛するのは高朝だった。それに必要な財力と武力を賄うためにも高朝は新規開拓地を増やし、抱え百姓、足軽の人数を増やしていった。頂点に立つ能力の有る者が強力に牽引しなければ、高梨領は外部勢力に蚕食される。

しかし、政高は高朝にいつの間にか必要以上を任せていた。政高は老いていた。

「高朝は高梨総領家を乗っ取る気か。高梨一門で一番の大家にはなったが、あまりにも高朝は驕り高ぶりすぎる。」

政高が新野の隠居所に居を移し、高梨本郷の高梨館には政盛が入っている。それでも中村将秀は安心できない。政高は高梨本郷だけは政盛に譲りはしたが、その他の所領は手放さなかった。そればかりではない。高朝には政高直轄領の管理を任せている。

「総領は誰なのか。政盛殿が譲られたのは高梨本郷だけだが、高朝には江部と大熊と山田郷がある。それと西条、新野も高朝が支配しているも同然。」

普段は温厚な将秀でさえもが色を成して政高に問いかけている。新野にある政高の隠居所、石動の館である。外は初夏の日差しがまぶしい。高朝が江部郷を弟の高満に譲ってまだ間もない。

「総領家を継いだのは政盛殿ですぞ。それをこの将秀はおろか政盛殿の承諾も得ず、高朝は江部郷を自分の倅の高満に譲っている。政高殿が安堵したとも聞いてはおらぬ。総領を蔑ろにするにも程がある。総領を蔑ろにすれば高梨家は分裂する。」

「まあ待て。そう怒るな。江部郷の支配は高朝に任せた。自分の支配地を自分の倅に任せて何の不都合があろうか。」

「それでは総領の立場がない。総領の同意があってこそ所領の支配が安堵される。またそれが総領の大事な役目。政盛殿を差し置いて高朝が勝手気ままに倅に譲り渡すなど僭越の極み。これでは所領を安堵してくれるのが誰なのか、高朝殿になってしまう。決して上杉房定殿ではない。全く心細いことになる。」

高梨家総領政盛の権威は高朝によって削がれていた。

高梨家の一族衆、譜代衆、新参衆は総領を中心にしてまとまり、外部からの侵略に抵抗してきた。総領が中心になって一族がまとまるのは総領の権威であり、それに従うのは一族の道徳である。総領の権威に対する挑戦は高梨家結束への挑戦であり、高梨家分裂の危機をはらんでいる。そして高朝は総領家に匹敵する実力を蓄えている。少なくとも政盛の力を凌いではいる。

政盛も高朝に家督を奪われる不安感にとらわれていた。二人の疑心を知ってか知らずか、高朝は老いた政高の信頼を得て高梨の采配を握っている。政盛も将秀も高朝の意向は無視できない。

「高朝殿の本領は山田郷のみ。高朝殿は大熊郷や江部郷の代官に過ぎない。高梨領の全ては総領家を中心とする一門が納得した上で動かす。自分の倅であっても、総領家の承諾無く譲り渡すのは言語道断。」

これが将秀の言い分だった。

山田城奪う

「今年の御射山祭は取りやめになった。」

恒例となっている毎月十五日の集まりである。一族の主立った者が顔を合わせている。政高が老いの床に付いて居ることもあって一同の表情は暗い。

「その理由が諏訪家の内輪もめというのだから全く情けない。お諏訪さんが血で穢れてしまった。昨年は夜討ちや強盗がはびこったと言うが、あれも諏訪家の争いだったのかも知れぬ。」

「昨年は諏訪郡で大洪水があり、今年は大祝が諏訪家総領を殺す。大祝が諏訪を離れて伊那まで逃げ出すのも前代未聞の出来事だ。お諏訪様の祟りか。」

大祝が諏訪を離れるのはタブーとされた時代である。

建御名方命の血筋とされる諏訪氏は古代から祭政一致の統治形態をとっていた。神職である大祝は神を祀る聖なる身体である。その家系が弟の大祝家と兄の総領家に分裂していた。祭政分離である。その大祝の諏訪継満が総領であり兄でもある政満とその子の宮若丸を殺して所領を奪ったというのだから驚きである。しかも殺害の場所が前宮の神殿《ごうどの》というのだからもはや「何をかいわんや」である。

前宮の神殿は祭礼運営のために大祝と惣領がいる居館である。いわば神聖な館である。それが血で穢されたというのだから不吉以外の何物でもない。ここに分裂と抗争のさ中にあった小笠原家が絡み込んできたから堪らない。諏訪は焼けて荒野と化した。

中村将秀は苦々しく言う。

「大祝家が御柱引きを怠るわ、神殿に火をかけたり血で汚したり、御射山祭を取りやめたりでは神様も怒るだろう。他人事ではない。昔は戦に勝てば所領が増えて豊かになれた。今は勝っても負けても貧しくなる。困ったものだ。一所懸命で所領を守るはずが、命を落とすばかりではないか。捨て置けぬのは事態が諏訪郷だけに留まらん事だ。昨年遠洞湖の増水で江部郷も大熊郷も水に浸かった。その水がなかなか引かないで困っている。お諏訪様の怒りに触れたのだ。」

天災に備えるには神仏に頼るしかないのである。そのために高梨一族は毎年のように多額の費用を出して諏訪社祭礼の頭役を務めてきた。

「今更気付いても遅いが、諏訪家が大祝家と総領家に分離したのがそもそもの間違いだ。他家の事なので皆の衆は気楽に噂話をしているが、一歩誤ると高梨家も同じ轍を踏む。神仏の事も所領の事も総領が采配して高梨家はまとまる。政盛殿を軽んじる者が高梨にいてはならぬ。」

将秀の発言に高朝は反発した。

「そのような者が高梨に居るとでも言うのか。聞き捨てならん。」

「落ち着け。居るとは言っておらん。居てはならぬと言ったまでだ。それとも心当たりがあるのか。」

政盛が割って入った。気概は既に高梨家総領である。

「私情私曲なく、公正に、理非の異見を加え、一族の結束を持てば高梨家は栄える。思い違いや異論があれば、親類が評議をして手直しすれば良い事だ。喧嘩、口論は堅く禁止する。」

政高の老いは急速に進み、夏を越さずに息を引き取った。「御老父の時の御思慮専一に」高梨を切り回していくと宣言する政盛に異議を唱える者は一人もいない。家督の相続は無事に済んだのだが、政高の存命中には表沙汰にならなかった争論が浮かび上がった。

高梨房高の倅、房光は高朝に大熊郷の返還を求めた。大熊郷には房光の本領の他に何人もの地侍が田畑を持っている。高朝は政高の代官として地侍たちから徴税していたのだが、その多くは高朝の収入になっていた。

「大熊郷は政高殿一代限りで高朝殿に預けられた土地。政高殿が他界された今、返還願いたい。そればかりでなく、高朝殿は房光の本領にまで食い込んで田畑を拓いている。それも返還願いたい。」

房光は父から幾度となく聞かされていた大熊郷の由来に基づいて訴えている。

これに対して高朝は全く取り合わない。

「荒地を開拓して畑にし、水路網を開削して整備した水田は高朝の手作り地である。返還なぞ有り得ない。しかも整備した水路網は大熊郷全域に広がっている。水は誰の物か。地侍衆の物でもなければ房光殿の物でもない。水路網を整備したこの高朝の物である、水がなければ水田は耕作できない。」

「これが証拠。」と房光が出した書状は父房高の手によるものだった。大熊郷を高朝の支配に移す時に地侍衆や房高の手作り地の権利を記した物である。個人的な覚書にしか過ぎない。証拠としては何とも心細い。

おまけに境界の目印が樹や石だったりする。樹は切り倒され石は動かされている。目印が無くなっている上に荒地が畑になり、畑が水田になっている。渓流が一応信頼できる目印ではあるが、山田高朝の水路工事で流れも変わっているらしい。

大熊郷が房高の知行から高朝に移った時の事は政盛も覚えていない。政盛はまだ子供だった。房光は権利を侵害されたと主張し、十年以上大熊郷を支配していた高朝は権利を主張している。どちらも扱いを誤れば遺恨を残す。

明けて文明十六（１４８４）年。大熊郷を巡る房光と高朝の争いは長引いていた。事情に詳しいはずの萩野倫秀は既に他界している。房光が証拠として提出した文書はほとんど役に立たない。直近の地形は高朝が良く知っているのだが、昔の事となると記憶が怪しい。自分に都合の良い記憶しか残っていない。

判断に迷った政盛は将秀に相談した。

「こうも様変わりしては両者納得とは参りますまい。政高殿は大熊のことは一代限りという条件で上杉房定の半知召し上げに応じていた。房高殿も一代限りの約束で泣く泣く大熊郷の支配を高朝殿に渡した。高朝殿はこの十年で大熊郷を開発して豊かにした。これも簡単には手放すまい。房光を立てれば高朝が立たず。高朝を立てれば房光が怒る。」

将秀は高橋の合戦以来の経緯を政盛に説明した。幕府の手前、大熊郷や新野郷は「持ち主無しの不知行地」になっているが、事実上は政高の所有である。自分の所有地を誰に与えるかは所有者である政高が決める事である。高朝は政高の代官として大熊郷を管理しているに過ぎない。しかも政高一代限りの約束である。

将秀の説明が明らかにしたのは高朝の約束違反である。高朝は大熊郷を横取りしようとしている。政高の所有地で高朝が開拓した田畑は政高の所有である。高朝には田畑を耕す権利しかない。すなわち、大熊郷は総領職を継いだ政盛の所有になるべきである。高朝は代官の立場を巧妙に利用して大熊郷や江部郷を横取りしようとしている。これが政盛と将秀が出した結論だった。

この夜、政盛は中村将秀に宛てて確認の手紙を出した。

「大熊郷は政高が当初支配していたと同様に戻す。所々から大熊郷を望む者があっても数年間の後には以前と同じに戻すのに相違はない。」

同時に以下の一文を付け足すのを忘れなかった。

「治宗も草津へ湯治あるべき由申し越され候。此方へも罷り越さるべく候やと存ぜられ候。弓矢の時分に候間、興業などのことに至りては、如何あらんと存じ候。兼ねてまた当年の時宜、ご思案あり、御慮見に預かるべく候。恐々謹言。」

将秀は付け足された文章に不審を覚えた。

「昨年から諏訪社の祭礼は取り止めになっている。今年も取り止めになる。確かに諏訪から佐久にかけては合戦続きではある。」

しかし、将秀は政盛の言う「連歌師の治宗が訪ねてきても連歌の会など開いている場合ではない。」の意見に引っ掛かりを感じた。佐久や諏訪の合戦は諏訪家の内紛とそれに乗じた小笠原家の問題である。高梨家には何の係わりもない。近隣の市河や井上、島津等と特に激しい紛争を抱えている訳でもない。関東の古河公方と京都の将軍が和解したので想像だにしていなかった平穏な日々が続いている。京都の戦乱も終結した。

「連歌の会を自制せねばならん理由もないのだが。政盛殿は連歌の会に事寄せて高朝殿を討つ気か。」

連歌は武士の必須の教養である。高梨領にも有名無名の連歌師がしばしば訪れている。連歌師が来れば連歌の会を開くのは常のことだった。将秀は連歌の会に出席するはずの面々と暗殺の場面を思い浮かべて暗くなった。

「一歩間違うと高梨家は諏訪家のように二つに割れて争う事になる。高朝殿には子もいれば係累もある。高朝殿だけを討ち取っても事は治まらぬ。むしろ乱れる。」

中村将秀は政盛に暗殺を思い止めさせた。一族が分裂して収拾がつかなくなり、越後勢が高梨に介入するのを将秀は恐れた。越後守護代は長尾能景《よしかげ》に代わっているが、守護の房定は未だに健在である。上杉房定は未だ北信濃に猜疑の目を向けている。

「今年の花会《はなのえ》も取り止めになるという。」

「御射口《みしゃぐち》神降の儀も行わず、神使の出立も行わず、全く無様なことだ。」

「やれやれ、昨年の御射山祭を取りやめ、今年の花会もとりやめ、社稷《しゃしょく》を亡ぼす気か。」

「将軍家は滅ぶのか。」

「それは分からんが、高梨家が滅ぶのだけは避けねばならぬ。」

諏訪社の祭礼が滞っているのが何とも不吉だった。

「花会、五月会、御射山祭と軒並み取り止めになった。高梨家が神仏の怒りに触れては困る。お諏訪様がこの有様では頼みにならぬ。小規模であっても高梨家で何とかしたい。何か良い知恵はないか。」

政盛は中村将秀に水を向けた。

「花会、五月会、の頭役は山田高梨家の高朝と高満に当てられていた。それが軒並み中止となる。神仏の加護が無くなるのは困る。祭礼を執り行うとすれば東山の如法寺《にょほうじ》か、間山の建応寺という事になるが建御名方命神は如法寺にも鎮座しておられる」

神仏混淆の時代である。

「花会と五月会はそれで良かろう。父政高の供養はどうする。」

「高野山。高野山へ詣でて政高殿の供養塔を建ててくれれば良い、と行者が言っておった。」

「分かった。今年の花会は高朝殿が、五月会は高満が頭役を務めて如法寺で執り行う。花会が終わった後で高朝殿には高野山へ詣でて頂きたい。京都では前将軍の義政公が東山山荘に移ったという。帰りには戦乱が落ち着いた京都を見物してくるのも良かろう。」

如法寺の花会は諏訪社と同日に催される。政盛は湯を一口飲んでから高朝に言った。

「毎年欠かさず執り行ってきた花会をおろそかにする訳にいかぬ。神仏は高梨家を護りもすれば滅ぼしもする。場所を代えてではあるが、今年も花会を執り行えるのも神仏の加護があってのこと。諏訪家のような分裂は決してあってはならぬ。お諏訪様とは勝手が違って戸惑うかも知れんが、しっかり頭役を務めてくれ。」

　如法寺は真如法親王が天長三年（８２６）に開創したとされる。真如法親王は弘法大師の十大弟子の一人であり、高野山に親王院を開いてもいる。政盛の居館から歩いて二時間ほどの所にある山寺である。五十年ほど前から高梨氏の祈願所となっていた。

　山門から最上部の大師堂・大悲閣まで続く急な坂道を一行は登っていた。山門をくぐって懸崖造りの大悲閣へまっすぐ続く山道にはもう民衆の列ができている。遅咲きの山桜が散りかけている。

「高朝殿、薬蓮《やくれん》の話を覚えているか。」

　いつもは武骨な中村将秀の声が今日はやけに優しい。

「どうしたのだ。藪から棒に。あの、今は昔のこと、で始まる話なら子供の頃から知っているが。それからその薄気味悪い声はやめろ。」

　将秀とは幼馴染ではあるが、猫なで声を出されるとやはり気色が悪い。もう二人とも五十歳に近い。

「まあ、そう怒るな。この如法寺で実際にあった話だ。」

　薬蓮の話を要約すると、「昔、中野村の如法寺に日夜読経念仏を怠らない薬蓮という妻子持ちの僧がいた。これが明日の暁に極楽往生すると言い、沐浴して清潔な衣服に改めて一人で堂に入った。暁には堂の内から音楽が聞こえ、昼頃になって堂の戸を開けると中には誰の姿も見えなかった。持っていた阿弥陀経もなかった。暁の音楽を考えれば往生したのは確実である。」という今昔物語の一節である。

「往生するのは常の事である。しかし体を現生に留めることなく往生するのは聞いたことが無い。それを分かってなお、この世に老醜をさらすことなく極楽往生したいと思うのも人の心である。」

「何だ。将秀殿は仏心が沸いたのか。それでは合戦に臨むのは無理ではないか。隠居でもする気か。」

「仏心などというものは合戦で人が死ぬ度に沸いて出る。人を殺し、獣を殺して食い、それでも極楽往生を願う浅ましさに気付いただけだ。」

「諏訪社の花会《はなのえ》とは勝手が少し違う。」

読経の声を耳にして政盛は言った。如法寺の花会は子供の頃に誰かに連れられて来ただけである。

「そりゃ違う。諏訪社の花会は神事で如法寺の花会は仏事だ。」

説明する将秀も良く分かっていない。神官がいるか山伏がいるか、甘茶が振る舞われるか酒が振舞われるか、読経と祝詞の違いも将秀には良く分からない。

「賑やかに楽しく執り行われれば、神仏も喜ぶというものよ。神官や僧の指示に従って動けばよろしい。頭役は銭の工面をしていれば良い。」

祭礼があり奉納相撲や神楽があり、護摩焚き供養がある中、狂言が催され餅や菓子座の座商が店を広げる。賑やかな二日間である。

「ところで、高朝殿は何時高野山に発たれる。」

「二三日経ってからになろう。高野山は蓮如という坊さんが若い頃参詣したと言っていた。何でも諏訪大明神画詞《えことば》が高野山にあるという。諏訪社にあるのは高野山で書き写した画らしい。両方とも見たい気がする。諏訪社がこんな有様では弘法大師様に頼るのも良かろう。高野山では政高殿の供養をしてくる。仏塔を作らせるから帰ってくるのは早くて秋。」

高朝が留守にした山田城は倅の高満が守っている。花会が終わってひと月後、五月会《さつきのえ》が終わった日、高梨館では慰労の宴が催された。

「もうひと月が過ぎたか。高野山へ向かった高朝は今頃はどこで何をして居るのやら。」

「京都の東寺へ寄ってから高野山へ入ると申しておりましたが。」

「そうか、それならば今頃は東寺あたりに居ようか。」

何という事もない世間話が続いたが、全く唐突に政盛が話題を変えた。

「合戦や疫病で当主が亡くなった跡を、嫡子が幼い場合、当主の弟が家督を継ぐこともある。しかし、それは方便である。嫡子が成長した時には嫡子に家督を戻すのが道理である。それを差配するのは高梨の総領である。高梨の家督は政盛が継いだ。したがって大熊郷は政盛に返してもらう。次に江部郷であるが、総領家の許しを得ずに高朝は高満に譲り渡している。これは不法である。不法は正さねばならない。一旦召し上げる。その後どうするかは評議を経て決める。異論は無いな。不服があるのなら高梨を出ていくが良い。」

高満は目を白黒させている。重臣たちの目つきは険しい。

山田郷小馬場の館へ戻った高満は直ちに山田城へ入った。挙兵するためである。山田城は籠城戦ができる程広くはないが、断崖絶壁の上にある要害である。城の下には大熊峠・間山峠・菅峠を越えて中野と山ノ内方面へ通じる道が合流している。特に山田城は小さな城だが交通の要衝にあるが故に何度か攻防戦が繰り広げられていた。

「命を繋げればそのうち和解の路も開けよう。なに、山ノ内から味方する者も出てこよう。井上政家と結ぶ手もある。」

「高満が井上政家とでも組んだら面倒なことになる。」

翌日の朝、政盛は手勢だけで城を囲んだ。午後には高梨領全域から兵が集まり山田郷に満ちた。政盛は呼びかける。

「おおい。高満。討ち取る気なら今頃は館に火を放っておる。殺しはせん。降参して高梨を出ていけ。」

館へ戻った高満はその夜の間に家族を連れて去った。供をする者はいない。

「しばらく、高野山へでも籠るか。」

高満は当てのない旅に出た。その後、山田家は小県郡《ちいさがた》で没落したと伝えられている。

山田家の没落で高梨四家は総領家と中村家の二家だけになった。

「高朝、高満父子の仲間と見られかねない。」と危惧する者がいれば、山田高朝の一味だった者もいる。政盛は山田高朝と組んでいた者たちの所領を取り上げて処罰した。一族衆であっても総領の意に反して勝手な振る舞いは許されない。譜代衆、新参衆となればなおさらである。山田父子を追放して後、政盛は高梨一門の総領の立場を確立したばかりでなく、高梨衆に所領を分け与える主君の第一歩を歩み始めた。

六月、元来は高梨房高の所領だった大熊郷を房高の嫡子、房光に安堵した。江部郷では高梨道朝の所領は中村将秀の嫡子、高秀に安堵した。将秀は中村郷で隠居している。房光も高秀も政盛の館から見える範囲に屋敷がある。二人とも政盛に軍役のみで奉公する家臣専門である。

高梨家中の結束を固めた政盛であるが、高梨領の周囲は全て敵だった。敵と言えないまでも信頼できる味方ではない。千曲川東岸では北に市河氏、南には須田氏、井上氏が、西岸では島津氏、栗田氏が勢力を伸ばそうとしている。

一方、越後では老いて他界した重景に代わって長尾能景が守護代になっている。政盛より十歳程若い。越後守護は相変わらず上杉房定である。最近は検地という事を始めている。この検地が国人衆に極めて評判が悪い。

守護は国内一律に段銭《たんせん》を課しているのだが、取りまとめるのは村落単位である。村落は地侍や土豪、国人衆の支配下にある。守護使不入の権をかざして検地を断る者も多いのだが、それでも徴税は検地前の倍にはなった。温厚な能景はこれに強く反対しないまでも面白くはない。

房定の検地は北信濃にも及ぼうとしている。

「守護の命であれば上杉家臣の市河朝保殿は検地に応じるかも知れん、しかし政盛殿は応じませんぞ。応じる筋合もない。高梨領は越後ではない。」

中村（高梨）高秀が能景の家来に捻じ込んでいる。高秀は中村将秀の倅であり、政盛に江部郷の支配を任されたばかりである。高梨一門にあっては侍大将の立場にいる。

「実は能景殿も検地には反対している。多くの者は課せられた守護段銭の半分は自分の物にしていたのだが、検地でそれができなくなった。能景殿は守護と国人衆の板挟みになって困っておられる。高梨殿が検地を強硬に反対してくれれば有り難いのだが。」

能景の家来は虫の良い事を言っている。

「守護の検地使を追い返しても合戦にならぬか。合戦は避けたい。」

「恐らく、合戦にはならぬ。少なくとも検地使は刀を抜かぬ。能景殿も房定公を諫めるはずだ。もし、合戦になれば越後侍も房定公に対して挙兵するはずだ。守護使不入の権を無視したら越後中で合戦になるはずだ。よって房定公もあまり強引な検地はなさるまい。」

「はずだ、はずだと、それで納得しろと言うのか。まあ良い。政盛殿に話してみる。」

話を聞いた政盛は高秀を越後府中（直江津）に向かわせた。

府中は関川河口の港町であり、北国街道の終点でもある。神社仏閣が立ち並び、鉄や青苧《あおそ》を扱う問屋が軒を並べ、荷を積んだ船や馬が常に行き交っている。関川の西岸、自然堤防の上には長尾能景の荒川館、その南に老いの馬場を挟んで越後守護の稲荷館がある。

「何と。からむし、青苧《あおそ》とは……。」

検地の談判に来た高秀に能景が持ちかけた話は青苧の生産と流通だった。青苧はからむしから得る繊維である。越後上布の材料であるが、この流通は全て青苧座衆に独占されている。

「青苧座衆以外の商人は買い付けも販売もできぬ。また百姓衆も座衆の商人以外には売らぬ。他に売ると翌年には買ってくれなくなるからだ。越後上布は上方では一反一貫文と非常に高価である。座衆は三条西家に上納金を納め、三条西家はそれでも足りず青苧に関銭や津銭まで課税している。これでは青苧の売値は安くなり、買値は高価になるに決まっている。」

青苧はイラクサ科の植物（からむし）から取った繊維であるが、この植物は高梨領にも自生している。盆の頃には百姓衆が刈り取っている。それを冬の間に女衆が布にして着物にする。上方の人々が必要とする着物の量を考えれば大変な需要を予想できた。越後との違いは量産していない事である。量産できれば高梨領も富む。

障害は三条西家が本所となっている青苧座だった。青苧の購入も販売も青苧座衆以外の者にはできない事になっている。三条西家以外の公家、武家は青苧には課税するのも禁じられていた。能景はここに目を付けたのである。既に蔵田五郎左衛門なる商人が青苧の「盗み買い」を試みている。

能景の悩みの種は販路だった。越後守護代の立場で集荷と輸送は青苧座衆の妨害を何とでもできる。しかし、上方へ運んだ青苧を布に加工する業者も座を作っていて青苧座衆以外からは買わない。「盗み買い」の青苧に手を出すと、座衆は翌年には売ってくれなくなる。

青苧座衆の独占から逃れて販路を拓く必要があった。商人を満足させ加工業者を満足させる量を確保する必要である。この加工業者も商人も座衆の独占から外れる。そこで、高梨家を巻き込もうとしたのである。能景は青苧の流通を自分の管理下に置こうとしていた。

「青苧座衆以外の商人が青苧を買入れに行っても追い返さないで欲しい。」

この二年後（１４８６）には青苧座衆以外の「甲乙人《こうおつにん》」（身分不明の者）が府中で勝手に商売をして三条西家が問題にしている。

「青苧の話は良く分かった。だがこのまま帰ったら政盛殿に叱られる。房定公が進めている守護検地の話で来たのだ。能景殿はどうするつもりか。検地使は守護不入の地までをも検地に入るのか。」

「守護不入の地は房定公が越後へ入部した時に定めてある。それに高梨領は信濃国。検地使を追い返しても問題はあるまい。少なくとも長尾家は高梨家の所領に口は挟まぬ。

守護と言っても高梨の所領を守ってくれる訳ではなかろう。むしろ税を多く取ろうとするだけだ。守護代といっても守護の代わりをする訳でもない。自分の都合の良いように、お互いに持ちつ持たれつだ。」

長尾能景は守護代として忠実な家臣を演じつつ、守護の締め付けから逃れようとしている。守護とは利害関係が対立し、距離を置いている高梨政盛は強力な友人になり得る。


冬の間、高秀は幾度となく越後府中へ出かけ、能景と政盛の妹との婚儀をまとめ上げた。

翌年、椚原の高梨居館では政盛の妹の嫁入りの準備が進んでいた。正直なところ、政盛は年の離れたこの妹のことを良く知らない。政盛は妹が生まれた頃には傅役の中村将秀の館で過ごす事が多かった。だから政盛は奥の館の幼児と遊んだ記憶があまりない。ただ、慕ってくる妹が可愛くて城館を訪ねる折には甘い物を持っていくのが習慣になっていた。

「そうか、越後へ嫁に行くか。」

政盛は平桶に盛り上げられたアワビと海藻を見て言った。

「越後では海の魚が食えるぞ。」

妹は干し柿を手にして目を輝かせている。

政盛の妹と能景の孫が長尾景虎、後の上杉謙信である。

延徳田んぼ

　大熊郷を房光に、江部郷を高秀にと腹心に任せた政盛は新野郷を自分の直轄領とした。新野郷は北から西にかけて広く開け、その向こうに遠洞湖が広がっている。彼方に見える千曲川の自然堤防は椚《クヌギ》の林になっていてこれが遠洞湖と千曲川の境である。洪水の度に土砂が堆積した自然堤防は広い。冬になると鶴やコハクチョウ、鴨が群れをなして降り立ち餌をついばむ。

　遠洞湖の縁沿いには都住郷、大熊郷、江部郷の田畑が広がっている。遠洞湖は千曲川の遊水池でもあるので、千曲川が増水すると田畑は水面下に沈む。豊富な湧出水と周辺から流れ込む川の水は常に淀んでいる。千曲川の洪水は一日で終わるが、増水した遠洞湖の水は自然堤防が邪魔をしてなかなか引かない。それが何日も続くと作物は全滅する。要するに小高い土地しか使い物にならない。

　房光、高秀を供にしたいつもの見回りである日、政盛はふと漏らした。

「前々から思っていたのだが、この水をどうにか出来ぬものか。この水を全て千曲川に流し込んで水田にすれば、ざっと見渡した所で五千石の米が穫れる。それだけの広さはある。新野郷や大熊郷のように豊かな水田になる。鴨やドジョウの住家にしておくのは如何にも惜しい。」

　新野も大熊も豊かな村ではあるが、村高はどちらも数百石でしかない。その十倍の話をしている。政盛は冗談を言ったつもりである。

水はけが悪くて一年中水に浸かっている水田では稲は良く育たない。直播きでも稲作はできるのだが、水が払えないと根の張りは悪いし、葉ばかりが茂って米の稔りは悪い。刈り取り作業もやりにくい。清浄な水が流れ込む乾田ほどには収穫できない。

「大熊、江部、新野との違いといえば、出穂前の中干しが出来るか出来ないかの違いでしかない。新保郷や江部郷では田の一方に深い溝を掘って水を落としている。しかし、沖合ではその手は使えまい。馬が沈む深さはある。溝を掘っても水が満ちる。田は乾かぬ。」

「どうすれば中干しが出来る水田に変えられるか。どうやって水を落とせる乾田にするか。千曲川の自然堤防の上なら増水時を除いてなら耕せる。しかし水田にはできない。千曲川から柄杓で汲み上げた水では少なすぎる。水が高きから低きに流れる地形が必要だ。」

「要は千曲川の自然堤防を取除けば良いのであろう。遠洞湖の出口で堤防を乗り越えている水路を深くすれば良い。一番浅い出口を掘り下げる。鋤と鍬でどんどん掘り下げれば良い。」

「鋤も鍬も水の中では使えんぞ。」

「だから、少し掘り下げた出口から水が流れ出る。すると次に浅い出口が水の上になる。交互に掘り下げれば何時かは遠洞湖の底まで掘り下げられる。」

「待て、それでは常に水を大量に含んだ土砂を浚い上げる事になる。水は常に流れ込んでいる。いつまで経っても工事は終わらぬぞ。」

政盛は何気なく冗談を言ったつもりだったが、日が経つにつれて遠洞湖干拓が頭にこびりついて離れない。房光と高秀を連れては遠洞湖周囲を見回っている。雨の多い梅雨時は遠洞湖は面積を広げ、冬には小さくなった。

冬のある日、政盛は岸辺に杭を打たせた。水面から三尺の位置に印をつけながら遠洞湖の岸を歩く。

「ここから湖底まで溝を掘る事になる。湖底の深さはどれだけあるのか。」

舟を出した房光が水深を測って回る。

「一間は有りますぜ。」

思いの他、深い。居館に戻っては三人で考え込む。

「遠洞湖の底まである深さの排水溝を千曲川まで掘り進む。排水溝が出来上がった所で堰を切って水を千曲川に落とし込む。それなら水に浸からないで作業ができる。一気に遠洞湖の水を千曲川に落とし込んだならどうなるか。目の前に広い湖底が現れる。水は排水溝に流れ込む。遠洞湖から水がなくなる。中干しのできる水田が拓ける。五千石も夢ではない。」

「今、分かっているのは水深だけだ。遠洞湖の底までの深さ一間の溝を掘れば良い。それしか分かっておらぬ。千曲川に近づくほど土地は高くなっている。一番高い所ではどれ程の深さを掘れば良いのか、それが分からぬ。」

「今日は水面から三尺の位置に印を付けてきた。遠洞湖の周囲に何本も立てた杭に付けた印を二つ、透かして見れば水面から三尺の場所が分かる。三尺で間に合わぬなら四尺、五尺の印を付ければ良い。」

三人はいつしか夢中になっていた。今まで遠洞湖はただ眺めるだけだった。大熊郷や江部郷は雑穀を含めても数百石程度の取れ高である。遠洞湖が五千石の水田になる。それだけでも大きな夢だった。

「あの辺りからではどうだろうか。」

房光が指差したのは千曲川から歩いて三十分ほどの場所である。「土は柔らかい。遠洞湖からも距離は取れるから工事中に水が噴き出すこともない。あそこから千曲川まで排水溝を掘る、千曲川が氾濫しなければ、難しい工事ではない。」

「十二川、裾無川、草間川、間引川、それと江部川の水が遠洞湖に流れ込んでいる。その他に湧き水もあれば雨も降る。これだけの水を受けて千曲川に落とすとなると、排水溝の幅はどれだけになる。」

問いかける政盛に房光は淀みなく答えた。

「梅雨時に遠洞湖から千曲川に流れ込む水を見れば推し測れるかと。幅を決めれば必要な人手も分かりましょう。」

房光の自信有り気な態度に政盛も高秀も乗せられた。雲をつかむような話が少しずつ現実味を帯びている。広がる水面が稲穂の海に見えてくる。三人は一心不乱に排水路予定地の高低を調べ始めた。

「五千石の水田ができるかも知れぬ。」

政盛の冗談から始まった作業だったが、自然堤防は遠洞湖の水面より三尺高いだけだった。これは自分たちで調査した結果である。生まれる前からあった自然堤防を開削できるかも知れない。掘り通せば遠洞湖という名を付けられた沼が消える。淀んだ水から湧く夏の蚊も減るに違いない。

梅雨時、誰が言い出すでもなく、三人は千曲川の自然堤防上で顔を合わせている。それが何日も続いている。遠洞湖からの流出量が気になるのである。遠洞湖から千曲川へ流れ出る水が、浅い注ぎ口を幾つか作っている。三人は注ぎ口の幅と深さを計って合計した。

「松川に流れ出している分と千曲川に直接流れ込んでいる分、流れ出す水量はこれだけだ。排水路にはこれだけの幅があれば用は足りる。」

「この辺りで工事をするのは考え物だ。遠洞湖の出口では松川と千曲川、そこに鳥居川と浅川が合流している。水が多すぎる。少し掘ればたちまち水が満ちてくる。大変な難工事になる。」

松川は小布施郷を縦断し、遠洞湖の南端を流れていた。この百年後、広島からこの土地に転封された福島正則が流路を替えている
「それならば排水溝を作るのは反対側の北の端、草間の丘の麓になるか。」

「概ね、そうなるだろう。長さはおよそ半里（２ｋｍ）ほどになろう。土砂がどれだけ出るか、人手はどうするか。細かい事は丁寧に測りなおしてからだ。」

「問題なのは溝の深さと幅、護岸だ。遠洞湖近くで一間、千曲川べりの自然堤防では一間半は掘らねばならぬ。川幅は底で二間、上面で四間、下部は三尺高さの護岸を二段にする。その外側には俵に土を詰めて敷き詰める。そうすると、土砂の量は十三万石。必要な人手は延べ七万人。こんなところになるか。」

房光が指し示す図面を皆がのぞき込んでいる。

「一日当たり三百人で掛かればほぼ二百三十日、延べ八か月で出来上がる計算になる。冬の仕事になる。吹雪の日もあろうから、余裕を見て三冬の仕事になろう。」

房光はそろばんを弾いている。政盛は計算に付いていけない。というよりも分からない。土砂の堆積も延べ人数も計算の方法が分からない。そもそもそろばんを見るのも初めてである。政盛にとってそろばんは珍しい玩具でしかない。政盛が懸念するのは経費である。

「それで、兵糧はどれほど必要になるか。」

「一人一日六合として四百二十石、それと味噌二勺として十四石。」

「良し。分かった。兵糧はある。人手もある。要は掘ればよい。」

この数年、天災も無いし大きな合戦も無い。天候にも恵まれ高梨領は豊作が続いている。政盛は充分な蓄えを持っていた。

百姓は芋や雑穀を常食にしている。近在の百姓に一日六合の米は魅力だった。片道に一時間程もかけて集まってくる。女子供も混じるが、政盛はこれにも兵糧を支給した。女子供は萱の刈り取りや杭用材の運び出しに携わる。排水溝の地固めや掘った土の運搬も女の仕事である。

杭用の松材は松川べりの松林に生えている。手ごろな松材を切り倒して杭にした。これを立てて順次打ち込んでいく。滑車でやぐらに引き揚げられた太い丸太が杭の頭を打ち込む。排水溝の縁になるべき所が杭の頭で縁取られる。杭の頭は地面にまで打ち込む。この内側を掘るのである。

杭と杭を松の小枝で編み込んでいく。その外側に刈り取った萱を詰め込む。

「ここまで深く杭を打ち込んであれば、流される事は有るまい。千曲川が氾濫しても排水溝は残る。」

見回りに来た政盛は満足した。杭は一間（１・８ｍ）程も地中深く打ち込んである。

「木は何れ腐るが、この排水溝があれば千曲川の洪水も一日で退くであろう。」

排水溝は片側二列の杭が並んでいる。千曲川増水時には縁まで水位が上がり、そしてあふれる。それでも政盛は満足だった。

「百年に一度の水害でも、稲は腐らずに済む。」

延徳《えんとく》年間を費やして政盛が作ったこの排水溝は、篠井《しのい》川と呼ばれている。相変わらず氾濫はするが、水は一日で退く。

排水の幹線となる篠井川の開削を機に、遠洞湖は年々水が引いていった。何本もの小河川が蛇行し、所々に三日月池がある湿地帯を作っている。現在の篠井川は延長十キロメートル、流域面積が五千ヘクタール近くになっている。流域一帯は現在延徳田んぼと呼ばれている。

政盛がこれ以上にできる事は、水が引いた水田用地を土豪や地侍に割り当てるだけだった。高梨一門衆か譜代衆の誰かが割り当てに応じて干拓を進める。

「まだ流れきれずに残っている水は、誰かが始末する。水田になるのに十年かかるか、百年かかるか。これだけの広さを水田にするのには手間と時間がかかる。」

治水は永遠の事業である。


初夏、高梨領では高秀の進言でからむし畑を焼いた。高秀は村人を指揮して枯れたからむしを全て刈り倒している。そこへ萱やワラを敷いて火を放つ。

「こうしてからむしの新芽を焼くと成長がそろう。その上、灰が肥料になる。」

高秀が越後で仕入れてきた知識である。

からむしから作る青苧繊維は越後が本場である。からむしは日本各地に自生するのだが、高値で取引されるには高い品質が要求される。高い品質の青苧を作るには良質のからむしを栽培する必要がある。上質でない青苧は自家用にするか、領内で流通する。

自生のからむしからでは良い青苧はできず、高秀が何度も越後へ出向いては栽培技術の「コツ」を吸収してきた。

からむし栽培は四月（旧暦）に畑を焼いてから七月に収穫するまでが勝負だった。上質な青苧は、良質なからむしからできる。枝分かれが無く、丈の長い良質なからむしは簡単には栽培できなかった。それまで高梨領で採取していたからむしは不合格だった。堆肥を入れて高梨領のからむしは人の背丈を超えて育つまで栽培技術は上がった。

高秀は女衆を越後に派遣して上質な青苧にまで加工する方法や、青苧を織り上げて布にする技術まで手に入れていた。青苧繊維は細く長さも揃っていて光沢を帯び、それで織った布は薄く品質は高い。

政盛は高梨領で取れた青苧を織って布にし、帷子にして三条西実隆に贈り届けた。製品見本のつもりである。実隆はこれを良く知られた人気の高い越後上布と思っている。製品の質は上出来のようである。

「能景殿が肩入れしてくれれば、高梨領の青苧も将来は望みを持てるかも知れぬ。」

政盛は篠井川の堰堤にからむしの株を植え込んだ。上手くいけば一帯はからむし畑になる。上質なからむしができなくとも野放図に増える根は堰堤の守りになるはずだった。

善光寺合戦

政盛が整備したのは篠井川流域の低湿地に限らない。高梨家は百年以上前から善光寺平の東部地域、高田、尾張部《おわりべ》、和田、掘、吉田辺りを所領としている。今の六か郷用水流域一帯のかなり広い地域である。

善光寺平の西北端が善光寺である。高梨領の南側は栗田寛高の所領である。栗田氏との境界は裾花《すそばな》川である。今は流路が南北になっているが、この頃は東西に流れている。裾花川はいくつかの支流を作って長野の扇状地を潤していた。

政盛はこの支流を整備して水田用水にした。用水の整備が進むにつれて畑が水田になっていく。裾花川支流から用水が網の目のように張り巡らされていった。

水田の開拓に力を入れていたのは栗田氏も同様である。善光寺平では栗田寛高も政盛と同じく裾花川の水を利用している。上流で使う水が多ければ下流で使える水は少なくなる。栗田氏が裾花川の水を高梨氏の上流で取り込めば、高梨氏の使える水は減る。栗田氏の水田開拓は高梨氏の水田開発の妨害でもあった。

出穂後の中干しが終わって水田に水を入れる頃である。

「和田も尾張部も水路の水が少ない。」

同じく石渡部や堀郷を潤していた水路も流れが細くなっている。

「上流で何が起こっている。水路が塞がっているのなら開けねばなるまい。」

水の流れが細くなった理由は簡単に分かった。上流で水が堰き止めてられている。栗田寛高が堰き止めたのである。堰き止められた水は栗田の新田に流れ込んでいる。梅雨入り前の雨が少ない年だった。

「皆を集めろ。水を堰き止めている土嚢を取り除く。人手が必要だ。それから政盛殿に報せろ。水路は護らねばならん。早く土嚢をどけろ、どけろ。」

土嚢を取り除いている所へ栗田勢が繰り出してにらみ合いになっている。

栗田氏は戸隠山と善光寺の別当職を務めている。両寺社を管理して動かす立場にある。いわば戸隠山と善光寺の長官であって僧俗兼帯の武将でもある。栗田氏は村上氏の一族でもある。栗田寛高と事を構えるのは背後の村上政清と事を構えるにも等しい。すなわち、栗田寛高を敵に回すと戸隠、善光寺、村上氏をも敵に回すことになる。

「また栗田か。漆田《うるしだ》（現長野市中御所）を攻め取ったのに飽きず、今度は高梨領を狙ってきたか。」

十八年前の文明九年（１４７７）に寛高の父、寛慶が漆田秀豊を攻め滅ぼして以来、栗田氏と高梨氏は何かと行き違いが絶えない。お互いの利害が衝突するのである。摩擦が生じるたびに協議を重ねて解決したが、今は双方共に代替わりしている。有効だった慣例もおろそかになっている。

「今までは黙っていきなり水路を塞ぐような事はなかったのだが。とにかく、水路に水を流せ。田に水を入れよ。栗田寛高も秋の収穫までは大がかりな合戦を望むまい。」

政盛は高秀を使者に立てて交渉に当たった。

「善光寺別当を務める栗田の水田は善光寺の水田も同じ。その水田に流す水は裾花川から引いている。裾花川に流れる水は戸隠山の水である。戸隠山の水をどのように分けようが、それは戸隠山別当でもある栗田寛高が決める事である。高梨が差し出口を挟むのは僭越である。」

寛高は高秀を相手にもしない。

「高梨を見くびっているのか。」

政盛は歯ぎしりするが、水は流れてこない。高秀と政盛は頭を抱えた。頭を抱えてもやはり水は流れてこない。「力ずくで」とも考えたが、この時期に合戦に持ち込むのは得策ではない。合戦ともなれば田畑に踏み込む事もある。そもそも水争いは米を増産しようとするから発生するのである。この時期に田畑を荒らすと不作になる。本末転倒である。

「建応寺の阿闍梨の力を借りるか。建応寺の鐘は戸隠山の鐘と共鳴りをするという。栗田は戸隠山と善光寺の別当を務めている。」

応仁の乱以来、戸隠山は窮乏していた。窮乏は山内の天台系と真言系の対立を引き起こし、流血に至る抗争まで引き起こしている。戸隠山は荒廃していた。

善光寺は宗派宗門にとらわれずに善男善女を集めているが、鎌倉時代以降、新興の宗派に押されて寄進が減っている。何よりも最大の保護者である将軍家は実権と経済力を失い、地元の土豪たちは浄土真宗や曹洞宗の寺を保護し始めた。善光寺の経営は厳しくなっていた。加えて火災が多い寺である。直近では文明九年（１４７７年）に栗田氏が漆田秀豊を攻め滅ぼした折と文明十六年（１４８４年）に焼失している。その度に善光寺は寄進を募った。

建応寺阿闍梨は高秀を伴って栗田寛高と会った。高秀は父の将秀が遺した覚書を携えている。

「百年前、高梨家は和田、高岡、上長沼、石渡、掘、尾張部、吉田郷を幕府から安堵されている。安堵された土地に流れる水、生える草木、作物、耕作する農民全てが高梨家の所有である。米一粒、蝉の小便に至るまで、高梨家の物である。今までも水が必要ならば分けてやっていたではないか。今回の栗田殿のやり様はどうにも受け入れ難い。何故ひと言の断りもなく用水を堰き止めた。幕府に謀反する気か。」

その幕府であるが、前将軍の足利義材《よしき》は細川政元の謀反で京都から越中に逃れている。現将軍の足利義澄は政元に操られている、おまけに信濃守護の力は北信濃には及んでいない。「幕府に謀反するのか」と凄まれても説得性はない。

建応寺阿闍梨が高秀の話を引き継ぐ。

「確かに裾花川が潤す善光寺平の水は戸隠九頭竜神が支配している。支配は九頭竜神であって別当ではない。別当とはいえ九頭竜神の支配する水を栗田が私物とすれば九頭竜神の怒りを買おう。次に、善光寺で火災が起きるのは不吉である、十八年前と十一年前、善光寺は燃えておる。善光寺平に災厄を呼ぶのは九頭竜神の祟りか、八幡神の怒りか、それとも栗田の罰当たりか。」

僧俗兼帯の栗田寛高は建応寺の阿闍梨には弱い。建応寺が戸隠山と善光寺の天台宗僧に手を回したのを知った寛高は妥協を選んだ。寺を敵に回して別当職を失いたくはない。

「水田の広さに応じて水を分けよう。今までそうしてきた。」

高秀の提案に寛高は乗った。面積比に応じて水の取り入れ口の幅を決めるのである。

互いの妥協によって高梨家の水田に水は満ちたが、政盛の腹は収まらない。

「今回は何が何でも水田に水を入れねばならなかった。合戦する訳にも行かなかった。しかし、こんな事が何度もあってはならぬ。栗田に水を分けたのは、今回は仕方ないにしても続けることはできぬ。」

政盛は慣例を破った寛高が許せなかった。慣例は掟でもある。

「栗田が新しく拓いた水田は全部、高梨の水を使っている。高梨の水で作った米は高梨の物である。栗田の後ろには村上政国が付いている。栗田を攻めれば村上が出てくる。この秋には村上が相手の合戦になる。」

高秀、房光を前にして政盛は栗田攻めを持ちかけた。

「水の利用に対しては段別、面積に応じて米を出させようとも思ったが、栗田は出すまい。水の利用を止めさせるのも栗田は応じまい。まして拓いた新田を高梨に引き渡せと言えば栗田は反発するだけだ。」

高秀は腕組みをしたまま考え込んでいる。栗田家が属する村上氏は小笠原氏、諏訪氏、木曽氏と共に信濃四大将に数えられる強豪である。高梨氏は多分五番目辺りだろう。

「相手が村上、栗田の連合勢となるとただ事では済まぬ。」

「しかし栗田の横車に高梨が応じる訳にもいかぬ。高梨家が近隣の国人衆に侮られてしまう。この数年間、平穏無事に過ごせたのも近隣からは恐れられ嫌われたからであろう。これだけ恐れられる為にどれだけの苦労をしてきたか、忘れてはおるまい。」

「栗田は宗家の村上を必ず巻き込む。今回の横車は村上政国が栗田寛高を巻き込んで仕掛けてきたとも考えられえる。穏便に事は収まらぬ。どちらにせよ、今度の合戦は村上との合戦になる。避けられまい。」

合戦の準備は密かに、しかし着実に進展した。

房光とその配下は善光寺を探っている。本堂の中はどうなっているか、本尊はどこにあるか、大勧進、大本願、院坊の配置と僧兵の数。調べる事はいくらでもあった。善光寺は日本有数の寺なので何度も来てはいるのだが、合戦を考えて参拝したことは一度もない。

「今までいかにボンヤリと参拝していたか、だな。」

房光は笑った。

高秀は栗田領を探っている。栗田氏は不当に高梨の水を盗んで栗田の水田を耕している。したがって栗田氏の水田で育った稲は高梨の物である。秋にはここで育った稲を全て取り上げる。

七月（旧暦）、秋の穫り入れも間近である。善光寺本堂の内陣には百人近くの参拝者が雑魚寝をしている。一般の人はふらりと立ち寄って内陣に泊まり、早朝の法要に参加していた。本堂の中、ご本尊様近くでの「お籠り」である。夜中近く、房光と配下が雑魚寝の仲間に加わった。早朝から始まる予定の合戦に備えている。

夜明け前、椚原の館に集合していた高梨勢は横山城に向かい本陣を構えた。横山城は善光寺の東隣にある平山城である。南北朝時代の内乱に際しては守護や国人一揆の蜂起や政治の場として利用された。善光寺平の支配を象徴する政治的色彩の濃い城でもある。栗田城まで三キロメートル程の距離である。

烽火を合図に善光寺平の土豪たちの屋敷からは地侍、足軽、雑兵が湧き出してくる。合戦に備えて前夜から集まっていたのである。高秀に指揮された侍や足軽は弓備え、長柄備えにまとまって裾花川沿いに並んでいる。雑兵を護衛するためである。雑兵は栗田氏の田から高梨氏の水で作った稲を刈り取った。

栗田寛高がこれを放置するはずもない。城から出て高梨に合戦を挑んだが、裾花川を渡れない。高梨勢は総力を挙げて臨んでいる。兵力が絶対的に違うのである。横山城に陣取った政盛は戦況を読んでいた。

「村上政国が坂木から駆けつけるのは早くとも夕方。それまでに全て刈り取れれば、それで良い。それよりも、栗田にこちらの言い分をどうやって呑ませるか。これは難しい。こちらのいう事を呑ませるにはどれだけの損害を与えてやれば良いのか。」

政盛の想像通り、村上勢が駆け付けたのは薄暗くなってからだった。高梨勢は既に横山城に入って夕餉を摂っている。房光の手勢は僧兵の蜂起を抑え込み、僧兵は静かにしている。高梨と村上の合戦には巻き込まれたくはないらしい。村上勢は栗田城に入ったきり出てこない。

「あの田の広さから考えるに、今日の戦果は米百石といった所ですかな。雑兵どもが稲束のまま運び出したが、あの様子ではまだ十分には熟してはおりませぬ。」

「まだ刈り取りの時期に少し早いのは分かっておる。あと十日ほどは欲しかったが、そうすれば栗田が刈り取っておる。未熟な米は焼き米にでもすれば良い。今日はご苦労だった。明日も早い。皆の者に酒を少し振る舞ってやってくれ。」

稲束を担いで善光寺平を去った雑兵は戻ってこない。横山城で夜を過ごしているのは普段から農作業の合間に武術の稽古をしている者たちである。組頭を中心にして固まって休んでいる。

翌朝、善光寺に陣取った房光勢は動かなかった。栗田城からは村上、栗田連合軍が出てくる。政盛が陣を張っている横山城へは向かわず、房光がいる善光寺に向かっている。

「何と。善光寺に陣取った房光勢を攻める気か。罰当たりな事である」。

合戦は善光寺門前で始まった。わずかな手勢だけで防戦している房光勢は境内に逃げ込んだ。応援に駆け付けた高梨勢と村上・栗田の連合勢の合戦は境内に雪崩れ込み白兵戦が始まる。どこかから火の手が上がり、燃え上がった。

「ご本尊様に何かあったら不吉だ。遷座して頂く。」

ご本尊様を背負った房光は手勢と共に引き揚げた。

「手向かう者は討ち取れ。逃げる者は追うな。火を放て。ご本尊様を失くした善光寺に善男善女が集うか。望む僧がいればそれも高梨へ連れていってしまえ。栗田寛高は別当の任にあってもその善光寺はもぬけの殻になる。ご本尊様が鎮座する所が正当な善光寺である。」

ご本尊様を奪われては栗田寛高は政盛に詫びを入れるしかない。合戦は終わった。

政盛は意気揚々と引き揚げた。

「ご本尊様を奪われてなおも別当職にしがみつくのか。定額山善光寺、戸隠山の別当がこの有様では神仏の加護も頼りにはなるまい。それにしても善光寺に高梨勢が入るのを眺めているとは、不甲斐ない。別当職を良いことに、戸隠山の水や善光寺の田を私物化したのが間違いだ。」

別当として権力の座にある分、栗田寛高への風当たりも強い。人の口に戸は立てられない。栗田寛高の父、寛慶は気落ちして病気になり、翌年落命した。

「善光寺を取り仕切る別当は、善光寺を護れる場所に居なければならぬ。」

倅の寛高に残した遺命は栗田城内にある栗田寺を善光寺内に移すことだった。

災厄

善光寺如来を意気揚々と持ち帰った政盛は高梨の繁栄を信じて疑わない。阿弥陀堂に安置した善光寺如来を慕って僧俗が集まる。梅雨時には充分に雨が降り、水田には水が行き渡った。夏は暑く、干ばつも冷害も合戦もない平穏な年が二年ほど続いた、配下に加わる土豪も増えた。

しかし、災厄はやって来た。

予兆は旅の僧の死だった。痩せた旅の僧侶が各地を巡り歩くのは珍しくない。また旅の僧が旅先で客死するのも珍しくはない。この僧は高梨領に着いてすぐに高熱を発し、間もなく死んだ。良くある事である。

十日後、この僧を葬った村人が高熱を発した。痩せた旅の僧とは違いこの村人は熱が一旦は下がった。

「やれ、治ったか。良かった、良かった。」

家人が安心した頃、顔や頭に豆粒様の発疹ができ全身に広がり、再び高熱を発して苦しんだ末に息を引き取った。

これが政盛の耳に入ったのは何か月か経ってからである。領内を見回っていた房光が異変に気付いた。

「痘痕《あばた》顔が少し増えている。」

別に珍しい事でもないので政盛は気にも留めないでいた。房光は高梨領内を隈なく巡回して病気の様子を探った。

「キハダの樹皮を煎じて飲ませても効果はない。」

房光が知り得たのはそこまでだった。政盛は房光の報告にかすかな不審を抱いたが、それ以上の詮索はしなかった。病を得て人が死ぬのは人智の及ぶ事でもない。災厄の予兆に政盛は気付かなかった。

病人の数は急激に増えた。

「この流行り病になると半分は死ぬ。牛糞を煎じて飲むと良いらしい。」

房光はどこからか知識を仕込んでいた。

「この悪疫は赤い色を嫌う。」

山伏姿の行者は家々で呪文を唱え、赤い牛頭天王《ごずてんのう》像を描いたお札を張って廻った。その結果、お札を配り歩いた行者は悪疫を広げた。

領内の寺院では悪疫の平癒と悪疫除けを願って祈祷が続けられた。建応寺では護摩壇の前で阿闍梨が大汗で呪文を唱えている。

「これは一体どうした事か。一向に手応えがない。」

阿闍梨はいぶかしく思いながらも三日三晩、不眠不休で護摩を焚いた。四日目の朝、息も切れ切れになって護摩堂から出てきた阿闍梨は、

「火炎の中に薬師如来を見た。牛頭天王を見た。読経の中に仏の声を聞いた。薬師如来は東方浄瑠璃世界の神。阿弥陀如来は西方浄土の神。善光寺如来を千曲川の西に戻されよ。」

そう言って倒れたきり阿闍梨は気絶した。火に焼けた顔は赤くただれてなお蒼白だった。血の気は失せている。

善光寺平でも悪疫は流行った。栗田寛高には原因が分かっている。

「阿弥陀如来様にすがれば国中の悪疫は治まる。だが、善光寺如来は高梨が持っていってしまった。どうするか。」

阿弥陀如来が観世音菩薩と大勢至菩薩を伴って一尺五寸の身に顕現されたのが善光寺如来である。この世の苦しみから衆生を救ってくださると信じられている。

「ご本尊様を返してくれるよう、高梨に頭を下げるか。それも腹立たしい。」

寛高は政盛に水の利用を止められている。せっかく開いた水田では里芋や麦を栽培している。ここ

に水を入れれば高梨は再び攻めてくる。

決心がついたのは父寛慶の遺命に従って栗田寺を善光寺境内に移築した時である。落慶法要の際には面と向かって寛高をなじる者もいる。焼けた善光寺の修復は思うに任せず、善光寺如来は奪われたままである。「高梨領まで攻め込んで持ち帰れ。」とまで言う者さえいる、別当として、また僧俗兼帯の武将として立つ瀬がない。

仕方なく、寛高は善光寺如来の返却を高梨に頼み込んだ。政盛は寛高に説教を垂れている。

「戸隠九頭竜神、善光寺如来を守護する立場にありながら、私利私欲を求めて水を盗んだりするから神仏の怒りに触れる。別当の職は栗田家の為にあるのではない。しかし、心底から悪行を悔いているのならば、善光寺如来はお返ししても良かろう。良いか。栗田殿に返すのではない、善光寺に返すのだ。忘れるな。」

「それから、争いの元になった水の利用だが、新田の面積分は利用を許そう。ただし、あの新田からは米が百石は穫れる。毎年五石ずつ、用水の利用料として高梨家に貢納する。それなら水は使わせてやる。約束を違えたらどうなるか、分かっておろうな。」

正直なところ、政盛も善光寺如来を手放したくなっていた。栗田氏が約束を履行するのを確認した後に善光寺如来を返した。

不運は続く。高梨領は翌年再び災難に見舞われた。

この年の夏はとりわけ暑かった。暑い最中に地震があった。目立った被害もなく人々が地震の不吉を忘れた二か月後、高梨領を数百年に一度の災害が襲った。

秋の長雨に続いて豪雨を伴う台風と大地震に高梨領は見舞われた。夜中に吹き始めた生暖かい風は次第に強さを増し、夜明け頃には雨を伴う暴風雨となって荒れ狂った。家々の屋根は吹き飛ばされ、山々の木は倒された。増水した千曲川は延徳田んぼにあふれ出し、一面を湖に変えた。

暴風雨の最中、明応七年八月二十五日（１４９８年）、高梨領は再び地震に襲われた。津波による被害が死者四万人を超えると伝えられた明応大地震である。

長雨と豪雨によって水を含んだ山の土砂は地崩れを起こして川を塞ぎ、川を塞いだ土砂は水を溜め込んで山津波を引き起こした。山津波は横湯川を呑みこみ、中野扇状地を襲った。山津波が去った跡、扇状地は破壊され尽くしていた。

山津波の通った後は大人の胴体から子供の頭の大きさに至る大石小石が残されている。横湯川の旧流である松崎川は埋まり、人馬の被害も大きい。松崎川流域の田畑はほぼ壊滅した。

松崎川の下流一帯には中野重義《しげよし》領の中野本郷と岩船郷、高梨領の吉田郷と西条郷がある。この辺り一面が山津波に流された。時折強い余震が続く中、山津波で流された被害者の捜索が続けられた。家族を探す者の呼び声が辺りに満ちている。領主の中野重義は鉄砲水で食糧庫も百姓も失っていた。中野本郷で生き抜くのが精いっぱいである.

「中野重義に立ち直る力があると思うか。」

政盛は夜交景国《よませかげくに》に聞いた。

「立ち直る以前に冬を生き残れまい。中野重義は食料倉庫まで流されている。」

「もし、生き残るに必要な手立てがないのなら、岩船郷の復旧も合わせて力を貸してやれ。同じ中野一族ではないか。」

中野一族のうち、夜交景国は高梨家の譜代家来である。新野長安は政盛の父、政高が既に滅ぼしている。

家はおろか食料まで流されて人々は飢えた。冬が訪れる頃、中野本郷、岩船郷一帯では飢饉の様相を示し始めた。政盛に命じられた景国は重義に食糧を貸した。景国の所領は横湯川を望む高台にあり被害は出ていない。飢民が夜交領に流れ込むのを嫌ったのも理由のひとつではある。景国は夜交郷の村人をも注ぎ込んで岩船の復旧に取り掛かった。

被害が大きいのは高梨領も同じである。吉田郷と西条郷でも穫り入れたばかりの穀物蔵は流され、農民は一夜で食糧と住まいを失っている。甚大な被害を受けた政盛は中野郷にまで援助の手を伸べる余力はなかった。

「高梨領でも来年まで食いつなげるだけの兵糧米は出してやらねばなるまい。」

生命以外に失う物を持たない飢民が暴徒と化すのを政盛は恐れた。全てを無くした農民が他領に逃散するのを恐れた。農民の数が減るのは高梨の力を削ぐ。農民は高梨の経済力の基であり、軍事力の構成要員である。

被害が特に大きかったのは高梨家の吉田郷と中野家の岩船郷である。両郷の間は河原と化している。

「雑穀はこのままでも育つ。麦は今ならまだ間に合う。早く種を播け。田植えの時期には収穫できよう。水田の復旧は田植えまでに間に合わせろ。」

兵糧米を放出した政盛にとって水田の回復は最優先の課題だった。栄養に優れて保存の効く米は貴重である。その水田に引く水は米と同じように貴重だった。一般的な主食は雑穀と少量の米である。

吉田郷や岩船郷の水田用水は豊富な湧き水を利用していたのだが、水源から水田に続く水路は尽く土砂で埋まっていた。水田の畦は崩れ水を蓄えられない。

明けて明応八年（１４９９）、ようやく冬を乗り越えた中野扇状地は鉄砲水と飢饉、それに続く農民の凍死で人口を減らしていた。正月二十日、刃柄固めの儀に集まった高梨一族も当主の顔ぶれが替わった家は例年よりも多い。

この年の鏡餅はとりわけ大きくした。

「疫病神は薬師如来、牛頭天王のおかげで去った。壊れた家々は作り直せば良い。去っていった者たちの代わりは再び産まれてくる。高梨は再び産まれ変わる。より強く、より豊かになるのだ。」

政盛は復旧工事に菅郷の小島（高梨）高盛や江部郷の高梨高秀、大熊郷の高梨房光からも人手を出させた。田植えまでの間に政盛は再び兵糧米を放出した。被害が大きかったのは中野扇状地で、善光寺平や山ノ内の高梨領ならまだ余裕があった。

水に浸かった米は焼き米にして保存してある。放出した兵糧を飢民に支給して政盛は耕地の回復に全勢力を注ぎこんだ。突貫で進めた水路や水田の復旧工事は辛うじて田植えには間に合った。

中野重義の水田は阿弥陀原にある。この水田の用水は松崎川から引いていた。水路が埋まったばかりではなく松崎川の水量が減っている。目の前の水路を修復しただけでは充分な水量が確保できない。上流で松崎川は到る所で埋まり、一部では流路が変わっていた。重義は松崎川の流れを堰き止めて阿弥陀原に水を引き込もうとしていた。

夜交景国の館からは中野扇状地が一望できる。中野衆総掛かりでやっている工事が景国には焦れたくて仕方がない。

「あんな事で水が間に合うと思っているのか。松崎川の流れは途中で二つに割れ、そのまた上流では土砂が堆積している。浚い上げなければ何をしても無駄だ。」

それでも辛うじて間に合わせた水はこの年の阿弥陀原水田に収穫をもたらせた。

「水が欲しいのは中野本郷の重義も同じであろう。松崎川の土砂を浚い上げれば横湯川の水を大量に中野扇状地に流せる。中野重義も水田を増やせるし。高梨の吉田も江部も新保にも水が引ける。お互いに良い事ばかりでないか。」

篠井川は水を引かせて遠洞湖を湿地帯に変えた。一帯には乾いた土地が現れている。政盛は湿地帯を蛇行する小河川の水路を付け替え、滞水を篠井川に流し込むのに十年の年月を費やしている。水が引いた土地には里芋や陸稲、麦が栽培されている。高梨の新保郷、江部郷と大熊郷では耕地面積が倍増していた。

「水田を拡げたいのだが、水が足りない。」

岩船と西条の湧き水の流末に頼っていては水田面積を広げるにも限界がある。江部郷の水田面積は利用できる水量で制限される。江部郷の水田は限度まで拡げられていた。

「西条と岩船には夜交家所有の畑もある。湧き水があると言っても水源より高い所では畑作にしかならぬ。水は下から上には流れない。未だに畑だ。横湯川の水を引けば水田になる。また、中野本郷では重義が阿弥陀原に細々と松崎川から水を引いて水田にしている。あの水を増やせば中野本郷でも水田は大きく広げられる。重義と力を合わせて扇状地を貫通する水路を開削してもらいたい。同じ中野一族ではないか。」

高梨の譜代衆である夜交景国は中野氏の庶子家である。「同じ中野一族ではないか。」と政盛に言われる度に景国は複雑な顔をした。景国は「同じ中野氏」の中野重義の説得に当たった。

「重義殿、松崎川を整備すれば水田が増やせるぞ。中野本郷の水田は阿弥陀原と山際に少しばかりあるばかり。情けないではないか。もっと広げようとは思わぬか。」

「差し出がましい事を言うな。他家の内情になぜ口を挟む。」

「他家といっても中野総領家と庶家の夜交家の間柄。高梨の家来となってからは総領家に遠慮して夜交を名乗っているが、同じ藤原流中野一族ではないか。中野郷、志久見郷の地頭職は市河氏に奪われ、新野は高梨氏に奪われ、夜交家は高梨の家来になっている。一族で一家を構えているのは総領家と夜交家でしかなくなった。このままでは中野一族は消えてなくなる。一家滅亡の危機がある時、実際に役立つのは血のつながった者だけではあるまいか。」

明応八年の秋から翌年の春、松崎川の川底は浚渫《しゅんせつ》工事で整備された。取水口で水を堰き止めてあるので難しい工事ではない。難しくはないが多くの人手を必要とした。山津波で押し出された大きな石は都合の良い石材でもあった。護岸に使われ、取水口に設けた水量調節装置にも使われた。この装置によって横湯川の水量が変化しても松崎川に流入する水量は調節できる。

一日五合の米は威力を見せた。昨年の鉄砲水で穀物蔵を流された中野重義には蓄えが無く、重義に米を貸した夜交景国も蓄えは乏しかった。米を出したのは政盛である。

「高梨様の米だぞ。工事に出てくれれば高梨様から米が貰えるぞ。」

高梨家の足軽たちが周囲に呼び回ると中野、夜交郷に限らず菅郷からも人手は沸くように出てきた。

そして初夏、横湯川の水を堰き止めていた堰が切られた時、松崎川には豊富な水が奔り、中野重義の阿弥陀原水田にも豊富な水が流れ込んだ。水田から流れ出た出た水はいくつかの細流となって扇状地を縦貫する流れを作った。流末は政盛の江部郷までをも潤した。政盛は米の持つ威力と水路整備が約束する将来の繁栄を確信した。この時から中野重義は高梨家の幕下に入った。

房能検地

越後では名君として評価されていた上杉房定が死に、倅の房能《ふさよし》が新守護に就いた。

守護職に就いた房能は驚いた。守護領の少なさにである。守護領の他に越後全域に守護段別銭の課税権があるのだが、徴収できない。国人衆は守護使不入権を楯にして守護使が所領に入り込むのを拒んだ。集まる段別銭は国人衆の自己申告に任せるしかない。

これは若くして京都から越後に入部した父、上杉房定の苦労の結果でもある。京都の将軍に仕えていた房定は越後を直接に統治していたのではない。越後守護代の長尾氏や阿賀北の国人衆などに苦も無く受け入れられることはなかった。国人衆は京都から入部した房定を「どこぞの馬の骨」という目で見ていた。

房定は守護代父子を粛清すると同時に、国人層に守護使不入の権を大幅に認めた。国人衆に対する一種の人気取り政策でもあった。いわば飴と鞭で苦労の末、どうにか越後をまとめたのが五十年前である。

「越後守護跡目相続が済んで間もないと言うのに、房能公はもう諍いを起こそうというのか。しかも立ち入り検地とは前代未聞である。房定公はこれ程の高飛車はしなかった。これは能景殿も承知の上なのか。」

上杉房能が越後で検地を厳しくしているのは政盛も知っていた。ただ越後の事として聞き流しただけである。高梨領を襲った地震と洪水の対応に追われて越後に目が向かないでもいた。

その検地の手が静間郷の高梨領や市河領の志久見郷まで伸びている。静間郷も志久見郷も信濃守護領であるが、信濃守護の力は及んでいない。越後守護の上杉房能はここに手を突っ込んできた。

「高梨領は越後ではない。」

守護使を追い返したのだが、守護使は「合戦になる覚悟をしておけ。」と聞き捨てならぬ言葉を残して去っていった。

守護使不入地には徴税や犯罪者追跡の為に守護の代官が入れない。すなわち守護に対して治外法権が保たれる。前守護の房定は守護使不入地を認めた上で検地をしている。国人衆の自己申告による検地をした結果、それでも税収は二倍になった。

「検地だけでさえも抵抗は大きい。その上に守護使不入権を廃止すると言い出した時は耳を疑った。忠実な守護代としてはあからさまな妨害も出来ぬ。放っておけばそのうち諦めると思っていたのだが。」

しかし、上杉房能は本気だった。国人衆が抵抗してもあきらめなかった。越後全土に隈なく守護使不入権の廃止と検地の手を入れようとした。いわば房能は越後全域の直接支配に乗り出したのである。

「五十年も前に房定公が安堵した守護使不入の証拠を出せ。無いなら守護使不入は認めぬ、というのだから乱暴だ。何十年も経てば、館が燃えることもあれば証文がなくなりもする。ましてや新しく開いた田畑、郷村に房定殿の安堵状がある訳もない。阿賀北衆には守護に所領を奪われた者も少なからずいる。」

「しかし、能景殿は口を挟まぬ。」

「口は出している。いくら諫めても房能公は兄の関東管領上杉顕定公の力を頼んで聞く耳を持たぬ。そして顕定公は古河公方足利政氏公と和睦して今は親密にしている。上杉家と足利家の両方の力の前には越後守護代なぞ軽い。房能公は奉行衆の平子や斎藤、大熊を使って越後を意のままにする気でいる。」

「守護使を自分の領地に入れるのでさえ忌々しい。その上、検地をして徴税を二倍にする。喜ぶ者があるはずがない。しかし、守護使を領内に入れなければ、青田を刈る、家に火を付ける、というのだから話は穏やかでない。ある者は渋々と従い、ある者は言を左右にし誤魔化して守護使を追い返した。本庄家と黒川家は武力で守護の代官を追い返した。」

長尾能景はぬらりくらりと守護を煙に巻いていた口である。能景は頸城《くびき》、魚沼、刈羽、三島、古《こ》志《し》、蒲原、岩船の七郡を治めている、七郡の御代官である。守護使不入権の廃止では被害が最も多い。能景としてはまだ若い房能を宥めすかしておくのが上策だった。守護と激しく対立した府中長尾家宗家の邦景・実景父子が粛清されたのは先代房定の時代である。能景は越後守護・房能と兄の関東管領顕定を、生死をかけた争いの敵にしたくなかった。

「結局、房能公は本庄家と黒川家に軍勢を差し向けた。『守護の命になぜ従わぬ。』というわけだ。

房能公の命に従って兵を出したのは上杉家奉公人の斎藤頼信、平子朝政だけだった。阿賀北からは仲條藤資《ふじすけ》が参加したが、藤資は黒川家との境界争いの当事者だ。房能公が動かせる軍勢はそれだけだった。守護からは何の相談もない。守護代としては、黒川と仲條の私戦に手を出さねばならぬ理由もない。守護側が敗けた。」

政盛は大声を出して笑った。

「そりゃそうだ。時には角を突き合わせても同じ阿賀北衆だ。阿賀北には阿賀北のしきたりがある。国人衆は検地と言われれば応じてきた。由緒がしっかりしている所領については報告書を差し出している。報告書にない田畑は存在しないも同然である。

新しく開発した田畑を守護に差し出し、年貢を多く納める程愚かではなかろう。ましてや不入地に侵入しようとする守護使に味方する者など考えられぬ。守護使は追い返せば良い。だが、越後武士の中で最も守護検地の損害が大きいのは能景殿だ。能景殿が守護に逆らわぬ限り、他の越後武士も何とか忍ぶだろうが、それでよいのか。」

顔を覗き込む政盛から能景は目を逸らし、話も逸らした。

「房能公の目には、からむし畑は畑に見えぬらしい。検地といっても米や雑穀の穫れる田畑でしかない。守護も三条西家を無視してまで青苧に課税はできぬ。課税できぬ物産に房能公は関心を持たぬ。だが、この湊に泊まっている船が全部、青苧座衆の荷とは限らぬ。」

能景はにやりと笑った。政盛にからむしの栽培と青苧の生産を勧めたのは能景である。政盛に勧めるだけでなく、自領でもからむし畑を増やしている。そこで生産した青苧は能景の自由にしていた。つまり、蔵田五郎座衛門が青苧座衆をしり目に集荷して販売していた。

青苧座の本所は三条西家である。本所は青苧の仕入れから販売に至る流通の独占権を持っている。三条西家は座衆から座役(税金)を得る代わりに青苧座衆に流通を独占させた。それればかりではなく、三条西家の権威で座衆は他から課税されることも無い。

青苧座衆以外の商人は流通に加われない。したがって競合相手がいない青苧座衆は安く買入れ、高く売れる。中でも上質な越後青苧とそれで織った越後上布は非常な高価で取り引きされている。座衆に加わっている商人は青苧の専売買で莫大な利益を上げていた。

「蔵田五郎左衛門という商人はなかなかの切れ者よ。越後青苧の売り先を探してきおった。座衆の目をかいくぐって売ってくるのは難しいが、それをしてのけた。青苧座衆でない者から買う商人も上方にはいるらしい。どこでどのように青苧座衆の荷に交じるのかは分からぬが、やはり餅は餅屋。」

三条西家は青苧の本所として座役(税金)の他にも関銭、津料といった通行税も課金している。越後や信濃で青苧の生産量が増えれば、それに応じて三条西家の収入も増えるはずである。ところが、これが減っている。

いわゆる「盗み買い」である。最初は細々と買い集めていたのだが、次第に規模が拡大していった。蔵田五郎座衛門は越後国内の青苧を買い集め、若狭小浜、京都、大坂と運び込んでいる。

長尾能景は蔵田が越後国内で青苧を買い集めるのを黙認した。黙認と言うより奨励である。蔵田が集めた青苧の荷が三条西家に差し押さえられることは、少なくとも越後ではなかった。蔵田五郎座衛門の荷が襲われるのを防ぎもした。青苧座の独占権に穴があき、ほころびが出始めている。

三条西実隆は上杉家の京都駐在家臣を通して交渉しているのだが、埒が明かない。守護の上杉房能はどうしていいか、方策が立たない。守護代の長尾能景は返事だけはするが動かない。能景は領内に頸城郡、魚沼郡という青苧の大産地を抱えている。座衆を通すよりも「盗み買い」の蔵田に売る方が高く売れるのである。

関東出兵

永正元年（１５０４）、夏の暑い盛りである。

「今度いくさについて屋形より書状を以って申され候。委曲示し預かりて披露に及ぶべく候。恐々謹言　六月二十一日　高梨刑部大輔殿　御宿所」

能景から届いた呼び出し状である。

「これは急がねばなるまい。」

翌早朝、房光と数人の供回りを連れた政盛は越後府中へ向かった。高秀は高梨領で軍勢を集める用意をしている。府中へは馬なら一日で着く。日没頃には政盛は能景に会っていた。

「今回府中まで出向いてもらったのは関東の事であるのだが。」

「何だ。越後で合戦をすると言うのでないのか。」

能景の呼びかけに応じて荒川館（守護代館）に駆け付けたのは政盛だけだった。

「越後の合戦ならば能景殿の合戦でもあるが、関東の事は関東管領家が関東上杉家の家来を動かせば良い話ではないか。何で信濃の高梨家が軍勢を出さねばならぬのだ。」

山内上杉家と分家の扇谷上杉家は関東で既に二十年近く争っていた。この抗争で顕定・房能兄弟の長兄である定昌《さだまさ》が白井《しろい》城で謀殺されている。

「能景殿が上杉房能公を担いで阿賀北の誰かを討つというのならばまだしも、守護使不入の権を取り上げた上に援軍を出せ、とは房能公も虫が良すぎる。しかも、昨年の干ばつによる飢饉から立ち直れるかどうか、今年の秋になるまで分からないではないか。それをこちらから仕掛けてまでいくさを始める理由が分からん。」

前年の文亀三年は全国的に雨が降らず、諸国で餓死者を出す飢饉が発生した。高梨領は政盛が整備した用水があるので死人を出すような飢饉からは免れている。しかし、不作の年であったのに違いはない。

「しかも相手は河越城の扇谷朝良《ともよし》ではないか。昔から山内家が優勢に立っている。所詮、山内上杉家と扇谷上杉家の内輪もめではないか。何も越後はおろか信濃からまで援軍を呼んで、今から合戦を始める理由が分からぬ。扇谷朝良に攻め込まれて困っているのでもない。いくさをしたいのなら、今年の豊作を確認してから来年にでも合戦すれば良かろう。」

「しかし義兄上、そうもいかぬ。このいくさは関東管領・上杉顕定公と古河公方が企てている。古河公方は未だに従わぬ伊勢宗瑞《いせそうずい》（北条早雲）の伊豆、西相模を降して関東を統一しようとしている。上杉宗家の山内顕定公は扇谷上杉家の朝良を服従させて上杉家を統一する気でいる。扇谷朝良殿は東相模と武蔵国の支配者だ。すなわち、古河公方と関東管領が、伊勢宗瑞と扇谷朝良を討とうとして起こすいくさだ。」

「房能公は関東管領上杉顕定公の弟であるから能景殿が諫めても関東出兵を止めさせるのはできぬ、ということか。あまり強く反対しすぎると矛先は長尾家と高梨家に向いてくる。扇谷朝良だけが相手ならば、難しいいくさではないが。さて、どうしたものか。出陣の準備はしておくが。他の越後衆が何と言うか、様子を見てから決めても遅くはあるまい。」

この時、二つの家系に分裂していたのは上杉家だけではない。

足利将軍家の幕府は前将軍義材《よしき》と現将軍義澄《よしずみ》の二流に分かれている。義澄は幕府管領の細川政元《まさもと》に担がれている。義材は、今は周防《すおう》の大内家に亡命している。四年前に細川政元追討の軍を越中の放生津《ほうじょうづ》幕府で起こし、上洛を試みたが失敗している。

足利義材からは能景に時折便りがある。

上洛の機を覗う義材は守護代の能景は言うに及ばず、政盛にも忠節を求める書状を寄越している。

「将軍の御判御教書の体裁を未だにとっている以上、義材公はいつか細川政元を討って京都へ戻るつもりであろう。義澄公についている守護大名や幕府管領家はどうするか、見ものではある。」

北信濃の高梨政盛にとって、扇谷上杉家と山内上杉家の抗争なぞはどうでも良い事だった。大切なのは高梨家と妹の嫁ぎ先の長尾家であり、高梨の繁栄である。政盛は高みの見物を決め込んだ。

そして、越後衆は動かなかった。能景は懸命に守護の房能をなだめていた。

「去年の干ばつによる飢饉で蓄えは尽きております。今軍勢を動かしても兵糧がありませぬ。軍勢は途中で飢える。兵糧も軍勢も不十分なままでは味方が蹴散らされます。せめて秋の穫り入れが済むまで、準備万端整うまで、越後勢が着陣するまで、それまでは軽く動かぬよう、顕定公に進言願います。お願い申し上げます。」

八月下旬、顕定は越後勢の着陣を待たずに扇谷朝良の拠点・河越城《かわごえ》を攻めた。古河公方の援軍があったので強気に出たのである。しかし朝良は降参しないし、河越城も落ちない。朝良は河越城を堅く守る一方で伊豆の伊勢宗瑞（北条早雲）と駿河の今川氏親《うじちか》に援軍を要請した。今川氏親は伊勢宗瑞の甥である。

顕定からは火が付いたような援軍の要請が越後守護の上杉房能に来ている。守護代の長尾能景は房能から出兵の催促を受けているが動かない。動かないと言うよりも動けないのである。大軍を動かすには兵糧が足りなかった。

稲の刈り取りが終わってもすぐには兵糧にはならない。刈り取った稲は天日干しにする。脱穀して籾を稲からはずして穀と稲わらなどのゴミと選り分ける。それから籾摺りをして玄米と籾殻を分けて俵に積めて、と手数が掛かる。年貢が領主の蔵に入るのは早くとも九月の末になる。

朝良の要請を受けた今川氏親と伊勢宗瑞は伊豆と駿河から軍勢を集め、九月の下旬には武蔵国枡形《ますがた》城（現川崎市）に陣を構えて機をうかがっている。これを聞いた顕定と古河公方は河越城の囲みを解いて陣を移した。囲みを解かれた朝良は河越城を出て伊勢宗瑞の軍勢に合流した。

九月二十七日早朝、扇谷朝良、今川氏親、伊勢宗瑞の連合勢は多摩川を渡って立河原《たちかわのはら》（立川市）に布陣した。それを知った顕定と古河公方の連合勢は越後勢の援軍を待たずに立河原へ急行し、両軍は激突した。昼頃に始まった合戦は夕方まで続いた。結果、顕定勢は想像を絶する二千もの戦死者を出して惨敗した。

顕定は本拠地の鉢形《はちがた》城に逃げ込んで意気消沈している。大勝に満足した伊勢宗瑞と今川勢は鎌倉へいていた。

引き揚げていった。扇谷朝良は河越城に戻り軍勢を解散して兵を休めている。河越城は手薄になっていた。

立河原の惨敗を知って房能はうろたえている。

「何故早くに関東へ出陣しなかったのか、悔やまれてならぬ。河越城を落として朝良を降参させれば、扇谷との抗争も終わるのだが。」

能景が苦労して集めた越後勢と政盛の高梨勢は関東へ向かった。

「今なら河越城は落とせる。」

兵糧もようやく間に合った。関東管領上杉顕定の籠る鉢形城へ入ったのは立冬を過ぎた十月の半ば頃である。顕定は激怒した。

「今頃何をしに来た。いくさは既に終わっておる。軍勢は解散した。立河原敗戦で今回の勝負はついた。今は朝良に付け入られぬよう護りを固め、捲土重来を期すべき時であろう。軍勢は解散して皆は知行地に帰っておる。越後へ帰れ。帰って次の合戦には間に合うよう、手ぬかりなく準備をしておけ。再び遅参することがあったら今度は勘弁ならぬぞ。」

「軍勢を解散しているのは扇谷朝良も同じこと。援軍の伊勢宗瑞も今川氏親も引き揚げている。朝良がすぐに動かせるのはまだ武蔵国に残っている扇谷上杉家の家臣のみではありませぬか。今、手薄になっている河越城を攻めれば味方の勝利は間違いない。」

「伝え聞くところでは朝良公は再度山内上杉家を討つ準備に取り掛かり、時期をうかがっているそうではありませぬか。その時まで待っていれば、山内上杉家は再び敗れる。」

「新しく率いてきた信濃、越後の軍勢と顕定公の軍勢を合わせれば、いかに堅牢な河越城でも多勢に無勢で持ち堪えられますまい。」

政盛と能景の説得にも顕定は同意しない。立河原の合戦で惨敗して委縮している。

「だめだ、だめだ、今川氏親・伊勢宗瑞の援軍が来たらどうする。河越城の兵と援軍で挟み撃ちにされるではないか。」

政盛は地図を取り出して再度説得に努めた。

「進撃路を塞いで敵の援軍を防ぐのは当然のこと。河越城に朝良公を追い込むと同時に、相模国から武蔵国の入口にある城を扇谷上杉家から奪う。こうすれば、朝良殿は関東で孤立する。敵側が動く前に味方が攻めれば勝利は固い。」

軍議が整った顕定、能景、政盛連合軍の動きは速かった。ほとんど奇襲とも言える動きに、河越城の朝良は味方の国人衆に出陣を促す余裕もない。

十一月下旬、河越城下に押し寄せた長尾能景率いる主力に朝良勢は僅かな抵抗をするだけで河越城に押し込められてしまった。十二月一日である。勢いづいた能景勢は翌二日と三日にかけて椚田《くぬぎだ》城（現八王子市）と実田《さねだ》城（現平塚市）を陥落させ、今川・北条領から援軍の道を断った。

顕定勢に包囲されて朝良勢は河越城に閉じ籠ったが、翌永正二年（１５０５）の三月には河越城総攻撃の構えを見せられては降伏するしかなかった。立河原の合戦で大勝しても、扇谷上杉家は山内上杉家には敗れたのである。

能景と政盛の働きが十八年もの長年に渡る山内・扇谷両上杉家の長享《ちょうきょう》の乱を終わらせたのは明らかである。誰が見ても味方を勝利に導いた能景と政盛の手柄は大きかった。しかしながら、顕定は機嫌が悪い。立河原の惨敗からまだ立ち直れないでいる。

「立河原の合戦に遅参した罪は大きい。あの合戦の成り行きによっては山内上杉家が滅んでいたかも知れぬ。今回の働きによって山内上杉家に謀反を企てたのではない事だけは分かった。以後、忠節軍役に励め。」

顕定は能景や政盛の苦労が全く分かっていない。まず兵糧がなかった。なけなしの兵糧を用意して地侍衆を引っ張ってきた国人衆の苦労が分かっていない。通常は半年分から八か月分の食料は蓄えているのだが、昨年の飢饉でその蓄えは食い尽くしている。

次に軍勢が集まらなかった。越後では守護房能の検地に不満が高まっていて出陣を快諾する者はいなかった。出陣を渋る国人衆を何とか説得して率いてきた長尾能景たちの苦労が分かっていない。

「まさか叱られるとは思わなかった。」

「勝ち戦ではあっても、これでは恩賞は当てに出来ぬな。」

山内上杉家に勝利をもたらした能景と政盛には恩賞どころか感状さえもなかった。

「冬越しの滞陣で大きな怪我も病気もなく、無事に帰れた。これで良しとせねばなるまい。」

北信濃の政盛にとって関東は暖かい土地である。加えてこの年は暖冬で諏訪湖に御神渡りがない。決してつらい滞陣ではなかった。政盛は合戦で手柄を立てた者に感状を与えた。

暖冬の影響か春の花は例年より早く散り、蝶も例年より早く活動した年だった。扇状地を縦貫する中野堰の整備の結果、水田面積は格段に増えた。田植えは順調に済み、梅雨時には豊富な雨に恵まれて政盛は豊かな秋の稔りを予想していた。

ところが、梅雨空はいつまで経っても晴れなかった。稲の葉や茎には五ミリほどの虫が付き、その数は日を追って増えている。稲穂を揺すったり指で触れれば逃げていくが、別の稲穂に止まるだけだった。

長梅雨に祟られたのは越後も同じだった。

「涼しくて過ごしやすい夏ではあるが。秋の収穫は少なかろう。」

能景も不作を心配している。

「房能公は検地がうまくいって気を良くしているが、田畑の広さと毎年の収穫量はまた別のものだ。不作にどう対応するかまでは考えておるまい。関東出兵で越後武士には蓄えがない。秋の穫り入れまでは蔵は空に近い。房能公の思い通りに米は集まるまい。」

政盛は段銭徴収に言い及んだ。

「上杉家奉行人の平子朝政も苦労するだろう。北信濃は心配いらぬ。徴収に来たら追い返すまでだ。守護の手勢だけなら数も知れている。」

「段銭は守護家の事。守護代が乗り出すこともあるまい。」

能景は放置するつもりである。

政盛の予想通り、長雨と稲の害虫、害虫がまき散らす稲の病気の為にこの秋は不作だった。そして能景の想像通り、房能は段銭の徴収に容赦はなかった。関東出兵で疲弊した越後国人衆に負担の軽減はしなかった。

「ない物は出せぬ。出せぬ物は出せぬ。」のが実情だった。

飢饉に備えて、あるいは合戦に備えて少しでも多くの米を蓄えたいのも本心である。

「米がないのならば銭を出せばよいであろう。」が房能の言い分だった。

それでも長尾能景は表向きは忠実な守護代だった。房能を諫めはしたが反抗はしなかったが特に協力もしなかった。奉行人の平子朝政が苦労しただけである。

青苧は越後を代表する特産品であり、換金作物である。生育期が涼しく多量の降雨があると良質の繊維が大量にとれる。すなわち米が不作だったこの秋、上質なからむしの生産は高かった。

米の不足分を青苧の売り上げから補てんするのは新税を課すのに等しい。また青苧座は三条西家が本所になっている。守護といえども勝手に課税することはできない。守護の権威は将軍の権威が後ろ盾になり、将軍の権威は古くからの寺社や公家、朝廷の権威で補完されている。

そこで平子朝政は青苧の「盗買い」摘発に目を付けた。犯罪行為を取り締まり、座役を始めとして中央の公家や寺社の権益を護るのは守護の表向きの役目でもある。「盗み買い」は明らかな犯罪行為だから平子は厳しく臨んだ。三条西家も「盗み買い」に神経質になっている。三条西実隆の要請でもあった。守護館の目の前にある府中湊に入ってくる「盗み買い」の青苧船を取り締まるのは平子朝政の義務でさえもある

平子は着岸する青苧船の調査を徹底した。徹底した調査によって「盗み買い」の青苧船を抑留し、荷を没収した。没収した荷は青苧座衆の商人に売り渡す。売り渡した代金は丸儲けである。

この荷の中には能景の魚沼郡や頸城郷でとれた荷もある。越後国人衆から買い集めた青苧も入っている。「盗み買い」の荷を没収された青苧商人は丸損である。能景は越後衆商人筆頭の蔵田五郎座衛門に泣きつかれたが、護衛の軍勢を貸してやる他に打つ手がない。

関東では房能の兄・関東管領上杉顕定が古河公方の弟を養子にしていた。永年敵対していた扇谷上杉家とも婚姻関係を進めて関東は安定している。能景は上杉房能を敵に回すのだけは避けたかった。

房能を敵に回せば関東全体が敵になる。しかし房能を嫌う越後国人衆から長尾家が孤立する訳にもいかなかった。

長尾能景戦死

この頃、将軍義澄を意のままに操っている細川政元とそれに対立する勢力の抗争が激しくなっていた。永正三年（１５０６）、細川政元は一向宗徒と結んで反細川勢力を潰しにかかった。細川政元は一向宗の本願寺九世法主・実如《じつにょ》と組んだのである。実如は一向宗徒を総動員してこれに応じた。

七月に加賀、越中、能登の宗徒は加賀に雪崩れ込んだ。二十万とも三十万とも伝えられる大きな群れである。加賀の朝倉勢は敗退を重ねた。数を頼みに怒涛となって押し寄せる一向宗に抵抗の術は限られていた。朝倉勢がようやく踏み留まったのは九頭竜川《くずりゅう》である。九頭竜川を一向宗が越えれば朝倉氏本拠地、一乗谷はすぐ目の前である。

劣勢の朝倉勢は一か月も激戦を繰り広げて九頭竜川の線を持ち堪え、八月六日の無茶な夜間敵前渡河で一向一揆勢に奇襲をかけた。不意を突かれて混乱した一揆勢は浮足立ち、瞬く間に烏合の衆となって撃退された。

一方、越後の隣、越中守護の畠山尚順《ひさのぶ》は畿内で政元と戦っている。おまけに越中は神保氏、椎名氏、遊佐《ゆざ》氏の三人が守護代となって分割統治している。一揆勢の進撃を食い止めるどころか不意を突かれた守護代は越中から追い落とされてしまう有様である。畠山尚順は一向一揆の蜂起に対抗する術がなく、越後守護の房能と守護代の能景に救援を求めた。

七月に越中へ出陣した能景は破竹の勢いで進撃した。一揆勢は次々と敗退していく。八月十八日には一揆勢の拠点、蓮台寺《れんだいじ》城を落として一揆勢を撃破した。越中から追い落とされていた遊佐氏や神保氏は帰国し、一揆軍は鎮圧されたかに見えた。

「このまま西に向かえば越前の朝倉殿と共同で一向一揆をつぶせるかも知れぬ。」

能景は前途を楽観した。

相次ぐ戦勝報告を得て戦況を楽観したのは守護房能も同様だった。ただ能景より戦場から離れているが故に楽観の度合いが底抜けだった。

「所詮、一揆勢は烏合の衆。越中の事は能景に任せておけば間違いはない。畠山公も喜ぶだろう。」

ところが、朝倉勢に九頭竜川から追い払われた一揆勢が体制を立て直して越中に雪崩込んだのである。一揆勢の人数は日を追って増え、抵抗は激しくなる。日に日に増える一揆勢に対し、能景の軍勢は増えない。能景は守護房能に援軍を要請した。

「朝倉殿はたった一晩で三十万の一揆勢を追い払ったと聞く。長尾、上杉、椎名、神保の連合軍を率いて能景は何を甘えておるのか。」

守護房能は援軍を出さなかった。

能景は援軍を待った。

「これから先、瑞泉寺《ずいせんじ》城を落とせば越中は平定できる。だが、日増しに増えている一揆勢は瑞泉寺城に集まっている。早く房能公が援軍を出してくれぬと大変な事になる。援軍を待って攻めるしかあるまい。」

砺波《となみ》郡は一揆勢の制圧下にあり、瑞泉寺城はその本拠である。

能景勢に追い詰められた一揆勢は能景勢の武将に調略の手を出した。能景が攻め落とした城や城主の所領を代償に寝返りを催促したのである。同時に集められる限りの宗徒を集めた。事態は急迫した。能景に房能の援軍を待つ余裕はなかった。加賀、越前、能登から瑞泉寺城に集まった一揆勢は数を頼りに東進して能景勢に迫ってきた。

九月十九日、能景勢は一向一揆勢と般若野《はんにゃの》で激突した。一揆勢は数を頼みに押し寄せるが能景勢は強かった。攻めれば敵は引き、また攻めればまた敵は引いた。

異変に気付いたのは合戦が始まって間もなくである。

「何かがおかしい。神保勢が裏切ったか。」

気が付いた時にはもう遅かった。守山城から打って出た神保勢が能景勢の背後に回り込み退路を断っている。能景勢は前に一向一揆勢の大群、後ろからは神保勢に挟まれて攻められている。ついには周りを囲まれた越後勢は大混乱の中で壊滅した。能景は死んだ。

この時、政盛と長尾能景の嫡子・為景は越中にはいなかった。中越地方にいた。今の長岡市、三条市、柏崎市あたりである。越中の一向一揆に呼応して叛乱が起き、その鎮圧に向かっていたのである。五十嵐、石田、大須賀氏といった土豪が起こした叛乱は国人衆の安田氏や毛利氏の家来をも巻き込み、越後を分断する勢いがあった。

政盛と為景が能景の死を知ったのは中越の叛乱を鎮圧してからだった。般若野で能景を失ったとはいえ、中越地方の叛乱を収めた為景には信望が集まる。為景は能景の後を継いで守護代となった。荒川館（守護代館）の為景には祝賀の太刀が献上されている。越後の諸士が銭を出し合って購入した品である。

「房能公が援軍を寄越していれば、神保慶宗《よしむね》の裏切りも無かったかも知れぬ。」

能景の陣中にいた重臣がふと漏らした独り言を為景は聞きとがめた。

「なに、親父は援軍を求めていたのか。なぜ知らせなかったのだ。知っていれば中越の叛乱は安田と毛利に任せて越中に駆け付けたものを。」

「能景殿は何度も房能公に援軍を求めておられた。それを為景殿は何故知らぬ。おかしな事もあるものだ。」

「もしや、房能公が謀ったのでは。房能公は何かと能景殿が煙たかったはず。この合戦で、あるいは能景殿を除こうとしたのではあるまいか。先代の房定公は守護代の長尾邦景《くにかげ》殿とその嫡子実景《さねかげ》殿を亡き者にして支配を固めた人物ですぞ。」

為景は政盛に尋ね返した。

「それでは、房能公は越中守護の畠山尚順に恩を売りつつ、邪魔な親父を取り除いた、という事か。」

「確実な証拠があるわけではないが、神保慶宗が一向宗徒から説得された上に房能公から働き掛けられれば、裏切りもする。一方で越中守護の畠山尚順は越中にはいない。一向一揆衆と上手く組めば越中を意のままにできる。悪い話ではない。」

天水越

越後に初雪が降る頃、京都駐在の上杉家家臣が現将軍義澄の内意を伝えてきた。上杉家を今の五か国に越中と信濃半国を加えて七か国の太守にすると言うのである。

「一向宗徒は細川政元公と組んで暴れておる。政元公と合意の上ならば一向一揆も大人しくなろう。現将軍義澄公の内意であれば細川政元公と組むに等しい。越中守護の畠山尚順を討てという事でもある。」

将軍の権威が守護権力の後ろ盾である。したがって現将軍の義澄を操っている細川政元の勢力と同盟を組めば越中に上杉家の勢力を拡げられる。

畠山尚順は越中にはいない。越中を三人の守護代に分割統治させている。

「越中の一向一揆は怖いが、これさえ従順であれば三守護代を従わせるのも困難ではない。三守護代の内、神保慶宗は為景の親の仇でもある。為景も同意するであろう。」

為景は再度の越中攻めを持ちかけられた。稲荷館（守護館）には平子朝政が同席している。話を聞いているうち、為景は次第に腹を立てた。

「親父・能景は畠山尚順公の要請で一向一揆を鎮圧に越中へ出向いたのだ。今度は一向一揆に味方しろと言うのか。しかも、ここにいる平子は上杉家の奉行人として、何故般若野へ援軍を送らなかった。

援軍があれば親父は死なずに済んだ。どれだけの越後侍が死んだと思っているのだ。三月も経たぬうちに再度の越中攻めを言い出すなど考えられぬわ。」

声を荒げて怒る為景に房能は驚いた。為景は怒ったまま席を蹴って退出した。

「為景はまだ若い。能景亡き後は何とでも操れると思っていたが、能景以上に手ごわいかも知れぬ。守護代などは黙って守護の命に服していれば良いのだ。」

平子朝政は相づちを打った。

「確かに。今までどれだけ能景殿の横槍で裁定が妨げられた事か。国人衆にどんな裁定を下しても素直に従う心はない。行き着く所は軍勢を出して合戦になる。その軍勢も守護代が集める。御屋形様の立つ瀬が危うい。」

平子朝政は守護房能の奉行人として所領争いなどの裁判を担当している。房能が守護使不入権を廃止したのにもこの朝政が一枚噛んでいる。

御屋形様・越後守護の房能の立つ瀬が無くなるのは奉行人・平子朝政の立場がないという事でもある。朝政の屋敷は房能の稲荷館（守護館）の近くにある。

「結局は守護代が替わらねばどうにもならぬか。為景をどのように手なずけるか。あの猪武者をだ。あるいは、取り除く一手しかないのかも知れぬ。」

中越の叛乱は結局、為景が安田と毛利に始末させた。安田、毛利は叛乱に参加した重臣等を誅殺したうえ、当主は家督を譲って隠居するまで為景に心服している。

ある日、荒川館に戻った為景は政盛に「愚かにも程度があろう。」とぼやいた。

「今日稲荷館へ行ったら七か国の太守になれると房能公は舞い上がっている。将軍の約束にどれだけの信が置けるというのか。現に上杉家は既に伊豆を伊勢宗瑞(北条早雲)に取られているではないか。相模も危うい。」

「どうやら細川政元公は飯綱の秘法を使うらしい。」

政盛は「くっくっく」と笑った。政元の修験道狂いは有名である。

「この件、畠山尚順公と足利義材公に報せておくべきですな。今は政元公が幕府管領の職にあるが、畠山尚順公も何時幕府管領職に戻るとも知れぬ。周防に亡命している足利義材公も何時将軍職に復帰されるかも知れぬ。今回の上杉家の動きを報せておけば、少なくとも長尾家を敵とは思わぬ。

それよりも為景殿、干ばつで飢饉になった翌年が関東出兵、去年の冷害と今年の越中出兵。この数年間で国人衆は疲れ切っておりますぞ。兵糧蔵は空になり銭は使い果たして無い。今年の収穫を待ってやっと息が吐ける有様だ。守護は検地で税収は上がるだろうが、国人衆は負担には耐えられぬ。」

「伯父上、それは長尾一門も同じだ。何とか一年は段別銭や公事負担を下げるよう頼みはしたのだが、守護は聞く耳を全く持たぬ。」

この冬を政盛は越後府中で過ごした。為景や越後の動向が気になるのである。為景の母は政盛の妹である。能景が戦死した後は髪を下ろして法往院と称している。政盛にとって能景亡き後の越後府中は妹と甥が暮らす肉親の在所である。高梨領と同様に大きな責めを負うべき場所になっている。

府中には房能の娘婿の屋敷がある。上条上杉家から婿入りした定実《さだざね》の屋敷である。この冬に定実の正室、すなわち房能の娘が逝った。名を「かみ」という。定実が三年前に婿入りした時にはもう病を得ていたらしいのだが、冬を乗り越えられなかった。定実が悲しんだのは言うまでもないが、正室を亡くした事よりもむしろ守護家との繋がりが薄くなるのを悲しんだ。

娘婿である定実の立場はおぼつかない。正室である房能の娘が他界した以上、既に娘婿の立場にない。実家の上条家は兄の定憲が継いでいる。房能には嫡子がないが、すでに八条上杉家から龍松が養子に入っている。定実は房能よりも四歳年下なだけである。このまま府中上杉家に寄食していれば何れ従兄弟である房能の家臣に組み込まれる。守護家の中で定実は片隅に追いやられていた。

守護家の中に居場所のない定実にとって、政盛は田舎の裕福な、気が置けない友人である。田舎の老人であるが、連歌もすれば古典の話もする。気の張らないお仲間である。お互いに供の者も交えて連歌会の真似事なぞしていると、時折本音が出る。

「かみ殿が生きていてくれれば房能公の娘婿でいられたが、今ではただの厄介者よ。上条家に戻れる訳も無く、このままでは一生の飼い殺しになる。房能殿に万が一の事があっても、越後守護職は養子の龍松になるだろう。」

ぽかんと言う定実を政盛はたしなめた。

「これこれ、定実殿。うかうかと口に出して言う事ではなかろう。他人に聞かれたら何とする。この政盛まで罪に問われるではないか。万一の事を考えておくのも房能公の娘婿としての心構えではあるが、口に出して言うべき事ではなかろう。」

定実が守護職を継ぐ可能性がわずかでもあるとしたら、房能と龍松の父子が不慮の死を遂げた場合だけである。それも房能の娘「かみ」が生きていれば、の話である。定実に越後守護職が回ってくる目は全くない。

上条家の当主だった房定が越後上杉家を継いで越後守護になった経緯は、上条家では触れてはならぬ事とされていた。房定が越後守護になったのは京都で越後守護職にあった従兄弟・房朝とその妻が謎の急死を遂げたのが契機になっている。それまで京都にいた房定は守護として越後に下向し、それ以来京都へは足を運んでいない。なお、房定の父、上条城主だった上杉清方《きよまさ》も不審死を遂げている。

「万が一の時は前例にならって兄の上条定憲が越後上杉家を継いで越後守護になり、上条上杉家はこの定実が継ぐのが無難なところだな。」

「越後守護家の跡継ぎが誰になるかは別にして、定実殿の大叔父・憲実公は関東管領、伯父の房定公は越後守護、そして今の越後守護は房能公。従兄弟の顕定公も関東管領。上条上杉家が越後上杉家の総領家となっても何ら奇妙な事ではありますまい。しかし、これは定実殿が腹の内に納めて置かれるがよろしかろう。そういう事もあるかも知れぬが、口外無用に願いたい。」

しかし、定実の口に戸は立てられなかった。定実は実家の上条定憲、政盛、為景の間を気軽に動き回っては軽口をたたいて嫌な顔をされている。言葉の端々には自分の境遇への不満が出る。越後守護になれない不満である。

永正四年の夏も近づいた頃、事件は起こった。越後や信濃の青苧や青苧を織った布は柏崎湊や府中湊に集められて若狭小浜に積みだされる。この流通は青苧座衆商人が独占することになってはいる。先代守護代の能景の時代から越後ではこの独占が壊れ初めている。当初は「良く分からない連中」が青苧の「盗み買い」をしていると認識されていたのだが、その活動は年ごとに拡大し、活発になっていた。

誰でも売る時は高く、買う時は安くしたい。政盛も越後国人衆も少しでも高く買ってくれる商人に青苧を売りたい。青苧座衆から買い入れていた加工業者は安く仕入れたい。

蔵田五郎座衛門を始めとする「越後衆」と呼ばれる商人たちがこの要望に応えた。元々青苧座衆が独占して人為的に決めていた価格である。利幅は大きい。多少利幅が減っても大量に荷を集めれば利益は大きい。越後衆の活躍によって青苧座衆の仕入れ値は上がり売値は下がった。

青苧座本所の三条西実隆はこの取り締まりを若狭守護の武田氏や越後守護に依頼した。

越後衆は近江坂本で荷物を差し押さえられ、若狭小浜では船ごと拿捕されたりもした。

越後では上杉家奉行人の平子朝政が古志長尾家の膝元の小千谷で、上条上杉家膝元の柏崎で、そして府中湊で、取り締まりを厳しくしている。

それに対抗するために越後衆は武装した。水夫も商人も武装し、時には護衛の兵士を雇いもした。

為景はこれに力を貸すこともあった。

平子朝政の取り締まりは日々に暴力的なものに変わっている。

「何をしている。お前等は強盗か。」

騒ぎを聞いて政盛が駆けつけると船団の周囲では今にも合戦が始まる気配である。刀を抜いた平子の手の者が船団に群がって水夫たちと睨みあっている。

新興産地の高梨領にも越後衆が入り込んでいる。だから本所の三条西家から見れば政盛は盗み買いで市場を荒らす一味の一人でもあった。今日平子に襲われている荷には高梨領から出荷した青苧も入っている。

「もう容赦はせぬ。荷を分捕る。全部だ。」

平子朝政は業を煮やしていた。房能からも盗み買いが減らないのを責められてもいた。何より自分の面前を盗み買いの荷が堂々と通り過ぎていくのが許せなかった。政盛と為景が平子勢を追い返してその場は収めたが、この事件は房能を怒らせた。

所領争いや犯罪に対する裁判権と執行権は守護の房能にある。三条西家が持っている青苧の流通独占権を侵害することは、不法に三条西家の所領を奪うに等しい。房能の膝元である府中湊で、為景と政盛は青苧の「盗み買い」という不法行為に味方して守護奉行人の平子朝政を追い払ったのである。これは犯罪行為以外の何物でもない。

「このままでは済みませぬな。」

荒川館には政盛の手勢と逃げ込んだ越後衆の水夫が加わって騒然としている。翌日、事件を聞いた定実が館を訪れた。幾分か緊張した様子である。本人は今回の事件を円満に収めようとしているので屈託はない。

「今回の騒動は青苧船の商人が水夫たちをあおって起こしたに過ぎない。商人からは津料と青苧役を徴収して三条西家に収めるだけで良い。それで間違いは正せるし、守護の顔も立つ。この三年間はいくさ続きではないか。ここで府中が乱れると再び越中の一向宗徒が攻め込む。阿賀北衆も挙兵する。越後衆を青苧座衆に組み入れて役料を納めれば済む話ではないか。」

確かにその通りなのだが、定実が言う程には物事は簡単ではない。青苧座衆は仕入れから販売までの流通を独占している。少ない人数で独占できるから安く仕入れて高く売り、膨大な利幅が上げられる。青苧座衆の数を増やすのは以ての他である。

越後衆が加わるだけで独占の旨みが少なくなっていた。これに越後青苧とそれで織った越後上布の品質が良い事も加わって生産者価格は上がり、京都や大坂では独占が破れて安価な青苧が出回った。青苧座と本所である三条西実隆が神経質になるのも無理はない。

それ以上に、青苧の「盗み買い」は、為景の父である能景が企画した事業である。房能は国人衆から守護使不入権を取り上げて越後を直接支配しようとしたが、守護が気付く頃には越後青苧は大きな産業に成長していた。房能が気付かぬ所で、房能の目に入らなかった物産の青苧で、越後国人衆は所領内の支配を強めていた。房能の越後支配は一歩後退していた。

折りしも、房能は京都の変事を耳にしたばかりである。幕府管領の細川政元が養子の細川澄之に暗殺された件である。政元を暗殺した上に義兄弟の細川澄元を近江に追い払っている。澄之が守護代と組んでの事件である。この事件は政元の三人の養子が細川家の跡目を巡る抗争に発展した。これを越後で例えれば、房能が政元の位置にいる。

「義兄（房能）を殺して定実が越後守護になる。その場合、定実は為景と組む。あるいは実家の兄・上条定憲と組む。定実は上条家を継ぐか守護職を継ぐか、どちらに転んでも損はない。一方、八条家から養子に入った龍松はどうか。まだ若い。二十年もすれば間違いなく府中上杉家と守護職を継ぐ。実家の八条家と軋轢が生じている訳でもない。」

疑念がわき始めるとそれが頭の隅にこびりついて離れない。それが次第に大きくなっていく。ついには長尾為景と定実が共謀して自分を除こうとしていると思い込むようになった。いつの間にか房能は為景と定実を遠ざけるようになった。

それでも定実は房能と為景の間にできた溝を埋めようとしていた。従弟同士という事もあるが、自分の下工作が出来上がる前に事態の急変を避けたい。上条上杉家の人間としては越後を支配したい。

「今回の騒動も平子朝政の乱暴から始まったこと。青苧船を抑留したりせねば、今回の騒動は起こらなかった。上条家の鵜川庄でも平子の横車は限度を超えておる。これ以上平子の無茶を許しておけば、越後はどうなるか分かりませんぞ。」

「どうなるか分からぬ、とはどういう事か。上条家が謀反を起こすという事か。」

「上条家が謀反を起こす理由はない。国人衆や地侍たちが談合して叛乱するかも知れぬと言っているのだ。為景殿でもそれを抑えきるのは難しかろう。」

「なに、為景。為景が叛乱を起こすかも知れぬ、というのか。」

「為景が叛乱を起こす理由はなかろう。長尾家の血筋で上杉家の守護職を継げるわけなど決してあるまい。あれは気性が激しいだけだ。平子朝政が無茶をするから為景が激しく応じる。平子を大人しくさせれば為景も大人しくなる。」

平子朝政は守護房能の奉行人である。平子が大人しくなるのは守護の自分が大人しくなるのと同じ意味になる。房能が同意できることではなかった。

稲荷館（守護館）の東側には関川が流れている。関川の日本海側河口部、稲荷館（守護館）背後の北東に為景の荒川館（守護代館）がある。稲荷館とは老いの馬場を隔てて至近の距離にある。どちらの館も土塁で囲んであるが、お互いの館内の様子は隠せない。

この日、稲荷館に龍松の実父、八条房孝が供回りを連れて泊まり込んだ。龍松の元服に合わせての訪問という触れ込みではある。時節柄弓や薙刀を携えた大勢の供回りを連れてくるのは穏やかではない。府中に屋敷を構えている平子朝政の手勢も無視できない。

「房能公は荒川館を攻める気か。今朝には各所に使いを出していたようでもある。攻めてくるならば、早くても明日。上州から援軍を呼ぶとなれば半月はかかる。今夜、または明日中に稲荷館を攻め落とすか。それとも逃げるか。」

政盛と為景に「逃げる」選択肢はなかった。挙兵準備は房能が一歩先に進んでいる。為景も政盛もわずかな手勢しか持っていない。供回りだけである。逃げれば房能の集めた軍勢に押し潰される。しかし、稲荷館と平子朝政の屋敷を取り囲むに手勢は少なすぎる。

旧暦の八月一日。二百十日を少し過ぎた頃である。この日は日本海の波が高い。台風が近づいている。月は出ていない。

青苧船が何隻も台風を避けて府中湊に入港している。

「蔵田五郎座衛門以下の越後衆に合力を頼み、それに高梨勢と為景殿の手勢を合わせれば何とかなろう。決行するならば今晩しかあるまい。房能公を除いて龍松殿を守護に立てれば事は終わる。」

政盛は青苧船の乗組員を荒川館へ呼び入れた。風は雨を伴って北から吹いている。政盛勢は稲荷館の虎口を破って館に入り込み、放火した。火は北風に煽られて稲荷館に燃え広がった。

稲荷館の房能勢は混乱した。夜明け前の暗闇の中である。養嫡子の龍松は房能の身近に駆けつけ刀に手をかけている。館に泊まっていた八条房孝は手勢をまとめて抗戦しているが、状況が呑みこめずに混乱している。

「為景に先を越されたか。逃げる。直峰《のうみね》城へ逃げる。直峰城で軍勢を立て直し、一族衆と譜代衆の援軍を待つ。」

直峰城は府中から一日の行程である。安塚街道を抜けて千曲川を渡れば関東管領の譜代家臣である長尾房長の上田衆がいる。房能は館内に住んでいる家族をまとめ寄せて安塚街道を東へ、直峰城へ向かった。明るくなる頃、北から吹いていた風向きが西に変わり稲荷館は焼け落ちた。稲荷館の変事に気付いた平子朝政は館に駆け付けるが既に手遅れである。直峰城を目指して落ちていく房能一行を遠くに見つけて後を追った。

政盛は北信濃の高梨館へ向けて使いを飛ばした。馬ならば高梨領まで一日で行ける。政盛の留守は江部郷の高梨高秀が守っている。丸一日かけて北信濃の軍勢を集めた高秀は越後府中へは向かわず、千曲川を下流へ、妻有庄へ向かった。

間に合えば安塚街道を東進する房能勢に妻有庄で行き会う。もし、坂戸城の上田衆が援軍を出せば、やはり妻有庄で衝突するはずである。妻有庄は安塚街道の出入り口を押さえる要衝である。

この騒ぎに定実はまるで他人事である。守護家が亡びれば自分は越後守護になる。少なくとも上条城主にはなる。為景が破れれば為景領は没収である。為景跡地は恩賞として自分にも分け与えられる。勝つ側に付いていれば自分に損はない。

稲荷館の出火を見た定実は実家の上条家へ向かった。兄の上条定憲を焚きつけて援軍を出させるつもりである。夕刻に上条城に着いた定実はいきなり切り出した。

「兄上、上条家に運が向いてきた。越後上杉家は亡びる。兵を出してくれ。」

定実が話す朝からの顛末を定憲は難しい顔で聞いている。

「あわてるな。まだ房能公も龍松君も生きておるではないか。迂闊に動けば関東管領の顕定公まで敵に回す。房能公は顕定公の弟であるのを忘れるな。しかし、長尾為景を討ち取るには阿賀北衆の助力無しではどうにもならぬ。連中が上杉家の為に軍勢を出すと思うか。はて、どうしたものか。」

定憲は為景に味方して房能・龍松父子を討てば自分が越後守護になれる。定実には上条上杉家を継がせれば良い。この場合、関東管領・顕定は間違いなく上条家を敵とみなす。房能父子に味方して為景と政盛を討てば房能は守護のままであり、今までと変わりはない。顕定を敵に回すことも無いが、定憲は相変わらず房能の下風に立たなければならない。

「今回の騒動は守護と守護代の仲違いに過ぎぬ。上条家が巻き込まれる事もなかろう。両者が和睦するのを待ってから動いても良かろう。お互いに疲れるのを待って和睦の路を探るのが上策だ。」

要は日和見である。定憲は兵を出さなかった。

直峰城に逃げた房能一行は疲れ切っていた。稲荷館に住んでいた女衆も連れているので思いの他時間がかかっている。日没近くなって上げた烽火に犬伏《いぬぶし》城の丸山信澄も烽火で応えたが、犬伏城からは一日行程の距離である。細かい打ち合わせは翌日でないとできない。城の守りを固めて夜を明かすのが精一杯である。

翌日、犬伏城の加勢を得て房能はようやく一息つき、上杉一門に援軍依頼の使いを出した。上条上杉家や八条上杉家の鵜川庄からは二日もすれば援軍が来るはずである。

房能は待ち続けた。二日間待ち続けたが援軍は来ない。来たのは龍松の実家、八条家の成定と犬伏城の丸山信澄の軍勢だけである。これに府中から後を追ってきた平子朝政の軍勢が房能の手勢の全てである。上条家からは誰も来ない。

「上田庄へ出て坂戸城へ入るか。兄の関東管領顕定が援軍を出すのを坂戸城で待つ。そして軍勢を整え府中へ攻め戻る。」

房能は事態を楽観していた。坂戸城は上田衆の本拠地である。当主は関東管領家譜代の家臣である。坂戸城で兄の関東管領顕定が軍勢を引き連れてくるのを待てば、為景勢は蹴散らせる。房能をあざ笑うかのように為景の軍勢は膨れていた。長尾為景を始めとして越後侍は房能に腹を立てていた。守護使不入権の停止とそれに続く検地の強化、度重なる合戦や不作で疲弊した越後侍への重い課税、越後衆がする青苧流通への妨害、全てに腹を立てていた。

八月五日、房能一行は直峰城を後にして坂戸城へ向かった。山道を歩く一行は女連れなので道中がはかどらない、六日の夜は松之山温泉近くの村に泊まった。守護領であり、妻の綾子と何度も湯治に来た場所である。

房能の直峰城脱出を知った政盛と為景は後を追った。特に距離を詰めるでもなく間隔をあけて房能勢に付いてくる。

「送り狼か。それとも、生け捕りにする気か。」

房能はつづらおりの山道を急いだ。山道と言えども街道である。朝にはあった人通りが太陽の登るに従って少なくなるのに気付いた者はいない。中村（高梨）高秀率いる高梨勢が前方で交通を止めていた。

高秀はつづら織りの山道を登ってくる房能一行を認めて烽火を上げた。房能はその烽火を上田衆の援軍と思っている。政盛の急使で集まった高梨勢は天水越《あまみずごえ》のブナ林に軍勢を隠した。待ち構える高梨勢に房能一行が気付いた時には逃げも隠れもできなかった。

後方から房能を追ってきた政盛は「生け捕りにしろ。一人も漏らすな。」と待ち構える高秀に大声で叫んだ。

房能一行が天水越で自刃したのは永正四年八月七日未の刻（午後二時頃）と伝えられている。

守護不在

上杉一族が受けた衝撃は大きい。府中上杉家の当主・房能と養子の龍松が死んだのである。上杉庶家の八条家では龍松の実父の房孝と叔父の八条成定を亡くしている。無傷なのは定実の実家の上条家だけである。

戦死者を弔う法要は房能の娘婿として定実が施主の座を占めている。定実は前守護の娘婿ではあるが、それも正室だった房能の妹「かみ様」が生きていれば、の話である。しかし「かみ様」が他界し、房能が自刃してしまっては娘婿の立場も怪しいものだが、本人はそれを気にする様子もない。

「まさか稲荷館（守護館）を海賊が襲うとは誰も考えてはおらぬ。あの風の中で火を放たれては家族を連れて逃げるのに精一杯だったのであろう。どれほどの海賊衆が攻め込んだのやら皆目見当がつかぬ。房能公の手勢だけでは防げぬとは、海賊衆の武力は侮れぬ。」

「いくら多勢に無勢だったとしても自刃は信じられぬ。千曲河原の石ころを敵勢とでも見誤られたか。」

「青苧を商う越後衆も積み荷を船ごと取り上げられたり荷物を差し押さえられたりでは、いつ海賊に変わらぬとも限らぬ。房能公は三条西家の頼みで青苧の盗み買いを厳しく取り締まっておられたが、恨みを買ったか。」

「台風で風の音や波の音が激しく、夜間に何があったのかは全く分からぬ。稲荷館の変事に気付いたのは台風が去った後であった。稲荷館は燃え落ち房能公の姿は家族共々ない。焼け跡には誰もおらず、行方は皆目知れぬ。そこで手勢を引き連れて房能公の姿を探し求めたのだが、街道を逸れると森は深い。松之山温泉の近く、天水越のブナ林で一行が自刃しているのを見つけたのは七日の昼頃だった。」

まさに「死人に口なし」である。政盛が広めた噂話をそのまま口にしている。

房能の自刃で越後の秩序は中央に穴が開いた。守護と守護代の二人の力が拮抗してようやく心細い安定を保っていたのである。守護・房能がいなくなっただけでささやかな安定は崩れた。守護代の為景が越後の中心を占めることになる。

阿賀北衆は鎌倉時代から越後に土着して勢力を蓄えてきた。都から越後に天下ってきた上杉氏なぞ本心では「どこぞの馬の骨」としか思っていない。曲がりなりにも守護・守護代の統治に従っていたのは互いに衝突する利害を調整する者が他に居なかったからである。まだ若い為景が守護代職に就くのを嫌う者もいる。

守護が不在となったこの時は近隣との軋轢を実力で解消する好機である。折りしも幕府管領の細川政元は暗殺され、将軍家は義材と義澄の二流に分かれている。越後は権力の真空地帯になっている。

阿賀北の反為景派は叛乱を起こした。房能の死からひと月後、九月である。九月に色部《いろべ》昌長《まさなが》が挙兵したのを皮切りに本庄、竹俣の各氏が反為景の旗を掲げて挙兵した。

本庄時長は自らを恃む気持ちが強い。今まで心ならずも守護の裁定に従わざるを得なかった不満が噴出したのである。特に仲條家との抗争では不公平な裁定を下されている。これは仲條藤資の義父・高梨政盛と政盛の甥・為景に対する反感でもあった。

「越後を為景の思うままにさせてなるものか。守護と守護代に取り上げられた所領は全て取り返す。特に仲條に奪われた所領は何が何でも取り戻す。」

政盛の知る所では本庄氏は延徳元年（１４８９年）と明応二年（１４９３年）に反乱を起こしている。これで三度目の叛乱である。特に明応二年の叛乱では鎮圧軍にいた仲條定資を戦死に追い込んだ。定資は藤資の父である。

仲條藤資は父親の顔を知らない。父の定資が戦死した時にはまだ母親の腹の中にいた、元服してまだ間もない。藤資の元服と同時に政盛は自分の娘を嫁がせている。政盛の娘は為景の従姉妹でもある。阿賀北衆の中にあって藤資は為景とその子、上杉謙信の二代に渡って忠実な家臣となっている。

本庄時長挙兵の報せを聞いて仲條藤資は勇みだった。

「父の仇が討てる。」

藤資は本庄攻めの盟主として城に猛攻を加え、本庄時長の嫡子弥次郎を討ち取った。本庄城を落とすのにひと月とはかからなかったが、山城に逃げ込んだ時長は抵抗を続けている。

定実は上機嫌である。仲條藤資を始め叛乱の討伐に功があった者に恩賞を与えた。恩賞の所領を安堵したのが守護としての初仕事である。手放しで喜んでいる定実を見て政盛は心配でならない。まだ本庄氏の叛乱に最初の一撃を加えただけである。抵抗が終息したわけでもない。色部昌長は平林城に拠って激しく抵抗を続けているし、竹俣清綱も和睦する気配は全くない。第一、定実の守護職は幕府の承認を得ていない。本人が僭称しているだけである。

その幕府であるが、現将軍・義澄の足元が甚だ危うい。後ろ盾になっていた細川政元は六月に養子の澄之に暗殺されている。それ以後、三人の養子、澄元、高国、澄之が跡目を巡って互いにつぶし合いをしていた。

政元暗殺を謀った張本人の澄之は八月朔日に高国に殺され、翌日には澄元が将軍義澄に家督相続を承認させている。奇しくも政盛と為景が房能の稲荷館を襲撃したのと同じ日である。

周防の大内義興の元に亡命していた前将軍の義材は、政元暗殺以来の混乱に乗じて上洛を画策していた。定実が守護の初仕事で悦に入っている永正四年の末、軍勢を率いて上洛の途上にある義材は備後国の鞆《とも》にまで来ている。

阿賀北の叛乱は冬を挟んでなおも続いている。

二月、為景は再度軍勢を出して色部昌長を攻めたが色部は降伏しない。降伏するどころか援軍を引き入れて為景に勝とうとしていた。考えた援軍のひとつは房能の義弟の蘆名盛舜《あしなもりきよ》であり、別の一手は房能の兄・顕定に依頼して関東から大軍を呼び、為景を一気に討ち取ることである。

「早く本庄や色部、竹俣を降さぬと顕定公が関東の軍勢を率いて攻め込んできますぞ。顕定公は関東管領ですぞ。上杉家の惣領ですぞ。その後ろには古河公方がついている。」

政盛は針のむしろに座っていた。阿賀北の叛乱は味方が優勢ではあるが、何一つ片付いたわけでもない。

「関東管領顕定公が上野国、武蔵国の軍勢を集めて攻め込んだならどうなる。一旦越後に大軍で攻め込まれれば、寝返る者も多かろう。そうなれば為景殿も定実公も滅ぼされますぞ。遅くも夏のうちに決着を付けぬと、顕定公は大軍を動かす。」

政盛の心配は杞憂に終わった。この時は、である。色部昌長から救援の要請を受けた蘆名家も顕定も動かなかった。

色部昌長の救援要請に関東管領・上杉顕定は次のように命じた。

「房能が没命した折、為景に反抗して平林城へ退いたと聞く。挙兵すれば攻められるのが当然ではないか。どのような事態になっているのか、どのような本心なのか、色部、竹俣、本庄共に為景の所へ出向いて良く話すべきである。勝手に退去して連絡を断つのはあってはならぬ。」

これが色部昌長に向けた顕定の返事であり、本心だった。

顕定は房能の自刃について海賊の襲撃が原因と聞いている。為景と政盛が仕組んだ謀反だと耳に入れる者もあった。色部昌長が同族の本庄時長と組んで房能を自刃に追い込んだと耳に入れる者もあった。その色部昌長を守護代の為景と房能の娘婿である定実が仲條藤資を動かして討とうとしている、とも受け取れる。顕定は事態をまるで飲み込めていない。

上洛して将軍に返り咲きたい義材は現将軍の義澄勢力に対抗する勢力に協力を求めた。定実は義材が越中の放生津《ほうじょうづ》幕府に在った時、房能の名代として出仕していた。為景の父、能景も同じく義材から見れば旧臣である。義材の復権を為景と定実が支持したのは言うまでもない。

備後の鞆から摂津の堺に移動した義材は将軍として各地に指示を与えている。義材勢の先鋒は京都に侵攻し、現将軍・義澄は継室の実家、近江の六角高頼を頼って京都を脱出した。山城国守護の伊勢貞陸《さだみち》は京都を動かない。将軍職が義澄から義材に移っても幕府の中枢に居座る気でいる。貞陸は義材が前回に征夷大将軍だった時には政所執事だった。

政盛は為景を急かした。

「義材公が将軍職に就かれる前に、色部、竹俣を降しておかぬと定実公の守護職補任は危うくなる。顕定公が別の人物を越後守護に立てれば、義材公の考えも変わるかも知れぬ。また、いつまでも顕定公は騙されてはおらぬ。房能公の自刃が我等のたくらみと知ったら、顕定公は激怒する。顕定公に知れる前に、色部、竹俣を降す必要がある。」

仲條藤資は、同族の築地氏と共に色部昌長の籠る平林城に猛攻を加えた。落城した平林城を後にした昌長は会津の蘆名氏の元に逃げた。

竹俣清綱は政盛に領内を焼き討ちにされてもなお堅牢な山城に籠って手ごわい抵抗を続けている。


六月に京都へ入った義材は七月一日には将軍宣下を受けた。十二代将軍である。再び将軍となった義材は親義材派の細川高基《たかもと》を幕府管領とし、大内義興を幕府管領代・山城守護に任じ、伊勢貞陸を政所執事に帰り咲かせて政権を動かし始めた。

「間もなく義材公が将軍職に就かれる。改めて越後守護職に補任して頂ければ、晴れて越後の守護になれる。」

定実は喜んで義材に祝いを届けた。

大内義興を始めに放生津幕府を支えていた守護たち、越中の畠山尚順、加賀の富樫泰高、越前の朝倉貞景からは将軍宣下の祝が届けられる。長年に渡って冷や飯を食っていた身であれば義材の喜びはなおさらである。

関東管領上杉顕定は色部、竹俣に為景との和睦を命じた。将軍宣下の折、足元で合戦が続いているのは好ましくない。七月になってから越後は平穏を取り戻した。

「これも将軍と守護の威光があってこそ。」と定実は威張っている。

為景は定実を房能の養嫡子として守護に補任されるのを望んだ。房能の兄、顕定は関東管領家の当主である。越後守護家の血筋が絶えてしまった以上、上条上杉家から養子を出すしかない。これが長尾為景の強い主張だった。定実は上条定憲の弟である。

永正五年十一月六日、幕府は定実を越後守護に補任し、長尾為景の守護代を改めて認めた。これで定実、為景、政盛の下剋上は成功したのである。

顕定乱入

関東管領であり山内上杉家の総領である顕定は蚊帳の外に置かれていた。為景の守護代職は房能が生前に本意安堵した事であり問題はない。房能の死後も為景は守護代職にあったが、これは顕定も了承している。

しかし、空席となった越後守護職は上杉家惣領である顕定が選任すべきである。臣下の為景や政盛が顕定の頭越しに幕府と掛け合って決めるなぞ、僭越の極みである。これで顕定も目が覚めた。

「何も聞いてはおらぬ。為景と政盛は越後を乗っ取る気か。越後を守護代とその伯父で自由自在に動かす気か。越後から上杉家を除く気か。」

顕定が扇谷上杉家、古河公方家と和睦し、山内上杉家の下に平和をもたらそうと苦労している隙に為景と政盛は越後を乗っ取ろうとしている。為景と定実が共謀して房能を殺したと疑えば、疑える節は充分にある。

上条上杉家から守護を出すのなら兄の定憲が守護になるはずである。定実が上条城主になる事はあっても越後守護になるはずがない。しかも房能の養子としてである。

稲荷館は守護館である。面積も広ければ建物の数も多い。それが丸焼けになっている。失火があったとしても、人手が多い守護館で建物の全てが焼け落ちるのは考え難い。

館を襲われて逃げるにしても、何故房能は直峰城へ逃げたのか。何故稲荷館近くの春日山城ではなかったのか。自刃の場所が何故天水越なのか。相手は海賊のはずだった。

大勢の供回り連れた守護が湯治場近くで海賊に襲われて命を落とす。考えられない事件である。

「房能は為景と政盛に殺されたのか。許せぬ。」

顕定は越後侵攻の準備を始めた。


越後には表向き平穏な日々が戻っている。嵐の前の静けさである。房能を暗殺してから一年が経っている。犬伏城主は松山将監《しょうげん》に代わって松之山から天水越、松代や犬伏城一帯で安塚街道ににらみを効かしている。安塚街道は越後府中と関東を結ぶ幹線街道である。

為景は定実を抱き込んでいるものの、兄の上条定憲には全幅の信頼を寄せるのは危険である。兄弟であっても今は別家である。しかも定憲は越後守護になり損ねている。弟に油揚げをさらわれたのである。

越後の長尾家は為景の三条長尾家、房景の栖吉《すよし》長尾家、それと上田庄（南魚沼）を本拠地にする上田長尾家がある。先祖を同じくするものの、事実上の別家である。栖吉の房景は為景に協力的で天水越で房能を討ち取った時には古志郡の一部を恩賞に得ている。

政盛の娘は仲條藤資に嫁いでいる。本庄氏と犬猿の仲である仲條氏であれば、仲條氏は阿賀北の抑えになろう。なお、為景の妹は本与板《もとよいた》城の飯沼政清の室であり、山吉《やまよし》家当主能盛には為景の叔母が嫁いでいる。山吉義盛は三条城城主である。

政盛は日本海に面した椎谷《しいや》郷に山城を得た。椎谷城は日本海側を通る三国街道を抑える拠点である。中越の反乱と上条上杉家に対する備えでもある。

時折高梨領に戻る政盛を近在の国人衆は訪れた。彼らとは利害が対立して何かと軋轢が絶えないのだが、この時は政盛を盟主として珍しくまとまった。一種の攻守同盟である。越後守護・定実の要請でもあった。豊野の島津氏、尾崎庄には泉氏、志久見郷から越後の妻有庄にかけて市河氏、全員が山を一つ越えれば越後国である。守護代為景と守護定実、それに政盛が加わった同盟ならば、参加するのも怖くはない。


永正六年春、顕定は定実に為景と政盛の捕縛を命じた。犯罪者の捕縛は守護の仕事であるが、当然ながら定実は無視した。次に顕定が定実に命じたのは越後守護の返上である。定実の守護職は将軍から叙任されたのであるが、顕定は関東管領であり古河公方とは良好な関係にある。

「関東管領であり、上杉家惣領である自分に従わぬのには相当の理由があろう。養子の上杉憲房を使者として行かせるから、事情を詳しく説明せよ。一戦に及ぶ時は命がないと思え。」

顕定は定実を脅した。

定実は信濃守護の小笠原長棟《ながむね》に助力を頼んだ。小笠原氏は北信濃の統治権を失って久しいが、正式な信濃守護ではある。正当な守護の依頼であれば北信濃の豪族は兵を出す。信濃守護と越後守護の要請がある上に政盛が盟主の北信濃武士団は、為景率いる越後勢に味方した。

夏の暑い盛り、坂戸城に上杉憲房の軍勢が入ったのを聞いて政盛は泉一族の尾崎庄に兵を集めた。豊野の島津氏、尾崎庄の泉氏、志久見郷の市河氏、それと盟主の政盛が集まっている。

「もう少し大勢連れてくると思ったが、これなら追い返せる。安塚街道から琵琶懸《びわがけ》城の間に関東勢を引き入れ、横合いから攻める。琵琶懸城を落とす構えを見せれば、退路を絶たれて敵はうろたえる。難なく退散するであろう。」

琵琶懸城は妻有庄にあって信濃川に面している。対岸には高島城があって信濃川の重要な渡河点である。信濃川を渡るのは舟を使うか、泳ぐしかない。渡河している最中に攻撃を受ければ全滅する。だから両岸に城を二つ作ってある。

政盛の策は当たった。信濃川を渡ると安塚街道を西へ三日の行程で越後府中に着く。これは何の抵抗もない場合である。今回は政盛を盟主とする信濃勢が待ち構えていた。

山間の狭い街道では高所に場所を取って陣を張っている側が断然有利である。憲房の軍勢は信濃勢に簡単に打ち破られ、進軍を停めて追い返されてしまった。信濃川を渡れば後ろから政盛勢が追いかけてくる。憲房勢は算を乱して坂戸城、そして上野国白井城（渋川市）へ逃げ帰った。

予想外の反攻に顕定は怒った。憲房が率いた軍勢は多くはなかった。使者が侮られなければそれで良い。使者の護衛でしかない。顕定は憲房が追い返された事よりも山内上杉家の総領であり関東管領である自分の権威が無視されたのを怒った。

「越後侍は全て為景と政盛に従ったのか。それとも様子見をしているだけなのか。いずれにせよ、このまま放置はできぬ。放置すれば越後一国を失う。越後侍が当てにならぬのなら、関東から大軍を率いていかねばなるまい。」

政盛は顕定が八千ともいわれる大規模な軍勢を関東で編成していると聞いても動じなかった。この一年で越後は為景と定実の下で落ちつきを取り戻している。

「信濃川の西岸から西、府中までは全て為景殿に従っている。容易く府中までは辿り付けまい。」

府中までの安塚街道沿いには無数の山城がある。全軍で府中へ向かうとしたらこれらの山城を落としながら進まなければならない。

しかし、関東勢は強かった。七月二十八日、越後に侵入した顕定勢は中越下越地方に分散する事なく、安塚街道と北信濃に怒涛となって奔り込んだ。

政盛を盟主とする信濃勢は為景勢とともに安塚街道一帯で顕定勢を食い止めようとした。散在する無数の城は次々と落とされ、あるいは城兵が逃げ、関東勢に明け渡されていった。

犬伏城、松代城、室野城と激しく抵抗していた信濃勢も志久見口、白鳥口から関東勢の侵入を許してしまった、八月二十一日には政盛が尾崎庄（飯山市）で敗残の軍勢を集めていたところに今度は顕定が直接指揮する軍勢に攻め込まれ、蹴散らされた。北信濃勢は散り散りになってそれぞれの城館へ逃げ帰り、閉じ籠る他に術は無かった。

為景と定実は荒川館を焼かれ、春日山城も持ち堪えられなかった。根知《ねち》城（糸魚川市）や井上盛義・

直義の籠る徳合《とくあい》城、越中との国境にある勝山城一帯で踏ん張った。ここから姫川を遡れば信濃守護・小笠原長棟の信濃府中、西へ山を越えれば畠山尚順の越中である。両者は為景の味方である。

八月二十八日、顕定は越後全域に向けて呼びかけた。

「近年上杉家から離散した者があるが、以前と同様に味方する意思のある者は忠節に励むのが肝要である。事情があるのなら申し出よ。」

その十日後には、

「今日以後、上杉家から離散している者の跡地を恩賞にするから調査せよ。」

重臣の平子房長に命じている。一種の勝利宣言である。勝利宣言であると同時に帰順しない者を敵とみなして追討する宣言でもある。為景に味方した者は越後が雪で覆われる時期まで顕定勢に追い回された。

顕定は越後のほぼ三分の二を制圧した。制圧はしたが、心服させたわけではない。政盛率いる信濃勢も制圧されたが、心服したわけではない。石動《いするぎ》の館へ逃げ込んだ政盛は怒り心頭に発している。

政盛が籠った石動の館は父政高の隠居所を改修して使っている。館は三方を山塊に囲まれている。尾根上には小曽崖城、間山城、建応寺を配し、その間をいくつかの砦が結んでいる。危険が迫った時に使う要塞である。政盛はこの冬を石動館に籠って各地で息を潜めている同志と活発に連絡を取りあった。

上越の為景と下越の阿賀北衆の間は海沿いの街道が顕定に遮断されていて連絡が絶たれている。しかし信濃の鬼無里《きなさ》街道、千国《ちくに》街道経由ならば顕定に交通を遮断されることもない。政盛の高梨領から千曲川下流は長尾房景の栖吉《すよし》城まで敵対する者はいない。政盛の石動館は連絡の中継点だった。

為景、定実を春日山から追い出した顕定は、房能殺害に関与した者を探し出した。真相が分かるにつれ、捕縛者の数が増えていく。追求は国人衆の領内にまで及んだ。管領の使者は所領の境界で待つことなく、領内に入り込んで捕縛した。かくまった国人衆は目の前で親類縁者を捕縛された。国人衆が持つ不入の権は完全に無視された。

房能殺害に一味したとみなされた者は死刑である。特に政盛と為景は房能殺害の張本人として追求されている、顕定は何としてでも探し出して斬首にする構えでいる。

一方、関東勢に抵抗した者、味方しなかった者も同じく追求された。所領は取り上げられ、追放された。未だに各地の山城や要害に拠って抵抗を続ける者は全て追放扱いである。その所領は没収され、関東勢に恩賞として分配された。

栖吉城の長尾房景は驚き、かつ怒った。

「確かに定実公からいくつか所領を与えられてはいるが、あれは蔵王堂城を明け渡して栖吉城へ移ったのに伴う代償である。為景に味方した訳ではない。現実に憲房殿が妻有庄に攻められた時も憲房殿を攻めなかったではないか。」

何とか弁明に努めたが、安堵された時期がまずかった、房能死没の直後である。それに憲房を攻めはしなかったが、憲房に加勢したのでもなかった。顕定の疑いは晴れない。平身低頭して面従腹背の冬を越した。

定実の実家・上条城主の上条（上杉）定憲もまた不満を募らせた一人である。

「房定公が守護家へ養子に出た結果とはいえ、顕定も房能も定実もみな上条家の血筋ではないか。定実の跡地は実家の上条家が支配するのは当然の事でないか。顕定公が越後に討ち入った折に、寺泊要害まで馳せ参じた功績は無視か。恩賞があってしかるべきであろう。」

定憲の欲しかった恩賞は越後守護への補任であるが、これは全く無視された。上条上杉家は定実分の所領を全部召し上げられた上に、より一層の働きを命じられた。

顕定の追求を逃れた為景と定実は京都の幕府に援けを求めた。越中守護畠山尚順の口添えもあった。幕府は将軍に足利義材、幕府管領に細川高国、管領代に大内義興、政所執事は伊勢貞陸の体制である。ちなみに伊勢貞陸は伊勢宗瑞（北条早雲）の従兄弟である。

幕府から見れば上杉顕定こそ謀反人だった。定実を越後守護に補任したのは幕府である。しかも定実は顕定の従兄弟である。それを攻め滅ぼそうとする顕定は幕府に叛くつもりであるに違いない。将軍の足利義材は越中の亡命政権（放生津幕府）時代、定実や為景の父・能景とは親しくしていた。

怒ったのは幕府管領の細川高国である。定実を支持したのは自分である。それに従って将軍の義材が守護職を安堵している。高国の面子は丸つぶれである。政所執事の伊勢貞陸は伊勢宗瑞（北条早雲）の武蔵国侵攻を進言した。

三条要害の山吉能盛は頑強に抵抗を続けていた。本成寺の僧兵が味方についている。山吉家は為景の三条長尾家譜代の家臣であり、能盛には為景の叔母が嫁いでいる。

顕定は三条要害を落とそうとするが、なかなか落ちない。顕定は帰順した越後侍にこれを攻撃させた。一種の踏み絵であるが同時に恩賞の約束もした。包囲は長引いた。士気が上がらないのである。

顕定は能盛親類の山吉孫五郎を裏切らせようとした。

「以前に二度申し遣わした如く、今回忠信抽んで候はば、恩賞の事は望むに任すべく候」とまで約束したが、孫五郎は裏切らない。一族の結束が固いのである。むしろ、合戦の時期を知らせる事になった。

冬から春にかけて政盛は息を潜め、腹中に怨恨を蓄積していった。北信濃はおろか越後の各地に逼塞している国人衆と連絡を取り合い、再度の挙兵を説得した。

政盛の説得に栖吉城の長尾房景は煮え切らない。

「おいおい。顕定公に目を付けられぬよう息を殺しているのに、物騒な事を言ってくれるな。栖吉城は顕定公の味方である。しかし、為景殿に仇為す事もしたくはない。なかなか難しくはある。」

「三条要害は未だに持ち堪えておる。雪が溶ければ顕定公は再び軍勢を動かすであろう。両方に良い顔をしてばかりも出来ますまい。」

「そこだ。そこを何とか上手く切り抜ける知恵は無かろうか。」

政盛は呆れた。

まだ信越国境の山々の頂に白い雪が残っている。政盛の使者を迎えた上条定憲の挨拶は愚痴で始まった。

「そうか、政盛殿は無事だったか。この半年、越後侍は息もできぬ。政盛も捕縛されれば斬首であろう。顕定公は欲が深い。政盛殿の首だけでは満足せず、高梨領は没収、味方した市河、泉、島津家も半知召し上げという事になろう。越後ではそうだった。この定憲も定実の兄であるが故にひどい目に遭った。顕定に向ける忠節ほど愚かしい物はない。」

顕定は上条定憲の頭越しに越後を取り仕切っている、定実が追放になれば越後守護になるはずの定憲から越後を奪おうとしている。越後国どころか上条上杉家さえも危うい。定憲にはそう思えて仕方なかった。定憲の気持ちは顕定から遠く離れていた。

「三条城が落ちれば顕定公は軍勢を他に動かす。為景殿を追って西浜から越中まで攻め込むか、政盛殿を追って北信濃へ攻め込むか。どちらに転んでも上条家は動かぬ。」

三月、顕定は全軍を動かして再び攻勢に出た。越後の為景勢力を一掃し、越後を関東管領の下に完全に統一する気になっている。未だに抵抗を続ける三条の要害と護摩堂要害を落とし、養子の憲房には一軍を預けて本与板《もとよいた》城のある三島郡から柏崎一帯に隠れている為景派を探し出して捕縛する予定である。既に越後は掃討戦の最終段階に入った。

越後勢の抵抗は激しかった。四月朔日に始まった進軍は四月二日には紙屋庄（長岡市南西部・三島郡越路町）で合戦になった。七日には荒浜（柏崎市）に場所を移し、関東勢は多くの戦死者を出した。追い詰められた越後勢の反撃は日増しに強くなっている。

この頃、越中まで退いていた為景と定実に伊勢貞陸から奉書が届いている。内容は「将軍義材が御教書を下されたから早く伊勢宗瑞と相談して上杉顕定を討て」だった。為景は越後へ戻る事にした。

四月二十日、為景は定実と共に下越の蒲原浦に上陸した。手勢を引き連れて佐渡島経由の旅だった。船は青苧商人の蔵田五郎座衛門が都合した。越後へ戻った為景は上条定憲が為景に明け渡した寺泊要害に軍勢を集めた。

「為景上陸」の報を手にした顕定は為景包囲の体制作りを急いだ。護摩堂や三条要害の攻略、養子の上杉憲房が三島郡にむけて始めた掃討戦は一時中止である。

為景と政盛を討ち取れば、後の事は養子の憲房に任せて関東へ引き揚げられる。関東勢の越後出陣は終わりに近付いていた。憲房は死刑、追放になった者の跡地を恩賞にして家臣団に分け与えている。関東の重臣には「夜を日に継いで」馳せ参じるよう命じた。

五月は田植えの季節であり麦の収穫期である。顕定の必死の要請にも関わらず冬の間在所に戻っていた関東勢は駆けつけない。越後勢も農繁期にはいくさが中休みになる。主力の農民兵は合戦よりも農作業の方が大切である。いつでも動ける専業の武士は少ない。顕定が重臣をいくら急かせても、関東から越後まで遠征軍を持ってくるのは農繁期にはできない相談だった。

だが、田植えが終われば何れ合戦になる。合戦の準備は着実に進んでいた。為景勢は上条定憲が明け渡した寺泊要害に入り陣を張った。山頂からは佐渡島、米山、弥彦山まで見渡せる。

政盛も北信濃勢に出陣を促した。越後で起こっている事態を知れば、断る者もいない。

伊豆、相模の伊勢宗瑞は武蔵国侵攻の準備をしていた。伊勢貞陸の奉書命令に従ったのである。

決戦長森原

五月の末、政盛は出陣を前に控えて八幡宮の若宮で戦勝を祈願した。若宮八幡宮は高梨家の先祖が北信濃に入った時に鶴岡八幡宮から勧請した源氏の氏神である。社前には笹を敷き詰めた大ざるに雀を山積みに盛って供えてある。見れば全部首がない。「不吉な。」と青ざめる者もいる。

政盛は大声で笑い飛ばした。

「何を恐れている。もう忘れているのか。笹に雀は上杉家の家紋である。これは今回のいくさで上杉の首が沢山とれるという八幡大菩薩のお告げだ。実にめでたいではないか。この雀を肴にして出陣の祝としよう。」

政盛は酒宴を張り諸士は大いに気勢を上げた。

高梨勢は殿軍《しんがり》を板山、今の板山不動尊の辺りに置いて越後の椎谷城へ向かった。板山は直峰城と犬伏城の中間で安塚街道を遮断できる場所でもある。数百人が泊まれる大きさの洞窟もある。政盛はここに防御を施し、後から来る信濃勢の中継場所とした。政盛は今までに経験のない大軍を動かしている。

板山からは北へ一日で上杉定憲の上条城、二日目には政盛の椎谷城に着く。急げばその半分の時間で行ける。椎谷城から寺泊の要害まではゆっくり歩いてやはり一日で行ける。

「高梨勢が板山に陣を張っている。」

二十八日の朝、報告を受けた顕定が差し向けた軍勢は二十九日の夜には府中に戻ってきた。二十八日の午後、直峰城から上がる烽火を見てまだ板山に残っていた高梨勢は夜を待って上条城、そして椎谷城へ向かった。政盛は既に椎谷城に入って後続の軍勢を待っている。

高梨勢を板山から追い払ったと聞いた顕定は素直に喜んだ。高梨勢は追い払われたのではなく椎谷城へ移動しただけである。椎谷城の政盛勢は寺泊要害にいる為景勢の先鋒でもある。鋒先は府中の顕定に向いている。

政盛勢が椎谷城に、為景勢が寺泊要害に入ったのを知って越後勢は勇み立った。息を潜めていた館を抜け出し、寺泊要害や椎谷の山城に向かった。蔵王堂城に集まった越後勢は満を持して六日に信濃川を渡った。栖吉城の長尾房景はそれを丸一日かけて遠くから眺めている。眺めていただけだったが、顕定への報告は滅法威勢良い。

「蔵王堂城に於いて為景の朋輩、被官、僧兵百余人を討ち取り、正確な数は分からないが残党を数百人、信濃川へ追い込んだ。」

数百人の軍勢が信濃川を渡っていった事に間違いはなかった。

この頃、府中の顕定には捨て置けない報せが入っている。武蔵国に侵入した伊勢宗瑞が鉢形城を落とし、これに呼応した上杉家臣の長尾景春は自分の屋敷に放火した上に津久井城に挙兵した。伊勢宗瑞が還俗させた足利義明まで武蔵太田庄で挙兵した。義明は古河公方政氏の次男である。

関東と越後で同時に火の手が上がっている。前門の越後では寺泊要害に為景、後門の武蔵に伊勢宗瑞、そして顕定の腹中では長尾景春と足利義明が暴れている。越後の滞陣をこれ以上長引かせる訳には行かない。

顕定が越後に侵攻して以来、関東勢は連戦連勝だった。越後で顕定に屈していないのは三条城と護摩堂要害でしかない。為景を打ち取りさえすれば、越後の抵抗は全て終わる。

為景が籠る寺泊要害の向かいには黒滝要害があって顕定腹心の精鋭が堅く守っている。両要害の間は一面の広い沼地になっている。さして深くはないが底には泥が堆積していて簡単には渡れない。よって為景を阿賀北方面に逃がすことはない。椎谷には憲房が上州勢を率いて対陣している。政盛の籠る椎谷山城は近日中に憲房が攻め落とす予定である。

顕定が把握している越後の戦況は以下の通りである。

・顕定勢の黒滝要害は寺泊要害にいる為景勢の北進を封じている。

・栖吉城の長尾房景は信濃川渡河を試みた為景勢に多大な損害を与えた。

・坂戸城の長尾顕吉は関東管領累代の家臣であり、異心を疑う余地はない。
・椎谷城の近くには養子の憲房勢が陣を張って高梨勢が南進するのを防いでいる。
・信濃から押し出してきた政盛勢は板山で打ち負かした。
万全の体制である。

顕定の頭の中では、為景勢は椎谷と寺泊の間の狭い地域で袋の鼠になっている。寺泊要害の西は日本海、北は黒滝要害、東は信濃川で囲まれている。養子・憲房が椎谷の山城を落として寺泊要害に軍勢を進めれば為景の逃げる場所はなくなる。南から北上する憲房勢は為景を包囲して討ち取る。弟房能の仇が討てる。為景包囲網は万全である。顕定は勝利を疑わなかった。

椎谷城は日本海に面した天祥山に築いた山城である。堀切と土塁で郭を築き、柵と逆茂木で防御を施した険しい山城である。海に張り出した山塊の尾根からは遠くに佐渡島が見える。為景が籠る寺泊要害とは歩いて一日の距離であり、烽火が上がれば見える。憲房の軍勢は五日前から天祥山麓の小高い丘に陣を張っている。

六月十二日朝、憲房勢は椎谷城攻略に出た。城内に居たのは信濃へ追い返したはずの政盛勢である。同じく憲房は城中の人数を見誤っていた。五日間で城兵が増えたのを憲房は気付いていない。憲房勢より大きい軍勢が防御を施した要塞を守っているのである。政盛勢の方がはるかに有利であり、憲房勢は不利である。

上杉憲房勢は逆茂木を破って攻め込もうとするが、上手く行かない。作業にかかれば木戸を開いて政盛勢が押し出し切りかかる。これを射すくめようとすると政盛勢は木戸の中に逃げ込む。木戸を打ち破ろうとすれば椎谷城内から射すくめられる。憲房の想像を超えた数の城兵で城は守られている。時間は無為に経過していった。

日が高く昇った頃である。政盛は攻め口で逆茂木を破壊している憲房勢に多量の弓矢を射かけた。怯んだところに長柄組を六組、約二百人を繰り出して白兵戦を挑んだ。逆茂木と格闘していた顕定の軍勢は腰の物で応戦するが、槍や薙刀で白兵戦を挑まれてはかなわない。逃げる所を弓組が射かけ、またその後ろを長柄組が追いかける。憲房勢は高梨勢に押し潰されそうになり、反対側の山中に逃げ込んだ。

敗戦の報告を受けて顕定は混乱した。

「はて面妖な。謀られたか。化かされたか。裏切られたか。」

政盛以下の信濃勢は板山の地で追い散らした事になっている。椎谷山城に居るのは為景の先陣のはずである。高梨の石畳紋が出てくるとは想像もしていなかった。

椎谷の敗戦で顕定の目論見は壊れた。椎谷山城を落とせなければ為景を討つのは難しい。関東の情勢は緊迫している。顕定は関東へ引き返すことにした。

椎谷の合戦に敗れた憲房は政盛勢の追撃をかわしながら妻有庄（十日町）へ向かった。府中から来る予定の義父・顕定を迎え入れる為である。関東へ戻るには、または関東の援軍を坂戸城で待つなら、ここで信濃川を渡らなければならない。憲房は両岸の琵琶掛城と高島城を守って顕定を待った。

妻有庄で信濃川を渡れば長尾房長の上田庄坂戸城（六日町）まで一日で行ける。顕定父子は坂戸城に拠って為景・政盛の軍勢を食い止めるつもりである。上野国から援軍が来れば再び越後を奪還するのも無理な話ではないが、援軍は繰り延べになっていた。

上条上杉家当主の定憲でさえ顕定を裏切って寺泊要害を為景に明け渡したのである。顕定の山内上杉家の衰退は明らかだった。ましてや顕定は昨年の侵攻以来、越後侍の恨みを買っている。坂戸城の長尾房長も縁者を何人か追放されている。その所領は没収である。既に越後勢七千騎は為景の味方になっている。

椎谷の戦勝を聞いた為景は寺泊要害にわずかの守兵をおいて政盛勢と合流した。こちらは長尾房景の蔵王堂城（長岡市）近くで信濃川を渡った。一行も坂戸城の長尾房長を無視できない。坂戸城は上杉家累代の家臣である。坂戸城は関東から越後へ入る玄関口である。房長が顕定側に立つか、為景側に付くかは重大な関心事だった。

山内上杉総領家の三人兄弟の内、生き残っているのは顕定のみである。長子の定昌も末子の越後守護・房能も下克上で命を落としている。これから為景・政盛の連合勢と衝突する顕定もどうなるか分かった事ではない。坂戸城の長尾房長は山内上杉家家臣の身分を捨てて自立しようとした。

政盛勢七百、為景勢五百の一行が長森原《ながもりはら》に布陣したのは六月十九日の午後だった。大宝宮の社前である。六万騎《ろくまんぎ》山の麓であり、南へ徒歩約二時間の距離に坂戸城がある。ここで待ち構えていれば顕定父子勢と必ず出会う。

琵琶懸城を引き払った顕定父子は坂戸城へ向かった。長森原には高梨の石畳紋と長尾の九曜紋が待ち構えている。坂戸城は城門を固く閉ざして顕定父子を拒んでいる。

「開門。開門。」

いくら大声を出して呼ばわっても門は開かない。

「主人は留守にしております。帰るまでは誰も入れるな、と命じられております。」

返った言葉はこれだけだった。それ以後、城の中はひっそりと静まり返り、馬のいななきすらも聞こえない。

その夜、顕定勢は長森原を見下ろす山の中腹に陣を張った。

思えば弟の房能が非業の死を遂げてから早や三年、その間に定実は顕実を差し置いて将軍から越後守護に任じられ、為景と政盛は逃げ回った末に椎谷山城で上杉憲房勢に屈辱の敗戦を強いた。それも終わりになる。決着をつける潮時だった。


長森原は楕円形をした平坦地である。東側には山塊が伸び、西側は魚野川の河原が広がっている。南北に二キロ、東西に一キロメートルほどの芦原である。

二十日の朝、石動社の社前で政盛勢七百は魚鱗《うろこ》陣を布いていた。その前方には為景勢五百がやはり同じく魚鱗の陣を布き、顕定勢に攻めかかろうとしている。

「魚鱗の陣」はほぼ正三角形に備えを配して陣形の底部に大将を置く形である。一部が崩されても隣、または後ろの備えが繰り出すので崩れにくい。

対する顕定父子の軍勢は主力を憲房が預かっている。為景勢の倍はある。顕定はその後ろに控えている。顕定が率いているのは旗組と長柄組、総勢八百人である。高梨政盛勢とほぼ同数である。越後勢も関東勢も「魚鱗の陣」二つで対峙した。

朝露が消える頃、待ち構える為景勢と北上してきた憲房勢が衝突した。目標を為景に絞っているので憲房は正面から力攻めである。為景の軍勢は憲房勢の猛攻に耐えきれずに後退していく。為景勢の後ろに陣を構えていた政盛勢は後退する為景勢に退路を空けた。為景に退路を空けて東の山際を少しずつ南へ移動していた。

為景勢が備えをひとつずつ壊され総崩れになって六万騎山方面に逃げた時、憲房と顕定の軍勢は縦に長く延び、横腹を政盛勢にさらしていた。先頭の憲房勢が大きい破壊力を持ち、その後ろに顕定の軍勢が続く「鋒矢の陣形」に変わっている。この陣形は前方に強力な突破力を発揮するが、横合いから攻められると弱い。

憲房の軍勢は本能に任せて逃げる為景勢を追いかけ、乱戦模様になっていく。

「深追いするな。戻れ。」

乱れた陣形を何とか整えようと憲房は必死になった。時間は刻一刻と過ぎていく。憲房がようやく興奮している軍勢を取りまとめた頃には長く伸びた後方に続く顕定勢の横合いから政盛勢が攻め込んできている。顕定は長く伸びてしまった中軍にいる。

前後に延びてしまった鋒矢の陣は横合いから繰り出す政盛勢に簡単に突き崩された。前方で為景勢を攻め立てている憲房勢は後ろで何が起こっているのか分からない。顕定は細長く伸びた陣形の中央でわずかの供回りに守られているだけである。

政盛勢は顕定に殺到した。顕定が攻めたてられているのに気付いた憲房は戻って助けようとするが、為景勢の逆襲を受けて戻れない。高梨高秀、高梨房光、そして嫡子の高梨澄頼の手勢が殺到して顕定を馬から引きずり落とす。矢傷を受け、槍に刺された顕定が落命するのは時間の問題だった。落馬し動けなくなった顕定に政盛は歩み寄り、血と泥で汚れた顕定の顔を見下ろした。

「遺恨あり。不徳義の血を草に捧げる。」

政盛は手にした太刀を顕定の首に当て、引き切った。

十四歳で関東管領になってから四十三年間、顕定五十七歳の生涯は終わった。

関東勢は総崩れになり、分断されて長森原から退いていく。急いで退く関東勢は陣容を立て直した政盛、為景連合の軍勢に追い詰められた。養子・憲房が義父・顕定や重臣の諸将を失い、敗軍をまとめて戦死者の供養をしたのは立秋も近い頃だった。

勝った政盛は大宝宮の社前で勝ちどきを挙げた。社殿から陣中に神輿を引き出し、祝詞をあげて凱歌を奏し、太鼓を打たせ、政盛自ら扇を開いて舞った。政盛は戦勝を祝い、同時に神酒を捧げて軍神を送り返した。

高梨政高、高梨政盛と二代に渡る上杉総領家との確執はこの時、終わった。この時を境に山内上杉家が越後と北信濃を制覇して直接統治を望む事はなくなった。政盛は既に五十六歳になっている。

顕定の墓は今、管領塚史跡公園になっている。

政盛は馬を連ねて凱旋した。石動社の祭神は牛頭天王、薬師如来の化身である。後に政盛は京都の八坂神社から中野に牛頭天王を勧請した。これが中野祇園祭りの起源とされる。祇園祭りには必ず雨が降る。合戦で人を殺した男たちの涙とも、殺された男たちの涙とも、残された女たちの涙とも言われている。中野祇園祭りには神輿と神楽、馬上武者が必須である。

三年後の永正十年四月二十七日、政盛は畳の上で息を引き取った。五十八歳だった。

武田信玄が生まれる八年前、織田信長が生まれる二十一年前である。

十七年後には長尾景虎が生まれ、後に上杉総領家の名跡を継いで上杉謙信となる。

第二部

上杉家に消えた親子の物語

越後は混乱

越後に初雪が降る頃、国人衆を柏崎に集めて上杉定実は上機嫌である。徹頭徹尾定実と運命を共にした者たち、敵方ではあったが改めて帰順した者たちの双方が席を同じくしているのだ。越後衆の大半が定実に恭順した事になる。

「上州勢に攻め込まれ一時はどうなる事かと思ったが、長森原の合戦から四か月が経った。皆の者を集めたのは他でもない。この場で混乱した越後を本来あるべき姿に落ち着けたい。」

上田庄と小千谷、および各地の国衙領は山内上杉家の知行地だった。山内上杉家当主の顕定を討ち取った今は無主の地である。

「落命する者は顕定と共に落命し、去る者は上州へ去り、改心して帰参する者は余《われ》に帰参した。顕定が残した遺跡は越後守護職の余が差配する。異存はなかろうな。」

一方的な宣言だが総大将の立場にある定実に異議を唱える者はいない。問題は何処を誰の知行地にするかである。関東勢が去っても関東方に与する者たちは未だの居城に居座り関東勢の救援を待ち望んでいる。合戦の余韻は未だ収まらない。

「高梨殿。小千谷および小千谷高梨城のほか、頚城《くびき》郡宮嶋と狩羽《かりは》郡椎谷などに本領十七か所あり。尻《しっ》高左京亮《たかさきょうのすけ》知行分跡地、塩沢郷に大木六、小木六、仙石、竹俣の四か村とその他合わせて十四か村は新恩の地。」

為景が読み上げる知行地に政盛は異存がない。顕定が落命したので上田庄は塩沢郷から上州の国境までは無主の地である。塩沢郷は関東管領の重臣・尻高左京亮が知行していたが左京亮も長森原で落命した。左京亮の下にあった地侍衆の多くは関東勢に加わり、昨日までは越後勢の敵だった。戦々恐々としている彼らも今更反抗はするまい。高梨家に恭順するであろう。


問題は合戦後に帰順した平子牛法師や長尾房長の扱いだった。平子牛法師の父は為景と政盛が守護・上杉房能と共に天水越に追い詰め死なせた朝政である。関東管領の軍勢に加わっていた牛法師を定実が越後に帰国させたのである。長尾房長は関東管領の代官として坂戸城で関東勢の先兵を務めた人物である。長森原合戦の直前に関東管領勢から離脱はしたが、為景と高梨の敵だった事実は隠しようもない。為景の怒りは未だ収まってはいないのである。帰順したとは言え、黙ってはいられない。

「長尾房長。その方の動きで何人の越後衆が命を絶たれたか。関東管領の被官だったとはいえ、同じ長尾一族の人間ではないか。長森原合戦の直前まで定実公に矛先を向けた罪は重い。しかも合戦後は進退を明らかにせず、坂戸城に籠り恭順の素振りさえも見せなかった。その罪も重い。」

為景以上に三条の長尾俊景はより強硬だった。長尾俊景は父祖が上杉房定に殺され、没落していた。房定は上杉顕定・房能兄弟の父である。俊景にとって房定の倅である顕定と房能は父祖の仇敵の片割れなのだ。顕定に与した房長が越後に居座るのは断じて許しがたい。

「房長。いつまで越後に留まる気か。越後を退去せよ。三条長尾の身内をどれだけ殺した。命あるだけでも有り難く思え。関東へ去れ。」

関東勢が越後に侵入してから身内を捕縛され、あるいは首を刎ねられた者は少なくない。居並ぶ諸将の心中を俊景が代弁する形になった。俊景の発言に並み居る武将は声もない。異議を唱える武将はいない。

為景は頭を丸めて名を桃渓斎宗弘《とうけいさいむねひろ》と名乗っている。上杉房能、上杉顕定の二人に仕掛けた下剋上の後ろめたさもあるが、心機一転を国人衆に求める思惑もある。二度にわたる下剋上で山内上杉家から越後を解き放ったのだ。その立役者こそが桃渓斎宗弘こと長尾為景と高梨政盛なのだ。遠慮する事なぞ何もない。

二人を定実が制止した。

「為景。俊景。僭越であろう。言葉がすぎるぞ。余《われ》を差し置いて越後衆を支配する気か。二人とも心得違いをするな。長尾房長は余に刃向かったのではない。父の長尾顕吉は関東勢の露払いをしたが、すでに隠居した。余が房長を顕吉の養子に据えて上田長尾家を継がせたのだ。房長に罪はない。房長の母親は余の実家・上条上杉家の出なのを忘れたか。それとも為景、またもや下剋上を起こすというのか。越後には越後のあるべき姿がある。」

越後守護の定実に「再度の下剋上」を言われると為景も二の句が継げない。為景が死なせた房能も顕定も上条上杉家から出て越後上杉家や関東管領家の山内上杉家を継いだのだ。そして定実も上条上杉家から出て房能亡き後の越後上杉家を継いで越後守護職に就いたのである。房能と顕定兄弟と従兄弟同士の定実の間に起きた権力争いに為景と高梨が巻き込まれたとも言える。

再度の下剋上となれば今度は、越後守護家を滅ぼし、上条上杉家を滅ぼし、総本家の山内上杉家をも滅ぼす覚悟をしなければならない。それに対して上杉顕定の養子・憲房《のりふさ》は再度の越後侵攻を画策し越後の武将や京都の将軍に手を回している。これが成功すれば上杉家恩顧の諸将ばかりでなく、足利将軍家さえも敵に回すことになる。長森原の合戦で勝ったとはいえ、安閑としていられる状況にはない。

「為景も俊景もよく聞け。今回の戦乱で命を失くした越後衆は多い。房長も平子牛法師も余が説いて帰順させたのだ。この上、房長や平子牛法師を関東へ追いやってどうする。平子牛法師の父・朝政は天水越で上杉房能公に殉じたのだ。幸い、平子牛法師も長尾房長も越後方として越後守護に帰参した。今後は越後守護に忠節を尽くすであろう。房長も牛法師も余の大切な被官だ。これ以上は異論を口にするな。」

定実の鶴の一声だった。並み居る諸将の前で為景も俊景もこれ以上の異議は申し立てられない。上条上杉家から越後上杉家の養子に入った定実は前越後守護の房能や前関東管領の顕定の従兄弟である。従兄弟同士で権力をやり取りしたに過ぎない。対して為景の下剋上は越後上杉家と上条上杉家、山内上杉家による支配体制総体に対する国人衆の反乱でもある。

おまけに定実を越後守護に就けたのは将軍・足利義稙《よしたね》なのだ。為景がこれ以上の下剋上を繰り返すのなら、それは室町幕府に対する下剋上であり、将軍義稙がこれを看過する訳もない。強力な支配力に裏付けされた将軍ではないが、将軍の意向があれば関東勢は再び越後侵攻の軍勢を興す可能性もある。下剋上流行りの心許ない時代ではあるが、身分の秩序を壊しすぎれば越後の国人衆も為景に背く。

越後は表面的な落ち着きを取り戻しはした。しかし、永正四年以来、敵味方に分かれて戦って生じた亀裂は簡単に埋まらない。多くの越後衆はこのまま越後が落ち着くと考えてはいない。長森原で為景側が大勝利を収めたので、定実の求めに応じて帰順したまでだ。次の嵐に備えて巣に潜り込み息を潜めているに過ぎない。事実、上杉顕定の養子、憲房が越後衆に再度の挙兵を働きかけている。追討の標的は上杉定実ではなく、高梨政盛と長尾為景である。

上田庄から小千谷一帯は山内上杉家の知行地だったのだ。山内上杉家が越後から退いた今、越後上杉家の頭領であり越後守護の定実が知行するのが当然である。この辺りの国人衆は上杉家の被官なのだ。守護代とは言え、為景が意のままに差配するのは許しがたい。為景を追い落としたい思いが定実の腹中で息づいている。下剋上の主役が高梨政盛と長尾為景であっても、越後守護の権限を獲得したのは上杉定実なのだ。


永正八年正月早々、小千谷の雪はまだ深い。定実の書状を携えた山吉妙壽《やまよしみょうじゅ》が小千谷高梨城の澄頼《すみより》を訪ねた。妙壽は定実の近習である。新春の祝にしては早すぎるし、高梨家は守護家直々の使者を迎える立場にもない。澄頼は為景の従兄弟ではあるが上杉家の被官ではない。不思議そうな顔をしている澄頼に妙壽は定実の書状を差し出して手短に用件を伝えた。

「それで、上様（定実）は某《それがし》（高梨澄頼）に何をせよ仰せられているのか。」

「越後から送られるはずの青苧の関銭が届かないし、青苧の荷も上方に届いていない。越後の騒乱は終わったのに何故かと三条西実隆公が上様（定実）に問われた。それで上様から調べるよう命じられて参上致しました。」

上田庄や妻有庄で生産された青苧や越後上布は舟で運ばれ、魚野川と信濃川が合流する堀之内に集まる。本来ならここで青苧座の仲買人が全量を買い占めて小千谷、柏崎、直江津を経て上方へ送る。その道中で一駄に付き二十文の関銭や津銭が徴収され、これが青苧座本所の三條西実隆の元に届く事になっている。だが、守護が越後を留守にし、関東勢が越後で好き勝手している間にこの流れが止まっていた。

越後国に課せられる国役（税）を将軍家に納めるのは守護職の務めである。この務めを定実は忠実に執行しているはずだった。越後を平定してから半年も経っているのだ。三条西家が本所（権利保有者）になっている青苧座も無事に動いていなければならない。

だが、三条西実隆公の書状は青苧座の上納金未納どころか青苧の荷動きの停止さえも訴えていた。定実の目が及ばない所で誰かが不正を働いているに違いない。定実はとりあえず、「早急に手を打つ」と書状をしたため、銭十貫文に太刀一振りを添えて京都に送り届けたが、不審は究明しなければならない。

「三条西家に入るべき青苧座からの上納金や青苧の関銭（関所通行税）が滞納になっている。これでは越後守護の立場がないではないか。為景は何をしているのか。しかし、為景殿に問い質してもわからぬ。信濃川の川湊がある小千谷高梨城なら分かるかと考えて参上したのだが、高梨殿は何かご存知か。」

澄頼は「ワハハ。」と笑った。

「上様は某《それがし》を疑っておられるのか。ない、ない。それは無い。高梨は為景殿と一心同体となって上様を盛り立てると誓ったではないか。今更、上様を怒らせて何となる。」

澄頼には予想がついていた。上流の上田庄や妻有庄から堀之内に集まり小千谷に陸揚げする荷が減っている事なぞ先般充分承知なのだ。また徴収した関銭がそのまま手つかず三條西家に届くとも思っていない。関係者が懐を潤す喜びを澄頼も為景も知っている。

妙壽はまだ疑っている。

「盗み買いは今に始まったことでもないが、青苧の荷が上方へ回らないのが解せぬ。守護館から見渡す直江津の港には青苧船が数多く出入りしている。青苧の荷が上方へ届かない訳がない。何故だ。」

荷が動かないのではない。青苧を積んだ荷船が湊に入った報告が三條西家に届かないだけだ。戦乱が収まっても青苧や越後上布の「盗み買い」は収まらない。盗み買いの旨味を知った在地の武士は戦乱の無政府状態を大いに楽しんだ。とりわけ、平子牛法師と共に関東勢に加わっていた堀内図書《ずしょ》の動きはあからさまだった。自ら青苧を買い付けるだけでなく、武力を背景に青苧座衆の買い入れた荷を強引に安値で引き取りもした。盗み買いどころか強盗買いである。

関東勢が去った後に投降した者の立場は弱い。山内上杉家を担いで団結を保っていれば何とか救われもした可能性はある。しかし、長森原合戦前に長尾房長が、合戦後には平子牛法師が定実に帰順した今、堀内図書は関東勢の援軍を待ち望みはしても定実に帰順する以外の途がないのだが、気付くのがあまりにも遅すぎた。定実の意思に反して籠城しても軍勢を向けられるに決まっている。

「妙壽殿。堀内図書の企てに相違ありますまい。堀内図書は関東勢を待ちわびているのではあるまいか。あるいは、山内上杉家の代官を気取り、定実公に謀反を企てて地侍衆を堀之内に集めて気勢をあげているのかも知れぬ。この期に及んでも山城に地侍衆を集めて気勢を上げているのが何よりの証拠。」

青苧の盗み買いは誰もがやっている事である。上杉定実がそれを知らぬとは思えないのだが、堀内図書に詰め腹を切らせれば事態は決着する。為景にしても定実に痛い腹を掻きまわされたくない。堀内図書は居城を囲まれて自害した。夏至の頃だった。

同じ頃、長尾俊景が塩沢郷大木六の館に澄頼を訪ねてきた。塩沢郷は魚野川で東と西に分かれる。大雑把に分ければ塩沢郷の東側は高梨が新恩として得た領地で西側は長尾俊景が獲得した地である。俊景は為景と高梨の軍勢とは別に一群を率いて上田庄から小千谷にかけて関東勢を攻めていたのだ。俊景にも新恩の領地を得る権利がある。

俊景は青筋を立てて怒っている。

「高梨殿。上様（定実）があの様子では我らの面目が立たぬ。坂戸城の長尾房長は本領に閉じ籠っていれば良いのだ。それなのに相変わらず上田庄代官の如く振舞い、上様の引き立てを良い事に某《それがし》に塩沢郷から出ていけとまで言うのだ。これでは道理が通らぬ。」

「俊景殿の気持ちは理解できるが、為景殿の考え次第だ。為景殿もまさか上様までは除けぬ。上様を除けば上様兄弟の上条定憲を始め山本寺や八条などの上杉党が黙ってはおらぬ。そして平子牛法師も坂戸城の長尾房長も上様の党だ。定実公と為景殿は一身一体ではない。越後の国人衆は我が身が可愛い。今は我慢するしかあるまい。難しい事だ。」

「難しい事では済まぬ。房長に上田庄を呉れてやる気か。今回の騒乱で働いた為景殿の立場はどうなる。我らの立場はどうなる。定実公は我らの働きの上に乗っていただけでないか。良いか。長尾房長の母は上条（上杉）定憲の一族なのだぞ。房長は上杉党なのだぞ。我等の苦労は房長を喜ばせて良いものか。」

「ならばどうする。房長は上田庄から退きはすまい。いざとなれば坂戸城に籠り、定実公を動かし、上条定憲と共に上杉家恩顧の国人衆を糾合し、関東勢を呼び込む。だが定実公が動かなければ房長一人では何もできない。我ら為景殿の党は越後中郡に居て房長や上条定憲の動きに備えるしかあるまい。」

今のところ、越後で表立って為景に敵対する者ははいない。表向きは上杉定実も上条定憲も味方である。だが為景の味方は多数だが同じ舟に乗っているだけである。舟が沈みそうになれば為景を見捨てて逃げる。為景と運命を共にする者、一蓮托生とならざるを得ない者は多くはない。越後の国人衆も為景と定実の二者択一の決断はしかねている。あるいは両者に距離を置き自立に近い立場を築くのも悪くはない。

「のう、高梨殿。堀内図書の自害に長尾房長の力があったのは間違いない。しかし、房長は何時から上田庄の郡司になったのだ。元が山内上杉家で郡司職を務めていたにしても、今はこの俊景が為景殿から魚野川西岸を任されている。某《それがし》を差し置いて上田庄を差配しようとするのは横柄に過ぎるであろう。」

長森原の合戦からまだ一年である。山内上杉家の知行地、とりわけ上田庄は未だに混迷し狼藉が収まらない。坂戸城の南、塩沢郷は高梨の知行地となり、河西（魚野川の西、六日町辺り）には長尾俊景勢が陣張りして関東勢の残党に備えている。そして坂戸城の長尾房長は上田庄の差配を続けようとしている。何かにつけて小競り合いが起きて当然ではある。

為景と澄頼は従兄弟同士で血がつながっているが、高梨は信濃国の人間である。他国の人間である。越後の知行地に権利を持つだけである。越後の国人衆は澄頼を為景の分身としか見ず、影響力は限られる。澄頼は他人事のように言った。

「定実公は全てを新しくすると仰せられた。長尾房長こそ古い弊害と思うのだが、あるいは上様も古い弊害かも知れぬ。しかし、定実公の考えがどうであれ、為景殿の同意がなければ物事は動かぬ。また、為景殿の意志が何処にあろうとも、定実公が受け入れなければ物事は動かぬ。誰が、そして何が古き弊害なのかは人それぞれで考える事が違う。越後は表向き守護上杉定実公を戴いて落ち着きはしたが、内実は誰が敵で誰が味方かも分からない。難しい世の中だ。」

「だが高梨殿。房長は謀反人なのだ。房長は越後を去らねばならぬ。それを房長は横柄にも上田庄を知行しようとしている。上田庄の青苧を一手に支配しようと河西にまで軍勢を出して荒らしまわっている。とても許せる事ではない。このままでは腹の虫がおさまらぬ。」

「気持ちは分かるが、早まるな。房長にも味方はいる。特に定実公の党に油断はできぬ。いかに腹が立っても俊景殿の軍勢だけで房長を討ち取れまい。為景殿が動くまでは自重せよ。その時はそれがしも与力する。くれぐれも先駆けの功を焦りなさるな。」

房長の動きは定実の後ろ盾があっての事である。定実の後ろ盾があってこそ房長の動きも大胆になる。定実は為景の頭越しに事を運んだ。事が済んでしまえば定実は為景を守護代職から外す事も可能なのだ。俊景がいくら怒っても手遅れである。

気掛かりは俊景の性分だった。俊景が房長を討てれば良い。だが返り討ちになれば塩沢郷の高梨領にまで戦火が及ぶ。坂戸郷と塩沢郷は隣接しているし、塩沢郷の地侍たちが澄頼に服従しているとも言い難い。何よりも高梨澄頼は俊景と同じく為景の党に属しているのだ。俊景の暴発は是非とも抑えたかった。澄頼は信濃を出てから二度目の正月も越後で過ごすことにした。

澄頼は俊景に自制を促したが、定実は房長を焚きつけた。初冬の十月、坂戸城を訪れた妙壽は上杉定実の意向を長尾房長に伝えた。

「長尾俊景が昨年から六日町に居座っているのを上様は苦々しく思っておられる。これは為景殿が勝手に決めた事で上様が承服した事ではないのだ。俊景に『去れ。』と命じても素直に去るとは思わぬ。また俊景を除かねば房長殿は六日町を知行できぬ。」

「上様（定実）は某（房長）に六日町を任せられるのか。俊景と一戦を交えなければならぬが、為景殿が怒りはせぬか。為景殿と高梨殿の両方を敵に回したくはない。」

「その事も合わせて上様は考えておられる。上様は十分に手を打たれた。為景殿に多少の憤りがあっても上様が抑え込む。だから安心して事に当たるが良い。」

この時から房長は上田衆に合戦の準備に入らせた。

「再び合戦の嵐が起こる兆しがある。槍の一本でも持つ者があれば駆けつける用意をしろ。油断するな。」

上田衆の多くは房長と同様に長森原合戦の直前に関東管領勢から離脱した者たちであり、越後では肩身をすぼめて生きている。坂戸城の長尾房長が除かれる事態になれば自分たちも越後を去る事になる。房長は合戦準備を秘密裏に進めたが、内密にできる話でもない。

一方、俊景の緊張も高まったが合戦騒ぎは日常茶飯事でもある。「房長が一人騒いだところで何の事もない。」と俊景は用心をしても格別の武装を調えはしなかった。長引く戦乱に合戦ずれしていたのが仇になった。

年が明けて永正九年、具足開きの行事が終わって間もなく澄頼は俊景が坂戸城下廣井橋近くの館で房長の軍勢に討たれたのを知った。廣井橋は六日町の宿場から坂戸城の大手に続く魚野川をまたぐ橋である。魚野川の水運を利用する青苧船の集積地でもある。

「そうか。俊景殿は房長に騙し討ちにされたか。」

伝え聞けば館に集まっていた俊景の一党は房長の軍勢に急襲された。館は雪に閉じ込められ、十分な働きもできず、脱出できた者たちは関興寺《かんこうじ》へ逃げたが焼き討ちにされ全員が討ち取られたと言う。今更、応援の軍勢を出しても無駄である。

長尾俊景に限らず定実の仕置に不満を持つ者は少なくない。平子牛法師が知行していた藪神《やぶかみ》、稗生《ひう》、西古志、東古志で関東勢の残党が反乱を起こし、あるいは阿賀北で鮎川式部大輔が大葉沢《おおばさわ》城に籠城して反旗を翻した。その対処に澄頼は為景の盟友として働き、信濃に帰国できたのは永正九年の初冬になっていた。澄頼は永正七年から二年半を越後で過ごした事になる。

信濃は反乱

信越国境は雪化粧である。信越国境まで迎えに出た草間大炊介に澄頼は満面の笑みをうかべた。草間は高梨の重臣であり高梨の支族でもある。草間がいればこそ、澄頼は信濃を留守にして越後で働ける。

「若殿様、大変なお手柄、おめでとうございます。はて、そのお方は。」

馬乗の須壽子《すすこ》を見て問い質す草間に澄頼は大声で笑った。

「何だ。親父殿（政盛）から何も聞いてなかったのか。為景殿の妹だ。名を須壽子と言う。俺の室になる。お迎え役も見届け役も無しに連れてきた。」

為景から見れば政頼は伯父で澄頼は従弟、なおかつ生死を共にして心を許し合った間柄なのだ。まして越後は混乱の渦中である。常の事なら然るべき人物を間に立てるのだが、簡素な嫁取りではある。

「一昨年、石動の館を後にしてから二冬を越後で過ごしてしまったが、この正月は石動の館で過ごせる。」

待ち構えていた政盛も満面の笑みである。還暦近くなって政盛は老いが目立っている。

「この春に宇佐美房忠《うさみふさただ》が信濃に来たのだが、おかしな事を言っていた。何でも近々に想像を超える軍勢を申し付ける、と言うのだ。関東へでも出陣するのかと思うが、真意がわからぬ。」

宇佐美房忠は上杉定実の右腕とも言える人物である。定実の使者として口からの出まかせでない事は間違いないが、目的を明かさずに挙兵の話を切り出したのは腑に落ちない。

「その後、村上、真田、市河、中野、島津、栗田、須田、井上などの信濃衆の動きか何か不穏な気配があるのだ。高梨以外の信濃衆に何を話していったのか気にかかる。澄頼は何か聞き及んでいるか。」

「為景殿から聞いたのだが、坂戸城下で房長が長尾俊景を討ち果たしたのを定実公は随分と喜んだらしい。何でも出陣手始めの慶事らしい。争いの種子が越後から一つ減ったのだから嬉しいのも分かるが、為景殿も俊景殿も守護代職を世襲する三条長尾家の一族だ。おまけに、『為景と共に関東管領勢を攻めた長尾景春が駿河で落ちぶれて食客になっている。長尾の下剋上は成功しない。上杉が新しい世を築くのだ。為景は余に従え。阿賀北衆も余に従え。』とばかり、各地に使者を走らせている。」

「定実公は何を企んでいるのか。守護と守護代が一体となり力を合わせてこそ越後一国が収まるものを。信濃衆までをも動かしてまで集めた大軍を何処へ持っていくのか。まさか、上州。」

言いかけて政盛は口を閉じた。上杉顕定が長森原で戦死した後、養子の憲房と顕実《あきざね》が山内上杉家の家督を争っている。憲房は長尾為景と高梨政盛を顕定の仇敵として目の敵にしている。為景・政盛の下剋上に乗った定実は上条上杉家を実家とする房能、顕定、定実は従兄弟同士だから上杉家の権力が他家に奪われたのではない。上杉一族が力を合わせて為景、政盛の一党を潰しにかかる可能性は十分にある。


石動館から北に歩いて一時間ばかりの所に白い築地塀に囲まれた館がある。中野氏惣領家の館で尾楯館と呼ばれている。近くに中野氏一族が建立したひかり堂と呼ばれる寺がある。浄土真宗本誓寺の住持・性裕がここに住み着き、近在の門徒衆を集めて賑わっていた。

中野一族の惣領は、元は志久見郷と日野郷の地頭だった。鎌倉時代に相続争いが元で地頭職を志久美郷の市河氏に奪われ、今は市河甲斐守の被官の立場にある。長森原の合戦では中野一族のうち夜交景国は高梨勢の、中野氏惣領は市川勢の一部として参加していた。

ひかり堂に集まる門徒衆の間におかしな噂話が広がっている。夜になると何者かが尾楯館に入り込んでいる気配がする。いつの間にか「気配」が「妖怪変化」の話に盛り上がり、血気盛んな若侍たちは自ら寝ずの番を買って出て、妖怪退治の気勢をあげている。

「中野惣領殿はその妖怪とやらの姿を見たのか。」

尋ねたのは夜交景国、高梨家の被官だが中野一族である。

「いや、それがしは見ておらぬ。しかし、見た者がいる。姿形をはっきりと見たと言うのだから確かにいるのだろう。」

小島高盛がボソリと口を挟んだ。小島を名乗っているが小島は高梨の有力な支族である。菅郷八か村を知行し、中野郷や夜交景国の知行地と横湯川一筋、尾根一つを隔てて隣同士である。

「また例の石が横湯川に運ばれて流れ着いたという。遠からず多くの死人が出る。そういう事だ。」

横湯川の上流、大沼池から卵型の大石が流れ着くと災難が起こる。六年前の永正三年（１５０６）にこの石が流れ着いてからは災難続きだった。長森原の合戦を経てようやく落ち着いたのが昨年である。

「大沼池の龍神様の受け持ちは洪水と鉄砲水だ。尾楯館の妖怪騒ぎとは関係がない。所詮は子供の戯れからでた話であろう。」

ひかり堂住持の性裕が口を挟んだ。

「話は少し違うが、歩き回る怪異の話を西厳寺でも聞いた。」

西厳寺は本誓寺と同じく関東の戦乱を避けて信濃に移った磯部六カ寺の一つである。千曲川の西岸、長沼の島津貞忠の城下にある。

「長沼では華美な大袖鎧の武者が歩き回ると言うのだ。しかも首がない。」

大袖鎧、首の無い武者、と聞いて小島高盛は青くなった。長森原合戦の折、政盛が上杉顕定の首を切り離すのを小島高盛は間近で見ていたのだ。

「首を押し切りにされる顕定公の、あの時の形相は忘れられぬ。まさかとは思うが、未だに顕定公の魂魄《こんぱく》がこの世に留まっているのかも知れぬ。顕定公ばかりではない。この数年で何人死んだか。しかも隣国の越後に出向いてだ。往生できずにさ迷っている者も多かろう。」

噂はひかり堂に留まらなかった。ムカデ退治の伝説がある藤原秀郷を先祖に持つ中野一族である。先祖の中野能成《よしなり》が鎌倉時代に二代将軍・源頼家から拝領した粟田口国綱《あわたぐちくにつな》の名刀を持ち出して腰に帯びた。若い者は幼い頃に聞いた昔話の主人公になり切った。血の気の多い若い者は曲者を討ち取ろうと長巻やなぎなたを持ち出して辺りを徘徊している。いくら戦国の世でもこれは穏やかでない。

「古くは中野牧の牧監であり、鎌倉時代には二代将軍頼家公に側近く仕えていた中野一族だ。新参者・高梨の鼻をあかしてやるのも面白かろう。」

誰かの高言がいつの間にか中野衆の共通認識になり、高梨征伐の謀議に発展した。旧家の例にもれず中野氏の流れを汲む地侍衆は多い。事の起こりが尾楯館の妖怪騒ぎであっても、この騒ぎがひかり堂に顔を出す高梨衆に聞こえない訳もなく、澄頼の耳に入らないはずもない。

「ん。妖怪とは高梨の事か。それとも未だ信濃衆は顕定公の影におびえているのか。あるいは高梨に災いが降りかかる前兆か。どうせ湯山（野沢温泉）の市河甲斐守か坂木の村上顕国あたりが糸を引いているのだろう。」

澄頼の行動は速かった。鶏が鳴く頃に近在の高梨衆を呼び集め、日が昇る頃には尾楯館に切り込んだ。高梨勢に突然切り込まれた尾楯館に打つ手ない。驚きうろたえている内に館は燃え落ち、近くのひかり堂にも火が放たれた。

ひかり堂住持の性裕は燃える火の中から逃げ出し、笠原牧クヌギ原庄塩郷牛出村の門徒、同裕の館に転げ込んだ。千曲川の蟠沢の渡し場近く村である。時々水害に見舞われて決して豊かな村ではないが、交通の便は良い。

中野氏惣領は姿を消し、生き残った中野一族は香坂氏が知行する川中島の小島田に逃げ込むか、あるいは中野郷に残って息を潜めた。川中島は犀川と千曲川に囲まれた三角地帯であり、鮭や鱒などが豊富に獲れ、古来肥沃な耕地が開かれてきた。今は村上顕国の支配下にある。


「魚の骨がのどから取れたか。」

澄頼の働きに政盛は満足した。還暦を過ぎた政盛は身体の衰えに気づいている。一時は高梨家の滅亡を覚悟した政盛だが責任から解放される時が来たらしい。

政盛が澄頼に渡した知行目録を見て家老の草間大炊助は心を弾ませた。とりわけ越後では本地十七か所に加えて新恩の地が十四か所、ほぼ倍増である。草間大炊介は高梨四天王の一人でもある。

草間の喜びとは裏腹に小島高盛の心中は複雑だった。小島は高梨一族の一人に数えられてはいるが血縁は遠く、事実上は他人である。敵勢に攻め込まれれば自分も合戦に巻き込まれるから、「仕方なく」高梨本家に従っているだけだ。恩賞を楽しみに長森原に参陣した訳でもなく、戦功を立てもしなかった。

小島高盛と同じく山田高梨家の惣領、山田房光も嬉しくはない。祖父の高梨高朝が政盛に追放されて三十年近くになる。高朝と政盛の間にあった歯車が少し食い違えば山田房光が高梨一族の惣領になり、房光が今の澄頼の立場になっていたはずである。だが、今となっては政盛が決めた事に異議を唱える力のある者はいない。

中野一族の夜交景国に至っては哀れである。先祖が百六十年ばかり昔の先祖が観応の擾乱で敗れた足利直義党に与して結果、夜交氏の本領は取り上げられた。改めて高梨家から給地として与えられはしたが、高梨家には年貢を納めた上に軍役も課せられる立場である。長森原の合戦には引っ張り出され損害も出している。味方の勝利が夜交景国にもたらした喜びはない。加えて中野氏の惣領家が高梨に滅ぼされた今、中野一族として心細い事限りない。代を継いだ澄頼から改めて知行地の安堵状を渡されたのがせめてもの慰めである。

澄頼に家督を譲った政盛には穏やかな老後が待つはずだったが、わずか四か月後の永正十年四月二十七日（旧暦）、政盛は齢五十八で畳の上に大往生した。法名を晴雲高賢と号す。

家督を譲られた澄頼も信濃に腰を落ち着けてはいられない。越後からは不穏な動きが伝わってくる。上杉定実からの出兵要請である。高梨への出陣要請は為景に筒抜けである。阿賀北の中條藤資には澄頼の姉が嫁いでいるので問い合わせてみれば藤資にも定実から要請が出ている。定実は宇佐美忠房や上条定憲などの上杉党を集め、為景追討の兵を挙げようとしているらしい。これを為景は「上様御謀反の兆しあり」と澄頼に出兵を要請してきた。後を弟の清秀と重臣の草間大炊介に任せ澄頼は越後へ向かった。まだ政盛が他界してから二か月と経ってはいない。

ひかり堂を失った門徒衆は性裕が逃げ込んだ牛出村の同裕の館を笠原御坊と称して集会場所にしていた。本願寺九世の実如が裏書した聖徳太子像を壁にかけ、建物が少し粗末になっただけでひかり堂と格段に変わる事はない。何よりも同じ門徒衆の集まりだから気兼ねが無い。中野氏の牢人も集まれば高梨氏の被官も来る。草間大炊助の知行地に隣接しているので草間の被官も来れば草間大炊介本人が来る事もある。

小島高盛は夜交景国にうっ憤をぶちまけた。

「高梨総領家に次ぐ小島家を被官扱いはなかろう。小島の知行する管郷八か村は幕府から賜った御恩の地だ。同族とは言え、高梨惣領家に与えられた所領ではない。」

澄頼は高盛に鴨が岳城の改修を命じていた。草間大炊は澄頼の代官なので草間が命じたのも同然である。鴨が岳城は中野一族の詰め城だったが見張り台程度の設備しかない。これを本格的な山城に作り替えるのである。鴨が岳城は小島高盛の詰め城である須毛の山城から尾根伝い、徒歩で二十分ばかりの場所にある。したがって澄頼が小島高盛に鴨が岳城の築城を命じたのも当然と言えば当然なのだ。しかし高盛は面白くない。政盛には頭が上がらなかった高盛だが、澄頼とは親子ほども歳が離れている。

「今まで惣領家を立ててきたのは高梨一族が生き残るためだ。椚原、小島、山田の高梨三家が高井郡で力を合わせ、根を伸ばしてきたのだ。それを政盛は何だ。山田の高朝殿を高野山参詣の留守を狙って追放し、大熊と江部の村を奪い取ったのだ。そして今度は、いいか、一族筆頭のこの俺に、昨年末に惣領になったばかりの、政盛の倅の若造の澄頼が、鴨が岳に城を築けと命じたのだぞ。いいか。命じたのだぞ。まるで家来扱いではないか。」

夜交景国はあきらめ顔である。

「夜交家は高梨の給人だ。中野惣領家は市川甲斐守の被官だったが高梨に滅ぼされた。中野氏惣領の知行地は高梨の思いのままになる。領民は、中野の牢人衆は高梨の思いのままに使いまわされている。何ともやり切れないではないか。」

性裕がたしなめた。

「お二人とも声が高い。迂闊な事を口にして草間殿の耳に入ったら何とする。笠原御坊には中野衆も来れば高梨衆も来る。高梨様を怒らせると命が危うい。おかしな事を口にしてはならぬ。」

性裕は北信濃の主立った領主が高梨の滅亡を望んでいるのを知っている。北信濃に展開する磯部六ヶ寺とその門徒衆の口に戸は立てられない。

「長沼西巌寺で聞き込んだのだが、高梨様は周り中が敵だらけだ。少なくとも高梨を盟主として長森原へ駆けつけた島津貞忠は、今は中野衆の逃散を手助けしようとしている。須田氏も井上氏も同じだ。そして逃散した中野衆は川中島の小島田に集まっている。」

磯部六か寺と呼ばれる長沼西巌寺や大岩普願寺、笠原本誓寺などは開基が同じ井上氏と伝わる北信濃門徒衆の拠点である。謀議の場になることも多々あるが秘密が漏れやすいのも否定できない。

「市河甲斐守は被官の中野一族を除かれて腹を立てているに違いない。島津貞忠は村上に通じている。村上、島津、須田、市河を敵に回して高梨は生き残れるか。このまま澄頼に付きしたがっているべきか。」

夜交景国がたしなめた。

「小島殿。物騒なことを言われるな。それとも腹をくくるか。」

性裕はニヤリと笑った。

「長沼西巌寺ではもっぱらの噂になっておりますぞ。高梨様のことだ。中野、夜交、小島の三家は館も近く、小島殿は高梨惣領家から血筋も遠い。中野一族の後は夜交殿と小島殿に違いない。越後から宇佐美房忠殿が長沼に見えた時、島津殿に申されたそうだ。近いうちに定実公が想像を超える軍勢を集めるから、その折にはよろしく頼むと。おそらく、越後の使者は高梨家にも来ているはず。澄頼殿はその事をお二人に話したか。」

二人は顔を見合わせた。二人は澄頼からも草間からも何も聞いていないのだ。

「どうやら図星のようだな。いずれ高梨様はお二人には内密に軍勢を動かす。定実公に命じられての挙兵であっても、あるいは定実公とは無縁の挙兵であっても、定実公が大軍を集めると仰せられたのだ。誰に本意を疑われる事でもない。澄頼が越後に出向いている今こそ好機と存じられよ。好機を逃せば滅びるのは高梨ではなく、お二方ですぞ。」


朝夕に肌寒さを感じる七月二十二日の夜明け前、暗闇の中で騒動は勃発した。夜交景国と小島高盛が挙兵したのだ。石動館を落として間山峠を越えれば坂木の村上顕国を頼れる。そして北信濃の軍勢を糾合すれば高梨を攻め滅ぼしもできる。

「こらあ。謀反は許さんぞ。」

ようやく明るくなり始めた山々に草間大炊介の大声が轟いた。笠原御坊で領内の不穏を聞き込んだ草間が石動館に軍勢を隠していたのだ。小島高盛と夜交景国の軍勢に中野牢人衆が加わっている。小島と夜交が企てた国一揆であり、これに中野衆が加わった逃散でもある。

中野牢人衆と言っても合戦の経験があり覚悟もある者は小島田に去っている。多くは逃散する意志があっても戦う気なぞ毛頭もない。その場に座り込んでしまう者もあれば、今来た道を散り散りになって逃げ帰っていく者もある。それを高梨勢が追いかける。

「降参しろ。命は取らぬ。」と取り囲まれた者は刀を捨て縛られる。体力があって逃げ足の速い者は小島や夜交の館に逃げ込んだが、これを追う高梨勢も一緒に館の中へ雪崩れ込んだ。館には火が放たれ、隠れ場所もない。小島高盛も夜交景国も館を捨てて山中へ逃げ込んだ。

翌朝から一昼夜、高梨勢は逃げた二人を追いかけた。横湯川の渓谷を遡れば地獄谷。湯が噴き出す荒井河原の六地獄。笛吹地獄、小鍋の地獄、湯が高く噴き出す大地獄。火の地獄に枯れカヤをかざせばカヤが燃えだす。高梨勢は岩陰木陰を問わず小島高盛と夜交景国探し求めていく。小島、夜交の一行は追い回され、次々と捕縛され、あるいは討ち取られていった。

横湯川を遡上すれば大沼池と呼ばれる湖にたどり着く。北信濃の山奥、奥長倉のそのまた奥山である。原生林に囲まれてヒスイ色の水を湛えたこの湖の深さは誰も知らない。二十四日の朝、二人は湖底からは聞こえるかすかな鐘の音に目が覚めた。高梨勢に囲まれたのを知った二人は観念した。二人は捕縛され、島津貞忠の長沼城から良く見える千曲川の河原で磔刑に処された。

「思い通りにはいかぬ。宇佐美房忠殿の挙兵に呼応しての反乱だったが。失敗したか。」

島津貞忠は歯噛みした。小島と夜交を先鋒として高梨を潰す手はずだったのだ。潰すのが無理だったとしても高梨勢を中野郷に釘付けにはできる。為景は信濃衆の動きに不審を抱いているらしく、貞忠に問い合わせてきたが未だ露見はしていない。

だが小島と夜交の反乱は失敗した。反乱に手を取られて動けない高梨を尻目に越後へ出陣し、定実が起こす予定の内乱に駆け付ける計画だったのだ。反乱の失敗を圧政に抵抗する高梨家中の些細な騒動として片づけたい。今は上杉定実、宇佐美房忠、上条定憲等に依る為景追放の動きが始まる前なのだ。なるべく為景を蚊帳の外に置いておきたかったが、小島と夜交は死体となって磔柱に括りつけられている。これを慕うのは群がるカラスだけである。

「さてと。これからどうする。これ以上、返信を遅らせれば疑われる。」

貞忠は事が成就した暁には「高梨を援ける為」挙兵して高梨領へ攻め込む腹積もりだったのだ。時を同じくして信濃衆は上杉定実に呼応して越後へ攻め込む。上杉定実は宇佐美房忠や上条憲房などの将を動かし長尾為景の党に攻めかかり越後は混乱する。その結果、上杉定実は為景を除き越後が定実の下に統一される、予定だったのだ。

貞忠は面倒臭げに筆を手にした。

「当方の様子について急ぎのお尋ねがあり、今朝越後府中へ飛脚を出しましたが重ねて同じお尋ねがあり恐縮しております。村上・香坂領中の小島田という地に中野牢人衆が集まっていると聞いて時節柄不安に思っていました。中野家中に不穏な動きがあるとの風聞が有っても当方には全く関係のない事です。しかし厳重に見張らせていた所、二十二日の寅の刻（夜明け前）に中野に残留していた中野衆が逃散に走りましたが街道を押さえられて脱出できず、中野方面に蹴散らされて散り散りになり生け捕られ縛り上げられました。今の所は大事に至らないと思いますので御安心ください。河西（千曲川西岸・水内郡）の事は愚老が居る限り大概の事を申し付けられる限り別条無く、河東（千曲川東岸・高井郡）の事は須田と井上にお申し付けください。なお、栗田方が自ら合戦に取り掛かるなどとの話は当方へ聞こえてはいません。但し、栗田の地の事は善光寺があるので中野牢人衆が遊びに行くこともあるのでしょうが細かい事は存じません。ご疑念があるのなら栗田方へお尋ねください。先の書状で様子を尋ねられたので早々とお報せしました。握り潰したのではありません。」

しかし、困るのは磔柱に縛り付けられた夜交景国と小島高盛の遺体である。長沼城から見える磔柱上空にはカラスが舞い踊っているのだ。これを知らなかった事にはできない。貞忠は「お報せ」として書状に書き加えた。

「当国（信濃）その御国（越後）まで色々と予測できない事件が出来しています。ご進退は何重にもご用心されたい。しかしながら、面目ない事だが、信濃衆は島津を始め何れも若輩者なので手際よく大それた計略を企てる能力はないから御安心されたい。今度は草間大炊助の武略で夜交、小島勢を山々に追い詰め狩り出し、両人をはりつけに架けた。まことに驚くべき事件です。」

島津貞忠が全くの部外者であれば（寅の刻）（街道を押さえられて）（草間大炊介の武略）（山狩りして）などは知るはずのない事柄である。貞忠は問わず語りに自分が高梨家中の反乱に一枚噛んだのを明かしてしまった。おまけに高梨家は反乱の芽を事前に察知していたから速やかに鎮圧できたのである。加えて捕縛された夜交景国と小島高盛は問い詰められ、島津貞忠の工作を白状していた。したがって島津貞忠の腹中は隠しきれない。

上様御謀反

目論見が外れて島津貞忠は落胆したが宇佐美房忠は既に小野城で挙兵している。落胆では済まない。上杉定実の指示があっての挙兵ではあるが、既に軍勢を集めているのだ。それも定実の実家、上条定憲や八条（上杉）左衛門尉など上杉一族に加えて信濃衆や阿賀北衆にまで募兵の檄を飛ばしているのだ。定実と上杉一族が後ろ盾となっても、長尾為景を筆頭に世間の者たちは事態の中心を宇佐美房忠と見なしている。もう後へは退けない。行き着く所まで行くしかないのだ。

数日後、井上、島津、海野、栗田などの軍勢が越後へ向かった。海野氏は山内上杉氏の被官である。山内上杉家の家督は昨年に上杉憲房が継いだ。憲房は為景と高梨を義父顕定の仇敵と見なしている。また栗田氏は村上氏の支族である。

上杉定実の立ち位置は微妙である。昨年に長尾俊景が討ち取られたのを機に越後守護として檄を飛ばしたのである。長尾為景も、阿賀北の中条藤資も、北信濃の高梨澄頼も、定実に服従すると思ったのだ。定実を中心とする新体制が出来上がるはずだった。

ところが、結果は体制の刷新ではなく分裂だった。宇佐美房忠は反為景の兵を挙げ、島津貞忠や村上顕国、海野衆や栗田等の北信濃武将にまで協力を取り付けていた。宇佐美房忠は定実の忠臣であり信濃衆への働きかけは定実が命じたのである。その結果が高梨家中、小島と夜交の反乱に結びついた。

恐れるのは為景が「上様、御謀反」とばかりに定実を捕まえ誅殺する事である。前越後守護の上杉房能を討ち果たして定実を守護職に就けた為景のやる事である。何しろ守護館と守護代館は越後府中で指呼の距離にあるのだ。為景の矛先が自分に向くのは避けたい。

草間大炊介は信濃衆が北へ、越後へ向かうのを越後の高梨澄頼へ、そして長尾為景に報せた。おそらく信濃衆が向かう先は宇佐美房忠が籠る小野要害であろう。そうでなかったら鵜川庄の上条定憲の所か。決して為景の加勢に向かうのではない。

初冬の十月、越後では初雪が降る頃である。澄頼は越後と信濃から高梨衆を集めて上越吉川の長峰原に着陣した。為景は長峰池のほとりの古屋敷に陣を布いている。陣は土塁と堀で囲まれ東へ徒歩一時間ばかりの地が宇佐美房忠の籠る小野要害である。そのまた東へ山道を丸一日かけて歩けば上条定憲の上条城がある。為景と高梨の軍勢は西から宇佐美房忠を攻め、阿賀北衆と長尾、長尾房景（栖吉城主）、福王寺掃部介（下倉山城主）、中条藤資（阿賀北鳥坂城主）などの軍勢が上田庄から上条定憲を攻める態勢にある。総攻めと打ち合わせた日は近い。

着陣の挨拶に澄頼が為景の本陣を訪ねると様子がおかしい。妙に落ち着きがない。

「高梨殿、全く以って面目ない。高梨勢の着陣を待って城取にかかろうと構えていたのだが、まさか春日山城を上様に乗っ取られるとは想像しなかった。春日山城下に陣を進めれば小野要害から宇佐美房忠の軍勢が出てきて長峰原の本陣を取られてしまう。かといって春日山城を奪われたままでは小野要害攻めに腰を据えられぬ。困っていたところだ。」

「乗っ取られた……。」

澄頼は為景が何を言っているのか直ちには理解できなかった。そして笑った。

「上様は為景殿が煙たいのでしょうなあ。定実公は越後守護の座にはあるが、越後府中に居る限り上条上杉家から長尾家に出された人質も同然。だが越後守護である以上、府中の者は誰もが上様の意には逆らわぬ。おそらく、春日山城へ入りさえすれば城兵は上様に従い、越後を思いのままに操れると思ったのでしょうなあ。」

「笑い事ではないのだが、春日山城で留守居している者たちは大いに困っているであろう。定実公に居座られてあれこれと指図をされる。慌てて報せてきたのだが、それがしも上様を討ち取るわけにもいかず、誠に困っている。上様の御謀反は間違いないが、どうしたものか。宇佐美を除けば大人しくなるか。」

皮肉にも為景は自分の居城である春日山城を攻める羽目になったのだ。為景が春日山城に軍勢を進め、説得を繰り返し、定実を捕獲し幽閉できたのは十月二十三日、春日山城を乗っ取られて十日も経っていた。西と東から宇佐美房忠と上条定憲を同日に総攻めする予定は大きく狂ったが、東では上条定憲を攻める為景方の軍勢が合戦を挑んで戦果を挙げている。

「明日から小野要害攻めに掛かる」と為景は言うが、小野要害は山城である。守るに易く攻めるに難くできている。力攻めに攻めれば味方の損害ばかりが大きく敵に与える打撃は少ない。為景は軍使を何度も小野要害にさし向けたが、宇佐美房忠勢にさしたる動きはなく、したがって長峰原の高梨勢も冬ごもりを覚悟した。

冬至の頃、阿賀北の安田実秀が為景に反旗を翻して安田の城に籠った。これに対して為景方は中條藤資や築地忠基が上田庄の陣を抜けて安田城攻めに向かった。この隙に鵜川庄に集まっていた八条（上杉）左衛門尉以下の上杉党が六日町に移動したので藤資は見張りを残して上田庄に舞い戻る。安田城攻めには築地忠基が残ったが手薄である。

為景は加勢を向けたが今度は小野要害攻めが手薄になる。六日町は魚野川の流れを隔てて坂戸城とは目と鼻の先である。上杉党の主力は上田庄に向かい、六日町に陣を構えた。

六日町は高梨知行地の塩沢郷竹俣の南に隣接している。青苧の集積地でもあり、長尾俊景が長尾房長に討ち取られた地でもある。明けて永正十一年の正月十六日、為景党の中條藤資、長尾房景、長尾房長等が六日町の上杉勢を襲った。長峰原にいる為景の陣には千余人を討ち取り禍根は悉く切り取ったとの報告が届いた。

上杉定実は為景に押し込められ、片腕と頼む八条（上杉）左衛門尉を討ち取られ、上条（上杉）定憲の求心力は急激に衰えた。為景に詫びを入れて上条の陣営から去る者もいれば、隣国から駆けつけた信濃衆も去っていく。上条定憲は為景に和睦を求めた。宇佐美房忠の籠る小野要害に援軍はなく、兵糧も尽きた。上杉定実の党が負うべき責任を一身に負って宇佐美房忠は内乱の幕を下ろした。房忠は小野要害を明けて近くの岩手要害に移り自刃した。倅の定満は羽前（山形）の片倉壱岐守の元に亡命したが、後に帰国した。あじさいの花が鮮やかな梅雨の盛りだった。

澄頼の帰国

冬を越後で過ごした澄頼にとって北信濃への帰郷は帰省の感がある。石動館に帰れば北信濃に秋風が立っていた。

「昨年の夏に越後に出向いてから丸一年になるか。信濃を離れる日数が一層に長くなる気がする。」

湯田中にある別荘で温泉に浸かれば昨年他界した政盛が偲ばれる。

「どうした、清秀。高梨は為景殿と一緒に勝ったのだぞ。何故そのように気落ちしている。湯で精進落としをした後は戦勝祝だ。凱旋祝だ。大いに楽しもう。」

澄頼の留守を預かる清秀にとっても侍大将の草間大炊介と共に大変な二年だった。

「兄者。越後では定実公を押し込め、宇佐美や八条の謀反人を成敗したのだから凱旋かも知れぬ。だが信濃では高梨の周りは皆が敵だ。定実公が火をつけた高梨包囲網は定実公が居なくとも自ら動く。誰が動かすのでもない。気の赴くまま、高梨の知行地で狼藉を働き逃げ去っていくのだ。」

夜交、小島の乱を鎮圧した後は尾楯館の再建工事があり、鴨が岳城の整備があり、年貢徴収や財務の仕事があった。高梨領から逃散する者も多く、人手不足も深刻だった。苦労は千曲川東岸高井郡の高梨領に留まらない。西岸の水内郡で高梨領は島津、井上、須田、栗田の知行地に挟まれているので近隣からの狼藉も絶え間ない。

「誠にご苦労であった。だが、俺は帰ってきた。越後へ行っていた皆もこうして帰ってきたので人数も増える。謀反人は退治したから高梨領内に戦禍を呼び込む者はいない。もう安堵しろ。」

謀反人の二人、小島高盛と夜交景国は処分したが両家は存続させた。磔にしたのは二人だが罪を親族にまでは問えない。一族に罪なき者が戦国の時代に居るだろうか。小島や夜交の妻子や一族まで連座させたら、高梨領内に住める者がいなくなる。小島家も夜交家も分家が継いだ。一族の中から謀反人が出て処刑された不名誉が残るだけである。

確かに高梨の壮健な者たちは帰ってきたが、他の信濃衆も同じである。高梨家は周囲を敵に囲まれている。島津貞忠が高梨の敵なのは間違いない。加えて市川甲斐守は越後松之山四か郷を得て占領したままである。定実の味方は為景の敵であり、高梨の敵でもある。定実が押し込められても一度できた反高梨の動きは止まらない。

「今回の錯乱で為景殿は本気で怒った。定実公を押し込めにしたが、次の越後守護が誰になるかは決まってもいない。それまでは為景殿が守護代として、守護の代わりに越後を治める。誰が守護になるか分からんが、今更定実公が信濃に横車を押してくることはあるまい。」

　秋から冬にかけて城館の建設は急速度で進んだ。新築した尾楯館は以前からあった築地を芯にして築いた土塁と堀で囲み、鴨が岳山頂に築いた詰めの城は比高三百メートル、東は金倉井庄、北は笠原の庄、千曲川を挟んで河西に太田庄、そして遠く南に目をやれば川中島を一望できる。

　翌永正十二年、春爛漫。足掛け三年を費やして尾楯館が落成した。元は中野氏惣領家の館だったが焼け落ちてから三年を経過している。

「この程度の館なら半年もあれば築けるのだが。三年もかかってしまったか。」

　悔し気に呟く清秀。

「平常の時なら半年で築けようが、合戦続きの最中で成し遂げたのだ。館を建て土塁で囲み、見張り台でしかなかった鴨が岳城を立派な山城にしたのだ。清秀が必死に頑張った証拠がこの尾楯館であり、あの鴨が岳城なのだ。近いうちに間山の石動館から尾楯館に移徙《いし》（＝渡座《わたまし》）する。大勢の僧侶や神官を呼び、賑やかに高梨の威勢を北信濃衆に見せつけるのだ。」

　わたましが終わったばかりの新築間もない尾楯館に、駿河の高名な連歌師・宗長が訪れた。遅ればせながら澄頼の家督相続の祝と尾楯館完成の祝でもある。十三年前に宗長は師匠の宗祇に同行して高梨を訪れている。これは二度目の高梨訪問である。

「若殿様。ご立派になられて。高梨様のご活躍は駿府にも聞こえておりますぞ。」

宗長は駿河今川家九代当主氏親の側近でもある。愛想を言われる澄頼も悪い気はしないが、この老人のことを良く覚えていない。前回会ったのは十三年前、澄頼はまだ声変わり前だった。

宗長は物珍し気に辺りを見回している。

「前回、師匠の宗祇と訪ねた時とはずいぶんと様変わりしたような。」

十三年前、宗長は宗祇と共に高梨を辞してから草津の湯に浸かり、箱根の湯で宗祇を見送った。どうやら宗長が掘り返している記憶は石動の館の記憶らしい。様変わりどころか館も場所も違うのだから尾楯館は宗長の記憶にはない。

澄頼は笑った。

「ここは石動の館ではなく中野城の一部、尾楯館ですよ。高梨家も少しばかり大きくなってな。時が移れば世も変わり人も変わる。親父殿は一昨年に他界し、高梨は石動館から尾楯館に住み替えをした。十三年前と様子が違うのはその為ですよ。」

北信濃はわずかに落ち着きを取り戻していた。六日町合戦で敗軍となった信濃衆は痛手を回復するまでは息を潜めているしかない。定実は為景に押し込められているので悪さはできない。上条定憲も求心力を失って、軍勢を集められない。つかの間の平穏な時間だった。

今や高梨家は信濃で北は小菅山元隆寺（現小菅神社）まで、南は松川を境として小布施まで、東は志賀高原の大沼池までの一円を支配しているのだ。千曲川の西岸、裾花川沿いにも大きな知行地がある。新築成った尾楯館に住む澄頼は文武共に実力を示す高梨家の惣領である。文化人を招いての連歌会は高梨が北信濃に有力で相応の地位を築いた証明でもあった。そして今、澄頼は高梨家の惣領として連歌の会を催している。澄頼の得意は推して知るべきであろう。

「花をだに分ずてこえし山ぢかな」と宗長が詠めば澄頼は「をそ桜ふたたび花のさかりかな。」と返す。宗長が小島と夜交の謀反を山路にたとえたのか、あるいは北信濃の分裂を山桜に見立てたのかは不明である。ただ、長い戦乱を経て迎えた高梨の繁栄を（花のさかり）とたとえた澄頼の得意は絶頂だった。

しかし、各地の有力者に招かれて渡り歩く高名な連歌師の目は肥えている。宗長は高梨の現実を冷たく見ていた。宗長は今川氏親の側近であり情報係でもあり、連歌発句帳には備忘録の機能もある。

客人を湯田中の別荘で丁重に持て成すのは常のことだが、別荘近くの蔵王権現鎮守の寺で開いた連歌の席は静まり返っていた。

「歌連歌乱舞茶の湯を嫌ふ人　育ちのほどを知られこそすれ」などと詠む御仁もいる時代である。連歌の会に出てくるのは歌や連歌をたしなむだけの知識と教養がある者たち、いざとなれば馬にまたがり槍一本を抱えて合戦場に駆け付ける力のある階層である。高梨家中で「歌連歌乱舞茶の湯をたしなむ育ちの者」の多くは越後に出向いている。島津や井上、市川など近在の武将は敵対関係にある。集まる者が少ないのは仕方がない。

旅立ちの朝、「なれもその　あかつきおきか　閑古鳥《カッコウ》」と詠んだ宗長はその後に「百姓少なし」と注釈をつけ加えた。確かに高梨から人は遠ざかっていた。これが如何様に今川氏親に伝わったかは不明である。

閑古鳥の声に送られて高梨を退去した後、宗長は更科の里（川中島）、桐原の原（松本）、下諏訪、木曾、美濃路を経由して越前朝倉邸に至った。道中にはこの年に元服した村上義清、家督を相続した小笠原長時がいる。越前の一乗谷には三年前に家督を相続した朝倉孝景が待っている。なお、朝倉孝景が将軍から守護職に任じられたのは翌永正十三年である。信濃や越前の様子は今川氏親に詳しく報告されたに違いない。澄頼の耳に届かない世界を宗長は知っていた。

華やかに時めく高梨を横目に島津貞忠は歯ぎしりである。

「小島と夜交の反乱が成功していれば……、あるいは越後の乱で上杉方が勝っていれば……」と悔やんでも仕方がない。定実が為景に押し込められてしまったので為景と深いよしみがある高梨はより強大になる。島津と高梨が敵同士なのは目の前の現実だ。高梨だけが敵ならならまだしも、島津貞忠は越後の長尾為景まで敵に回してしまった。

河西の地（千曲川西岸、水内郡）は複雑である。島津、高梨、井上、須田、栗田、小田切《おたぎり》、若槻など数多の国人衆の知行地が入り組んでいるのだ。このうち島津、井上、栗田氏は一昨年に越後へ乱入したし、高梨、井上、須田は河東（高井郡）に本拠地があるので河西の知行地は飛び地になる。高梨領は島津領と隣接しているし、若槻領も島津領に隣接している。また高梨領は栗田領とも隣接している。栗田氏は村上氏の支族である。

栗田氏は村上一族であるが、若槻氏は高梨氏を寄親《よりおや》とする高梨衆の一員である。幕府へ知行地の届を出すのは高梨が代行していた。河西において、島津貞忠にとって高梨氏は勢力争いの相手だが、村上顕国（義清の父）にとっても高梨氏は北信濃の対抗者である。そもそも高梨家と村上家の間では昔から何度も抗争があったのだ。

抗争が発生すれば利害を共にする者を巻き込んで自分に有利な結果を出そうとするのは古今変わりない。高梨が越後の長尾為景を後ろ盾とするならば、島津が信濃の村上顕国を後ろ盾にするのは当然である。今回の中野一族や小島、夜交の反乱も裏には村上顕国がいた。

上杉定実と長尾為景の間に発した不和は北信濃を二つに引き裂いた。村上の党と高梨の党が北信濃を二分する抗争に発展した。大きな合戦に至らなくとも手打ちのできない小競り合いが続けば、何時かは存亡を賭けた抗争に発展する。高梨が長尾方なら島津は村上方に付く。

高梨と和解すれば村上が怒る

永正十一年、十二年と続いた豊作で穀物の蓄えはあるが十三年は不作で蓄えを積み上げるに至らず、永正十四年は台風が荒れ狂って凶作となり冬には蓄えも尽きた。食料不足が常態化している時代なのでドングリや芝栗（山栗）の俵を囲炉裏の上の屋根の下に吊るして飢饉に備えてあるが、それも食いつくした。飢饉である。

そして永正十五年、格別に寒い冷夏の上に七月にはまたもや台風に見舞われた。千曲川が反乱し、長沼城も水に呑まれた。秋の収穫は期待できない。島津貞忠は青くなった。

「今年の冬は少なからぬ餓死者が出る。」

島津領は千曲川端の長沼から牟礼《むれ》の高原地帯に広がっているが、領内に領民が住んでいるのは当然である。領民は春からワラビの根を掘りクズ（葛）の根を掘り食いつないでいる。島津領のうち牟礼は高原地帯にあり冷夏の影響が激しく凶作の被害が近辺で最も大きい。一粒の米も収穫できないばかりでなく稗や粟の収穫も期待できない。イノシシは蛇やネズミを喰い尽くし、熊は墓場を掘り返す有様である。

「切り捨てても良かったのだが、島津殿の面目もあろうから生け捕りにして連れてきた。この始末、如何様に着ける気か。」

長沼城に乗りこんだのは若槻広隆、捕縛した盗人を引き据えている。島津の領民が若槻の穀物倉に忍び込んだのだ。広隆は貞忠を説いた。

「詫びを入れるべきでないか。種もみまで食い尽くしては島津領は来年の収穫も無くなる。詫びを入れて米穀を高梨家から買えば救われる。」

飢饉を見越して高梨は米麦雑穀の領外移出を禁止したが、銭を積み上げても食料を売る者はいない。銭は食えない。飢えに耐え切れず、盗みを働く者を成敗するのは領主の役目だが、他領で働く盗みに島津貞忠は目をつむっていた。

島津領の飢饉は近隣に知れ渡っている。だが高梨は越後領から米穀を移入できるので島津より少しはマシだった。越後には台風の被害が無かったので少ないながらも秋の収穫は確保できた。自然災害は常の事だが災害の備えが間に合わないのは領主の不徳である。また飢餓に苦しむ地域が近いのは高梨家にとっても迷惑である。

「素直に謝れば高梨殿も為景殿も五年前の無礼は許してくれよう。某《それがし》が高梨殿に取り次ごう。澄頼殿の話なら為景殿も耳を傾ける。互いに攻め合っても得る物はない。五年前の事は忘れはしないが根に持っても仕方ない。」

貞忠の心は動いた。島津と高梨、高梨と為景、為景と島津の間を何度か使者が往復し、和睦の交渉は進んだ。島津の裏切りを防げれば良い。高梨が島津に求める事は多くはない。高梨家中に手を突っ込まれたくないだけだ。為景は島津の裏切りを防げれば良い。この頃、為景は越中の神保慶宗を討つ為越中出兵を予定していた。為景は越中守護の畠山尚順からの依頼ではあるが神保慶宗は父の能景を般若野で戦死させた親の仇である。越中出兵の隙に島津が村上と組んで高梨を攻め、信越国境を脅かされても困る。

一冬かけて交渉は続き永正十六年二月二十六日、島津貞忠の弟、元忠が越後の上郷まで出向いて和睦は成った。為景は信濃から背後を脅かされる心配もない。北信濃は平穏を取り戻し為景の越中出兵の準備は整った。島津は米穀を購入できたし、高梨家中は厳しい緊張から解き放たれた。米穀の価格が通常よりも高くとも飢饉の最中なので仕方ない。

あちらを立てればこちらが立たぬのが世の常なら高梨を立てれば村上が立たぬ。高梨を盟主として島津や信濃衆が関東管領勢と戦ったのは信濃を守る為だった。だが、高梨を潰す為には島津貞忠は中野衆の反乱や小島高盛と夜交景国の謀反を煽ったのだ。そして高梨の背後にいる長尾為景を叩く為に、村上支族の栗田や島津貞忠、関東管領被官の海野一族は越後へ攻め込んだのだ。ところが今、島津忠直は何の相談もなく高梨澄頼、長尾為景と和睦した。これは村上顕国に対する裏切りである。伝え聞けば高梨は越後に多大な知行地を得ている。高梨党の膨張は我が身の収縮につながる。長尾為景が越中に出陣した頃、村上顕国は河西の地、高井郡に兵馬を進めた。諸将は村上の陣営に加わり大軍となった。

若槻広隆が籠る若槻山城は水内郡内にある高梨領の中心部である。広隆は澄頼に援軍を要請したが、とても村上顕国が集めた大軍に対抗できるほどの軍勢は集まらない。高井郡で村上顕国の党と対峙する澄頼は越後にも高梨衆を割いているのだ。おまけに長尾為景は越中に出陣している。

村上勢の攻勢が続いて近日中に総攻めが始まるかと思う頃、若槻家中、若槻清尚が広隆から離反し村上顕国に通じた。若槻広隆は城を捨てて筑摩《ちくま》郡の青柳伊勢守を頼って亡命してしまった。残った若槻一族は降参して村上傘下になったので高梨澄頼は河西の重要な拠点を失った事になる。水内郡で危うい小康状態が続いているが、北信濃全域では壊滅的な争乱にはならない。高梨が信越国境の守りを固めている限り長尾為景は心置きなく越中へ出兵できる。

高梨政頼の家督相続

四年後の大永三年（１５２３）の冬、朝のみぞれが雪に変わった頃、澄頼はひどい頭痛を訴えて横になり、そのまま帰らぬ人となった。まだ三十二歳の働き盛りだった。嫡子の高梨政頼《まさより》はまだ元服前である。高梨家の行く末が案じられる。

この年、為景は定実の軟禁を解いた。「次の越後守護が決まるまで」定実を閉じ込めておくつもりだったが決まらない。定実に嫁がせた為景の妹が男子を儲ければめでたく事が収まるのだが、思い通りにならない。定実の実家・上条定憲の血縁から養子を迎えるのは為景の実権を手放すに等しい。本家筋の山内上杉家では憲房が家督を継ぎ関東管領職に就いているが、憲房にとって為景は養父・顕定の仇であり上杉一門に仇為す反逆者である。山内上杉家から養子を迎えるのは論外である。

実態はどうであれ幕府にとって定実は未だに将軍が任じた越後守護である。幕府は十一代征夷大将軍足利義澄の十三回忌供養料として国役を定実に命じてきた。為景も定実を越後守護として扱わねばならない。


敵の不運を味方の幸運と為すべきか。澄頼の死から半年も経たない大永四年の春。村上顕国から家督を譲られたばかりの村上義清は軍勢を動かした。河西（水内郡）と河東（高井郡）は未だ高梨氏色が強いがそれも澄頼存命の間に限る。当主が他界したとなれば家中の結束も緩む。まして嫡子の政頼はまだ子供。河西にある高梨領の全てが信濃衆の知行地に隣接している。

切り取り強盗が本能になった信濃武士団は暴れた。若槻衆が村上方に付いた今、河西（水内郡）には高梨衆の拠るべき山城はない。平城とも呼べない館がいくつかあるだけだ。

「為景殿が高梨を見捨てるとは思わんが、他国の事であるから越後衆の加勢も容易ではあるまい。義姉上、いざとなれば三代掛かりで作り上げた高梨の山城要塞群がある。半年も籠城を続ければ村上勢も退くだろうが、まだ声変わりもせぬ政頼に高梨の総大将は務まらん。後は某《それがし》に任せて政頼を連れて越後の実家を頼りなされ。」

合戦ともなれば幼い政頼も義姉の須壽子も足手まといなのだ。義弟の清秀に促されて須寿子は政頼と共に長尾為景のいる越後春日山城へ避難した。命を懸けて守るべき高梨領から待避した甥の政頼と妹の須寿子を為景は叱らない。

「危急の時に母の実家を頼らなくてどうする。それがしも伯父上（政盛）には随分と援けられた。高梨家と長尾家は切っても切れぬ仲ではないか。」

為景の行動は早かった。四月十三日に諏訪社に鷹と馬を奉納して戦勝を祈願し、政頼を伴って信濃に出陣した。これが高梨政頼の初陣である。府中長尾家と高梨家の連合勢が河西(水内郡)に布陣し、村上義清は軍勢を退いた。

義清は南の佐久郡で大井氏・平賀氏・依田氏・海野氏などの国人衆を巻き込み、武田氏や関東管領上杉氏と三つ巴の抗争を続けている。背後を衝かれる恐れがなければ高梨や長尾と敵対関係を続ける理由もない。

「互いに侵さず侵されず。互いに攻めず攻められず。」

長尾為景の立会いの下に村上義清と高梨政頼は誓紙を交わした。村上と高梨の抗争は止んだ。高梨家の惣領として政頼は叔父の清秀と草間大炊介の補佐を得て成長している。

高梨が平穏な時を過ごしている間、為景は幕府から守護の格式、白傘袋《しろかさぶくろ》・毛氈鞍覆《もうせんくらおおい》・塗輿を許され、越中守護の畠山家の要請で越中に出兵を繰り返した。長尾為景に虎千代（景虎）が生まれたのはめでたい事だが、景虎の母は栖吉長尾家の娘である。所領が近接する者の常として栖吉城の長尾房景と坂戸城の長尾房長の間には不穏な空気が漂う。

越後の内戦

為景の専横を不快に思う上杉定実と上条定憲の兄弟が動いた。享禄三年（1530年）の冬、上条定憲は城に籠り為景に反旗を翻した。当初は早々に終わると思われた上条定憲の反乱だった。ところが、上条定憲と上杉定実、そして上杉一門の動きは為景が想像していた以上に早い。上条挙兵の陰に定実の手助けがあると知った為景は、幕府の許可を得て定実を再び幽閉した。

上条定憲も長尾為景も味方を募るのに奔走した。味方する者は当面は居城に居て合戦に備える。離反が露見すれば敵方から攻められるから、どちらの味方になるかは内密にする。それでも小競り合いは起きたが大規模な合戦にはならない。戦乱が近いのを知って阿賀北と刈羽郡の諸将は連署して陣中心得を申し合わせた。総勢十八名に及ぶ署名には上杉一門の山浦や山本寺、上杉十郎の名が入っている。

上条定憲が謀反を企ててから三年が経過した。

「叔父上が小千谷高梨城を留守にして　北条城に籠った。」

高梨景宗からの報せは事後承諾の求めである。この事態を清秀と草間大炊介は予想していた様子である。小千谷高梨城の城代、政頼の叔父・頼宗は為景から一字を与えられ高梨駿河守景宗と名乗っている。

「やむにやまれず出陣したのだろうよ。為景殿と高梨には断ち難い縁がある。」

為景が直接に高梨家中の頼宗に出陣を要請する事はない。頼宗に出陣を求めるなら政頼を通すのが筋なのだ。政頼の指示もなく独断で合戦場に駆け付ければ謀反を疑われても仕方ない。しかも頼宗の出陣は為景さえも知らない事だった。後に知った為景は「忠節比類無し」と記した感状を以ってこれに報いた。

頼宗が駆けつけた北条城は小千谷高梨から徒歩で七時間ばかりの距離にある。平時なら小千谷高梨の川湊で陸揚げされた青苧の荷は山道を抜けて片貝、北条を経て柏崎港へと運ばれる。北条から北へ向かえば柏崎港、西へ向かえば上条定憲の鵜川庄に至る。北条城と上条城とは徒歩で二時間ばかりしか離れていない。


北条城には安田景元と北条光廣が籠っていた。共に越後毛利一族だがこれに高梨景宗が加わる。上条方の動きは活発である。秋の末には北条城下に攻め込み多大な損害を与え、冬には越後府中の居多《こた》神社に火を放ったかと思えば日を置かず、鵜川八幡宮を焼き払う。怒った為景は天文三年三月に上条城の放火を命じた。「悉く焼き払い金でも品物でも強奪して上条を無一物にする」企てである。

準備が整った五月二十一日夜明け前、高梨景宗は安田景元らの軍勢と共に上条へ向かった。上条城は小高い丘の上に築いた館城である。城の東川を流れる鵜川は外堀の代わりである。上条城下を焼き討ちする以前に北条城とは緊張が続いているので見張りは甘くない。山道を抜け平野部に出れば上条勢が陣を布いて待ち構えている。一応味方が勝った事になっているが、高梨駿河守頼宗は落命した。

頼宗落命の報せが政頼の手元に届いて間もなくの頃である。長沼の島津貞忠が尾楯館を訪れた。頼宗の悔やみを述べた後に貞忠は天候や作物の育ちとか世間話など取り留めない話をしている。

「どうした。何か用があって来たのでないのか。」

政頼は先を促した。

「実は、宇佐美定満殿から使いが来た。上条殿に味方してくれと言うのだ。近いうちに上条城に集まり為景殿を討つという話だったが。いや、即座に断りはしたが高梨殿に勘ぐられたくないので来たのだ。どうやら越後中部の上田庄や妻有庄、薮神庄など上条方の全員が上条城に集まるらしい。高梨殿の所へ使い者は来ていないか。」

宇佐美定満は二十年前に小野要害で散華した宇佐美房忠の倅である。上条定憲の庇護の下で成長していた。

敵味方互いに相手の隙を衝いて居館を攻め、切り結び、城下を焼き払う戦いである。一進一退どころか双方とも力をすり減らすばかりである。為景方の福王寺孝重は魚沼の下倉山城の守りに就いていたが、上条方長尾房長に支城を落とされ、房長を攻めれば追い返され、防戦に手一杯である。房長が上条城に出向いた隙に福王寺は上田庄を焼き払ったが、為景は上条方宇佐美定満の居城を攻めて追い返された。

為景方に入る報せは芳しくない。柏崎では為景方の枇杷島城が攻められても出せる援軍は為景の馬回り衆しかいない。上田庄では坂戸城近くで為景の将が討ち取られ、上田口を固める福王寺孝重の下倉山城は長尾房長の軍勢に取り囲まれている。為景の加勢に山吉政久が上田口に駆けつけたのは八月も末になっていた。為景の弟・為重が護る蔵王堂城も危うい。なお、山吉政久の正室は高梨景宗の娘である。

上条定憲は自ら阿賀北に出向き阿賀北衆七名の合力を取り付けた。その上、羽前（山形）の砂越氏《さごしうじ》維《ふさ》や芦《あし》名《な》盛舜《もりきよ》の軍勢も定憲を加勢する為に越後へ進出している。これを定憲は宇佐美定満の援軍として送った。春日山城東向かいの東頚城丘陵にある山城群に宇佐美定満とこれに加勢する柿崎和泉守、阿賀北からは柴田、黒川、水原、本庄、鮎川、色部の各氏に加えて羽前の援軍が陣を布いている。唯一の救いは中条藤資が出陣をためらった事だけである。政頼が遣わした草間大炊介の説得が効いたらしい。藤資も正室の実家の高梨家とは刃を交わしたくはない。

春日山城には為景の旗本衆と高梨政頼の軍勢しかない。その高梨衆も越後高梨領の者たちは坂戸城と上条城を攻める為に向けてあるので政頼が率いているのは信濃に居住する者たちだけだった。敵味方合わせて一万近い軍勢が各地で戦っているが、為景方は数の上でも合戦の結果も劣勢である。

互いに守りを固めて小競り合いを続けるばかりでは決着が着かない。時を置くほど守りは固くなり、味方が摺り減っていく。上条定憲の心臓部・上条城を潰すか、あるいは定憲の心臓を止める以外の解決法は無くなる。頚城郡最大の春日山城が宇佐美定満の軍勢に攻め落とされる事は考えられないが、定満の籠る山城を攻め落とせもしない。春日山城で籠城を続けても阿賀北衆を味方に付けた上条方の軍勢は圧倒的に多く、援軍が期待できない為景方が何時かは降参する事になる。

これ以上の援軍を期待できない為景は朝廷を頼った。新田義貞との抗争で足利尊氏が持明院統の光厳天皇の院宣を得て錦旗（軍旗）を掲げ、圧倒的な劣勢を挽回した故事に倣ったのである。朝廷に「古くから伝わる拝領の御旗がいつの間にか失われたので新調したい。よろしいか。」と尋ねれば朝廷からは「天皇に申し上げた後、綸旨が下されるよう話を進める。」と返報が届いた。錦旗は錦で作るとは限らず、また朝廷から下される物でもない。ただ錦旗を掲げた官軍を名乗る為には天皇の綸旨が絶対必要である。為景は綸旨の為に大金を費やしたが、六月に奏聞した内乱平定の綸旨は翌天文五年の二月に下された。為景は紺地に赤い日の丸の軍旗を作り、これを錦旗とした。綸旨や錦旗が弓矢槍を振り回しはしないが、為景の軍勢は官軍となり敵方は賊軍となる。

三分一原《さんぶいちはら》は春日山城から東に徒歩で二時間ほどにある原野である。春日山城との間には関川の広い流れがあり、原野の中央に保倉《ほくら》川の流れがある。

天文五年四月十日、上条方、上条定憲が謀反の旗を上げてから五年が経った。定憲を為景方が討ち取ればこの動乱は終わるし、上条方が為景を討ち取っても動乱は収まる。

保倉川を挟んで西岸に高梨政頼の軍勢と長尾為景が率いる旗本衆の軍勢が布陣した。対岸には宇佐美定満や柿崎景家に加えて阿賀北衆など、上条方の軍勢が布陣している。

「伯父上（為景）は自らの首を餌にして越後を釣り上げる気か。関川を背にするこの布陣は、まさに背水の形だ。味方が崩れたなら関川の流れに阻まれて春日山城に逃げ込めない。」

「それが分かって政頼は高梨勢を此処に置いている。昨日の軍議で政頼が異議を唱えたなら、はて、どうなっていたかな。」

「異議を唱えるくらいなら高梨勢を春日山城に持ち込みはしない。長尾と高梨は同じ舟に乗っている。」

「そういう事だ。互いに山城に籠り村々を焼き討ちにしているだけでは決着が着かぬ。また、互いに城を取り合っていても決着は着かぬ。行き着く所は上条定憲を引きずり出し、心得違いを謝らせなければならぬ。おそらく、定憲も同じ考えであろう。だから上条方もこうして山城から出てきたのだ。」

宇佐美定満が馬を乗りだし、初夏の太陽を背にして名乗りを上げた。次いで為景の下剋上と不忠を並べ立て、上条方の正義を大声で数え上げる。

「うむ。小野要害で果てた房忠の倅だけの事はある。なかなか立派な口上だ。敵方の戦意は否応なく盛り上がるであろう。」

「伯父上。感心してどうする。これだけの悪口雑言を聞いたら爺様（高梨政盛）が地獄の窯の蓋をけり破って出てくるぞ。」

関川を背にして背水の陣を布いた為景方の不利に対し、上条方の背後に目立つほどの川は無く、背後は無数の山城で守りを固めてある。味方の数は千に満たないが、阿賀北衆を仲間に入れた敵方はその何倍もの軍勢になる。この合戦に負ければ為景方が壊滅し、勝ったとしても山城に逃げ込める上条方に手を焼くのは見えていた。勝敗にかかわらず為景方に不利な合戦だが、「合戦の結果なぞ、館に帰り着くまで分からん。」と、為景は落ち着いている。

「この旗を見ろ。朝敵を征伐せよと後奈良天皇が下された綸旨を知らんのか。錦の御旗じゃ。知らんのか。刃向かえば朝敵になるぞ。」

為景が「錦の御旗を知らんのか」と大音声を上げても、誰も知らない。紺地に赤い日の丸は為景が考えた意匠だから、初めて見る旗の由来なぞ知るはずも無い。

やがて鏑矢の音をきっかけに矢合わせが始まり、両軍が保倉川に入り込んで槍合わせとなるが、勝負はつかない。日が傾く頃になってようやく為景の後ろに翻る「錦の御旗」の噂が敵勢に広まった。

「何の事やら良くは分からんが、為景方は得体の知れない途轍もない物を味方に付けた」程度の事だが、上条方の矛先が鈍るのが見えた。

日が傾く頃、為景は旗本衆と共に保倉川に馬を乗り込ませた。高梨勢も一呼吸遅れて保倉川を渡った。結果、為景の軍勢が先頭に立って殴り込む陣形になった。この陣形は攻撃力が高いが為景が討たれる可能性も高い。為景が討たれると味方は総崩れになる。

敵味方入り乱れる乱戦となり、日が落ちて気付けば敵勢が退いたので味方の勝利になっていた。上条定憲が槍傷を負ったのを知ったのは翌日、定憲が落命したのを知ったのは四月も末だった。

定実復権　高梨疎外

越後守護・上杉定実にとって上条定憲の敗死は不本意だったに違いない。仮に三分一原の合戦で負けても再起を期せば良い。対立が長引けば味方の多い上条方が有利になり、為景方はより劣勢になる。だが総大将の定憲が落命して定実の目論見は外れた。

「合戦に勝っても為景では越後衆を統べるのは難しかろう。阿賀北衆は中条藤資まで離反したでないか。藤資の正室は高梨政盛の娘であろうが。いわば藤資は為景の身内であろうが。越後守護の余《われ》を押し込め、守護代の力だけで越後が鎮まるわけは無かろう。」

為景は悟った。合戦に勝ったとは言え、政治的に敗れたのだ。上条定憲が謀反を起こし阿賀北衆がこれに同調したのが問題である。とりわけ長森原以来の盟友で高梨政盛の娘を妻としている中条藤資の離反を招いたのは為景の不徳である。上条定憲の再乱は上杉一族の、為景と高梨が起こした下剋上に対する反撃なのだ。

秋八月三日、吉日。為景は定実が勧めるままに嫡子の晴景に家督を譲り渡した。為景は勢いを失った。

「今日より錦旗、文書、別紙に書き連ねた重代相伝の知行地、官職を譲り渡す。子孫永遠に続き栄え大切にするように。」

為景の隠居で越後における高梨政頼の立場は心もとない。

「晴景の母は上杉（上条）弾正少弼の娘、正室は定実の娘だ。上田庄坂戸城の長尾房長の母も上条弾正少弼の娘。定実公は上条上杉家の出だ。これでは為景殿は越後を上条上杉一族に任せたも同然でないか。為景殿が定実公に手綱を付けている間は何とかなったが、どうなる事やら。」

案の定、晴景が守護代では越後、とりわけ阿賀北衆の鮎川、本庄、色部、竹俣氏など上条方だった者たちでさえも従わない。為景が隠居して晴景の後ろ盾に定実が居るのだから恭順しても良さそうだが反抗を続けている。阿賀北衆は誰にも従いたくないのが本音ではあるが、晴景はこれを押さえられないでいる。また隣接する所領を持つ者の常だが、坂戸城主長尾房長は高梨領を圧迫した。晴景は頼りにならず、政頼は実力でこれを排除する必要がある。越後で小競り合いが続いた。

村上義清は義兄弟

翌天文六年春二月。政頼は従五位下刑部少輔に叙位叙任された。前年の後奈良天皇即位の大典に祝賀の大金を献上した政頼の忠節に朝廷が応えたのである。北信濃にひしめく無位無官の者の中では眩しい官位ではある。

夏、政頼は妹を村上義清に嫁がせた。村上家とは善光寺平を巡って長年に渡り抗争を繰り返してきたが、和睦が成ったのだ。為景が隠居して越後が当てにならない以上、信濃四大将の一人である村上義清を敵に回すのは得策でない。義清は林城(松本)の小笠原長棟の娘を正室にしていたが他界した。後室に政頼の妹・於フ子《おふね》が入ったのである。

「あれま。於フ子はまるで公家の娘でないか。私の嫁入り姿は腹巻を着けて打ち刀を手挟んだ男姿だった。澄頼殿は俵を運ぶように私を馬に載せて高梨へ運んだのだが、これは何の騒ぎだ。」

母の須壽子は目を丸くした。村上の旗印「丸に上の字」を掲げた騎乗の武士が尾楯館の大手門から入る。大手門脇では門火が焚かれている。次いで着飾った於フ子が馬に押し上げられる。須壽子は驚くばかりだった。

「兄上（為景）が隠居しなければ、於フ子を越後に嫁がせる心積もりだったのだが。」

政頼はアハハと笑った。

「母上。越後とは鳥坂城の中条景資の事か。あれはダメだ。中条藤資の倅はまだ子供だ。それに越後は落ち着いてはいない。為景殿が隠居して越後に高梨家の味方はいない。」

於フ子が村上義清に輿入れした後、義清の娘が政頼の嫡男・頼治に嫁いで高梨と村上の同盟が成った。甲斐の武田信虎の佐久郡侵攻をきっかけに小笠原長棟は諏訪頼重と和睦した。この時期の信濃は緩やかな同盟関係が成り立っている。もはや北信濃に深刻な合戦が起きる理由はない。多少の争いが有っても政頼と義清が乗り出せば収まる。ただ気になるのは海野棟綱《むねつな》が関東管領上杉憲政に通じている事である。

敵は上杉党

天文七年春。尾楯館を訪れた島津貞忠は顔をこわばらせていた。

「越後から高梨殿を討つから手を貸せと申し入れがあった。高梨殿は越後で何か悪さをしたのか。」

政頼に心当たりはある。隠居した為景の了解は得ているのだが、越後の塩沢郷近くの村を一つばかり、長尾房長から分捕ってはいた。

「島津殿は三年前に宇佐美定満からあった出兵の誘いを断り、今度は高梨を討つから手を貸せと頼まれる。何とも越後勢に好かれたものだ。為景殿でさえ越後衆をまとめるのにあれ程の苦労をしたのだ。晴景に従う越後衆がどれだけいるか。おそらく晴景の勇み足だ。越後勢なぞ攻めてこぬ。放っておけ。」

晴景に心を寄せなくとも為景隠居後の新体制に利を求める者は大勢いた。実際、魚沼郡にある高梨の知行地は何回か房長方の者に乱妨取りされていた。政頼も房長方の知行地を襲っているのでお互い様ではある。為景と交換して高梨領となった地も越後小千谷に十数か所ある。これが悶着の種子になっている。晴景にすれば「親父の支配は俺の支配。それを高梨が好き勝手に奪った。」となる。また定実にすれば「余《われ》の許しも無く為景が高梨に越後の地を切り分けた。」になる。頚城郡や魚沼郡では力ずくの奪い合いに発展している。晴景は高梨を敵とみなしているのだ。

「表向き、越後の内乱は収束した。勝者も無ければ敗者もない。強いて言えば上杉定実こそが勝者となろう。守護代の晴景を表に出して為景殿に味方する者たちを排除する気なのだ。その筆頭は高梨、そして宇佐美定満の出兵要請を断った島津殿になる。大事にはならんと思うが、用心するに越した事はない。」


六月の暑い最中、放ってはおけない事態が出来した。長尾晴景が越後勢を率いて信濃に侵攻したのである。矢筒城下の黒川村に陣を布いた越後勢を見て矢筒城主の島津権六郎は目を剥いた。「善光寺詣でに軍勢を引き連れてきたのではあるまい。」と考えるのは当然だ。

矢筒城は信越国境関川から北国街道を南へ歩いて六時間ばかり、善光寺まで四時間ばかりの距離にある。北国街道の要衝である。島津権六郎は本家の島津貞忠の応援を求めて籠城している。越後勢は矢筒城下の黒川村に陣を張っている。黒川村から南は善光寺一帯にかけて島津、若槻、須田、井上、高梨、栗田、風間、小田切などの知行地がひしめき合っている。隣接する同業者の常で普段はいがみ合っているが、共通の敵が現れると直ちに団結する。三日も経たずに村上義清を総大将とする北信濃諸将の軍勢が出来上がった。

義清は疑わしげな顔をした。

「これだけの人数で晴景は何をする気なのか。また、何ができるのか。火急の事であるから手空きの者だけで駆けつけたが、それでも千人は上回る。腰を据えて人数を集めれば五千人は下るまい。越後勢は信濃衆相手の合戦に勝てるだけの人数は無い。晴景は無勢で多勢に勝てる程のいくさ上手なのか。」

「そのような話は聞いておらぬ。合戦には可能な限りの軍勢を率いてくるのが当然であろうが、権六郎を脅かすだけの人数はある。味方の幸いは島津権六郎が矢筒城を明け渡さなかった事だ。晴景の誤りはこれほどの北信濃勢がこれほど早く集まると考えなかった事だろう。できる事なら合戦は避けたい。」

政頼が軍使として差し向けた草間大炊介を晴景は疎まし気に迎えた。

「晴景殿。そのように仏頂面をするものでない。北信濃に居るのは島津貞忠だけではない。越後の軍勢が押し寄せれば皆が緊張する。訳もなく攻め込まれるとなれば戦うしかあるまい。何を吹き込まれたかは分からぬが、信濃衆は晴景殿に敵対する気など毛頭ない。また越後勢に攻め込まれる理由が分からぬ。」

「訳もなく軍勢を出したのでは無い。高梨殿は良く存じておろう。松之山四か郷は市河藤若が、魚沼の地や頚城の村々を高梨衆が荒らしているではないか。これを放っておけるか。」

「荒らしているのではない。信濃衆は道理に従って越後衆の横暴に対処しているだけだ。信濃衆は越後勢が乱妨取りに来たと思っているぞ。大事になる前に兵を退くのがよかろう。」

晴景が軍勢を調えて他国に侵入した上、何の働きも無く帰れないのは政頼も承知の上である。だが信濃衆も越後勢が退かなければ集めた軍勢を解散できないし、越後勢に居座られたなら国人衆による知行地の支配が崩れる。北信濃が無政府状態の混乱に陥る。

自分の知行地は自分で守るのが鉄則である。危急の時に助け合うのが人の道なら、急場を自力でしのごうとするのは領主の本能である。越後勢がこのまま北国街道を南下すれば若槻山城下から善光寺に至る。若槻城を攻める位置に越後勢が陣を布けば若槻清尚も黙ってはいられない。

翌日の朝、若槻清尚の軍勢が黒川村の越後勢に襲いかかった。若槻清尚の軍勢は北国街道を善光寺方面から進んできて喊声を上げ、晴景勢に攻め込んだのである。「あれ！」と思う間もなく晴景の越後勢は崩れ、若槻勢に攻め立てられて後退した。島津貞忠の軍勢も矢筒城から出てこれを追い討つ。踏み止まろうとする越後勢は囲まれ討ち取られる。越後勢は稲附原《いなつけはら》（信濃町）まで逃げ陣を構えたが再び北信濃勢に討ち込まれ逃げ散った。

この合戦で若槻清尚が首を十三個、村上支族の出浦《いでうら》清正は七つの首を取ったと伝わる。

「何とも情けない。負けるにしても他の負け方もあろうに。」

合戦の結果を見て政頼は嘆いた。不仲とは言え晴景は政頼の従兄弟である。為景ほどの力量は望めなくとも残念だ。晴景には為景と同様に長尾と高梨の盟友関係を保ってほしい。盟友とするなら強い武将であってほしい。

「晴景殿は信濃衆を敵に回す気か。それとも為景殿が築いた秩序を壊す気か。」

考えても仕方のない事である。為景は隠居し、家督は晴景が継いでいるのだ。もはや高梨政頼は長尾晴景の盟友ではない。決して頼みとなる味方ではなく、今は敵対している。越後国内の高梨領は政頼の自力で守り抜くしかない。幸い北信濃が安定しているので、越後魚沼の高梨領塩沢郷が坂戸城の長尾房長に侵されても高梨だけの力で対応はできた。越後勢が連帯して高梨を攻めない限り、越後高梨領の事は高梨の力だけで解決できる。高梨家は数年間の安定期に入り、政頼は足元を固めるのに専念できた。

勅使下向

天文十二年、尾楯館は改造の騒ぎで慌ただしい。

「来年、勅使が高梨に下向する事になった。尾楯館に勅使を迎えるのだ。高梨は信濃の山猿でない事をご覧いただくのだ。大門を建て直し、会所には車寄せを付けろ。会所の南には滝があり池がある京風の庭園を造れ。大門は漆喰で固めた櫓門にしろ。」

高梨家中から建築資材を集める事になるが、櫓門の鏡柱二本のうち一本は小島高盛の倅、小島修理亮が届け、他の一本は上條織部が届けた。また二本の鏡柱の上に渡す太い冠木《かぶき》は夜交景国の倅、夜交満国が届けた。小島高盛と夜交景国は三十年ばかり昔に上條織部に追い詰められ磔刑にされたが、何時までもこだわってはいられない。


天文十三年夏。大納言勧修寺尚顕《かじゅうじひさあき》（栄空）が後奈良天皇の勅使として尾楯館を訪れた。栄空は来年の二月までかけて近江、越後、下野を回って後奈良天皇の宸筆による般若心経を各地の一宮に納める旅にある。

勅使・栄空は車寄せに馬を乗り入れ板の間に置いた畳にどかりと腰を落とし、庭の岩から落ちる水を眺めながら問わず語りに話しはじめた。

「越後で上杉定実と会ってきてな。定実も困った者だ。「某《それがし》は隠遁の身ゆえ」と越後守護の職にありながら、国家の困窮には目もくれぬ。朝廷の事は将軍の役目と言えばそれまでだが、将軍が当てにならぬからこうして勅使が下向している。将軍が守護を動かせないなら、今上が頼るのは各地の大名になろう。」

いぶかし気に顔を向ける政頼に栄空は続けた。

「政頼も存じておろうが、一昨年の台風で京都の至る所が傷んだ。その上に御所の屋根までが吹き飛ばされた。将軍が当てにならんので、こうして各地の大名に忠節を求めて下向している。」

相次ぐ兵火で京都は荒れていた。その上に台風に襲われて被害が生じたとなれば、その惨状は容易に想像できる。御所の修理など臨時出費には将軍や守護の献金があるべきだが、それが無い。将軍・義晴は京都で自分の御所を造営しているが、朝廷の御所までは金が回らないらしい。京都の荒れ様は政頼も耳にしていた。

「お上（後奈良天皇）はこれを御自分の不徳とされ、全国の静謐と豊年を願って金泥《きんでい》を以って般若心経を書写され、全国の一宮に納められる。それで、より一層の忠節を越後守護の定実に申し入れたのだが、あれはだめだ。既に隠居した身だからと言って聞く耳を持たぬ。信濃分は三条大納言の担当だが、北信濃の高梨は越後の長尾と懇意の家でもあり、北信濃と越後に広大な知行地を持つ大大名だから、余《われ》が参った。」

大大名と持ち上げられると、やはり嬉しい。

「各地の守護は将軍に従わず、将軍は朝廷の権威を見向きもしない。困った世の中よ。お上が頼りにできるのは在野の勇者しかおらぬ。高梨が御所の修理料を献上すれば、お上はさぞやお悦びになるだろう。」

守護は国内の大名を支配できず、高梨も家中や給人の支配に苦労するのが現実である。将軍も守護も実力だけで権威を保てず、実力は権威で裏付けられもしない。高梨政頼には地方大名としての実力はあるが、定実は政頼の実力に権威を与える立場にない。

勅使下向が伝わっていたので尾楯館を改修して待ち構えていたのだ。高梨に分担金が要請されるのは政頼も予期していた。だが分担金を出すだけでは面白くない。政頼は謝辞以上の見返りを期待し、手ぐすねを引いて待っていたのだ。

政頼は心中を口にした。

「信濃武士として朝廷に忠節を尽くす事に異存のあるはずがない。武士として弓馬の道は一通り身に着けたが、某《それがし》に欠けているものがある。蹴鞠に全くの不調法なのは困る。その辺の所、栄空様にご指南いただきたい。」

茶の湯は抹茶と茶道具があればできる。連歌は知識があれば誰でもできるが、高梨家は勅許を得て宗匠となった宗祇や宗長を招き、本家本元の指導を受けてもいる。だが蹴鞠となると、武芸の第一とされているが全く分からない。

栄空は笑った。

「わはは。そんな事か。高梨殿はすでに連歌、茶の湯、乱舞をたしなんでいるのは三條西実隆公から漏れ聞いていますぞ。なるほど、蹴鞠を修行すれば上洛しても上方の公家や武士に引けを取る事はありますまい。蹴鞠には蹴鞠の装束が必要だが、これは余が飛鳥井《あすかい》雅教《まさのり》に手づるがあるから伝えておこう。」


これからが本題である。

「越後守護の上杉定実公はあの有様、小笠原長時公の信濃守護職は名ばかりとなり、京都への要脚《ようきゃく》も出せない。将軍家や守護家が為すべき忠節を高梨が務めるなら、相応の官位と官職を願いたい。」

栄空は難しい顔をした。

「守護相当の官位官職となれば話は簡単には済まぬ。遠国にいる武家が官位を望むのは数あることだ。全国の武士から昇位昇官の申し入れは前例のない事でもない。今の刑部少輔を刑部大輔に上げる事、今の官位が五品なら四品に上げる事の二つを望まれるなら、勅許を降すのはお上の叡慮次第である。京都との連絡には時間もかかる。これから下野へ下向する。下野の一宮にお上に託された般若心経を収めた帰りにまた信濃へ寄る。しばらく待たれよ。」

言い残して栄空は下野へ旅発った。栄空の添え状の効果か、あるいは飛鳥井家の都合によるのか、政頼に蹴鞠の門弟として葛袴《くずばかま》、鴨沓《かもぐつ》の着用を許す免許状が届いた。免許状の日付が五月吉日とあり宛名が「高梨刑部大輔殿」と刑部少輔から昇任しているから政頼の家人が馬に積んで運んだ五千匹の銭が京都に届いたのは間違いない。

ところが、五品から四品へ願った昇位の件は一向に音沙汰がない。「もしや、栄空様の身に何かあったのか。」と不吉な思いがよぎる。あるいは「さすがに四品と刑部大輔の両方は無理だったか。」と苦笑いする日が続いた。四品、すなわち従四位上や従四位下は公家でなければ、武士なら守護大名でもわずかしか叙位されない官位である。高梨政頼には分不相応の位階であるが、村上義清も従四位の官位を得てはいる。

秋半ばの八月五日、待ちに待った栄空が下野国から尾楯館に戻ってきた。大喜びで迎える政頼に栄空に政頼も上機嫌である。

「昇位昇官の勅許は下りた。昨夜、改めて京都からの上使が宿所に着いた。五千匹の鳥目《ちょうもく》と馬一頭のご献上は貴重であると上使は仰せられた。官位の事は力の及ぶ限り取り計らった。四位の勅許、太政官公文書、お上のご心中を書いた女房奉書が到来したので直ちに持って参った。さぞや嬉しかろう。今こそ高梨家興隆の時である。今後は忠節が絶えることなきよう申し伝える。互いに願いが叶って満足である。」

栄空が差し出した文書には、

「上卿万里小路中納言

天文十三年七月二日　宣旨

従五位下　源政頼

宣　叙従四位上

蔵人右中辨藤原晴秀　奉」

と記されていた。政頼の望みは聞き届けられた。

「それから、間もなく余《われ》は京都に帰るが、その時にはつるを一箱持って上洛したい。探し求めて参れ。高梨の知らなかった事とはいえ、京都から仰せ下された余《われ》が気恥ずかしいでないか。」

「それは済まなかった。」と政頼は謝りたいのだが栄空のいう「つる」が何か分からない。渡り鳥の鶴を探し求めても入手できるとは限らない。第一、今は秋だ。冬にならなければ鶴は飛来しない。それから鳥は一羽二羽と数えるものだ。ひと箱二箱と数えるものではない。恐る恐る問う政頼に栄空は笑って教えた。

「白銀だよ。高梨が献上した銭五千匹と馬は御所の修理料だ。高梨の官位官職の勅許を得る為にどれだけの人間が動いたのか、考えてもみよ。また勅許を得た飛鳥井雅教は蹴鞠の免許状を下した。太政官も動けば宮中の女官も動く。朝廷の公家は霞を喰って暮らしているのではない。良いか、銭ではないぞ。白銀だ。白銀があれば銭も舶来の品も手に入るのだ。」

栄空は京都へ帰り、京都の御所は修復が成った。幕府が力を失くし、朝廷は地方の有力大名に直接経費の供出を求め、地方大名は後ろ盾となる「力強い何か」を求めて水面下で動いている。

信濃武士団、武田晴信を鍛える

「合戦で命を失うのは常の事である。乱妨取りに遭うのも珍しい事ではない。最後まで戦った者がなで斬りにされるのは仕方ない。だが合戦が終わって城から逃げた者を探し求めて連れ去り、女子供まで奪い去るのは何の為だ。法外な身代金を吹っかけても払える者は少なく、働き手の無くなった田畑は何も生み出さず、荒れるに任せる事になる。甲斐に連れ去られた者たちだって飯を食う。甲斐にはそんなに田畑が余っているのか。」

佐久郡志賀城落城の有様を知って政頼は呆れた。

「それにしても良く考えた事だ。人質を甲府へ連れ去り身代金を求めれば隠してある銭や米が出てくる。しかも、その人質は志賀城に籠って逃げ遅れた者どもばかりではない。城下に住む農民や商人までをも連れ去り身代金を要求する。」

身代金の額は少なくとも一貫文、多ければ五貫文もする。相手によって値段を変えるのは取引上手と言うべきか。米の価格が一升で五文ばかりの時代である。一貫文なら米二石、五貫文なら米十石に相当する。これ程の大金を出せる者は多くはないが、身内が人質に取られれば地中に埋めて隠した銭を掘り起こしてでも人質を取り返そうとする。感心している場合ではないのだが、隠した銭を吸い出す巧みな方法ではある。

伝え聞く落城の有様は悲惨だった。まさしく人を食うといわれる悪鬼羅刹、魑魅魍魎である。武田勢は志賀城から徒歩三十分ばかりの内山城に本陣を構えて一か月を超える攻城戦を続けていた。籠城する笠原清繁の十倍を超える軍勢である。志賀城の救援に駆け付けた関東管領上杉憲政の援軍を小田井原に待ち伏せて破ったのは武田晴信の武略だが、討ち取った首を志賀城下に並べて戦意を削ぐ戦い方を政頼は初めて耳にした。情け容赦もない。

志賀城の落城で関東管領方の勢力は信濃から消えた。関東管領・上杉憲政は昨年、北条氏康の河越城攻めに失敗し、今年は志賀城に援軍を出したが途中で武田勢に大敗してしまった。

既に諏訪家は武田晴信に乗っ取られ、小笠原一族の大井氏は武田に臣従している。武田晴信は佐久郡と諏訪郡を支配下に置いたのである。信濃衆が大同団結すれば、今なら武田晴信の野望を挫く可能性はある。失敗すれば武田晴信は勢いづき、来年は信濃攻めに本腰を入れてくるだろう。矢面に立つのは村上氏であり小笠原氏であり高梨となる。できる事なら越後から援軍が欲しいのだが、越後は混乱の最中にあるし、高梨は隅に追いやられている。

武田晴信が余計な手出しさえしなければ、信濃は平穏が保てるのだ。武田晴信の一連の動きは幕府・将軍の意向とは全く別の不法な私戦だが、将軍にこれを鎮める力はない。将軍は己が身を守るのに手一杯である。朝廷は心を痛めはしているが、日々の費えに事欠く有様だ。朝廷には権威があるが軍勢を持たない。将軍に従う軍勢が動くのは時々の事情による。つまり、戦乱を終わらせる手段は、無い。

明けて天文十七年二月、春の彼岸の頃である。坂木には春の牡丹雪が積もった。

「あれさ、兄様。この雪の中を中野から坂木まで。しかも皆さまお揃いで、また連歌の会ですか。あいにく義清殿は入れ違いに塩田の城に出向きましたが。」

時折、連歌の会と称して北信濃衆は顔を合わせている。具足開きが終わった十日ばかり前にも坂木の葛尾城で連歌の会を催していた。兄や甥が葛尾城に来るのを於フ子は無邪気に喜ぶが、連歌の会は北信濃衆の軍議の場でもある。前回は武田晴信から村上義清に塩田平の明け渡しを求める要求が届いたから集まったのである。於フ子も連歌の会に名を借りた軍議と知らぬわけがない。

「ああ。今朝中野を出た時は晴れていたのが、途中で雪に変わった。これは北の中野では降らず南の坂木に降る春の上雪だ。すぐ消える。それで、義清殿から何か言伝があるか。」

於フ子は、「万が一の事があれば子供たちを連れて高梨へ落ち延びろ。」と命じられ、葛尾城に握り飯を山と積み上げ熱い味噌汁も用意して待っていたのだ。今更「連歌の会ですか。」は無いが合戦騒ぎには慣れている。

一日中、雪の中を行軍して冷えた身体に囲炉裏端の暖と熱い汁はご馳走である。別の小屋に入った者たちからは明るい笑い声が聞こえる。黙って飯を食む政頼の脳裏に浮かぶのは高梨家の来し方であり行く末だった。幾度もの合戦を経て生き残った高梨家である。守護の横暴や関東管領の横車への抵抗、近隣との所領争い、あるいは縁者である長尾家に頼まれての関東や越後へ出かけての合戦だった。

「それがどうだ。晴信という男は信濃を切り取ろうとしている。誰が切り取ってくれと頼んだ。誰が武田に援軍を頼んだ。晴信は信濃衆の間引きを企んでいるのか。」

政頼は心底腹を立てていた。武田晴信は大名の間引きをしているのだ。晴信の親父・信虎は甲斐国守護として国内の安定を求めて苦労した。そして甲斐国を安定させた。大家の惣領職を継いだ者の宿命だが信虎は成し遂げたのだ。

しかし、晴信は父親を追放した上に甲斐守護職の立場をわきまえず、信濃侵略を続けている。そして毎年、死人の山が築かれている。しかもその手口があくどい。一家一族を分裂させ、敵将を討ち取るだけでは飽き足らず、領民はおろか女子供までさらって売り払う。蓄えた食料を奪い家々を焼き払うのは言うまでもない。籠城を続ける敵の士気を削ぐために取った首を城下に陳列するような罰当りな事もしてのける。これでは大名のみならず民衆さえも間引く事になる。義清が晴信の首を取る気でいるのと同じく政頼も晴信の首を取りたかった。

五年前には望月城と長窪城、一昨年には内山城が武田晴信に落とされ、昨年は内山城と指呼の距離にある志賀城が落とされた。武田晴信は中山道のうち上野国から諏訪に至る要所を支配下に入れたのだ。晴信はこれに満足する気配は全くない。中山道より北に勢力を持つ村上氏や小笠原氏も信濃を立ち去る気は毛頭ない。晴信も村上義清や小笠原長時を家来にする気は全くない。北信濃の安定を保つ方策は、武田晴信を三途の川の向こう岸に送り込むしか無くなった。

「義清殿には葛尾城の留守居番を頼まれた。武田勢が千曲川の東岸に出てくるなら坂木から戸石城に出向き海野平で迎え討つ。千曲川西岸に来れば塩田平が合戦場になる。今回の合戦で、武田晴信の考えがどうあろうとも、義清殿は晴信の首を取る気でいる。取らねばならんのだ。」

於フ子は目を丸くして政頼を見つめているが、屈託がないばかりか上の空である。

「合戦には慣れております。兄上はいつも首を取らねばならぬと仰せられます。きっと敵将もそのように思っているでしょうが、まだ兄上が首を取られた事は一度もありません。」

「そうか。俺は今まで一度も死んだことが無い。それならば今回も生き延びるであろう。」

武田晴信は村上義清に坂木葛尾城からの退去を求めたのだが、晴信の要求を義清が呑まないのは当然である。互いに武略で決着をつける事になるが、合戦場が何処になるかは晴信の胸三寸にある。武田勢は千曲川東岸で内山城（佐久市内山）、西岸では長窪城（小県郡長和町）や望月城（佐久市望月）を拠点としている。東岸にも西岸にも大軍を集結できるのだ。

二月四日。政頼は武田晴信が昨夜に長窪城に着陣した報せを受けた。中山道は上野の国から碓氷峠を越えて信濃に入り、東から西に軽井沢、小田井、岩村田、塩名田、望月、長窪、和田と続いて下諏訪に至る。武田晴信が昨年に落とした志賀城は岩村田の近くである。


千曲川西岸の長窪城から雪解けの冷たい水で満ちた千曲川を渡り、東岸の戸石城や葛尾城を攻めるのは難しい。武田勢と信濃衆勢の合戦場は塩田平で始まるのはほぼ間違いない。長窪城は塩田平から南へ徒歩で四時間ばかりの所にあるが、その間には無数の小城が設けられている。政頼は軍勢を葛尾城から千曲川西岸の塩田平に移動させた。政頼の高梨勢と共に高井郡の井上、須田の軍勢も千曲川を渡り、村上義清の軍勢と合流である。

佐久地域が武田の支配下にあるので小県郡長窪城が武田方の前進基地である。塩田平の南方にそびえる独鈷山《どっこ》が武田勢との境目となっている。独鈷山の一支脈である弘法山の北山麓にある塩田城が村上義清の塩田平支配の中心でもある。塩田城に村上義清が居座っている限り、武田晴信は塩田平を手中にできない。また武田晴信の侵攻をここで食い止めなければ北信濃全域が武田勢に侵略される。

春の香り漂う塩田平に武田勢を迎え討つ信濃衆が集結した。城主高家衆として高井郡からは高梨政頼、須田満親、井上清政、綿内満行（井上左衛門尉）、埴科《はにしな》郡からは屋代正国、更級《さらしな》郡からは出浦清種、小県郡からは室賀満正、埴科郡からは清野清重（清寿軒）がそれぞれ数百の軍勢を率いて集まった。水内郡の島津長忠や芋川正章は後詰めとして、あるいは千曲川東岸で内山城から来るかも知れない武田勢に備えて戸石城あたりの守りに就いた。義清の手元には旗本衆が詰め、小田切駿河守幸長や落合備中守治吉などが束ね役になっている。

武田勢の動きに政頼は不審を覚えた。武田晴信は長窪城に本陣を構えている。

「まさか、晴信は塩田平を囲む城塞を一つずつ、しらみつぶしに落とす気か。内山城と志賀城は指呼の距離にある上に晴信は志賀城の十倍を超える軍勢を率いていたのだ。それでも志賀城を落とすのにひと月以上を費やした。長窪城から塩田平に出るのに半日はかかる。塩田城を落とすのに何年をも費やす気でいるのか。」

村上義清は武田勢の侵攻に備えて小県郡、埴科郡、更級郡、水内郡、高井郡の、いわば東信濃と北信濃の国人衆全てに出陣を呼びかけた。村上義清が集められる限りの軍勢が塩田平を囲む城塞群に集まっているのだ。少なく見積もっても五千人は集まった。何日も前から防御の柵を巡らせて守りを固めている。志賀城攻めの時と違って武田勢は信濃勢の十倍もない。

守りを固め待ち構えて数日経った二月十四日、武田勢は塩田平の南にある倉升《くらます》山に姿を現した。太陽は高く上がり巳刻（十時）近くになっている。長窪城から徒歩四時間ばかりの距離であるが、先頭に後尾が追いつくには時間がかかる。武田勢の先陣は五百人ばかりだが物見の者は後続する大軍を報せた。

　倉升山を囲む塩田平の周囲は村上義清が在陣する塩田城を始め大小二十余りの城塞が囲んでいるのだ。武田勢は敵中に飛び込んだ形であり、人数も集まった信濃衆と比べれば決して多くはない。武田勢が倉升山で陣場の防御を固め、後続の軍勢を収容するのが常道だろうが、こんな所に陣所を構えられるのは困る。

　武田勢が倉升山に陣所を設けるなら妨害しなければならない。合戦は早朝に始めるのが作法だが武田晴信の考える事である。後続の軍勢が全て追いつくのは未の刻（午後二時頃）になるはずである。未の刻になったら合戦を翌日に延ばすのが常識だから、武田勢は倉升山の林の中で夜露に濡れて朝を迎える羽目になる。

　倉升山を見下ろす小泉城には高梨政頼と出浦清種と合わせて二千人ばかりの軍勢が詰めていた。背後の室賀谷には室賀満正の城がある。高梨政頼は村上義清から出浦と室賀を預けられている。政頼は手持ちの軍勢を城から出して武田勢の動きに備えた。倉升山は高梨勢から南に徒歩で一時間ばかりの距離にある。武田勢との中間に上田原と呼ばれる原野がある。

　武田の先発部隊は守りを固めた上で後続の到着を待ち、合戦は明日早朝から始まると政頼は思った。ところが、武田勢は守りを固める前に軍勢を繰り出してくる。北信濃勢の攻撃に備える軍勢ではなく、北信濃勢を攻撃するための軍勢なのは動きを見ればわかる。遠目ながら三日月の馬印を先頭に五百人ばかりの軍勢が政頼たちに向かってくる。武田四天王の一人、板垣信方が先鋒となって攻め込んできたのである。

「敵は五百人ばかり、包み込んで押しつぶせ。」

政頼の号令と共に高梨勢は横に広がる。最初に数人の足軽が鉄砲を放ち、次いで多くの弓隊が矢を放ち、最後は槍を構えた足軽が突き進んで板垣隊を上田原に包み込む態勢である。しかし、多勢の高梨隊に無勢の板垣隊は怯みもしないし退きもしない。後続する武田勢を頼んでか高梨勢の中央を駆け抜け背後に回り、今度は背後から高梨勢を突き崩そうとする。高梨政頼が指揮する軍勢は数こそ多いが大多数は農民である。板垣信方の合戦慣れした五百ばかりの軍勢は高梨勢の中を駆け抜け、高梨勢は崩れた。

しかし、板垣信方勢は疲れていた。早朝に長窪城を出てから半日を歩き通し、塩田平に着陣した途端に合戦が始まったのである。板垣信方の周囲が手薄になった頃、誰かが射た弓矢で板垣信方は負傷した。次いで上條《かみじょう》織部（高梨支族）と安中一藤太、沓掛大蔵の三人が槍を入れて討ち取った。安中と沓掛は志賀城で生き残り高梨に身を寄せていた者である。太陽が西に傾く頃だった。

高梨勢が板垣信方の軍勢にかき回されていた頃、村上義清の本隊は武田晴信の主力本陣に迫っていた。昼過ぎから始まった主力同士の合戦も武田勢は板垣と同様の戦い方である。数百人単位の軍勢が義清勢に突っ込み縦横に走り回りかき回し、村上勢は蹴散らされたが、村上義清は二百人ばかりの馬回りを率いて武田晴信の本陣に切り込んでいた。日が沈む頃には乱戦となった。北信濃勢は手近の城に逃げ込んだが、武田勢は防御の壁塁を固めるどころか簡単な柵さえも構えていなかった。

暗くなって義清は塩田城で息を吹き返した。落馬して気絶し担ぎ込まれたらしい。

「晴信はどうした。二太刀ばかり、打ち込んだ気がするのだが。日暮れ時だったが、あれは晴信だったに違いない。」

満月の塩田平に動く人影はない。この合戦で村上勢は坂木南条領主の小島権兵衛を失い、室賀谷の室賀満正は嫡男の基綱を失い、松代領主の清野清重は養子に出した雨宮正利を失った。また武田勢は板垣信方と甘利虎泰を失った。この二人は武田四天王のうちの二人である。武田勢も信濃勢も多くを失い、春の塩田平は血の匂いと死臭で満ちた。


「武田晴信の首は無いか。武田晴信は討ち漏らしたのか。」

翌十五日の早朝から義清は集まった首を一つまた一つと丁寧に検分した。並んだ首は多いが誰と特定できるのは上條織部が押し切りに切り取った板垣信方の首だけである。南を見れば柵を並べ立て終わった武田勢が陣所の守りを固めている。塩田平を見下ろせば至る所に遺体が転がり山犬がうろついている。味方の陣に戻らない者も多い。せめて味方衆の亡骸だけでも集めて弔ってやりたいのが生き残った者たちの願いである。

日が高く昇った頃、真田幸隆が武田方の使者として高梨政頼を訪ねてきた。甲冑も無く脇差を手挟んだだけの軽装である。

「海野合戦で敗れて信濃を去ってから七年になるか。長野業政《なりまさ》殿の元に居ると聞いていたが、信濃へ戻ってきたのか。」

「昨日の合戦では板垣信方殿の陣にいたのだが、寄り親の首を取られたままで退いたとあっては面目が立たぬ。せめて板垣殿の首を持ち帰って新参者の手柄としたい。」

「落命した者の遺体を探し求めて弔うのは当然の事だ。だが、塩田平に陣を構えたまま、首を返せとは虫が良すぎるであろう。帰って晴信に伝えよ。塩田平から陣を退き、長窪城を明け渡すなら首の引き渡しを考えないでもない。」

長窪城は五年前に武田方に奪われて晴信の信濃侵略の拠点になっていた。城主だった小笠原氏傍流の大井貞隆は甲府へ連行されたままである。

「某《それがし》は武田晴信公に仕えて未だ日も浅く、陣払いや長窪城の明け渡しの話は受けかねる。ただ武田方の首を持ち帰って弔いたく参上したので。」

武田方の兜首は棚の上にさらしてある。首実検が済むまでは味方の戦果は確定できない。兜首も雑兵の首も一緒くたにして「戦果、首が全部で幾つ」では話にならない。

「それならば、武田の陣中に席がある真田殿なら分かるであろう。首の持ち主が誰だったか教えてくれぬか。陣払いや長窪城明け渡しの話が済んだ後なら首をお渡しできるであろう。」

義清が話に割り込んだ。義清は晴信に打ち込んだ太刀の感触を覚えている。それが深手なのか浅手だったのか、晴信が生きているのか死んでいるのか、知りたかった。

「陣払いや長窪城の明け渡しの話なぞは大将同士がするものだ。晴信と直接に会って取り決めたい。真田殿には陣場へ帰って面談の日時と場所を晴信と相談して参られよ。」

真田幸隆は陳列してある首を見て帰った。武田四天王のうち板垣信方と甘利虎泰の首、そして重臣の才間河内守と初鹿伝右衛門を合わせて四人の首を真田は確認したはずだが、武田勢は陣を固めて何の動きも見せない。晴信の消息は伝わらず武田勢が動く様子もない。

しかし、損害が大きかったとは言え、味方の勝利は確実である。手元には北信濃から集まった五千の軍勢がある。これを解散すれば武田勢が再び塩田平で暴れるかも知れない。信濃勢は塩田平を動かず武田勢の動きを見守った。晴信が塩田平に居座り続けても武田勢の敗軍は隠しようもない。武田方の首は街道沿いに晒し続けられているのだ。数日間はいた見張りも今は無く、カラスがついばむのに任せている。おそらく武田方の者が持ち帰ったのだろうが、陳列した首の数はいつの間にか減っている。

「合戦から半月も経った。味方は勝った。それなのに武田勢は退かぬか。」

小泉城から見る倉升山の武田勢に退く気配は全くない。退くどころか、陣旗となる旗印の数が増えている。

「もし、村上殿が討ち込んだ太刀がかすり傷でなかったなら、晴信が死んだなら、武田勢が倉升山に居続ける理由はなかろう。」

「あの太刀が晴信にかすり傷しか与えなかったのなら、あの手応えは何だったのだ。俺が討ち込んだ太刀は胴丸を叩いただけだったのか。」

「分からぬが、晴信が死んでいないのは確かであろう。合戦で味方衆が勝ったと思うが、味方衆が先に退けば武田勢の勝ちになる。武田勢の大将は晴信だが、晴信が死んでも甲斐衆は大将の代わりを立てるであろう。」

「ワハハ！」と義清は笑った。

「大将の代わりをどうやって立てるのだ。晴信は父親の信虎を海野合戦の直後に駿河へ追いやったが、晴信の弟たちは全員が信虎の倅だぞ。弟たちの数は十人を超えている。晴信の跡を襲おうとする弟たちが争って甲斐国は大混乱になる。とするならば、武田晴信はまだ生きているか。」

「ああ。恐らく晴信は長窪城で生き延びている。武田勢の本隊が長窪城に居るのはその為であろう。倉升山の陣が長窪城の晴信を守る為に武田方の殿軍になっているのだ。迂闊に武田勢を深追いすれば味方が返り討ちになる。」

倉升山に陣取った武田勢は三月も末になってから退いたが、長窪城には城を守る軍勢が居残っている。陽気は既に初夏である。山城を守る敵勢を討ち破るのは容易な事ではない。

「敵が疲れた時には攻め立て、敵が退く時には追い詰めて潰すのが軍略と思うが。」

「高梨殿。その通りだが味方衆も疲れている。諸将が用意した兵糧も残り少ない。味方衆は村上の家来ではない。武田晴信の軍勢とは違うのだ。これ以上の滞陣を願っても皆の衆は聞かないであろう。」

今回の合戦は村上義清の呼びかけに応じた信濃諸将が武田勢と戦っただけなのだ。互いに血縁と地縁で結びついてはいるが、村上領である塩田平を守る為に命を賭けたのだ。

塩田平を奪取した後の事として武田晴信は多大な恩賞を約束した。それで武田家臣団を奮起した。しかし、信濃衆は塩田平を守り通せても得る物は何もない。取らぬ狸の皮算用さえできない。戦った名誉だけしか残らない。信濃衆はこれ以上塩田平に留まっても利はない。信濃衆は自分の軍勢を率いて知行地へ帰っていった。

合戦に敗れた武田晴信は甲府へ引き上げた。武田勢の主力が信濃から退いた今をおいて失地回復の好機はない。合戦で亡くなった者の法要を済ませ負傷した者の傷が癒えた頃、信濃衆は再び立ち上がった。信濃衆が反撃に出れば恨みを呑んで逼塞していた佐久衆も大人しくはしていない。心ならず晴信の膝下に腰を屈している者も、武田勢に攻められるのを恐れて山城に籠っていた者も、敗勢の武田方にならい襲いかかれる。

村上義清の軍勢は四月二十五日に内山城の城下町を略奪した上に放火し。大部分を焼き払った。内山城は昨年に武田勢が志賀城を攻め落とした際に根拠地とした城である。次いで武田勢が一昨年に内山城を奪取した際に根拠地とした前山城を降伏させた。城内に保管してあった兵糧の供出が降参の証しである。同じく佐久の田口長能は武田方に取られていた田口城（佐久市田口）を奪い返す。

一方、筑摩郡以北に押し込められていた小笠原長時は仁科一族と共に武田の支配下にある諏訪郡に攻め込んだ。弟の小笠原信定もこれに連携して伊那衆の下条・片桐・飯島・知久《ちく》氏ら諸士と共に諏訪郡に攻め込んだ。諏訪大社の下社は焼けたが、諏訪郡の真志野・有賀・小坂・花岡・矢島氏らの西方衆は武田から離反して小笠原長時の陣営に加わった。武田方の劣勢は紛れもない。

しかし、信濃勢の優勢はここまでだった。あるいは義清から受けた太刀傷が治ったのか、信濃衆の手のひら返しに腹を立てたのか、晴信の軍勢は諏訪に向けて出陣した。諏訪は武田の信濃侵攻拠点である。諏訪氏分家の藤沢頼親が武田方から小笠原長時に乗り換えて何か月も経っていない。小笠原長時は諏訪と松本の境界になる勝弦《かつつる》峠に大軍を集め武田勢を迎え討とうとしたが、結果は残念だった。当てにしていた舅の仁科盛能が離脱し、十九日の明け方には武田勢に攻め込まれて敗れた。

佐久では、一度は奪い返した田口城が小山田出羽守に攻められて田口長能は戦死。小山田は田口城に入城。佐久衆はしばらく小山田が籠る田口城を取り囲んでいたが、武田晴信の本隊に攻められ壊滅。一度は取り返した前山城も攻め落とされた。抵抗する者は皆殺しである。

武田勢は上田原合戦の仇をとるかのように佐久郡で暴れまわっている。越後勢の加勢があれば武田晴信を押さえられもするが、越後は定実を中心とする晴景派と為景恩顧の集団が作った景虎派に分かれて反目し合っている。高梨政頼は援軍を越後に求めたいのだが、「越後があの様子では援軍など望みようもない。為景殿が生きていれば。」と嘆いても詮無い事である。信濃の領主である政頼は越後の領主でもある。政頼は越後へ行った。為景が晴景に家督を譲ってから十二年が経っている。

上杉定実は観念した

小千谷高梨城主の頼春は上田原合戦の様子を聞きたがったが、政頼の話は単刀直入である。

「晴景殿が守護代である限り、越後から援軍は望めない。曽祖父の高梨政高が中野西条高橋で上杉右馬頭を討ち取り、祖父の政盛と為景殿が天水越で上杉房能を追い詰め、越後長森原で上杉顕定を斬首にしたのは上杉定実に越後を支配させる為ではない。為景殿が隠居してからこの方、定実公と晴景殿の間に抗争が生じないのは喜ばしいが、越後は定実公にかき回されるままでないか。」

定実は上杉家繁栄の為に晴景を操り、為景に与力した功臣たちを潰そうとしている。政頼にはそのように思えて仕方ない。だが、政頼がそれを晴景に言えば、結果は逆効果になる。

「定実公が伊達稙宗《たねむね》公の倅を養子に迎えようとしたのは、長尾晴景殿の力を削ぐ為。定実公が隠遁を言い出した後、古志郡司を務める長尾景虎殿を諸将が栃尾城に攻めたのも定実公の差し金。そして、黒滝城主の黒田秀忠が春日山城内で晴景殿の弟二人、景康殿と景房殿の命を奪ったのは長尾家を潰す企て。四人の兄弟全員を消せなかったのが定実公の不満だろう。定実公に焚き付けられて事に及び、景虎殿に討ち取られた黒田秀忠殿こそ哀れ。頼春に良い考えはあるか。」

「親父殿、今の越後で高梨の肩身は狭いのだ。高梨に味方してくれる者は少ない。だが、阿賀北の中條藤資殿には大叔母様が嫁ぎ、三条の山吉政久殿の正室は高梨頼宗殿の娘だ。この二人なら腹中を打ち明けても大事はなかろう。藤資殿は定実殿の養子縁組話がこじれた時には阿賀北衆に居城を囲まれた。藤資殿には定実公にも晴景殿にも含む所はある。」

政頼の意を汲んで頼春は動いた。話は守護代の追い落としである。頼春は隠密に、内密に、中條藤資や山吉政久に話をつないだが、意外な所に晴景隠居の話が湧いて出た。

「政頼殿が小千谷に来ているると聞いたのでな。ご機嫌伺いに参上した。」

高梨城を訪れたのは本与板《もとよいた》城主の直江実綱である。本与板城は三十四年前の永正十一年、実綱の父・親綱が飯沼頼清を滅ぼしてから直江家が預かっている。飯沼頼清は上杉定実が為景に謀反を起こした時、小野要害で挙兵した宇佐美房忠と共に滅んだ。

「晴景殿は守護代職に疲れている。日頃から食が進まず、眠りも浅いらしい。三年前に黒田秀忠が弟の景康殿と景房殿の二人を斬り殺した時なぞは、寝込んでしまった。黒田は景虎殿が成敗したが、これでは越後の荒くれ共の抑えにはならん。」

景虎の後見役となっている本庄実乃の栃尾城も直江の本与板城も小千谷高梨城から騎馬で半日ばか

り、つまりご近所同士である。

本庄実乃が景虎の守護代就任に反対するようなら、残念ながら晴景に守護代を続けてもらうしかない。

「某《それがし》が景虎殿を推さない理由がなかろう。古志郡司として景虎殿は申し分なく働いている。一昨年に黒田秀忠の謀反を鎮圧したのは景虎殿だ。景虎殿なら越後守護代も務まるであろう。」

政頼は晴景が引退するのは一向に構わない。晴景が引退すれば景虎が守護代職に就く事になるが、守護代職を誰に譲るかは晴景が決め、それを上杉定実が認めれば一件は落着する。

阿賀北衆を束ねる中条藤資、蒲原郡郡司の山吉政久、三島郡司の直江実綱が支持すれば上杉定実も景虎を守護代に据えるしかない。定実はこれ以上の争いを望まず、上杉家が退くのを観念した。晴景は引退して景虎に家督を譲り、景虎は守護代に就任した。気掛かりは上田庄坂戸城主の長尾政景だが、政景は景虎の姉（仙洞院）を正室にしているので、何とかなるだろう。

二股膏薬は武士のたしなみ

翌天文十八年春、尾楯館を訪れたのは笠原本誓寺十代目の超賢である。笠原本誓寺は三十六年前、父・高梨澄頼が中野一族と共に追放したのだが、政頼はこれを許し、尾楯館近くの旧地に阿弥陀堂を建立してやった。今は門徒衆が大勢集まり繁盛している。

超賢は田代某と名乗る者を連れてきた。真田幸隆の家来である。

「上田原合戦から一年が経つか。顔が広い超賢の事だからその内にはと思ってはいた。真田幸隆は真田庄に帰りたがっているだろう。高梨はそれを手助けできる。昨日の敵が今日の友となる事もあるし、昨日の友が今日の仇となる事もある。人の心は移ろいやすい。田代とやら、これを真田殿に言い伝えて欲しい。」

魚心があれば水心もあるのが人の世である。上田原の合戦で幸隆は十人ばかりの人数を預けられ板垣信方の軍勢に加わっていたが、結果は惨めだった。幸隆が真田庄にある松尾城に帰りたいのは当然だが、未だ望みは叶えられない。松尾城は義清の支配下にある。村上が滅べば真田庄へ帰れるし、村上義清に与力して武田晴信を討てれば真田庄に帰れる。しかし、義清は八年前の海野平の合戦で武田晴信と組んで真田庄を奪った人物である。今更「家来になるから真田庄を呉れ」とは言えない。村上義清の強さを知った今、高梨政頼と馴染んでおくのも悪い話ではない。

田代某はあちらこちらと駆け回った。

「それで、真田幸隆は何と言っている。まさか喜んで高梨に味方するとは言わなかっただろうが、幸隆は何を望んだ。武田晴信も義清殿が集める北信濃の軍勢に勝たなければ真田に与える知行地なぞあるまい。空手形でも出したか。」

「殿様（真田幸隆）は晴信公に高梨様の申し出を伝え、晴信公はこれを嘉して殿様に塩田平の諏訪形の地を約束された。真田庄は殿様の本領だから殿様の物になるのは当然だ。村上義清に負ければ空手形になるが、殿様は空手形を掴みたくはない。」

「それはそうだ。だが合戦は水物だ。勝つも負けるも時の運がある。真田はどのように運を掴むと言うのだ。晴信の敵は村上殿だけではあるまい。小笠原殿や木曾殿に敗れ、その身を亡ぼす事もあろう。」

「その通り。今、武田晴信公は諏訪湖のほとりに高島城を造り、佐久郡の残敵を始末するのに専念している。それが終われば、おそらく来年辺りは、深志（松本）から安曇郡にかけて小笠原長時殿の軍勢と戦う事になろう。小笠原殿と村上殿は気心の知れた仲である故、晴信公は両方の軍勢と同時に戦う事になるかも知れない。もし、晴信公が落命すれば武田家中は分裂する。」

勝つ算段をした者が勝ちやすいのは当然の理でもある。合戦に敗れた時は巧みに降参すれば良いし、降参し損ねた者は容赦なく潰される。これが政頼の考える合戦だった。だが敗けた時の事を戦う前から考える武将が真田幸隆だった。

政頼は考え込んでしまった。

「もし、村上殿が敗れると、真田殿は真田庄の他に諏訪形の地を手に入れられる。武田晴信が敗れても真田庄を手に入れる算段は、少しばかり虫が良すぎはせんか。村上殿、いや北信濃衆が敗れると晴信は高梨の領地を奪うであろう。武田晴信が勝ち、それでも高梨の地を守る算段でも有るのか。」

田代某は身を乗り出した。

「勝つ方に味方すれば良い。合戦の勝敗は合戦が終わるまで分からないが、領地を守り切った側が勝った側とも言える。ならば、両方に話を通じておくのが得策であろう。」

「高梨を攻めるか否かは武田晴信が決める事で、真田殿が晴信を動かせるとは思わないが。これを如何様にして確かな約束に持ち込む気なのか。真田殿の腹中がもう少し分からない。」

「そこで、高梨殿と真田の縁組があれば、真田殿は晴信公に高梨殿をとりなせる。この話は綿内（井上）左衛門尉殿にも伝えてある。」

「綿内も知っているのか。この話に綿内も噛むなら、武田勢も簡単には高井郡に手出しはできぬか。」

高井郡は南から綿内（井上）、須田、高梨、市河の四家が割拠している。一番南にある綿内要害は高井郡への入り口にあり、高井郡の西は千曲川で水内郡と隔てられている。綿内要害を落とすのも大変なら、大軍で千曲川を渡るのも難しい。


正直な所、北信濃衆は昨年の上田原合戦で懲りていた。両軍は真正面からぶつかり合い、武田勢に多大な損害を与えて勝ちはしたが、味方の損害も大きかった。我が子の雨宮刑部を失くした清野清重、嫡子を失くした屋代正国、室賀満正の気落ちは見るに堪えない。

「武田晴信がこれ以上信濃に手を出さなければ良いのだ。既に佐久郡も諏訪郡も武田の支配に服しているではないか。甲斐国守護の身に過分の領域ではないか。これに満足して余計な欲を出さなければ戦いは止むのだ。村上も小笠原も、そして高梨も武田晴信と戦わないで済む。」

正論ではあるが、正論が通らない世の中だから合戦が止まないのである。結局、政頼は娘の於キタを綿内（井上）左衛門尉の養女とした上で真田幸隆の倅・信綱に嫁がせた。高梨と綿内、真田による盟約が成立した。

この盟約は村上義清への裏切りにも近い。隠せるものでもなく、むしろ武田晴信はこれを大いに役立てた。

秋、柿が色づく頃である。坂木の村上義清を一宮出羽守宗是《むねこれ》が訪れた。今川義元の家来である。

「今川義元公の御家中が何用あって。」

いぶかし気に尋ねる義清に一ノ瀬は笑顔で答えた。

「義元公から『武田殿の力になれ。』と命じられたのですよ。いわば晴信公の和睦の使者として参上した事になりますな。」

「ほう。晴信が長窪城を明け渡すとでも言ったのか。武田勢は佐久であちらこちらと放火しまわっているではないか。とても和睦の話を切り出す気は無さそうだが。」

「昨年は上田原合戦で武田家は手ひどい損害を出したが、それは信濃衆も同じであろう。村上殿が大人しく坂木に閉じ籠っていれば互いに良かった。」

「何を今さら。晴信が余計な欲を出すからこうなるのだ。信濃衆は怒っている。」

「高梨殿と綿内殿が武田家中の真田幸隆と縁組したのはご存知であろう。もう村上殿が呼びかけても加勢の軍勢を出す事はあるまい。既に佐久郡の大半は武田晴信に降参している。村上殿が佐久郡に手を出さないなら、晴信公も敢えて小県郡に手を出そうとは思わない。」

武田晴信には、翌天文十九年に信濃府中（松本）の小笠原長時を攻める予定がある。小笠原攻めに掛かる武田勢の背後を村上勢に襲われたくはない。また高梨と真田の縁組が成った今、義清も迂闊に小笠原勢に援軍を出せない。

政頼は悩んだ。迷いはしないが悩んだ。政頼の関心事は如何にして勝つかではなく、勝った後に高梨家が生き残る事である。諏訪頼重は自害に追い込まれた。小笠原長時は追放されて行方不明である。武田晴信の意図は容易に予想できる。村上家が滅んだ後は高梨が攻められるに決まっている。

武士の嘘を武略という

翌天文十九年の初夏、政頼は倉に運び込まれた麦を見て暗くなった。度重なる不作と凶作に備えて蔵には半年分から一年分近くの穀物を積んでおくのが領主の心得ではある。だが昨年の凶作で今までの蓄えは消えた。麦の収穫期を迎えて一息つける季節だが充分な収穫ではない。

「米が収穫できる秋まで持てば良いのだが。今年は豊作になって欲しい。さもなければ飢饉になる。餓死者が出る。」

政頼は秋の豊作に期待をつないだ。残念ながら閏五月半ばになっても梅雨は開けず、六月になっても長雨が続いている。


七月の末、秋の長雨が続く中、尾楯館を訪れた真田幸隆が真顔で尋ねた。

「小笠原長時殿の行方をご存知ないか。晴信公の軍勢が松本平に攻め込み、十五日にイヌイ城を落としたら夜中に林・深志・岡田・桐原・山家《やまべ》の諸城が空城になっていた。島立城と浅間城は蓄えてあった兵糧を差し出して降伏したが、長時殿が何処へ消えたか分からぬ。舅の仁科盛能《にしなもりよし》殿は晴信公の陣に出仕しているから大町ではなかろう。」

聞くだけ無駄な質問である。たとえ敵であっても「窮鳥懐に入れば猟師も殺さず」が武士の習いである。政頼が長時を匿っていたとしても真田幸隆に話すはずがない。政頼の返事は「長時は不在」でしかなかった。

「それで本題だが、近いうちに武田勢は坂木攻めに取り掛かる。葛尾城を攻め落とす。高梨殿に頼みがある。」

「何だ。高梨と綿内左衛門尉が動かなくとも村上勢は四千人を超える。武田勢は遠征の軍勢だ。村上勢が長期にわたって山城に立て籠り、抗戦を続けたら武田勢は兵糧が尽きるであろう。武田の荷駄隊が大手を振って街道を進めると思うか。今は鳴りを潜めているが佐久衆も諏訪衆も武田晴信に心服しているのではない。」

「それは昨年の話だ。内密に事は大きく進んだ。村上支族の清野清重殿が武田晴信公と気脈を通じて働く事になった。武田勢が坂木を攻めれば清野殿は松代の鞍骨城《くらぼね》で挙兵する。同じく松代の寺尾太左衛門殿もこれに呼応する。村上勢は坂木から北の松代へ出られなくなる。坂木の西は千曲川で簡単には渡れない。北の松代は清野殿が封鎖、南からは武田勢が村上勢を攻め上げる。義清殿は葛尾城に籠ったまま動けない。」

「つまり、村上勢を兵糧攻めにするのか。」

「如何にも。今年は凶作になる。兵糧攻めとなれば、飢えた城兵を抱えて義清殿は降参するか、あるいは自刃するか、暗闇に隠れて逃げるか。それればかりではない。須坂臥竜山城の須田新左衛門信頼も武田方に気脈を通じている。高梨殿は軍勢を率いて武田勢と共に葛尾城攻めに掛かって頂きたい。ひと月もかからずに葛尾城は落ちるであろう。村上方の敗けは見えている。高梨殿が坂木攻めに軍勢を出すなら、晴信公の喜びは大きい。恩賞も大きいはずだ。」

真田幸隆には実績がある。しぶとく佐久郡で籠城し続けていた望月源三郎、望月新六兄弟を舌先三寸で晴信に恭順させたのは昨年の天文十八年だった。晴信は兄弟の恭順に本領の安堵状で報いた。しかし、七百貫ばかりの地を安堵するのと高梨の本領を安堵するのとでは話が違う。まして高梨に加えて綿内左衛門尉、清野清重、寺尾太左衛門の本領を安堵するほどの器があるとは、政頼には思えなかった。武田家臣団に新恩の領地を与える為に、晴信は大名の間引きをしているのだ。

「それで、晴信公の出陣は何時になる。」

幸隆は何も答えずに帰っていった。晴信が決断する時が村上攻めの時なのだ。それが今年なのか三年後になるかは幸隆にも分らない。

戸石城

天文十九年は武田晴信にとっては不吉な年である。春には天然痘が流行って多くの子供が死に、夏には今川義元に嫁いだ姉が死に、冷夏に見舞われた上に台風が襲来し、凶作は確実となっている。それでも晴信は信濃侵略の手を緩めない。小笠原長時勢が予想以上にもろく、戦利品として兵糧が入手できた事、高梨を始め信濃衆が村上義清から離反した事が晴信の背中を押したのかも知れない。

閏五月に明けるはずの梅雨が明けないまま夏を迎え、梅雨の終わりを告げるはずの豪雨が降り止まず、秋の七月八月になっても雨は降り続けた。

上田原合戦の敗戦に懲りたか、武田晴信の村上攻めは慎重だった。先発隊が八月五日に信濃府中を出て長窪城に入り、十日になって足軽隊を出発させた。長窪から坂木に攻め込むには千曲川を渡らねばならず、千曲川は大河なので徒歩渡りできる場所は少ない。大軍を渡河させるには橋が必要となる。足軽隊は長窪城から徒歩半日ばかりの距離にある千曲川の浅瀬に杭を打ち橋脚として橋を架設した。この橋を使い千曲川を東に渡れば海野平に出る。武田勢の坂木攻めは戸石城を落とす事から始まった。

武田晴信は橋の完成を待って二十四日、二十五日と二度に渡って戸石城近くまで偵察を出した。二回出した偵察は戸石城下に至る道中の安全を報せたが、二十五日には長窪城から辰巳（南東）の方角に黒雲が広がった。辰巳の方角、すなわち浅間山から小諸にかけて黒雲が出る時は土砂降りの大雨になり、千曲川が増水する。橋が流されるかも知れない。

結局、武田勢が千曲川を渡り対岸に陣を移したのは二十七日の午後になっていたが、武田の陣中を鹿の群れが草を食みながら通り抜けていく。臆病な鹿が人間の群れている陣中を通り過ぎるのは山中に食物が乏しい証拠でもある。飢饉が間近に迫っている。

尾楯館で武田勢の矢入れの様子を話しているのは笠原本誓寺の超賢である。超賢は二十九日に戸石城の合戦を見物して帰ってきた。超賢を前にして政頼は大笑いした。

「何とも矢入れとは仰々しくも古式な。それで、武田勢の鏑矢は戸石城まで届いたのか。下から射上げる矢はさぞかし遠くまで飛んだであろう。」

矢入れとは敵陣に鏑矢を飛ばし合戦開始を告げる儀式である。騎馬武者が名乗りを上げ敵の不法を非難し、味方の正義を声高らかに表明する。次いで敵の降参を促すのが作法であるが、最近の合戦で矢入れをした話は聞いたことがない。

「鏑矢が戸石城に届くどころか、城衆は烽火を上げただけで誰も出てこない。名乗りを上げたのは板垣信方の倅と甘利虎泰の倅、上田原で落命した者の倅たちだが、武田勢は戸石城攻めを上田原合戦の仇討ちと考えている。」

「それはそうだ。戸石城に籠っている者たちも同じだ。武田晴信に攻められ、親や子を殺されて城地を奪われた者たちだ。晴信を返り討ちにするのが親への供養だ。晴信が悪い。村上殿の采配によって武田勢は壊滅し、心ならずも晴信に従っていた者たちは離反する。信濃から武田勢が去るのも遠くはない。」

超賢の話で矢入れの様子を政頼は知ったが、合戦の始まりは昨日の未明に烽火で北信濃に知れていた。

「戸石城は落ちぬ。村上殿は武田勢を追い返す。」

政頼は力強く言ったが超賢は理解できない様子である。

「何故そのように。清野清重様は武田晴信公の本陣に出仕されましたぞ。武田方には殿様を始め綿内（井上）様や村上家中の清野様が加わっているのに。殿様が戸石城は落ちず、村上様が勝つと考えるのは何故ですか。」

超賢は政頼が真田と縁組したのを知っているから高梨は武田方と思っている。政頼が村上方義清の勝利を予言したのが信じられなかった。

「あはは。そんな気がするだけだ。合戦は水物だ。合戦ともなれば敵味方ともおかしな噂が広まる。疑心が暗鬼を生んで味方が信じられなくなる。それが敵のつけ入る隙ともなる。勝つと思っていても負ける事がある。敗けると見えて勝つ事もある。味方に不利であっても神頼みがある。」

「それにしても、松代の鞍骨城主・清野清重（清寿軒）様は上田原の合戦で実子の雨宮正利殿を武田勢に殺されている。それが何で武田晴信の陣に顔を出したのか、これも理解できませぬ。」

正利の養父は唐崎城主の雨宮昌秀であり、唐崎城と鞍骨城は尾根道を一時間ばかり歩く距離にある。

「別に驚く事はあるまい。外面菩薩、面従腹背、二股膏薬は武士の習いだ。」

矢入れから十日近くを費やしても城兵は開城に応じない。九月九日（10・28）は重陽の節句、吉日である。この日から武田勢が戸石城の総攻めに取り掛かるはずだ。戸石城と葛尾城の間にある虚空蔵山の尾根上には村上方の山城が数珠繋がりに葛尾城に続いている。

砂岩と泥岩がそそり立った岩盤むき出しの崖の上にある戸石城は、米山城、砥石城、本城、枡形城からなる大要塞である。籠城しているのはかつて武田晴信に一族を滅ぼされた佐久衆たちである。恨みを呑んでいる上に晴信を倒せば、目の前に広がる佐久の旧地を取り戻せる。開城の交渉が通用する理由もない。崖の近くに寄れば大石を叩き付けられ、柵に近づけば槍が飛び出し、上から射下ろす弓矢は正確である。武田晴信の思惑に反して攻城戦は長引く。晴信は高梨勢の出陣を求めた。使者は日にちを切って政頼の出馬を急き立てた。

「今や清野清重殿、寺尾太郎左衛門殿など松代勢は武田方として軍勢を集めておりますぞ。南の戸石城からは武田勢が、北の高井郡から高梨勢が松代に攻め込めば、武田方の勝利は間違いない。遠からず戸石城は落ち、次いで葛尾城も落ちる。武田方に味方しなければ村上家が滅びた後は高梨殿に武田晴信公の矛先が向く。今なら遅くはない。早く軍勢を集めて武田勢に加わりなされ。」

松代は三方を綿内の要害（春山城）、尼飾城、鞍骨城、唐崎山城、金井山城、寺尾城など多くの山城に囲まれ、西を千曲川の流れに塞がれた狭い平地である。ここに村上義清の軍勢が飛び込めば袋のネズミになる。義清が葛尾城に籠ったままでも松代に武田方の軍勢が入り込めば、義清は戸石城を支援するはずの人数を松代に割く羽目になる。戸石城が落ちれば葛尾城は風前のともし火となる。

東に声して西を撃つ

「真田幸隆は於キタを生涯大切にすると約束した。だから娘の於キタを真田殿の倅に嫁がせたのだ。於キタには気の毒だが、今はそれを信じるしかあるまい。村上義清殿の元には妹の於フ子が嫁いでいる。村上殿を背後から攻める事なぞできるはずも無かろうが。」

政頼は高梨勢を南へ、松代へ向けた。途中で須田、井上の軍勢と合流し、優に千人を超える大軍勢になり、綿内左衛門尉の綿内城館に集まる。一方、葛尾城を出た村上勢は雨宮昌秀の城館に集まり高梨勢を待ち受けている。

松代盆地の西側、千曲川と犀川が合流する辺りには幾つもの浅瀬がある。犬でも渡れる戌が瀬、猫が瀬は水が好きな猫なら渡れるかも知れない浅瀬、十二が瀬や陣が瀬など徒歩渡りできる渡し場がいくつかある。寺尾太郎左衛門が籠る山城はこれらの渡し場を見下ろしている。寺尾城には武田方から勝沼信元が加勢に来ている。信元は晴信の従兄弟である。加勢なら有りがたいが、寺尾太郎左衛門にとって勝沼信元は監視役でもある。

寺尾太郎左衛門は上田原合戦の折には義清の旗本衆の一人として働いた人物である。義清は寺尾太郎左衛門を信用しきっていた。

「寺尾城には武田方の加勢が入っているが、こちらの人数は寺尾城の十倍は越えている。太郎左衛門は芝居が分からぬほどの馬鹿者ではない。」

義清は寺尾城の大手口に寄り付いて大声で城中に呼びかけた。

「おおい。太郎左衛門。馬鹿な真似はやめろ。信濃の仲間を見捨てて甲斐の武田晴信に味方するのか。武田勢は所詮甲斐から来た遠征の軍勢だぞ。冬になれば引き揚げる。信濃勢から寺尾を守り切れるか。回り中を敵に回すことになるぞ。」

寺尾太郎左衛門も矢倉門の上に仁王立ちになって怒鳴り返す。太郎左衛門は武田方では最近の新参者である。武田家に対しては特別の忠義を見せたい。口喧嘩なら怪我をする心配がない。

「おおい。義清。馬鹿はそっちだ。武田晴信公が甲斐へ引き上げても城代衆は信濃に残るわ。甲斐の軍勢が去っても武田の城代衆が信濃衆を引き連れて寺尾の加勢に来ると決まっている。悪い事は言わん。今の内に武田へ降っておけ。」

寺尾城の虎口は狭く大勢で押しかけても混雑するだけである。

「疑われて太郎左衛門が殺されでもしたら気の毒だ。城攻めの真似事はしなければならない。車返しといくか。」

高梨・村上の連合勢は小人数を次々と出しては返し虎口を攻めた。虎口は今にも破られそうになるが、持ち堪えてはいる。寺尾城は周囲を村上方に囲まれた武田方の孤立した拠点である。加勢に来ている勝沼信元の軍勢は勇敢だった。清野清重の報告でこれを知った武田晴信は真田幸隆を寺尾城の加勢に向かわせた。

数日後の未明、寺尾太郎左衛門と清野清重は村上義清の陣にいた。

政頼と義清は二人の無事を心から喜んだ。「ご苦労だった。」と義清にねぎらわれて二人とも明るく笑う。鞍骨城主の清野清重は笑いをこらえている。

「今頃、武田勢は大騒ぎに違いない。高梨殿を始め高井郡の諸将が武田方に付いた。高梨勢が松代に向かった。武田の勝ちは決まったと同然と沸いておったが、それが間違いだったと知ればさぞや驚く事であろう。それから、どうやら武田方が持ち込んだ兵糧は十分ではないらしい。」

武田勢潰走

二十八日早朝、政頼は高梨勢を松代から千曲川西岸、川中島に移動させた。高梨勢の動きは寺尾城にいる真田幸隆や勝沼元信から丸見えだが、背後を村上勢が固めている。寺尾城の武田勢に追い討ちをかけられる心配はない。

川中島を南下すれば塩田平を経て長窪城に出る。長窪城は戸石城攻めに掛かっている武田勢の後方拠点である。長窪城と戸石城を結ぶ渡し場の橋を破壊すれば、後方の補給路を断たれ武田勢は戸石城攻めを続けられない。あわよくば手薄になっている長窪城を奪えるかも知れない。

夕刻には村上義清と雨宮昌秀は陣を退き坂木へ引き上げた。清野清重はこれを戸石城近くに陣を置く晴信に急報した。

「高梨勢、橋を破壊。村上殿と雨宮殿は軍勢を坂木から戸石城に移し、晴信公の本陣を襲うと思われる。」

真田幸隆の大変な失態である。村上義清を高梨政頼に背後の松代から攻めさせる幸隆の計略は大きく崩れた。高梨と井上、清野にだまされたのだ。だが川中島に出た高梨勢は各地の軍勢を集めながら千曲川西岸を南へ、塩田平へ、そして長窪城を目指して動く。幸隆は既に前恩賞として晴信から塩田平の諏訪形を約束されていた。退路が断たれてしまえば恩賞どころではない。下手をすれば武田晴信はおろか自分の首まで手放しかねない。

武田晴信の結論は簡単に出た。戸石城の守りは固く落ちる気配はない。残りの兵糧は少ない。七月三日に甲斐を出てから三か月を費やしているのだ。凶作のため佐久平はおろか甲府からも諏訪からも全く兵糧が届いていない。戦乱で村々が荒れた上に夏から続く大雨と洪水で秋の収穫が全く無いのだ。米どころか粟も稗も届かない。銭を出しても売る者がいない。銭は食えない。村々には飢饉が発生していた。これ以上の滞陣は不可能だった。陣払いの支度にかかる武田勢の姿は戸石城から丸見えだった。

高梨勢は二十九日、三十日と二日かけて武田勢が作った橋を壊した。武田勢は晦日の一日を費やして退却の準備である。武田勢の動きは戸石城から丸見えである。村上義清は夕刻に上がった炊事の煙を見て武田勢の退却を知った。村上勢は北国街道を去る武田勢を追い狙う山犬の群れ、送り狼となった。

一夜明け月が替わった十月一日（11・19）、卯の刻、ようやく夜が明ける頃である。政頼は千曲川を隔てた戸石城に上がる赤黒い烽火を見た。武田勢の退却とこれを追撃する村上勢出発の合図である。武田勢を追う村上勢は葛尾城兵と戸石城兵を合わせて二千五百、武田勢の数は七千ばかり。武田勢の数は圧倒的に多い。陣形を調え、追いすがる村上勢をあしらいつつ退却すれば良いのだが、武田勢にはそれができない。味方すると思い込んでいた高梨や、綿内、清野の離反を知った今、疑心が暗鬼を呼び恐怖心に囚われた。千曲川西岸では高梨勢が見え隠れしながら南下している。

武田勢は晴信を先頭に北国街道をひたすら南下した。長窪城へ向かおうにも千曲川に架けた橋は高梨勢に壊されて長窪城には戻れない。千曲川の対岸を南下する高梨勢も、およそ二千人の、まさしく送り狼である。次の渡し場に着く前に村上勢が武田勢に追いつくのが先か、あるいは次の渡し場に着く前に高梨勢が西岸で待ち受けるのが先か、一刻を争う。

徒歩渡りできる次の渡し場は小諸で中山道に入り、小諸の南、塩名田の渡しまでない。もし、塩名田の渡し場に高梨勢が先に着けば、武田勢は対岸からは高梨勢の矢を浴び、後ろからは村上勢に攻め立てられて渡河する事になる。

殿軍《しんがり》を引き受けた小山田信有（契山）の軍勢は悲惨だった。北国街道を南に下がる武田勢の足は速い。敵中に取り残されるのを恐れる配下は浮足立っている。悪い事に雨まで降り始めた。千曲川は雨が降れば急に増水する暴れ川である。普段なら徒歩渡りできる渡し場でもわずかの時間で水深が人の背丈を超えるのも珍しくない。水深がへそより上になれば立っているのも難しい。追いすがる村上勢と立ち止まっては戦い、味方の後を追ってまた逃げる。立ち止まる都度に味方がすり減っていく。

武田勢は塩名田の渡し場を目指して死にもの狂いに潰走した。ようやく動きを緩めたのは塩名田の渡し場だった。踏み留まったのではない。千曲川に行く手を遮られたのだ。渡河を急ぎたいが千曲川は増水している。馬を頼り、槍を頼りに体の均衡を保ちながら足元を確かめて渡らねばならない。おまけに川底は泥でぬかるんでいる。あわてた足軽は千曲川の急流に足を取られて転ぶ。転べば甲冑を付けた身体はもう起き上がれない。溺れて流されていく。渡し場で村上勢を迎える武田方の殿軍は戦い続けた。渡河に成功する者が増える程、渡し場を守る人数は減る。川を渡れた者たちは陣容を整える間もない。対岸には高梨勢が近付いている。

中山道は塩名田から望月、長窪、和田、諏訪へと続く。長窪には高梨勢が入り込んでいた。武田晴信が七年前に恭順した望月の古城に辿り着いたのは夕刻になっていた。暗くなったので村上勢は引き揚げた。

翌二日、武田晴信は諏訪へ逃げ、七日には甲府へ逃げ帰った。武田晴信が村上義清を攻め落とそうとするのは、佐久衆が晴信に恭順したからである。村上勢は佐久衆を攻め上げた。三日間かけて武田方に付いた伴野氏の岩村田の村々に放火した後小諸に移り、野沢の村々や前山城下、臼田の稲荷山城まで放火して回った。一方、行方不明になっていた小笠原長時は息を吹き返し、身を寄せていた二木重高の援けを得て平瀬城を取り返した。村上義清を総大将とする信濃勢の圧倒的な大勝である。

しかし、晴信が甲府にいても武田晴信の重臣たちは信濃各地で代官として晴信の意志を実現させるに努めている。代官が老いても他界しても、酷使に耐えなくなっても、晴信は代替の者を繰り出せる。甲斐一国を統一し信濃の半分に手を拡げた武田晴信と、村上義清を総大将に担ぎ上げる信濃国人衆とは、戦い方が異なる。領国を支配する武田晴信と、何人もの領主が協力して武田と戦う信濃衆に、粘着力の差が生じるのは仕方がない。

ドロボーッ!

翌天文二十年初夏、戸石城が乗っ取られた。五月の末、梅雨の最中である。

「義清殿は何をしているのか。武田勢七千人が三か月の時を費やして落ちなかった戸石城を、それも真田幸隆のわずかな手勢で、しかもたったの一日で落とされるとは、全く信じられん。」

義清が何もしていなかったので戸石城は乗っ取られたのである。城内にいる者の素性は雑多だった。

昨年の籠城戦で(武田憎し)で大変な働きを見せた佐久衆の生き残りも、城中で突然起こる斬り合いに呆然とするばかりである。誰が敵で誰が味方か分からない暗闇の中で始まった斬り合いに、多くは命あっての物種とばかり逃げ出した。明らかなのは戸石城が焼け落ちて城将の吾妻清綱が切り死にした事と、戸石城に真田の旗が翻っている事である。真田幸隆は昨年の失態を戸石城の乗っ取りで回復したのだ。

真田庄の入り口にある戸石城が村上方の城であれば、義清は真田庄までも支配下に置けた。真田幸隆に乗っ取られた戸石城は真田庄に帰りたい幸隆の足掛かりになる。戸石城下に知行地を持つ矢沢頼綱と常田隆永は真田幸隆の養子に出た弟である。幸隆の得意が想像できる。

上田原の敗戦と戸石城からの潰走で武田晴信が失った物は人命以外には何もない。失った人数は敵方の者を降参させ味方にすれば回復できるのだ。だが戸石城を失った村上義清は戸石城はおろか真田庄まで失いかねない。真田庄には幸隆と縁の深い地侍衆が大勢いるのだ。武田晴信の力を借りれば幸隆が真田庄を回復するのは難しくない。

戸石城を奪われた痛手は大きい。武田方は坂戸城下常田に坂木番として重臣の栗原昌清を配し、真田庄や塩田平に策略を巡らしている。常田郷は戸石城から南に徒歩一時間ばかり、古くから拓けた地で土豪の館が幾つもある。真田幸隆の弟、常田隆永の館もある。

常田郷が今や武田方の基地になったのだ。坂木番の栗原昌清の軍勢で間に合わなければ佐久郡代の小山田虎満が内山城から駆け付ける手はずになっていた。

十一月の冬至を過ぎた頃、松代東条の尼飾《あまかざり》城下が襲われた。常田郷から戸石城下を通り真田郷を抜け、松代へ抜ける街道がある。この街道を使った武田方の坂木番の夜襲だった。誘いをかけても動じない東条信広に仕掛けた嫌がらせであるが、被害は生じる。城下の家は焼かれけが人も出れば死人も出た。尼飾城は真田郷から松代への出口であり、松代から見れば真田郷への侵攻拠点となる。

松代は東条信広の尼飾城、清野清重の鞍骨城、綿内井卜左衛門尉の春山城（綿内要害）と三つの強固な要塞に守られている。高梨から見れば松代は高井郡に侵攻を試みる武田方に対する守りであり、村上から見れば坂木の裏庭でもある。松代が攻められたのは捨て置ける事態ではない。

「常田郷の武田勢をこのままにはしておけん。手を貸してくれ。」

義清に頼まれれば断る理由はない。

「尼飾城下が焼き討ちされたのは高梨にとっても他人事ではない。松代から高梨の中野まで歩いて一日の距離でしかない。うっかりすると明日にでも高梨が襲われるかも知れぬ。夜中に忍び込んで火を放たれでもしたら打つ手はない。まことに物騒な様子になってしまった。」

「松代から真田郷に軍勢を進め、次いで常田郷に集まっている武田勢を討ち滅ぼし、最後に戸石城を取り返すのが望ましいができない相談だ。松代に向かう地蔵峠の九十九折《つづらお》りの急坂で真田勢に見つかり、真田は常田郷の武田勢を呼び寄せ、隘路から真田郷に出る場所に陣を布いて待ち受けるであろう。隘路では一度に大人数を通せない。味方は隘路を抜けた者から次々と討ち取られてしまう。」

「ならば攻め口は決まった。坂木南条から上田庄に出て常田郷の武田勢を打ち払う。」

信濃勢は坂木の葛尾城に集まったが、少ない。政頼は義清を慰めたが、怒っているのは気配で分かる。

「仕方あるまい。武田晴信に攻められ敗れる時は自分が知行地を失くす時だ。そりゃ皆が一所懸命になる。だが常田から武田勢を打ち払っても自分の知行地が増える見込みはない。皆の意気込みに違いは出るさ。」


翌天文二十一年二月九日、彼岸の頃である。葛尾城に集まった村上と高梨の軍勢は常田庄に攻め込んだ。敵将の栗原昌清に手傷を負わせ、栗原はこの怪我が元で落命した。だが、武田方の守将を倒しても武田晴信は何も失わない。栗原昌清を失ったなら代わりの武将を立てるまでである。武田勢は退かない。

武田方の軍勢は常田郷から引き揚げる気配はなく、相変わらず常田郷と真田郷、塩田平など小県郡の多くの地で暗躍している。常田合戦で武田方を手ひどく痛めつけはしたが、村上義清の劣勢は否めない。武田方は常田郷に居座っている。戸石城を手放す様子もない。

村上義清を圧迫する武田方の態勢は着実に整いつつある。武田晴信が大軍を率いて攻め込むのが何時になるかは晴信の胸先三寸にある。高梨や村上に決定権は無いのだ。

政頼の上洛

秋、尾楯館を訪ねたのは超賢である。今は尾山御坊（金沢御坊・後の金沢城）に居を定めている。笠原本誓寺の住持だった超賢は門徒衆を率いて政頼に合力してくれた。但し、主従関係はない。付き合い方はその時々の事情で違うが、高梨家の間には何のわだかまりも無い。追い出す理由はないが、引き留める理由も無かった。


「天文十九年に高梨を去ってから二年になるか。高梨と共に上田原の合戦、戸石城の戦いと働いてくれた超賢が、門徒衆が大勢集まり繁盛していた阿弥陀堂を残して尾山御坊へ宿替えすると言った時には驚いたぞ。どうだった。尾山御坊は良い所だったか。」

「上田原、戸石城とあれほど多くの死人が出るとは想像もできなかった。人が生きるのに殺生が避けられないとしても、武器を持ち殺し合うのはあまりにも愚かすぎる。しかも相手は鳥や獣ではなく人間だ。我が身を守る為の殺生ではなく、敵を殺す為の殺生になっている。尾山御坊が良い所かは住んでみなければ分からないが、領地や領民を我が物とするために殺し合う事はない。尾山御坊が手に入れようと求めるのは人間の心ですからな。悪くはない。」

言い残して超賢は去ったのだが、浄土真宗は越後で禁止されている。越中や加賀、越前で門徒衆が国人衆を巻き込んで争いを起こしたのを為景が嫌ったのである。僧侶は追放されて越後には浄土真宗の寺院が無い。

「そうか、行くか。越後では定実公が他界して景虎殿が国主の地位にある。景虎殿は為景殿とは考え方も違うだろうが、浄土真宗の僧侶というだけで関所が通れなかったら困るだろう。これを持ってい け。越後国内では高梨の過書（通行手形）は力がある。」

政頼はその場で過書を書いて手渡し餞別を与えて超賢を送り出したのが二年前、戸石城から逃げる武田勢を追撃に大損害を与えた年の冬だった。超賢が去っても阿弥陀堂には門徒衆が集まって繁盛している。

「殿様からいただいた過書には大変な力がありましてな。信越国境の関河の関所も難なく通過できたし、どの宿でも一人一泊二十四文で泊まれた。しかし腰を落ち着け布教し始めると為景殿が定めた掟を理由に解散させられる。越後に浄土真宗は根付かぬかと落胆して春日山城下に宿を取って一休みしていた所、怖い顔をしたご家来が旅籠に押しかけてきて、庄田定賢様です。春日山城に引き立てられ、いやや、お招き頂き、この世から旅立つ時がきたのかと肝を冷やしましたぞ。」

アハハと政頼は笑った。

「超賢が高梨を去った日に景虎殿に報せておいたのだ。超賢は何処の家中にも属さない自由の僧侶だが大切に扱えば必ず役に立つ男だと知らせたのだ。景虎殿は超賢を可愛がってくれたか。」

「それで春日山城に引き立てられ、景虎様に申しつけられたのは、『父の為景様が越後で浄土真宗を禁止してから僧侶たちは越中、加賀、能登の三か国に散り、これが越後衆の京都との往来に何かと意地悪をしている。京都雑掌方の神余親綱《かなまりちかつな》などはまだ良い。大量の荷を積んだ青苧船を動かす倉田五郎左衛門の苦労は並大抵の物ではない。御坊には連中を説いて越後の家来衆が京都との往来に難が無くなるようお願いしたい。』と、超賢に頭を下げられたのです。それで、尾山御坊を足掛かりに景虎様の望みが叶うように働きました。この四月には丁重に労をねぎらって頂きました。」

「それは良かった。景虎殿が朝廷から弾正少輔、従五位下に叙位叙官されたのは越後から聞いている。これも超賢の働きがあっての事だな。それでどうした。今日、高梨を訪れたのはご機嫌伺いではあるまい。」

超賢は緊張が解けた様子で話を続けた。これからが本題である。

「実は、景虎様に大変な御用を命じられて参上しました。殿様（政頼）に働いて頂く話です。」

政頼は膝を乗り出した。超賢は居住まいを正した。

「尾山御坊の目が届く範囲では上洛する越後衆は無事に旅ができましょう。だが、越後国主・景虎様の上洛となると安全は分からない。しかも上洛が寺参り目的の少人数とあれば道中の国人衆は疑い、どんな無体にでるかも知れない。本願寺の証如様は景虎様の上洛を承諾されましたが、数多い国人衆がどれだけ証如様の指示に従うかも分からない。それで、景虎様は高梨の殿様に、道中の安全を確かめる為に上洛して頂きたいと申されました。」

「なに。上洛。」

政頼は口に含んだ白湯を鼻から噴き出した。超賢が差し出した書状は間違いなく景虎の直筆で政頼に上洛を依頼している。

「今時、分国を預かる大名の上洛なぞ聞いた事がない。景虎殿は昨年政景を降したばかりではないか。ようやく越後が落ち着いたばかりと言うのに気が早い。それに上洛といえば京都を追われた亡命将軍を担いでするものだ。当然、合戦がある。しかし、上洛の目的が寺参りとは。景虎殿は何を取り乱しているのだ。」

景虎は守護の上杉定実が死んでから越後国主の立場にある。これ坂戸城主の長尾政景が気に入らない様子で越後は内乱となった。また関東管領の上杉憲政が上野国を去り景虎を頼って越後にいる。信濃の半分は武田晴信に奪われた。「寺参りで上洛している場合か。」と考えるのは政頼に限らないだろう。

「表向きは寺参りの上洛ではありますが、大坂本願寺の証如様に面会する事も目的の一つになっています。景虎様を越後国主に任じた将軍への御礼、景虎様が参内する下準備もあります。」

景虎の目論みが証如や将軍との面会、朝廷への参内と聞いて政頼は少しばかり理解できた。本願寺は尾山御坊に侍大将を配置して事実上の加賀国国主である。越後国と加賀国の間にある越中国は守護家が途絶えて久しいが、かつて為景が軍勢を出した国でもある。景虎が越中に軍勢を出すとなれば加賀国も緊張する。本願寺と良好な関係は築きたい。

「もしや、景虎殿が参内したいのは天皇から隣国平定の綸旨を賜りたいのではないか。あれは律儀な男だ。越後国主の立場では隣国に攻め込めない。関東管領の求めに応じて軍勢を貸した事があっても自らは出陣しようとはしない。将軍が認めた越後国主の立場では他国に出陣できないのだ。それで隣国平定の綸旨が欲しいのであろう。」

「おそらく、景虎様の心中はその通りでしょう。高梨の殿様は亡き為景様の甥で笠原本誓寺の大旦那でもある。証如様もお会い下さる。また長尾家の家臣ではないので殿様（政頼）の話は手前勝手にならないで済む。証如様も気を悪くはしない。」

「そういう事か。分かった。上洛しよう。景虎殿にはこれから援けてもらう事もあるだろうからな。」


関東では北条氏康が支配地を広め、関東管領の上杉憲政を追い詰め追い出す事態である。そして信濃国は武田晴信が暴れるので諏訪家は滅び、信濃守護の小笠原長時は居城を失い息を潜める騒ぎである。


案の定、家老の岩井（高梨）民部大輔満長は猛反対した。岩井は姉を政頼に嫁がせた政頼の義弟である。

「酔狂にも程がある。上洛などしている場合ではなかろう。今、村上義清殿は武田方としのぎを削っている。また、安曇郡では小笠原方の小岩岳城が武田の大軍に囲まれている。わずかの軍勢でどれだけ籠城を続けられるかは分からない。上洛どころか北信濃諸将に呼びかけて武田と戦う用意をすべき時であろう。」

「これも武田と戦うための上洛だ。今となっては信濃衆の力だけで武田晴信の大軍に太刀打ちできないのはお主も承知しておろう。このままでは高梨を守る事さえ危うい。城下に火を放たれる程度では驚かないが、昨年は安曇郡で平瀬城が攻められて落城し、守りに就いた者二百人余りがなで斬りにされた。城主が腹を切っただけでは済まないのだぞ。武田晴信は大名を間引きするだけでなく領民をも間引きしているのだ。越後から援軍を呼ばなければ信濃衆を守り切れない。景虎殿は隣国平定の綸旨を得るまでは信濃に援軍には来ない。」

岩井は一瞬口を閉ざし、少し考えたが上洛に同意した。

「雪が降れば武田晴信は甲斐へ引き上げ、信濃には郡代しか残らないか。雪が積もっている間は武田勢も甲斐で息抜きするはずだ。たとえ武田勢が動いても坂木の葛尾城で村上殿が頑張るであろう。奥信濃の高梨領まで攻め込む事はあるまい。」


年が明けて天文二十二年の正月。千曲川に漕ぎ出す舟があった。降りしきる雪を笠に積んで凍えているのは小笠原長時である。蟹沢の渡し場近くに居城を構える草間出羽守、草間大炊介の倅である。

「良くご無事で。小人数であちらこちらと神出鬼没。武田勢を悩ませた小笠原殿の働きは聞こえておりますぞ。」

「面目ない。林城を去って三年。家来の城を転々としていたが、平瀬城が落とされ、小岩嶽城まで落とされ、大日方《おびなた》兄弟までが武田晴信に降ってはもう持たぬ。逃げる事にした。今まで中塔城に居たのだが、城主の二木重高・重吉父子も間もなく落ち延びてくる。」

大日方一族は長時の叔父、小笠原長利から始まる。大日方兄弟は長時の従兄弟という事になる。大日方一族は善光寺平の西の小川庄を領有している。小笠原長時の退去で小川庄の西の安曇郡は武田晴信が支配する地になってしまった。

「命を永らえたのが第一のお手柄。武田晴信に背きたい者は大勢いる。生きていれば再び信濃守護として返り咲く時も来る。」

越後の援軍が無ければ、小笠原長時の姿が明日の高梨政頼であり村上義清の姿となる。半月ばかり経って中塔城主の二木重夫氏も草間出羽守の館に着いた。この冬最後のドカ雪が降る日だった。

「信濃を離れるのも一時のこと。何時か帰る日もありましょう。上洛して天下の様子を眺めていれば、そのうち風向きも変わりましょう。」

政頼の慰めも虚しいが、京都には長時の同族で幕府奉公衆の小笠原稙盛《たねもり》がいる。


閏一月。この冬最後のドカ雪で歩くのも難儀な冬世界だが、政頼は上洛の旅に出発した。在京百日の夫役を命じて集めた地侍衆十三人を含めて総勢二十人ばかりの旅である。

信濃を発つと二十日ばかりで大坂に着く。尾楯館を出る時は一面雪景色だったが石山本願寺では梅の花が満開である。浄土真宗門徒衆の協力があって快適な旅となった。上洛に反対した岩井民部が同行し、夫役の若党たちは初めての大坂に浮かれている。

周囲を堀や土塁で囲み、塀や柵を巡らした本願寺の寺内町は想像を超えて大きな城塞都市である。宿所を定めて政頼は太刀と銭千匹（十貫）を、岩井は太刀と銭百匹（一貫）を献上して超賢に頼めば数日後に段取りが整って本願寺十世の証如と面会できた。

表向きは本願寺門徒衆の援けによる旅の安全への礼だが、長尾景虎の使者としての仕事が本題である。一献の儀は信濃のお国ぶりで願いたいと前もって頼んである。敷居の内側には政頼と証如の二人しかいない密談である。まず政頼の酌で証如が二杯飲む。次いで政頼が二杯飲んだ。盃を二杯で止めるのは首実検の作法でもある。ここで話がまとまらなければ席を立つ。

政頼は証如の目を見つめたまま景虎上洛の件を切り出した。証如は遠くを見る目でしばらく黙っている。証如は景虎の上洛には好意的だが現実の事として受け止められない。

「話は超賢を通して伺っている。景虎公が上洛して寺参りをする心持ちも良く分かる。だが越後は浄土真宗禁制の国であった。景虎殿は浄土真宗に対する考えを改めたのか。」

「超賢殿の働きにいたく感心されまして。『越後の役に立つ宗門なら禁止する必要もない。親父殿（為景）が禁令を出したのは何か考える所があったのだろう。禁令が出てから三十二年も経つ。本願寺も門徒衆も入れ替わっておろう。』と申され、本願寺が長尾景虎公の上洛に便宜を図り、無事に旅を終えたなら越後に寺を建て布教も許す考えらしい。」

寺を建て布教を許すと聞いて証如の顔はほころんだ。

「その昔、百年も前には天下の守護衆は京都に在って賑わっていたと聞く。京都山科の本願寺も焼き討ちされ大坂へ所替えして久しい。再びそのような世になれば良いと思う。」

「何時になるかは分からぬが、世の中は必ず落ちつきましょう。景虎殿が上洛する折にはお力添え願いたい。」

証如は幕府管領の細川晴元や後奈良天皇と懇意である。政頼と証如の密談が終われば義弟の岩井民部と本願寺重役の下間《しもつま》頼資《らいし》が敷居の内に入る。二汁三膳七菜（一引き）の湯漬けが出てようやく証如上人本人からの酌があった。別室では政頼随行の若党十数人がにぎやかに供応を受けている。

供応の膳が終われば証如は政頼一行を重要な法要儀式に使う寝殿の奥まで案内し、裏庭をも見せてくれた。また証如は引き出物として政頼には黄金造りの太刀を、岩井には太刀を与えた。感触は悪くない。

高梨一行が泉州堺に寄り、高野山を回り、京都へ来てみれば将軍がいない。将軍は三好長慶との抗争が高じ幕臣を連れて東山霊山城に退去している。これに太政大臣の近衛《このえ》稙家《たねいえ》も随行しているのだから、政頼は洛中洛外を走り回る羽目になった。

旧知の栄空（大納言勧修寺尚顕）を探し当て面会にこぎつけた。栄空が禁中修理の費用を集めに中野尾楯館を訪れたのは九年も前の事だった。

「信濃からはるばる上洛したか。あれ（将軍）があの有様では禁裏の要脚（必要経費）もままならぬ。高梨が献上した鳥目が役立って禁裏も修理できた。見ていくが良い。」

栄空は門の内側まで案内してくれたが、政頼が綸旨の話を切り出すと難しい顔になる。

「越後国内の内乱鎮定ならば将軍もとやかくは言うまい。しかし、越後に限らず隣国の信濃や上野にまで軍勢を送るのは天下を乱す元になる。兵馬の事は将軍が主上から任せられているのだ。将軍の意向も確かめなくてはなるまい。綸旨の事が天聴に達するまでには相応の日数が必要となるが、心しておけ。」

京都入りしてひと月以上も経ってから政頼は広橋権大納言国光に呼ばれた。広橋国光は栄空の甥で、武家と朝廷の折衝役になっている。

「高梨が持ち込んだ願いは難しかったぞ。だが平景虎の決心は天聴に達した。主上は乱れた世に感心な者もいると感心なされた様子であった。将軍と関白の同意があれば何れは綸旨を賜るであろう。」

上洛の目的は達したが信濃を発ってから三か月以上が経っていた。

葛尾城の於フ子

葛尾城に残された於フ子は気を揉んでいた。

「あの極楽とんぼ、上洛したまま帰った報せがない。殿様（義清）が武田勢を迎え撃つと塩田城に行ってから十日にもなる。政頼殿の気が知れぬ。もし合戦になったら村上はどうなるのか。高梨はどうする気か。」

義清に葛尾城の守りを任された滝沢能登は於フ子の傍らに立ち、千曲川の対岸正面の荒砥城を眺める。

「心配されるな。殿様（義清）は既に北信濃諸将に檄を飛ばされた。ひと月もかからずに更級・埴科・高井・水内の川中島四郡から大軍が集まる。恐らく五千は下るまい。荒砥城には屋代正国殿が詰めている。屋代正国は五年前の上田原合戦で嫡子の源吾を失っても村上義清に付き従ってきた忠臣だ。忠臣である以前に屋代正国は義清殿の義兄弟で村上の家老筆頭である。武田晴信への遺恨がある。」

「そして荒戸城の左は崖の上に弧落《こらく》城と三水《みすい》城が並んでいる。ここには小島兵庫助殿と大須賀久兵衛殿が詰め、塩田平に異変があれば烽火が上がる。弧落、三水両城背後の室賀谷には室賀経俊殿が軍勢を集め何時でも塩田平に出撃できる。武田勢が塩田平に出てくれれば上田原合戦の二の舞になる。念の為、松本から川中島の出口になる桑原村、塩崎村は塩崎六郎殿が見張っている。心配は要らぬ。それでも奥方様（於フ子）は安堵できないか。」

それでも於フ子は安心できない。葛尾城を守るのは滝沢能登の手勢だけである。滝沢はひと月もすれば五千もの味方衆が集まると言うが、今は誰も参陣していない。心細い事限りない。

「心配は要らぬと言うが、聞こえる話は山向こうでお味方の苅屋原の城、塔原の城、虚空蔵山城が火を放たれて落ち、青柳清長殿なぞは生け捕りにされた。わずか三日間で聞こえる話はお味方の負けばかり。無用の心配なら良いが。」

青柳清長は昨年の冬、武田晴信の為に自刃させられた小岩岳城主小岩盛親の兄弟である。

残念な事に於フ子の不安は的中した。四月六日の朝、桑原村で武田勢の進出に備えていた味方が陣を払った。これでは街道の出口はがら空きである。夕刻には武田勢が桑原村に陣地を構えた。総勢で千人近く、武田晴信に降伏し、あるいは心ならずも服属した信濃衆から成る軍勢である。山城を攻め取るには不十分でも山道の出口を固めて武田勢の大軍を平野部に送り出す役割を果たすには充分である。

「あの場所に武田勢が陣所を構えたのは何故だ。松代や川中島からお味方衆が駆けつけるのを邪魔する気か。それとも荒砥城を攻め取る気か。まさかあの場所から千曲川を渡って葛尾城に攻め込む気ではなかろうな。今は少ないが大人数が出てきたならどうなる。お味方はまだ間に合わないのか。五千も集まる予定でも遠くにいては間に合わぬ。武田勢が暴れる前に殿様（義清）を塩田城から呼び戻さなくて良いのか。まさか殿様の身に変事がおきたのではないか。」

滝沢能登は面倒臭げに於フ子に説明した。塩田城の義清には先刻連絡済である。

「塩田平から連なるあの山城をみなされ。南から小泉城、伊勢崎城、三水城、狐楽城、出浦城、入山城、荒砥城と山城が隙間なく数珠繋ぎになっている。塩田平に変事があったとしても滞りなく注進が飛び込んでくる。武田勢が塩田平に攻め込むならば屋代正国殿が軍勢を率いて駆けつける。殿様（義清）には殿様の考えがある。心配は御無用。」

ところが翌七日、葛尾城から千曲川対岸左側にある弧落城に火の手が上がった。

「滝沢能登、あの火は何だ。烽火には見えぬ。まさか火事ではなかろうな。」

これには滝沢能登も答えられない。

「はて、弧落城と三水城には小島兵庫助と大須賀久兵衛が詰めているが、武田勢は未だ桑原の地にいる。武田勢が攻めるには遠すぎる。武田勢が近寄った様子もない。恐らく火の不始末かも知れん。全く困った事だ。」

滝沢能登が不審に思っているので於フ子も納得しない。武田勢の侵入を義清に報せてはあるし、義清は塩田城から戻ると知らせてきたが、肝心の義清は荒砥城にも葛尾城にも来ていないのだ。

そして八日、屋代正国の使いが伝えたのは味方の謀反である。荒砥城は屋代正国の軍勢に乗っ取られていた。弧落城は大須賀久兵衛が守将の小島兵庫助を弟の小四郎、与四郎共に討ち取り、乗っ取られた。弧落城は千曲川を見下ろす断崖の上に築いた城であり、
背後は室賀経俊が領主の室賀谷である。室賀経俊は村上氏の一門屋代氏の支族だが、これも武田方

に通じていた。千曲川西岸が武田方に抑えられた事になる。葛尾城は東岸にある。

急いで塩田城の義清と連絡をとろうとしたが使いの者は帰ってこない。

「弧落城と室賀谷が武田方に抑えられては、殿様は葛尾城に戻れない。塩田城に援軍も送れない。殿様は塩田平に閉じ込められた。上手く千曲川を東岸に渡れれば葛尾城に帰れるだろうが、難しい。殿様（義清）は存命だろうか。合戦がなくとも人は命を落とす。塩田城に武田の間者が入り込んでいるかも知れぬ。」

髪を整えながら於フ子はつぶやいた。於フ子が気を揉んでも成るようにしか成らないのだ。明日の運命は明日になれば分かる。村上の運も高梨の運も、そして武田晴信の運も知る者はいないのだ。滝沢能登の表情も硬い。

「籠城しても援軍が来なければ皆殺しにされるだけだ。今は城を出て命を永らえなければならない。」

於フ子は髪を梳いていた笄を打刀の笄櫃《こうがいびつ》に納めた。握り飯が山と積み上げてある。於フ子は動けなくなるまで飯を食った。明日の命を知らぬ於フ子にできるのは胃袋に飯を詰め込む事だけだった。

九日の朝、於フ子は滝沢能登に指図されるまま葛尾城を出て舟に乗った。頼りになるのは腰に手挟んだ打刀一振りである。このまま千曲川を下れば高梨に流れ着く。

「一刻も早く援軍を送るように、あの極楽とんぼ（政頼）に説いてまいります。」

言い残して於フ子は舟に身を任せた。振り返れば葛尾城が火を吹いていた。その後の消息は分からない。

村上義清総崩れ

上洛の帰途、春日山城で政頼が景虎に土産話している所へ飛び込んだのが、葛尾城落城の報せである。急ぎ中野に帰り着けば尾楯館は合戦準備で騒然としている。

「村上殿から援軍を求められたと聞いたが、どういう事だ。詳しく話せ。」

「武田勢が筑摩山地の刈谷原、塔原、虚空蔵山の城を落とし、麻績《おみ》城主服部清正殿は城を捨て坂木に逃げ込んだ。要請を受けて加勢に出す軍勢を集めている最中、葛尾城が落とされた。武田勢の動きが早すぎて加勢は間に合わなかった。武田晴信は青柳城に本陣を置いています。」

筑摩山地は、信濃の国のほぼ中央部に位置して東部と西部を隔てる山地である。武田勢は筑摩山地を越えて川中島に攻め込もうとしている。

「今度は青柳殿か。昨年は小岩盛親が晴信に自刃させられ、三年前は仁科盛能が武田晴信に臣従する羽目になっている。三人とも小笠原長時殿に仕える兄弟だったが。仁科三兄弟も小笠原長時殿が力を失えば分裂する。そうか、青柳殿が武田に降ったか。何年にも渡って武田勢に支城を攻められても恭順せずに戦い続けていたのだが、武田晴信に降ったか。皮肉なものだ。それで軍勢は集まったか。村上義清殿は何処にいる。義清殿が居なければ村上衆も分裂する。情けない。」

青柳清長が支配していた地域は青柳から麻績に至る広範な筑摩山地の山間部である。猿《さる》が馬場《ばば》峠、青木峠のいずれかを抜ければ塩田平、または川中島に出られる。猿が馬場峠を通れば川中島南端の桑原、青木峠を越えて松本街道を進めば塩田平に出る。筑摩山地の山道が平野部に出る辺りには出口を塞ぐ形で村上方の山城が並んでいるので、武田勢の侵入を食い止めるだけなら難しくはないはずだった。それで義清は塩田城で武田勢を迎え撃つ腹積もりだったが、裏目に出たのである。

数日後、村上義清が供回りの者だけを連れて尾楯館に雪崩れ込んできた。

「良くご無事で。だが義清殿ともあろう方が何故この様な。」

政頼が何故と聞いても事態が呑み込めないのは義清も同じである。屋代正国と室賀経俊の、重臣二人が武田晴信に寝返ったのも信じられないし、滝沢能登に任せた葛尾城に武田の旗が翻っているのも不思議だ。於フ子が高梨に保護されているかと尋ねれば政頼は知らない。何故か義清の幼い子供たちは高梨に保護されている。

「いや、面目ない。武田晴信に騙されたのだ。まさか合戦で敗れる前に裏崩れするとは思わなかった。晴信も上田原合戦で懲りたか、それとも戸石城崩れで賢くなったか、変な知恵を身に付けたらしい。」

裏崩れとは前方の部隊が敗れる前に後詰めの部隊が崩れてしまう様子である。だが義清は塩田城に居て武田勢と戦ってさえもいない。戦う前に、後詰めとして働くべき屋代正国が崩れてしまったのだ。屋代正国一人が崩れるならまだしも、室賀経俊や塩崎六郎などを仲間に引き込み、大須賀久兵衛なぞは弧落城を落として義清の退路を断ったのである。

「夜中に武田方の目をかいくぐって塩田平を抜けだしたのだ。塩田城には千人近い軍勢を城代福沢昌景に預けてきた。今なら間に合う。川中島には小田切衆が集まり、松代では東条信広や清野清重、寺尾太郎左衛門が山城に籠っている。高梨殿、軍勢を貸してくれ。」
「頼まれるまでも無い。留守中に草間出羽守と叔父の清秀が出陣の準備を進めていた。おそらく北信濃諸将の準備も整った頃であろう。武田勢の動きが早すぎて間に合わなかっただけだ。」

慌ただしく集まった軍勢は雑多である。高梨や島津、井上などの有力豪族の他、川中島や善光寺近辺の地侍集団が参集した。小田切幸長が束ねる春日、朝日、長嶺、久保寺、平林、布施、横山の小田切七騎衆や落合治吉が束ねる葛山衆は義清の旗本衆、善光寺別当・栗田永寿などは半僧半武で村上支族である。これらの北信濃衆は義清が倒れると武田晴信の矢面に立つ。知行地は合戦場になって荒らされ、自分たちは殺される。彼等は義清の下に駆け付ける予定だったが間に合わず、今は各々の城館に閉じ籠っている。高梨以下の有力豪族が川中島に進出すれば合流する。

葛尾城落城から十日ばかり経った二十二日。四千人ばかりに膨れた義清を総大将とする北信濃の軍勢が川中島を南へ向けて動き出した。

武田勢は桑原村へ出した軍勢の七割近くを割き、桑原から平野部の八幡村に押し出した。八幡に出た武田勢は川中島から南下する義清の軍勢と真っ向から衝突するのは間違いない。武田方の主力は村上義清から離反して武田晴信に降った新参の信濃衆、青柳清長や室賀経俊、屋代政国等から成る軍勢である。これを武田の重臣が督戦する。

案の定、八幡に押し出した武田勢の士気は高くない。武田晴信に兄弟を殺され、あるいは武力で脅され武田の幕下に入った信濃武士たちである。戦う敵は昨日までの味方であり、同族でもある。おまけに武田晴信が直接指揮する主力は後方の、徒歩で丸一日もかかる青柳城にある。川中島から押し寄せる北信濃の軍勢は何倍もの大軍である。勝てる気は全くしないし、戦う気もない。北信濃勢の大軍を見て静かに桑原の山中に消えた。

義清は軍勢を八幡、桑原の地に向けず、千曲川の浅瀬を渡らせて松代に向けた。松代から千曲川東岸を南下すれば雨宮、屋代を通って葛尾城に着く。葛尾城は武田方の小曽源八郎が連れてきた甲斐の軍勢が占拠しているが、勝手を知った自分の城である。攻め口は心得ている。

「明日は葛尾城で於フ子に会えるか。葛尾城に帰り着けば無事に逃げ出せた者たちは戻ってくるだろう。」

二十三日、義清が指揮する北信濃の大軍勢に攻められ葛尾城は一日で落ちた。城内には於曽源八郎と共に入城した甲州者、食いはぐれるのを恐れて城内に残留した者、脱出し損ねて武田勢の横暴に耐えている義清の旗本衆などがいた。義清が攻め始めると城内から火が出る。焼け残っていた建物も燃え落ちた。城内で斬り合いが始まる。城将を務めていた武田方於曽源八郎は討ち取られた。

小曽源八郎は信濃に着任してから二度の正月を信濃で過ごし甲斐国には帰っていない。信濃に新恩の知行地を得て信濃の武将になるはずだった。なお、倅の於曾信安は上田原の合戦で首を取られた板垣信方の娘を娶っている。小曽源八郎も板垣信方も信濃の土になった。

義清は葛尾城に帰り着いたが城は焼け落ち様相が変わっている。城中を探しても於フ子の姿はない。屋代正国は千曲川を隔てた荒砥城に籠り、室賀経俊は室賀谷に籠ったまま出てこない。弧落城を落として武田勢侵攻の口火を切った大須賀久兵衛は立ち去り、葛尾城から退去したまま帰ってこない者も多い。

青柳清長は武田晴信に恭順したばかり、小川庄の大日方一族が恭順したのは昨年の末。共に武田家中では新参者で筑摩山地の村々の守りを晴信から命じられ武田方の楯にされている。味方する者が減った村上義清の退勢は覆うべくも無い。

五月になり武田晴信は引き揚げた。敵の大将が去ったのだから味方の勝利と言えなくもない。しかし甲斐の城将たちは信濃に腰を落ち着けたままだし、武田に降った者たちが甲斐に去ったわけでもない。晴信には晴信の都合がある。義清の没落が明らかになったので引き上げたまでだった。

「松本平、安曇平、諏訪平、伊那平、佐久平と、信濃の過半は武田晴信に降ってしまった。武田方の軍勢は増えるばかりだが、味方の軍勢は減る一方だ。皆の衆が集められる軍勢で武田勢を追い払えるか。それとも武田晴信に屈して武田方の一将として晴信に使い回されるのを望むか。」

政頼の問いかけに義清を始め信濃衆に答える者はいない。上田原の合戦や戸石崩れで晴信を散々な目に合わせた面々である。今更恭順を申し出ても晴信が許すわけがない。たとえ許しても城地の半分以上を取り上げた上、信濃衆を攻める先鋒に駆りだされに決まっている。

「許せんのは大須賀久兵衛だ。弧落城で謀反の火の手を上げる理由があったのか。小島兄弟に恨みを抱いてでもいたのか。それとも村上の支配に不満でもあったのか。あえて謀反を起こし、しかも村上を去り武田勢に身体一つで付いていった。晴信に従えば何か良い事でもあるのか。」

「村上殿。今さらそれを言っても仕方あるまい。屋代正国も室賀経俊も武田に降ったばかりだ。村上殿とは干戈《かんか》を交えてはいない。多分、『武田に刃向かうな。家来になれとは言わん。刃向かいさえしなければそれで良い。今まで通り、所領を知行していても構わない。』とでも言われたのだろうよ。

だがその後は、知行を許された所領に相応する働きを晴信に強いられる。今頃は後悔しているのではないか。」

「屋代や室賀の離反も一時の気の迷いであろう。上田原の合戦、戸石城の戦い、常田の合戦と良く働いてくれたが、合戦に疲れたのかも知れん。武田に降りはしたが桑原、八幡では戦う素振りも見せなかった。今なら遅くはない。腰を落ち着けて連中に帰参を説くべきであろう。」

義清退去

義清は塩田城に入り離反した者たちの帰参を求め働いていた。しかし、甲府へ帰った武田晴信は執拗な上に用意周到である。武田勢を潰走させた戸石崩れの惨敗を繰り返す愚は犯したくない。味方と思い込んだ高梨政頼に裏切られたのが戸石崩れだった。恭順して二か月しか経たない屋代正国、室賀経俊、青柳清長に全幅の信頼は置けない。連中が村上義清と一心となって武田勢に襲いかかったならば、上田原合戦や戸石崩れの二の舞になるかも知れない。

村上攻めの陣を退いた武田晴信は牧島城を無血開城した香坂宗重の本領を安堵し、降った青柳城主の青柳清長には領主が去った麻績郷を与え、刈谷原の地を処分した後、甲斐府中（甲府）に帰ったが、村上義清は未だ信濃から、あるいはこの世から去ってはいない。義清追放の意志に揺るぎはない。

晴信は三年前から塩田平の地侍衆に真田幸隆や新参の山本勘助を使って経略を仕掛けていたが、一か月以上、二か月近く費やして結果が見える状態にまで談判を進めた。恭順する者は味方、恭順をためらう者は敵である。

七月二十八日に佐久内山城に集まった武田晴信の軍勢は塩名田で千曲川を渡河し、三十日には望月古城に陣を移し、一日には長窪城に落ち着いた。塩田平侵攻の始まりである。

塩田城に居る義清は高梨政頼にこの事を報せ、出陣を求めたが、武田勢の動きは速い。武田勢は長窪城近くで抵抗する和田城、高鳥屋城を攻め落とし、城兵はなで斬りになった。

政頼が北信濃から軍勢を集めている最中の八月五日、義清が飛ばした早馬が尾楯館に駆け込んできた。

「殿様（義清）が塩田城を捨ててこちらに向かっております。殿様は塩田平の軍勢をまとめ、塩田城を今朝早くに出られました。」

想像を超える武田勢の動きの早さに政頼は驚いた。

「武田晴信が内山城に着陣したのを聞いて軍勢を集め始めた所だが、集まるには日数がかかる。途中まで迎えに行くと義清殿に伝えてくれ。」

翌早朝、手近の者を集めて騎馬で行けば義清一行は川中島にいる。

「命を失わなかったのが第一の手柄。城なぞは必要に応じて作り、必要に応じて改造し、用が済めば捨てる物。武田晴信を成敗した暁には、常田郷辺りに館を築けばよろしい。」

政頼は慰めたが、義清は悔しい。

「武田勢の手際の良さが信じられぬ。長窪城に陣を移した武田勢は一昨日に和田城を攻めて城主以下は討ち死に、昨日は高鳥屋城が攻め落とされた。おまけに荒砥城には屋代正国が入城して退路を断ち、村上勢を袋のネズミにする動きに出た。塩田平の味方衆もなで斬りにされるのを恐れて浮足立っている。それで塩田城を捨てたのだ。」

「はて、ひと月を越えて攻めても戸石城を落とせなかった武田勢が、一昨年に落城させたとはいえ平瀬城を落とすのに三か月も包囲を続けた武田勢が、今年に入ってからは刈谷原城、和田城、高鳥屋城のどれをも一日で落としている。お味方衆が弱くなったのか、それとも武田勢が強くなったのか、考えても分からぬ。」

「今の武田勢には勢いがある。武田晴信に降る者が多ければ武田の軍勢が増える。武田の軍勢が勢いを増せば武田に降る者がまた増える。」

「それで、武田晴信は今どこに。」

「分からぬ。恐らく塩田城に入っているだろう。この義清を追ってくるか、あるいは善光寺平へ攻め込んでくるか、それとも高梨に攻め込む算段をしているかも知れぬ。」

義清の無事を政頼は素直に喜んだが、塩田平は武田晴信に明け渡されたのだ。晴信は塩田平の地を配下の武将たちに分け与える。そして塩田平に残された地侍たちの多くが武田勢に加わる。北信濃衆の劣勢は覆せない所まで来ていた。

武田勢に対抗する人数を高井郡と水内郡で総動員できれば四千人程度は集まる計算にはなる。果たしてそれだけの人数が集まるか否かは、集めてみなければ分からない。武田に抵抗を続けるか、あるいは攻められる前に武田の支配下に入るか、戦況を見極めた上で勝ちそうな側に付くか、国人領主の選択肢はいくつもある。

北信濃諸将の間には明確な主従関係はなく総大将もいない。今までは村上義清が武田の矢面に立つ位置にいたから協力しただけである。その義清が家中に敵を抱え城地を失った今、武田の矢面に立つのは高梨、島津などの北信濃武士団である。北信濃は大小の国人領主の寄せ集めである。武田の圧力に対して屈しないのは連帯していたからである。

義清の城地を奪った晴信はそれを家臣たちに切り分けて与える。協力者ではなく家臣である。父の信虎が甲斐を統一し、甲斐の武田家臣団を率いて信濃に侵攻し、信濃衆を家臣団に組み込んだ晴信は武田の領国を一人で取り仕切る。何れにせよ武田晴信と北信濃国人衆では力量に圧倒的な違いがある。

「もはや北信濃勢だけで武田の勢いを止める事はできまい。他家を頼るのも仕方ない。ここに越後の援軍が有ったとしても武田勢に張り合えるかどうか。」

義清は寂し気に呟いた。

「頼る者は、頼られる者の為に滅びる。」

政頼も寂しかった。

「義清殿。もう滅びているのだ。自力で城地を取り締まり、誰にも頼らず自分の力だけで守れる者、自存自衛の者、誰にも束縛されぬ者なぞは滅びたのだ。」

義清には少しばかりのわだかまりがある。

「問題は長尾景虎殿が受け入れてくれるかだ。うっかりすると腹を切らされるかも知れぬ。越後頚城郡で三か所ばかりを切り取ってある。高梨殿も魚沼郡でやらかしたであろう。その結果、長尾晴景が信濃へ攻め込んできた。天文七年の牟《む》礼《れ》黒《くろ》川《かわ》の戦いだったかな。あの時、晴景の軍勢を手ひどく痛めつけたのを越後衆は何と思っているかな。」

「あはは。当の晴景は今年の春に他界した。定実公が世を去ったのは三年前だ。そんな些細な事を覚えている者おらん。自分の力で所領を守れない者には領主の資格がない。仮に義清殿が腹を切らされても子供たちは大切にされるだろう。あれはそういう男だ。」

政頼は義清を伴って越後の春日山城へ向かった。春から預かった義清の子供たちも一緒である。義清の力だけで旧領を回復できないのは明白だが、越後の援軍がなければ北信濃衆は危ういし、高梨も危うい。

義清を迎えた春日山城では重役を集めて対策会議である。政頼から信濃出兵の要請は来ていたが、まさか義清本人が政頼に伴われて越後に現れるとは想像もしていなかった。深刻な事態は理解できるが村上義清は隣国の他人である。縁があると言えばかつて長尾晴景が義清に打ち負かされた事である。景虎の親戚である高梨政頼が越後の懐に飛び込むのとは事情が異なる。

結局、信濃出兵を決めたのは景虎の一言だった。

「もはや他国の事でもあるまい。ただ一途、助けを求め来た者に力を貸すのが武士たる者の務めであろう。将軍からは越後国主の立場を認められた。そして隣国から救援の求めがあったのだ。信越国境を脅かす武田勢を討ち払う事こそご奉公であろう。」

本音はどうあれ「武士たる者」と言われると逆らえない。逆らえば自分の存在価値を全否定する事になる。

「事態は急を告げている。出兵をためらう理由なぞあるものか。各々方も出陣してくれるな。」

他国である信濃へ越後勢を率いて出陣するのは初めてである。隣国平定の綸旨が下された今、景虎は越後国主として信濃に馬を進める大義と名分を得た。

景虎は軍勢を集め始め、義清は越後勢を迎える準備の為に再び信濃に戻った。連れてきた末子の国清は春日山城で人質暮らしである。北信濃では高梨政頼が指揮して合戦の準備である。今度は村上方の山城が援軍を頼む間もなく武田の大軍に、わずか一日で落城させられた戦いとは異なる。北信濃衆に越後の援軍が加わった大軍勢と、武田晴信が指揮する大軍勢との衝突になる。

味方は敗れた

善光寺東隣の小高い丘が小田切七騎衆の一人、横山信濃守の居城である。横山城は場所柄、何かにつけて北信濃衆が徒党を組んで集まり合戦の場になった場所でもある。今や北信濃では領主たちの団結の中心が高梨政頼になった。政頼は信濃の水内郡と高井郡の領主であり、越後では小千谷と塩沢郷、椎谷の領主でもある。越後領も加えれば高梨家の力だけで千人以上の軍勢は動かせるのだ。越後から援軍を借りる能力も実力の内である。

「村上殿一人が武田晴信の矛先を受けているのではあるまい。昨年は善光寺の西側で大日方一族が武田晴信に恭順した。大日方一族は安曇郡から鬼無里、小川郷を支配している。小川郷は日帰りで善光寺参りがゆっくりとできる距離だ。武田勢が松本深志から安曇郡、鬼無里、小川郷を経て善光寺平に出るのは訳もない。」

否も応もない。武田晴信に間引かれるのは自分たちなのだ。川中島の戦いは北信濃に土着した武士の戦いである。信濃に土着し何代にも渡って田畑を開発し、先祖伝来の地にしがみついて生きてきた領主の支配権を守る戦いである。拡大し続ける武田晴信はこの支配権を奪おうとしている。この地の支配権を晴信に委ねるのは領主の生存権を失うに等しい。

とりわけ川中島に城地を構える小田切駿河守、横山信濃守、布施太左衛門、など小田切衆は生きた心地がしない。何しろ屋代正国と共に武田に降った塩崎六郎の城との間には御幣川の流れが一筋あるだけだ。川中島の東、千曲川を挟んだ松代では東条信広の尼飾城が真田幸隆に攻められている。そして北では犀川の流れが自由な移動を妨げている。いわば川中島は陸の孤島であり、武田勢の動きによっては背水の陣となり、小田切衆は袋のネズミになる。

八月の下旬、村上義清の案内で越後の援軍が横山城に着陣した。義清が塩田城を去ってからひと月近くが経っている。

「武田晴信は長窪城にいる。塩田城には飯富虎昌が入って室賀や屋代の尻を叩いている。室賀経俊は恭順の証しに小泉の城を取り壊し武田晴信に媚びている。荒砥城には屋代正国が、塩崎城には塩崎六郎次郎が入り、川中島に集まった北信濃衆に備えている。御幣川の南は全て武田方の支配する所だ。ただ、栗田永寿は旭山城で大日方兄弟の侵入に備えているから、西の筑摩山地から武田方の大日方兄弟が善光寺まで出てきて悪さするのは防げる。松代では東条信広と清野清重が山城に籠って武田勢に備えている。松代が武田方の手に落ちていたら川中島に出るのは難儀する。」

信濃勢は後詰めに越後勢を得たので背後を心配する必要がない。また越後衆も横合いの松代から攻められる心配はない。雑兵が多い軍勢は恐怖に駆られやすい。前面で合戦が始まると恐怖心に囚われ後方の備えが崩れる。この裏崩れを政頼は恐れた。越後勢の加勢はありがたい。越後勢がいればこそ、北信濃勢は川中島を南下して御幣川を越え、荒砥城を取り戻し、塩田城の晴信を攻められるのだ。

犀川は千曲川と合流する平地部では土砂を堆積させ、水深の浅い幾つもの緩やかな流れに分かれている。その上流は急流で推進も深く徒歩渡りなぞできない。犀川は武田勢の先陣となっている塩崎城から徒歩で三時間ばかりの距離にある。敵前渡河に変わりはないが犀川は手早く渡りたい。川中島には布施太左衛門など小田切衆の城館が多くある。越後勢を迎えても宿所には困らない。八月の末に犀川を渡った軍勢は布施太座衛門の館に本陣を置いて合戦の準備に入った。

これに応じて武田晴信は飯富虎昌の陣を塩田城から室賀谷の城に移させ、自分は長窪城から塩田城に入った。武田勢は八幡の地に押し出し、矢楯を並べて合戦の機は熟している。布施の館と八幡の距離は徒歩で二時間ばかりである。政頼は改めて兜の緒を締め南へ、八幡から荒砥城、そして武田晴信が居座る塩田城へ向けて軍勢を動かした。

ところが九月一日の朝、北信濃勢が南に進み御幣川を越えれば、塩崎城、赤沢城、小坂城と続く武田方の山城はもぬけの殻である。八幡村に向かえば武田方の軍勢はいたが、逃げた。信じられない事に陽が傾く頃、荒砥城に近づけば荒戸城に詰めていた武田勢は城を捨て空城になっている。「よもや、空城の計ではなかろうな。」と慎重に入城するが、狐が抓《つま》んでくる気配もない。結論は「武田勢が逃げた。」だった。

「この義清の姿を見て化け物でも現れたとでも恐れたか。あるいは越後勢の加勢を知って驚いたか。一矢も放たずに逃げてどうする。」

義清は自分の事を棚に上げてすこぶる機嫌が良い。緒戦で荒砥城を取り返した勝利は縁起が良いが、あまりにも簡単に事が運ぶので何とも薄気味が悪い。政頼は義清をたしなめた。

「武田晴信を信濃から追い払うまでは合戦が続く。荒砥城を取り戻しただけで武田晴信に降った屋代正国、塩崎六郎、室賀常俊、小泉兵庫、青柳清長などが大人しく帰参すると思うか。」

「連中が晴信に降ったのは首根っこを掴まれたからだ。『身を武田方に転じれば合戦を避けられる。働き方によっては恩賞も与えられる。村上に従って恩賞が出た試しはなかろう。』とでも騙されたのだろう。一時の気の迷いだ。この合戦に勝てば連中は帰参する。」

「義清殿は今まで武田晴信との合戦で敗けた事がない。北信濃衆も同じだ。だが武田との合戦に勝って得た物もない。晴信が自分に降った室賀や屋代、青柳を遊ばせておくはずもない。村上殿にとっては失地回復の戦いだが、信濃衆にとっては武田に城地を奪われない為の戦いだ。晴信にとっては家来に恩賞を与える為の戦いでもある。武田晴信とて歩みを止める訳には行かぬ。周りに敵がいなくなるまで武田晴信は戦い続ける。目指すところが異なっても合戦の目的は同じになる。何れ、武田晴信をこの世から除かなければ信濃に合戦は続く。皮肉なものだ。この世には敵と味方しかいないのだ。」

義清は怪訝な顔を政頼に向けた。

「まさか高梨殿はここから塩田平に攻め込む気ではあるまいな。室賀谷には飯富虎昌の軍勢がいて塩田平には武田晴信の軍勢がいる。塩田平に飛び込めば上田原の合戦と同じになる。あの時は武田晴信の軍勢が攻め込んだが、今度は味方の軍勢が攻め込むと上田原合戦の二の舞になる。違うのは逃げ出すのは武田勢ではなく、味方の軍勢になる事だ。」

荒砥城と室賀の本城とは徒歩で四時間ばかり、室賀の城から塩田城は徒歩で二時間ばかりの距離である。荒砥から出た物見の者が中途で武田方の顔見知りと遭遇したならば、互いに内情を話して帰れる距離なのだ。敵味方の動きは筒抜けと思って間違いない。室賀谷の城に拠って塩田平の入口を固めている飯富虎昌は「甲山の猛虎」とあだ名がついた晴信の右腕である。

荒戸城から見る千曲川対岸の葛尾城は夕暮れの薄闇の中で焼け落ちた無様な姿を見せつけている。西の空、青柳城があるあたりは秋の夕焼けである。

「そこでだ。筑摩山地を越えて松本平に攻め込めばどうなる。武田勢の主力は塩田平に在る。つまり、松本平に武田の軍勢はいない。松本の城は手薄になっている。こちらから西へ、麻績、青柳、刈屋原と進み松本平に攻め込めば、息を潜めている小笠原殿縁故の者たちが立ち上がる。諏訪殿ゆかりの者たちも立ち上がる。」

言い残して義清の軍勢は松本平を目指して出発した。山中の街道は麻績、青柳、会田虚空蔵山、刈谷原、松本へと続く。麻績は春に武田勢に攻められ、城主の服部清正は村上勢に加わった。青柳城は青柳清長が城主だったが、昨年に武田に降ったので武田方の物になっている。二日に荒戸城を発った村上勢は三日に青柳を焼き討ちにした。村上勢は松本平の一角にとりついた事になる。このまま進軍すれば刈谷原と会田を経て武田勢の拠点となっている松本深志に攻め込める。

しかし、四日には武田晴信が刈谷原と会田に援軍を出して村上勢の動きを止め、五日にも再び援軍を差し向けて深志の守りを固めた。北信濃勢の快進撃は四日間で終わったが、村上義清は青柳に腰を据えて機をうかがった。

「信濃衆に城地を焼かれてみれば青柳清長も考え直すだろう。あれは弟の小岩盛親を昨年、武田勢に殺されている。現に青柳は城下に火を放たれても無抵抗だった。皆が戻ってくるさ。屋代正国も室賀常俊もそのうち帰参する。一時の気の迷いで武田晴信にだまされただけだ。」

村上義清は楽観的だが悲観的になったら耐えられない。かつて村上方だった者たち、かつて小笠原方だった者たちに帰参を呼びかけ、手応えを得てもいた。しかし北信濃勢、とりわけ村上義清による失地回復の試みはここまでだった。

高梨政頼が守る荒砥城は武田晴信が本陣を置く塩田城までは徒歩で六時間の距離がある。したがって朝に荒戸城を出た物見の者が帰ってくるのは日が落ちてからになる。朝に塩田平へ出した物見の者の話は昼頃の武田勢の様子であり、それが聞けるのは日が落ちてからになる。

荒砥城を守るのは北信濃の領主が寄り集まった軍勢である。そこには昨年までは小笠原長時の、あるいは今年の春までは村上義清の手に属していた在地の者が集まっている。加えて越後衆も混じっている。守城兵の顔ぶれはなじみが薄い。主立った者が集まる軍議で物見に出た者の話を共有するのは重要な仕事になっている。

「昨日、今日と塩田城の武田本陣から多くの軍勢が去った。塩田城は手薄になっている。しかし、室賀谷の武田勢が増えた気配もない。村上殿からは刈谷原城に武田勢が着城して守りに就いたと報せがあった。はて、どうしたものか。」

政頼の問いかけに皆の衆の考える事は定まらない。

「塩田城が手薄なら攻め落とせば良いと思いはするが、この人数では無理か。」

「しかし、武田方も荒砥城を攻め落とせない。荒砥城攻めに取りかかれば越後勢が武田勢を背後から襲う。こちらに打つ手はないが、武田勢にも打つ手はあるまい。互いに城に居座って退かないだけだ。」

「どうせ冬になれば武田勢は甲斐に帰る。武田方の信濃衆も在所へ戻って正月を迎える。越後勢は信越国境が雪で閉ざされる前に越後へ引き上げる。このまま冬まで何事もなく籠城を続ければ良いのではないか。」

青柳を焼き討ちにした数日後、村上義清の軍勢が帰ってきた。

「青柳の村と城を焼いた所までは良かっただが、塔原城と刈谷原城に武田勢が入って守りを固めている。これでは松本平には攻め込めん。青柳の焼け跡に留まっていては何時武田勢に切り込まれるか分かったものでない。こちらには別条が無いようだな。」

一方、武田晴信は新参の信濃武士に呆れていた。八幡の地では敵勢を見れば逃げ帰る。荒砥城を守らせれば簡単に明け渡す。青柳城は碌な抵抗もせずに焼き討ちされる。不甲斐ないのである。不甲斐ないだけならまだしも、晴信への恭順が村上義清の仕組んだ謀略の可能性も否定はできない。かつて晴信が諏訪家中、小笠原家中、村上家中に仕掛けて成功した謀略を、義清が仕掛けないと考えるのは不覚である。晴信は荒砥城内に忍びの者を潜らせている。

晴信に室賀谷を任せられた飯富虎昌の下には村上義清を見捨てた屋代正国と室賀経俊、小笠原長時を見捨てた青柳清長が参陣している。不甲斐ない働きを見せてくれた新参の信濃衆である。この三人が結託すれば飯富虎昌を排除した上、荒砥城の敵勢を呼び込めば、室賀谷が奪われる。塩田城にいる晴信が攻められる。上田原合戦の再現になる。荒砥城には高梨政頼が居る。政頼は戸石城を攻める武田勢の背後を断った張本人であり、越後勢を信濃に呼び込んだ張本人でもある。晴信は不甲斐ない信濃衆三人組に荒砥城の夜襲を命じた。

十三日の明け方近く、叫び声と物の壊れる音に政頼は目を覚ました。城内には火の手が上がり、所々で斬り合いになっている。大慌てで槍を掴み小屋の外に出ると、城中に忍び込んだ敵勢が逃げていく。月明かりと夜明けの薄明を頼りに城内を調べれば首を失った遺体が転がっている。遺体は五十体を超えた。首を失った者の中には島津忠直の分家、牟礼矢筒城主の島津景秀（権六郎）の遺体がある。村上の旗本衆、小田切七騎衆の遺体もある。

山城に籠り、守りを固めるだけだった武田勢が牙をむいたのである。「誰の仕業だ。誰が敵勢を城内に入れた。」と怒ってみても手遅れだ。敵の陣営に間者を忍び込ませるのは常の事だが、これほどの被害は想像を超えている。

具足を脱いで眠り込んでいる者の首を刈り取るのは難しくは無かろう。おそらく、自分の首を取られたのにさえも気付かない者もいたであろう。結局、後に政頼が夜襲の経緯を知ったのは武田方の陣営に忍び込んだ味方からだった。

荒砥城に潜り込んだ武田方の手の者が武田勢を招き入れての夜襲だった。後日知ったのは荒砥城に忍び込み首を刈り取っていったのは青柳清長と室賀経俊の軍勢だった。この夜襲で青柳清長の手勢が四十ばかり、室賀経俊勢は首を七つ刈り取り、翌朝に武田晴信から褒美を賜ってもいた。室賀や青柳はもう村上義清に帰参できない。

寝首を掻かれるのは恐怖である。首の無い数十の遺体が残されている。誰が手引きして武田勢を城内にいれたのか、声高に詮議しても無駄である。裏切り者ほど忠誠心を顔に表している。確かな事は味方に武田方の間者が紛れ込んでいる事だけだった。南の尾根一つ越えた室賀谷には飯富虎昌が率いる武田勢が満ちているのだ。その向こうは武田晴信が本陣を置く塩田城である。武田勢は誰にも邪魔されず荒砥城に近付ける。荒砥城はもはや武田勢の中に一つだけ浮いた離れ島だった。そして荒砥城は布施に布陣した越後勢の主力から歩いて半日はかかる距離にある。越後勢は急場に間に合わないし、荒砥城は随分と傷んだ。城兵はおびえている。

十四日夜、北信濃勢は半焼けになった荒砥城を退去した。月明かりを頼りに川中島布施に陣を布く越後勢と合流した。残念な事に、十五日には室賀谷に忍び込ませた味方の間者が摘発され、武田方に景虎の書状が三通渡ってしまった。晴信はこの書状で景虎の上洛と越後勢の退去が近いのを知ってしまった。あえて危険を冒し合戦を仕掛ける必要は無い。

「このまま、みすみすと、坂木を無傷のまま武田晴信に渡してしまうのは口惜しい。」

義清の望みで北信濃勢は坂木へ向かった。川中島から千曲川東岸の雨宮に渡り、焼けた葛尾城下を通って坂木南条に出る。坂木南条は武田勢侵攻の口火を切った大須賀久兵衛の村である。大須賀久兵衛が弧落城の小島権兵衛兄弟を討ち取ったのが糸口となり屋代正国が、塩崎六郎が、室賀経俊が義清から離れたのである。北信濃に土着していた多くの者が荒砥城の夜襲で命を奪われ、於フ子の行方は未だ知れずに義清は信濃を去る。

南条の村々に火を放ち尾根上に連なる砦を燃やせば、遠く塩田城には武田晴信の旗がひるがえっている。尾根から上がる煙を見て晴信は岩鼻まで来たが千曲川の流れに隔てられて為す術もない。

義清が塩田平を一望の下に見渡したのはこれが最後になった。義清は川中島で拾った見覚えのある笄《こうがい》、於フ子の笄を懐に入れて信濃を後にした。この後何度か塩商人に変装して旧領を見回ったと伝えられているが、真偽は不明である。

越後勢は越後に帰り、武田晴信は信濃に修羅の種子を蒔いて甲府へ帰った。晴信の戦後処理は恭順する者への褒美である。恭順すれば損はさせない。手柄を立てれば新恩の地を与える。新恩の地は自らの力で切り取れ。晴信が動かなくとも新参の者は自ら進んで働く。松代で、川中島で、そして善光寺平で、信濃国人衆同士の不信と敵対が根深くなった。武田晴信が直接手を下さなくとも信濃は敵と味方に分裂する。武田晴信の信濃征服は静かに拡大している。

甲越戦争の予感

翌天文二十三年の初夏、久しぶりに超賢が尾楯館に顔を見せた。北信濃の長沼西厳寺や大岩普願寺など浄土真宗の寺を回る旅の途中である。なお、長沼郷は島津忠直の、大岩郷は須田満国の城下にある。

「これは本当に善光寺の阿弥陀三尊像ですか。驚きましたなあ。殿様（景虎）から話には聞いていたが、目にするまでは信じられなかった。ご本尊様を持ち去られては善光寺別当、栗田永寿殿の立場がなかろう。」

阿弥陀堂に泊まる超賢の驚きを政頼は待っていた。ひかり堂跡地に政頼が建てた阿弥陀堂は超賢が尾山御坊に去っても相変わらず大勢の門徒衆が集まって念仏を唱えている。身分にとらわれずに心が休まる一種の集会場所でもある。ここに政頼は本尊の一光三尊像や金銅五鈷、金銅鈴、善光寺如来宝印、金牛仏舎利塔などの宝物を持ち帰り安置しておいたのだ。超賢が驚いてくれなければ政頼も張り合いがない。何れも人間の手で作った品物だが、金牛仏舎利塔の中に入っている仏舎利だけは人間の手では作り出せない。

「それが、そうでもない。善光寺の西、小川庄から鬼無里、安曇郡に至る地を支配する大日方直親入道に、栗田永寿は脅されたのだ。武田に降らぬと善光寺に火を放つと脅されたのだ。誰もが泊まる善光寺に火を放つのはたやすい。善光寺に火を放たれては別当職を務める栗田永寿殿の立場がない。栗田殿が武田方に降れば北信濃衆との間で合戦になる。武田の脅しを拒めば善光寺に火を放たれる。どちらに転んでも善光寺は戦災を免れない。善光寺の宝物が、国の宝が失われる。仏神を粗末にすればどんな災厄に襲われるか想像もできぬ。畏れ多い事ではあるが、とりあえず善光寺の仏像や宝物は高梨が預かった。高梨家が仏像をあずかるのは初めてではない。栗田殿も同意の上だ。」

「積もる話があろう。上洛の首尾はどうだったかな。」

政頼に話の先を促されて超賢は笑った。景虎上洛の首尾を報告するのが尾楯館を訪ねた目的なのだ。

将軍・足利義輝でさえ京都を追われて近江の朽木に亡命している世の中である。国持大名の上洛、しかも寺参りを名目にしての上洛が容易にできる時代ではない。だから昨年は政頼が下検分のために上洛したのだ。その結果、村上義清の信濃退去を招いてしまった。失った事が大きいのだから景虎上洛の首尾が良く無ければ困る。

景虎の上洛は大成功だったらしい。とりわけ主上から天盃と両刃の御剣を賜り、直接お言葉を賜って隣国鎮定の綸旨を下されたのが大きい。綸旨の事は前もって京都から連絡があったが、偽物を作るのは難しくない。直接にお言葉を賜り、「朝命に依り」、信濃国や上野国に軍勢を率いて出陣できるのだ。

父・為景の下剋上と守護・上杉定実の死によって景虎に将軍が与えた越後国主の立場は紛らわしい。守護職に就けるのは守護家の者だけなのは幕府の不文律となっている。反乱を鎮圧して分国を統一したのは武田晴信と同じでも、武田家は鎌倉以来の守護家である。だから景虎は越後守護ではなく「越後国主」という幕府にはない待遇である。源頼朝公の時代から源氏の一門として甲斐国守護職にあった武田家の晴信が、甲斐の国人衆に号令するのとは事情が異なる。

正統性がないのだ。力があっても権威の無い者に越後衆は心服しない。越後衆が信濃出兵に反対する理由なぞいくらでも考え出せる。

「それから殿様（景虎）は京都・大徳寺の徹岫宗九《てつしゅうそうきゅう》和尚の下に参禅し、衣鉢を授かり三帰五戒を受け、法号・宗心を授与されました。」

「あはは。在家の僧ならそれも良かろう。景虎殿が袈裟を身に着け鉢を手にしている姿は面白かろう。しかし、果たして、越後国主が三帰五戒を守れるのであろうか。いや、三帰は良い。仏像や経巻を大切にして出家者に帰依するのは何ほどの事でもない。しかし、五戒となると難しかろう。越後国主として、戦いに明け暮れる武将として、殺さず、盗まず、邪な淫行をせず、嘘をつかず、酒を飲まずの五戒を守れるかだ。景虎殿が守れるのは不邪淫だけであろう。ましてあの飲兵衛に不飲酒戒が守れるはずがない。」

笑い飛ばす政頼を超賢は真顔でたしなめた。

「三帰五戒とはそんな物ではない。三帰とは仏法僧に帰依し自ら弥陀の本願に近づくことだ。殿様（景虎）は自ら本当の姿を見通す能力を身に付け、巧みな手だてを駆使して生きとし生ける者を往生に導く覚悟をされたのだ。他人の為に働く覚悟をされたのだ。高梨様にはそれが分からぬか。」

「分からぬか。」と詰問されても他人の心中なぞ分らない。聞けば景虎は三帰五戒を受けた後に本願寺に寄って証如に会い、高野山に詣でたという。

「もしかして、景虎殿は腹を括ったのか。時世の移ろいは皮肉だ。景虎殿は僧侶になるはずだったが、越後国主として越後の厄介事を一身に背負ってしまった。越後ばかりではなく信濃国と関東の難事まで引き受ける羽目になった。これが本意なのか不本意なのかはわからぬが、逃げる事のできない運命を覚悟したか。」

超賢は嬉しそうに話を続けた。

「その時の移ろいによって本誓寺は越後で布教を許されました。遠からず尾山御坊を退去して越後に寺を建てる運びとなっております。」

昨年の春は政頼の、冬は景虎の上洛に尽力を惜しまなかった超賢の功績が認められたのである。為景が越後に浄土真宗の禁令を出してから三十三年が経過していた。


武田晴信は半年ばかり大人しくしていたが、秋の声を聞くと共に信濃へ出陣した。北信濃へは攻め込まなかったものの、伊那では小笠原長時の弟を追放した上、知久一族を生け捕りにして甲斐国へ連れ去った。木曾義康も武田の軍門に降った。佐久郡代の小山田虎満は内山城に腰を据え、抵抗を続ける小諸衆の帰属に成功した。真田幸隆は真田郷の松尾城に腰を据え、松代尼飾城の東条信広始め北信濃衆の従属を求めて暗躍している。

年末になって晴信は娘の黄梅院を北条氏康の子氏政に嫁がせ、北条氏との攻守同盟を成立させた。これで北条氏康は武田晴信との軋轢を気にせず上野国侵攻に専念できる。武田晴信は高梨政頼以下がしぶとく居座る北信濃攻略に全力を注げる。関東管領の上杉憲政は北条の攻撃に耐えきれず景虎を頼って越後に仮住まいしているが、上野国に残された忠臣たちと景虎の力を借りて関東復帰を図っていた。

武田晴信は書状だけで越後を引っ掻き回せれば、これに越した事はない。武田方に帰属しないまでも晴信と連絡を取る者は少なくない。越後から連絡を取らなくとも武田方は使いを送ってくる。味方の裏切りは結果で判断するしかない。武田方の軍勢に加わって味方を攻めた時に明らかになる。晴信の書状で景虎に不信の念を抱いたか、柏崎の北条高広が善根城で挙兵した。大事には至らなかったものの景虎は事態を治めるのに翌年、天文二十四年の二月までを費やした。

旭山城

天文二十四年の初夏、川中島では麦の穫り入れと田植えが同時に進む頃である。川中島や犀川の北岸に知行地を持つ小田切駿河守幸長や飯縄山麓を知行する落合備中守治吉は目を剥いた。

「何で旭山城に武田の旗が立っているのだ。それに『丸に上の字』は村上の旗印だろうが。まさか義清殿が晴信と和睦するなぞ有り得ず、屋代や室賀の軍勢が犀川を渡った気配もない。ならば、あの旗印は栗田になるが、山栗田か里栗田か。」

栗田氏は村上の支族だが山栗田と里栗田の二家がある。共に旗印は「丸に上の字」である。山栗田は戸隠山顕光寺の、里栗田は定額山善光寺の別当職にある、村上支族の半武半僧の家である。

旭山城主の栗田永寿は少しばかり悔いたが既に遅い。善光寺の前立本尊を高梨政頼に託しただけでは善光寺別当として務めは果たせない。秘仏の本尊、一光三尊阿弥陀如来像は未だに善光寺にあった。

栗田の城は東西七丁南北十一丁もある外堀と内堀で囲まれた二丁四方ばかりの本丸がある巨城である。土塁の高さは五間もあるが、平城である。とても善光寺の秘仏を安全に鎮座させられない。

永寿は大日方入道の勧めるままに秘仏を祢津《ねづ》政直に預けた。正直の妹は武田晴信の側室、祢津御寮人である。ところが武田晴信はそれだけでは満足せず、栗田永寿に武士としての働きをも求めた。従わなければ善光寺が焼き尽くされる。比高四百メートルの旭山城に武田の旗がひるがえるのを見上げれば善光寺平の諸将は大人しくなるかも知れない、善光寺の無事は守れるかも知れない。永寿は山城の旭山城を武田勢に明け渡した。


小田切七騎衆の一人、戸谷城主の春日幸正は村上義清十八将の一人にも数えられる。旭山の西側、七二会《なにあい》郷から中条郷にかけて二十一か村を支配しているが、その西側は大日方一族が支配する小川庄に接している。大日方氏は三年前に内部粛清を経て武田晴信に服属したのだが、近隣の者との軋轢も無く、油断していたのが裏目に出た。武田勢の精鋭は松本平から小川庄を抜けて春日の所領、七二会郷を抜けて旭山城に着陣してしまった。この進軍路なら武田勢は犀川を渡る必要がない。

小田切七騎衆のうち、小田切駿河守幸長、横山信濃守、平林内蔵丞、窪寺大学、朝日右近、が犀川の北、善光寺周辺に知行地を持っている。いわば小田切衆の庭先で栗田永寿の栗田城と旭山城が武田方の拠点になったのだ。小田切衆だけで武田勢に対抗するなぞ考えもつかないし、北信濃諸将が力を合わせても旭山城を落とすのは不可能である。

旭山城と裾花川の谷を挟んで善光寺の西、葛山衆を率いる落合治吉は唖然とした。葛山城からは善光寺平も川中島も一望できる。川中島を毎日見張り武田方に不審な動きが無いので油断はしていた。だがまさか、武田勢が犀川の流れを避けて安曇野からいきなり善光寺近くの旭山城に大軍を送り込むとは考えもしなかった。これでは油断が無くとも武田勢は旭山城に入城したであろう。

急の報せを受けて政頼が様子を見に行けば旭山の山頂には確かに武田の旗がある。ふもとに近づけば山頂に白い煙が無数に上がった。一呼吸を置いて轟音と共に黒い弾丸がバラバラと飛んでくる。馬は驚いて跳ね上がり勝手に走り出す。足軽たちは回れ右をして今来た道を駆け戻る。弾丸を背中で受けた者は打撲傷を負って痛そうな顔をしている。頭に当たればこぶができた。

「静まれ静まれ。これは鉄砲という飛び道具である。熊や猪を狩る飛び道具である。伴天連の妖術ではない。」

政頼は乱れた手勢を落ち着かせようとしたが本人の声も上ずっているので説得力は全くない。上洛した折に政頼は堺で鉄砲を手に入れ、熊やイノシシは撃ったことはある。しかし自分が撃たれるのは初めてだ。それも今まで目にしたことのない無数の鉄砲に撃たれたのだ。音だけなら驚かないかも知れぬが無数の弾丸も飛んでくるのである。

「しかし、遠くまで飛ぶ物だな。鉄砲という道具は遠くの物にはなかなか当たらぬ物だが、数をそろえれば話は別か。石つぶてよりは威力がある。」

政頼が鉄砲の飛距離を身を以って知ったのはこの時である。以前に飛距離を知りたくて試し撃ちした事はあるのだが、遠くまで飛んだ弾丸は探しても見つからない。自分が鉄砲の的になって初めて鉄砲玉の飛ぶ距離を知ったのだ。諸国の大名も鉄砲の効果的な使い方を研究している最中である。

政頼と共に駆け付けた島津忠直も青ざめた。

「こんな所に大軍を入れられては困る。」

旭山城に陣取った武田の大軍が島津忠直の長沼城を見下ろしている。旭山城に籠る栗田の旗は村上と同じ丸に上の字だ。これは武田晴信が領国を村上旧領から善光寺平にまで延ばした象徴でもある。武田勢が旭山城に旗を立てている限り味方の士気は低下する。しかし城に拠って防御を固めた武田勢を攻め落とせるほどの軍勢を信濃衆だけでは集められない。城攻めには守城勢の数倍の兵力が必要だ。

横山城に集まった北信濃衆を前にして政頼は平然を装った。

「皆の衆、武田勢は自ら袋の中に飛び込んだ。袋の中のネズミになった。旭山城の南は犀川。北は裾花川。街道を塞ぎ、安曇野からつながる山道を塞ぎ、犀川の渡しを抑えてしまえば旭山城へ兵糧は運び込めぬ。三千の武田勢はその数の多さ故に苦しむであろう。」

旭山城と栗田城は裾花側と犀川に挟まれた東西に八キロ、南北に三キロばかりの地域にある。この広い地域に入り込んだ武田の大軍を袋のネズミに例えるのは無理があるが、間違ってはいない。ただ三百丁の鉄砲と八百張の強弓を備えた三千の武田勢は大ネズミである。大ネズミの力が強すぎて袋が破れるのを恐れるばかりである。大ネズミを閉じ込める北信濃衆は三千人に満たない。負け惜しみでもあるが、北信濃勢は旭山城の封鎖に取り掛かった。安曇野から陣場平を抜けて旭山城に続く山道を塞げば、理屈の上では武田の糧道は断てる。陣場平は春日幸正の戸谷城から丸見えである。

川中島で麦の収穫が終わる頃、武田晴信が大軍を率いて川中島南端の塩崎城に姿を現した。次いで川中島北端、北国街道脇の大堀館に移動し、ここを本陣と定めた。川中島の今里、内後、布施、原ノ町、青木島、などに所領を持ち屋敷を構える小田切衆は圧倒的に多い武田勢に抵抗は虚しい。川中島西部の山地に逃げるばかりである。

政頼は越後に援軍を要請したが、越後は広い。いかに政頼の気が急いても越後勢が、しかも大軍を越後で集め善光寺平に出てくるにはひと月もかかる。だが武田勢が旭山城に持ち込んだ兵糧も一か月もすれば尽きるはずである。北信濃勢が武田方の小荷駄隊を何度も襲ったので武田勢は兵糧の輸送に慎重になっている。護衛の数が増え、手強くなった。北信濃衆は旭山城に攻めかかるが弓と鉄砲にさえぎられ追い返される。武田方の荷駄隊を襲うのに明け暮れしていたが効果は少なく武田勢が退く気配は全くない。それでも北信濃勢は武田の小荷駄隊を襲い続けたが、完全封鎖には程遠い。

善光寺平では田植えが終わり若い稲が風にそよぐ頃、景虎が率いる越後勢が横山城に着陣した。景虎は朝廷から隣国鎮定の綸旨が下され、ようやく自ら隣国の軍勢を率いて出陣する気になったらしい。村上義清の敗北を招いてしまった政頼の上洛だったが、無駄にはならなかった。

高梨政頼の眉間からしわが消えた。袋の中の大ネズミが暴れる前に越後から援軍が間に合ったのである。人数の力は大きい。越後勢は旭山城の北向い、裾花側を挟んだ落合備中守治吉の葛山城を拡張して入った。次いで安曇野から旭山城に続く山道の封鎖を強化した。山道は細く荷車が通れない。運ぶ荷は人か馬の背で運ぶしかない。また大堀館と栗田城は三キロメートルばかりの距離がある。この間には河原も含めて川幅三百メートルばかりの犀川の流れがある。犀川の流れに武田勢は太い綱を張り、これを頼りに兵糧を栗田城に運び込み、次いで栗田城から旭山城へ運んでいた。

越後勢は兵糧の運搬を妨害すると共に何度か旭山城に攻めかかったが、武田勢は三百丁の鉄砲と八百張の強弓に物を言わせて越後勢を城に近付けない。はるか彼方から飛んでくる鉄砲玉なら打撲傷で済むが、至近距離で放たれた弾丸は熊の頭蓋骨をも砕く。旭山城に落城の気配は全くない。

武田晴信は水内郡に確保した根拠地、旭山城を手放す気が毛頭ない。既に晴信は信濃に小山田虎満、飯富虎昌、馬場信房などの腹心を信濃各地に在城させ自分の分身として働かせている。信濃の過半は武田の領国なのだ。そして冬を待てば信濃と越後の国境は雪に閉ざされる。越後勢は兵糧の輸送が困難となる。冬を信濃で越せない遠征軍の越後勢は引き上げる。越後勢が去れば水内郡は武田晴信が思うままに侵略できる。あえて危険を冒して犀川を渡る、善光寺周辺に陣を布く越後勢に合戦を挑む必要はない。

塩崎城から大堀館に向かう北国街道に小荷駄隊の列は絶えない。犀川を往復する舟は相変わらず栗田城に兵糧を運び込み、栗田城から旭山城に兵糧が運び込まれていた。武田勢が旭山城に居座って既に二か月が経過した。武田勢は城を固めるだけで動きがない。戦いはこれからである。

村上義清は口惜し気である。

「武田晴信は川向こう（犀川南、川中島）に居る。恐らく、犀川を渡ってこちら側（善光寺）まで来る事はあるまい。いくら待っても勝負はつかん。武田勢は退かん。ならばこちら側から向こう側に渡って晴信を討とうではないか。」

義清が信濃を去ったとはいえ、武田勢の矢面に立っている小田切衆や葛山衆は村上義清の旗本衆だったのだ。たとえ越後勢の力を借りたとしても、義清は旧臣の無事と繁栄を願わずにはいられない。

「だが、既に松代は武田方に抑えられている。松代の浅瀬を伝って犀川を渡るのは難しい。晴信は対岸の川中島で待ち受ける。犀川の岸辺に弓を並べて待ち換える武田勢に、水に足を捕えられた味方が攻め込むのはあまりに無謀と思うが。」

難色を示した政頼に小田切駿河守が意を得た顔で口を挟んだ。

「小市《こいち》の渡しを使えば良い。徒歩渡りはできぬが舟でなら簡単に渡れる。今は綱渡しの渡し舟を一日に数回の往復で使うだけだ。綱渡しの代わりに舟橋を架ければ犀川の渡河に半日もかからぬ。」

綱渡しとは急流の両岸に張った太い綱を手繰って対岸に渡る方法である。舟橋は河川の中に並べた舟の上に板を敷いて渡る橋である。多少は揺れるが用心して渡れば問題はない。小田切駿河守幸長は小市の渡しを挟んで犀口（山中の谷を流れてきた犀川が川中島に出る辺り）の両岸に山城と館を構えている。南岸の川中島側には小松原城と今里館、内後館、北岸には吉窪城と小市館がある。吉窪城からは犀川と川中島平を一望できる。

「対岸の今里は武田勢に追われた川中島衆が大勢詰めている。渡河の邪魔をする者は川中島衆と戦うことになる。背後には小松原の要害もある。武田勢も容易に手出しができぬ。犀川の渡河なら難しくない。心配なのは渡河の最中を旭山城に籠った武田勢が背後から襲う事だ。」

「それは景虎殿の越後勢が何としてくれるだろう。現に旭山城の武田勢は籠城しているだけで山から下りてこない。念の為、旭山城から小市の渡しに続く道を塞げば事足りる。」

小田切駿河守の提言は景虎の望むところでもある。「信濃衆が頼むので出兵したが、何もしないで帰国しました。」では越後国主の面目が立たない。越後衆も納得しない。

景虎は力強く言った。

「武田勢が犀川を渡らないならこちらが渡る。川中島に出て武田晴信と一戦を交える。」

「景虎殿は事も無げに言うが、犀川は武田勢からも丸見えだ。大軍を気付かれずに渡すのは難しいと思うが。」

「高梨殿。武田方に気付かれずに犀川を渡る必要が何処にある。もう両軍が信濃に在陣して二か月も経っている。小さな合戦は何度もあった。敵も味方も見張りに抜かりは無い。武田晴信の眼前で渡河するのは仕方なかろう。」

北信濃と越後の大軍は舟橋を頼りに犀川を越えた。今里に集まったのは武田晴信に間引かれてしまった村上義清、義清の旗本で間引かれようとしている川中島衆、そして高梨政頼以下の北信濃衆と越後から加勢に来た猛者たちである。

川中島衆の誰かがふと呟いた。

「もう川中島の米は食えぬのか。」

「武田勢が川中島に侵入した時、川中島は麦の穫り入れが終わった頃だった。蔵に入れた麦は持っていかれてしまった。米の穫り入れには少しばかり早いが、これも武田勢に盗られてしまうのか。」

「武田に食わすくらいなら未熟でも構わん。刈り取ってしまえ。」

詰まるところ、領主の争いは農民の囲い込みであり、農地の奪い合いであり、農作物の取り合いである。農民は耕作に励み、時には外部の敵との合戦に駆り出される。領主の器量がなくて収穫物を奪われてしまうなら、農民は逃げる、合戦には駆り出せない、農地は荒れるで、知行する地が消滅する。川中島衆は農民が耕作する農地を経営する小領主たちだから田畑が心配になって仕方ない。武田勢は既に川中島で収穫物を奪っているのだ。奪われた物なら奪い返す。奪われた以上に奪う。奪われる可能性のある物は消し去り、武田勢の大損を図る。

今里に逃げ込んでいた川中島の雑兵たちは稲を刈り取り始めた。十分に実っていなくとも食える。武田の軍勢を恐れて今里の館近くから始めた青田刈りも、邪魔が入らなければ次第に大胆になり武田勢の陣所近くまで拡大した。稲を刈るのは鎌を持った農民だが、合戦になれば槍を持つ雑兵になる。

七月十九日、功名心に囚われたか、あるいは恐怖に駆られたか、武田方の香坂宗重が稲刈り最中の川中島農民に襲い掛かった。農民たちは時として槍を与えられ戦場で働く事はあるが、今は鎌一本を持つだけの稲刈り農民である。鎌はあっても槍や弓を持っていない。数百の武田勢に攻めかかられては打つ手もない。手を打つべき武将は現場にいない。鎌は奪い取られ、二十人ばかりが討ち取られ、残りは半死半生に痛めつけられて逃げ戻った。

討ち取られた農民は晴信の感状に「首ひとつ」と記されるだけの価値しかない。名も無き農民は名前も知られずに打ち捨てられた。後に稲刈り農民を討ち取った者たちは晴信から「今十九日、信濃更科郡川中島で一戦を遂げ首一つ討ち取ったのは神妙で感じ入った。」との感状を与えられた。

首一つの感状を与えられたのは、一昨年に弧落城を攻め落とし村上義清を信濃から追放する口火を切った大須賀久兵衛、かつて武田晴信に激しく抵抗した佐久衆の根々井右馬亮、元は小笠原長時の旗本だった内田監物、そしてあろうことか、高梨支族で現在も政頼の家中であるはずの小島修理亮である。

事態を知った義清の怒りが渦を巻いた。犀川上流の牧の島城主の香坂は村上家中だったが義清が越後へ去った後、無血開城して武田晴信に降っていた。

「香坂は卑しい。大須賀は強欲だ。弓も槍も持たず、稲刈り鎌しか持たぬ農民を殺して何の益がある。川中島の百姓衆が武田勢に殺されている。これを見逃して武士たる者の立つ瀬があろうか。川中島から武田勢を追い払わなくて何処に村上の面目があろうか。」

武運に恵まれず信濃を一時的に退去はしたが、義清は未だに川中島や善光寺で踏み止まっている旗本衆の大将なのだ。稲刈りの農民が川中島で討ち取られたのをみすみすと見逃す事はできない。合戦上手の義清のやる事だが、失う物が無い義清でもある。失くした物を取り返そうとする義清である。どれほど無謀な行動をとるか予想がつかない。武田晴信を討ち取る以外に義清が信濃に帰る手立ては無いのだ。

義清は手勢を引き連れて駆けだした。高梨、島津、須田、井上なども慌ててこれに続く。敵勢の中に香坂宗重と大須賀久兵衛の姿を認めた義清の怒りは激しい。逃げる武田勢を追いかけて武田方の本陣、大堀館に近づく。義清の動きが突然だったので続く者の数も少ない。待ち構えていた武田方の二番手に横合いから衝きかかられて後退してくる。攻め寄せる武田の二番手は真田幸隆の軍勢である。高梨家にとっても村上家にとっても恨み多い真田である。

「親父殿が真田を呼び寄せてくれたぞ。」

「今日を置いては真田を討ち取る機会がなくなる。」

先に走り出した父親たちに村上義清の嫡子・義利と政頼の嫡子・頼春が追いつき、後退する義清と政頼の軍勢と合流する。先鋒の義清、政頼がおとりなら二番手の頼治、義利が合戦の主力となる。

真田勢を包み込み押し潰そうとするが、馬上の幸隆は刃渡り四尺の長巻、柄まで入れると物干し竿のような長巻の太刀を自在に操り縦横に駆け回っている。長巻の太刀と槍では槍の分が悪い。血煙を立てて倒される仲間を見た足軽たちは遠巻きに囲んでいるだけで槍を入れようともしない。味方は後退するばかりである。

義利と頼春は踏み止まった。義利は幸隆に槍を一突き入れたが柄を切り落とされ、姿勢が崩れたところを拝み討ちにされた。これを見た頼春は幸隆の背後から組み付き名乗りを上げた。

「高梨の源五郎頼治。」

組み付く頼治に真田幸綱は、

「おお。小僧。大きくなったな。二十年ぶりか。」

真田幸隆はまだ子供だった頃の頼春の顔を知っていた。高梨政頼の従四位下叙任の祝宴の時だった。十八年前の天文六年当時、村上義清は真田と高梨の共通の敵だった。

頼春は幸隆の鎧の脇から二太刀入れたが、馬上でもみ合って二人そろって落馬し、上になり下になってまたもみ合う。誰かが投げた槍が頼治の膝に当たり、立ち上がったところで真田幸隆に両ひざから下を切り落とされ、頼春は即死である。

高梨頼春を失い、村上義利を失い、そして多くの将兵を失った北信濃勢は防戦一方となった。武田方から加勢の軍勢が繰り出して取り囲まれると押し潰される。今里に陣を布いていた越後勢が繰り出して武田勢を横から突き崩して武田勢は崩れた。崩れた武田勢は大堀館へ、あるいは御幣川を越えて塩崎城へと逃げていくが深追いしないのは合戦の常識である。大堀館に腰を据えた武田晴信の本隊は未だに無傷なのだ。

翌日、越後勢の下倉山城主・福王寺孝重の陣が妙に騒々しい。政頼も塩沢郷と小千谷を知行しているので越後では同郷の者同士である。「何事か」と覗いてみれば見知った男が縛られて喚いている。小島修理亮の従兄弟だった。福王寺は政頼の顔を見てニヤリと笑った。

「陣中に紛れ込んで怪しげな動きをしていたから捕えた。高梨殿の御家中の者らしいが、なかなか面白い事をほざいている。」

「いつの間にか姿を消していたが、何でお前がここに居る。縛られるのが好きなのか。」

「何を言うか。福王寺の陣には迷い込んだだけだ。政頼の首を持ち帰るつもりだったが政頼はいない。手ぶらで帰るのも業腹だから手ごろな首を切り取ろうと探していたら捕まった。」

「ほう。何故そんな事を企む。小島衆とは親しく付き合っていたが。」

「この愚か者が。小島衆が耐え忍び大人しくしていただけだ。爺様、小島高盛を磔刑にされ、以後過酷な夫役と軍役に年貢と段銭に耐えた小島衆の苦しみが分からんのか。定実公に忠義を尽くした為に殺された爺様の恨みは未だ消えておらんぞ。」

政頼が物心つく前のことまで持ち出して高梨の罪をわめきたてる。

「そうか。それは済まなかった。これで楽になれる。これは福王寺殿の手柄だ。」

政頼は相手にするのが面倒になって首を刎ねてやった。景虎は福王寺に小島衆一騎分の知行地を約束した。

武田方の軍勢は犀川を挟んで旭山城と大堀館の二か所に閉じ籠って出てこない。しかし兵糧を運ぶ小荷駄隊は動く。旭山城に兵糧を運び込む運搬路は二つあった。一つは大日方入道直親が支配する小川庄から春日幸正の支配する七二会郷を抜けて旭山城に至る、曲がりくねった細い山道（小川長野線）である。この道は春日幸正の山城、戸谷城のふもとを通る。道幅が狭いので荷車は通せない。荷は人の背か馬の背で運ぶことになる。

他の一つは塩崎城から北国街道を使って川中島を抜け晴信の本陣、大堀館に至り、次いで犀川を渡り栗田城を経由して旭山城に荷を入れる経路である。川中島西側の小松原城や今里、内後の館には高梨や村上の北信濃衆の他、越後の援軍が陣取っている。武田方の小荷駄隊は敵の眼前を移動する羽目に陥った。

越後勢の加勢を得た北信濃衆は容赦がない。護衛が付いた武田方の小荷駄隊を見つけ次第襲った。大きな会戦には至らないが小競り合いが至る所で発生している。武田方の小荷駄隊が運ぶ兵糧俵を無傷で奪えればそれに越した事はないが、俵を切り裂くだけでも目的は叶う。武田勢は切り裂かれた兵糧俵を旭山城に運び込む。あるいは俵を背負った雑兵が俵を放り出して逃げる。鉄砲の音に驚いた駄馬は兵糧を積んだままあらぬ方向に走り去る。旭山城に籠った武田勢の兵糧蔵は、日を追って蓄えを減らしていった。

川中島も善光寺平も信濃の穀倉地帯である。秋も半ばになると稲は実り収穫の季節になる。刈り取られた稲は干され脱穀され、そして北信濃衆の米蔵に運び込まれていく。旭山城に籠った武田勢は空腹を抱えてそれを眺めている。まるで米蔵に忍びこんで二階に逃げ込み、梯子を外された盗賊である。

武田晴信の目論見は崩れた。比高四百メートルの旭山城に高々と武田菱の旗を立て、平城の栗田城に重臣を置き、水内郡を支配する強力な根拠地とする目論見は崩れた。旭山城の向かいにあった小さな葛山城は越後勢が造り変えて立派な山城に変貌している。困った事に葛山は旭山よりも高い。長尾の旗が武田の旗を見下ろしているのだ。川中島から水内郡全域を武田の領国に組み込む目論見が空転している。

善光寺門前は元より繁華街である。合戦で荒れはしたが宿坊や旅籠屋も多く酒や菓子を売る商人も多い。退屈した足軽や雑兵は陣を離れて遊興に浸った。遊興も紅灯の巷で収まればまだ良い。陣を外れ味方衆の村に暴れこむ事態さえ起った。

遊びに出るのは旭山城に籠城している武田方の足軽や雑兵も同じである。兵糧が無くとも銭ならある。越後と甲斐の足軽が善光寺門前で入り乱れた。双方共に多くの村々からかき集めた寄せ集めなので誰が敵やら味方やら分からない。時には酒に酔って喧嘩沙汰である。斬り殺した武田方足軽の体を探ってみれば痩せている。兵糧攻めの効果が出ているのだ。

しかし、旭山城の武田勢に降参する気配はない。長尾景虎も越後へ引き上げるつもりはない。旭山城を落とせば景虎の勝利になるのだが、旭山城を落とす手立ては尽きた。

手立てが尽きたのは武田晴信も同じだった。葛山城を落とせればそれに越した事はないが、近付くのさえも容易でない。不可能である。互いに敵陣へ間者を忍び込ませて放火させるぐらいしか打つ手がない。

一回目の和睦

何時終わるとも分からぬ滞陣が続いて十月半ば、初雪の舞う頃である。犀川の川霧の中を一艘の舟が川中島から善光寺平に向かってくる。丸に三つ柏、小田切駿河守の舟が犀川を行き来するのは日常の事だが、この日はもう一つ、足利二引両、今川家の旗もひるがえっている。

「おおい。今川義元公の軍使だ。今川義元公が仲裁に立たれるというので案内してきた。」

「ほお。小田切駿河守が武田方の軍使を連れてきたか。」

舟の真中で仁王立ちになり笠を振っているのは今川義元の家臣、一宮出羽守宗是である。今回の対陣で一宮は駿河の今川義元が武田晴信に貸した援軍である。援軍は軍勢ばかりとは限らない。武田晴信が今川義元を仲裁人に立てて和睦を持ちかけたのだ。

軍使の一宮は義元の書状を持参していた。

「このまま対陣していても無駄に時を過ごすばかりだ。越後勢も遠く信濃に遠征して疲れておられよう。今川義元公が仲裁の労を取ろうと申されておる。」

越後勢の厳しい封鎖を潜り抜けて旭山城内に運び込めた兵糧は少なく、兵糧の在庫はもうない。越後勢を引き上げさせなければ旭山城兵は飢えに苦しむ。飢えた城兵を放置すれば三百挺の鉄砲と八百張の強弓を持ったまま降伏するか、餓死する。三千もの味方を見殺しにすれば、晴信は武田方の武将たちからも不信感を持たれる。武田晴信は戸石崩れ以来の危機に直面していた。

一宮出羽守は窮状を訴えた。要は旭山城の囲みを解かせて長尾景虎を武田晴信よりも先に帰国させれば良いのである。越後の大将が先に逃げだせば味方が勝利の体裁はできる。

「旭山の城兵は飢えておる。旭山城の囲みを解いてくださらぬか。」

籠城している武田の精鋭三千人を景虎の人質に取られたのも同然の和睦交渉である。武田晴信の敗北宣言に等しいが、越後勢が引き上げさえすればその後は何とでもなる。

「間もなく信越国境に雪が降り積もる。越後から兵糧を運ぶのにもさぞやご苦労されるであろう。水内、高井の二郡だけでは越後の大軍を賄い切れまい。越後勢は居ながらにして兵糧不足にはまり込む。互いに軍勢を引いて冬を越すのが得策と考えるが、如何。」

北信濃で収穫できる米穀は北信濃衆を養う分しかなく、越後勢に回せるほど多くはない。まさか信濃味方衆の加勢に来て信濃衆から略奪するわけにはいかない。冬になって越後から兵糧の輸送が細くなれば、旭山城で籠城している武田勢と同様に越後勢も兵糧に苦しむ。越後勢は引き上げざるを得ない。信濃に出陣してから半年が経っていた。信越国境の山々の頂きが白くなる時期である。

一宮の発言に景虎は反発した。

「越後勢の兵糧なぞ心配ご無用。越後衆は雪に慣れている。信濃には何年でも滞陣できる。はるばる越後から軍勢を率いてきたのは北信濃諸将の窮状を見かねた為である。高梨殿が承服し、村上殿が承服し、小田切衆が承服し、北信濃衆が納得するまでは越後へ帰らぬ。」

葛山城主の落合備中守治吉、吉窪城主の小田切駿河守幸長は旭山城と栗田城の破却を強硬に求めた。春以来、自分の居城の目の前に武田の旗印を見てきたのである。城がある限り武田勢が再び入り込む。城は破却して消し去るのが最善である。

小田切駿河守は武田勢の川中島撤退も強硬に主張した。川中島の主要地域は小田切衆が知行する、小田切衆の庭に等しい場所である。

「犀川の南、川中島に武田勢がいる限りは和睦に承服しかねる。武田勢が居座る限り、何年にも渡って糧道は断ち続けてやる。」

川中島は米と麦が稔る二毛作なのは言うに及ばず、千曲川ではウグイや鯉が捕れるし冬になれば鮭や鱒が遡上してくる豊かな土地である。武田の侵攻で布施太左衛門も小田切駿河守も自領が合戦場になってしまったのだ。武田の大軍勢に踏み込まれて川中島は荒らされ放題である。

「高梨は川中島で嫡子頼春を失い、姉の於フ子を失い、娘婿である村上義利も亡くした。これも武田晴信が横車を押して川中島に攻め込んだからだ。死んだ者を生き返させろとまでは言わぬが、晴信が甲斐の軍勢を引いただけでは納得がいかぬ。二年前の旧に復して村上殿が坂木に帰り、武田晴信が塩田城を明け渡すまでは安心できぬ。」

政頼にとって村上義清は心強い盟友である。北信濃諸将にとっては武田晴信に対する防波堤だった。甲斐の軍勢が国元へ帰り、村上義清が坂木に戻れば北信濃は旧に復すのである。北信濃勢は決して弱くはない。ただ数が少なく強力な盟主、義清が信濃を退去している。強力な盟主を得れば北信濃諸将は再び固い連合を取り戻し、武田晴信の横車を止められる。

和睦交渉の始まりを知った越後勢の緊張感は一挙に緩んだ。高梨政頼と北信濃衆、そして村上義清に頼まれての出陣である。越後の為に出陣したのではない。滞陣しているだけで為す事もない。悪さをすれば叱られる。里心がついた越後諸将の帰国を望む心は抑えられない。重臣たちもしきりに和睦を勧めた。和睦の日が近いとみて気の早い者は帰り支度を始め、越後へ帰ってしまった者もいる。これでは旭山城に甲州勢三千人の人質を抑えて上手くいくはずの交渉も腰砕けになる。

景虎は本陣に高梨、村上、島津など北信濃諸将、および越後の諸将を集めた。

「皆の衆も聞き及んでおろうが、武田晴信と和睦の話が出ている。談判は未だ続き和睦は成らない。景虎は何年でも滞陣する所存であるが、各々にも都合があろう。ただ、命令があり次第、我が事をかえりみず、命令を何よりも大切に考えて参陣し、馬前で働け。何処にいても景虎の考え通りに働く覚悟をせよ。帰国してから再び出陣と決まったら、他の者がどうであれ自分一騎だけは馳せ参じて働く覚悟をせよ。以上、誓書を以って約束して頂きたい。」

十月二十一日の夜、旭山城に火の手が上がった。少しでも交渉を有利に運ぼうと忍び込ませた越後の間者の仕事だが、火は間もなく消えた。間者は帰ってこず、夜襲は失敗した。霜の降りる寒い夜だった。武田晴信との和睦が成らなければ越後勢は本当に信濃で越冬する破目になる。

一宮出羽守は何度か犀川を往復した。

「甲州勢は塩田城まで引き取り岩鼻から北へは足を踏み入れぬ。後は北信濃衆の勝手にするが良かろう。」

岩鼻は千曲川両岸に張り出した奇岩である。鼠が掘ったと伝わる洞窟が二つ並び人の鼻に似ている。岩鼻から北の更級・埴科・高井・水内の四郡が川中島奥四郡と呼ばれる。岩鼻の南は小県郡の塩田平になる。

「それでは旧に復した事にはならぬ。坂木を返すと確約できぬか。」

義清はなおも粘ったが、既に坂木や塩田平は信濃衆の根津元直や真田幸隆など武田方信濃衆に分け与えてある。分け与えた知行地は晴信の領地ではない。その他の地は元より村上旧臣の領地である。晴信の一存で領地を取り上げるには、別の所に替地を用意せねばならない。替地の候補として挙げられるのは川中島や水内郡の、島津や高梨の領地しか考えられない。できる相談ではない。

「だから川中島奥四郡から甲州勢は引き上げると申しておる。村上殿の旧臣が旧来通り村上殿に帰参するならそれも良かろう。甲州勢は岩鼻を越えて川中島奥四郡に足を踏み入れはせぬ。誓紙を出して確約しよう。晴信公が望まれるのは、武田方が敗れて退く形にしたくないだけだ。これ以上譲る事はできない。」

一宮出羽守は武田晴信の敗北を認めたのである。こだわったのは互いの陣払いを同日にする事だけだった。形式上は武田方の敗北ではなく引き分けになる。景虎がこれ以上の滞陣を主張すれば里心のついた越後衆が下剋上を起こしかねない。景虎は和睦に同意した。

和睦は諏訪社の護符の裏に書き込んだ誓紙を交わすのである。和睦の合意を破れば神罰が降りかかる。晴信ばかりでなく重臣も誓紙を出しているのだから合意の破棄は晴信の自由にはできない。神罰を恐れるのもさることながら、今回の和睦には晴信の嫡子・義信の義父である今川義元が仲介しているのだ。景虎との和睦を晴信が一方的に破れば今川義元の顔を潰す事になる。晴信が義元の顔を潰し、今川と武田が不仲になったとしても、北信濃衆に損はない。

この年、天文二十四年は十月二十三年に改元されて弘治元年になる。閏十月十五日の朝、武田勢は旭山城を破却して去った。城の大手口で待ち受けていた北信濃勢に目礼して歩き去る。三百挺の鉄砲、八百張の強弓、三千人の武田勢が、越後勢の目の前を通り過ぎていく。武田勢はこの冬二度目の雪を笠に積もらせて犀川へ向かっていった。武田勢を乗せた舟が綱を頼りに雪でかすむ対岸へ消えていく。遠くに霞む川中島を村上義清は見つめていた。今回の戦いで高梨家は嫡子、頼春を失った。村上義清は嫡子の義利を失った。しかし甲州勢は追い返せた。目的は達したのだが嬉しくもない。

高梨政頼は義清を伴って中野へ帰った。川中島で落命した頼春も義利もその他の雑兵も遺体は現地で埋めてきた。せめてもの供養と空の棺を積み上げて火を放つ。燃え上がる火を前にして政頼を母・須寿子はなじった。

「政頼殿が付いていながら何でこんな事になった。真田殿も真田殿じゃ。義理の倅を殺さなくとも良かろうに。於キタはなぜ高梨に戻ってこぬ。真田家と手切れになってからもう随分と経っておるではないか。」

初孫を失った怒りを泣き声にしてぶちまける。政頼も義清も返す言葉がない。

「それを言わないでくれ、母上。今は武田方の陣中にいる屋代正国の嫁は義清殿の娘だ。義清殿もつらかろう。死んだ者は帰らぬが、生きていれば家族が一堂に再会する時もあろう。」

死んだ者たちの弔いに遺体はない。空の棺を焚き上げる仲間に一昨年から行方不明だった於フ子がいつの間にか入っている。

「もう落とすなよ。」

義清は川中島で拾った金の笄《こうがい》を差し出した。於フ子が日頃髪をまとめるのに使っていた品物である。於フ子は微笑んで手を出したが、そのまま姿を消した。

「まぼろしだったか。於フ子は川中島までは無事に辿り着けたのか。あの浅瀬を乗り切れば高梨まで辿り付けたのだが。」

義清は燃え盛る火の中に薪を一束足した。於フ子の棺の分である。義清の手には笄だけが残った。

「念仏を唱えなされ。ただひたすら念仏を唱えなされ。誰の罪でもなく誰を恨むでもなく、数多く死んでいった者たちの為にでもなく、阿弥陀様の御心にすがって念仏を唱えなされ」

諭す超賢は涙をこらえていた。この年初めての大雪が降りしきる中、赤い火が全てを灰にしていく。一晩で数十センチも積もるドカ雪である。村上義清主従は深い雪の中、信越国境の山を越えて越後へ帰っていく。信越国境の山々は雪を冠って真っ白である。

「この雪は根雪になるか。雪が溶けたらまた来る。」

義清は言い残して景虎の軍勢と共に越後へ去った。

「長尾景虎様なら善光寺を戦火から守ってくれる。」

超賢は政頼が善光寺から持ち帰った一光三尊像と宝物を携えて越後へ去った。年が明ければ弘治二年である。

景虎家出　尼飾城は落ちた

川中島奥四郡から甲州勢が去り越後勢も去った。大軍と大軍が衝突する合戦の可能性は無いが、晴信は火種をいくつか残して引き上げた。くすぶる火種は何時の日か、炎となり燃え上がる。

晴信が残した火種の一つは小島修理亮に与えた安堵状である。十月十五日の日付で出した安堵状は、火種でもあり、武田勢の一員として川中島で働いた褒美でもあり、小島に高梨を攻め落とさせる命令書でもあった。

「今度乃忠信無比類候、因茲高梨之内河南千五百貫、相渡候、恐々謹言。小島修理亮殿　此他同心七人」

河南千五百貫とは尾楯館の周囲、四千人ばかりが生きる地域である。高梨の中心部に相当する。いわば高梨支族の小島修理亮に高梨本家惣領政頼の追放を命じた事になる。小島修理亮にすれば「永年の念願を武田晴信公が叶えてくれた。」となる。小島修理亮は火種どころか炎となって高梨領に舞い戻った。

鴨が岳城は尾楯館の詰めの城だが、鴨が岳城のふもとを東から北に流れる横湯川に沿って小島八人衆が知行する管郷八か村になる。詰めの城であるはずの鴨が岳城はいまや小島八人衆とのせめぎ合いの場所になってしまった。

「用は国に取り、糧《かて》は敵に因《よ》るというが、武田晴信は兵も糧も全部敵から調達する気か。なかなか上手いことを考える。」

「殿。感心している時ではない。小島修理亮以下八人衆が全て敵に回ったのですぞ。今の所、小島衆は大人しくしているが、敵方に付いた今となっては家来でさえもない。その敵が尾根を一つ挟んだだけの管郷にいる。中野郷に出るのは容易だ。油断も隙もないとはこの事だ。」

鴨が岳城から遠く西南を見れば千曲川の川霧の向こうに葛山城、山上には越後勢が残した数多くの小屋が並んでいる。

「葛山衆の苦労は高梨とは比べ物にならぬ。旭山城を破却したとはいえ、旭山城の西側は大日方一族が支配している。いざとなれば小田切衆の加勢があるだろうが、心細い思いをしている事だろう。」

田植えが終わる頃になっても甲斐の軍勢は信濃に姿を現さない。政頼は武田晴信が昨年に交わした和睦の条約を重んじてと思っていたが、晴信には政頼の考えとは全く異なる事情があった。

甲斐の国内に銭が尽きたのである。三百丁の鉄砲を買い付けるのに大金を費やし、娘を北条氏康の倅に嫁がすのに大盤振る舞いをし、二百日に及ぶ滞陣で兵糧の買い付けに予想を超える銭を使ってしまった。その結果、甲斐の国内には銭がなくなり米麦雑穀は安いが税収も少ない状態となってしまった。蓄えた甲州金は使い果たし、金山からの産出が間に合わないので、信濃出兵の軍資金が無いのだ。

しかし、甲斐の軍勢を動かさなくとも信濃衆は働く。昨年の滞陣は永すぎたが、それでもなお信濃衆は動く。武田晴信が甲府に居ても新参の信濃衆は自ら望んで支配地を拡大させる。信濃衆が広げた支配地は信濃衆自らが守る。高梨では小島衆が然り、松代では名を西条治部少輔と改めた清野左近太夫と香坂宗重がそれに当たる。真田幸隆は東条信広の尼飾城を奪おうと画策している。尼飾城が落ちれば松代全域が武田方の拠点となり、川中島は侵略されるに任せる事になる。

春先から真田幸隆は尼飾城の開城を迫っていたが、娘を村上義清に嫁がせている東条信広には通じない。尼飾城は三方を断崖絶壁で囲まれた尾根の上にある堅城である。如何に尼飾城が堅い城であろうと守るのに必要な人数が揃わなければ落ちる。これを攻めるのに真田幸隆は武田晴信に恭順した信濃の新参者の手を借りた。信濃衆の各人が動かせる人数が少なくとも、各人が手勢を連れて集まれば三千人ばかりの大軍にはなる。

「東条殿を松代から退去させてはならぬ。尼飾城を真田に渡してはならぬ。松代が武田方の手に落ちれば武田晴信は松代を根拠地にして千曲川の浅瀬を渡って川中島を制圧する。川中島どころか高井郡に攻め込み高梨を潰しにかかる。皆の衆を集めて松代を守る。」

政頼は命じ、高梨衆は走り回った。だが北信濃衆は動かない、動けない。川中島の大堀館に武田勢が半年にも渡って居座った置き土産は大きかった。小田切七人衆の一人、七二会郷の春日幸正は大日方直親の説得で戸谷城を退去する約束をしてある。武田に忠節を尽くすなら、晴信が春日を扶持する約束である。春日幸正が武田方になって大日方一族と共に背後を脅かすので小田切駿河守幸長は動けない。同じく小田切七人衆の青木刑部は昨年の川中島合戦で討ち取られ「首ひとつ」の感状にされている。

高梨衆が走り回っても暖簾に腕押しだった。真田幸隆の隠密働きは明らかである。綿内井上左衛門尉は七年前に政頼の娘・於キタを養女にした上で真田に嫁がせている。高梨の親戚とも真田の親戚ともいえる。政頼の使者が綿内の館を訪ねれば取り付く島もない。

「隠しても何れ分かる事だから言うが、某《それがし》は武田晴信公に御味方する。真田殿が間をとりなしてくれた。悪い事は言わぬ。高梨殿も武田方に味方しては如何か。」

「それはできない相談だ。綿内殿が武田晴信に味方すれば本家の井上殿と手切れになるのであろう。分家には扶持を与えて残し、本家を潰すのが晴信の侵略方法だ。高梨は晴信に味方はできぬ。何時の日か、合戦場で会おう。」

高梨勢が松代に侵入するには千曲川東岸の谷街道を南進するのだが、綿内左衛門尉が武田方に付いた事により東条信広は松代尼飾城で北信濃衆から孤立した。

「火急の事だから多く無くとも良い。千人か二千人の越後勢が加勢してくれるとありがたい。」

政頼は景虎に援軍を要請したが、駆けつけたのは小千谷高梨城在城の次子の高梨鶏四郎の手勢だけだった。政頼は再度後続の援軍を要請したが、越後からの返信は絶えた。景虎どころか長尾家宿老の直江実綱からさえも返信がない。

政頼は重臣の安田修理亮を越後へ向かわせた。安田が春日山城へ乗り込んでみると、景虎の姿がない。

「松代の急変を報せても一向に返信がない。高梨の事など取るに足らぬと思っておられるのか。甲斐の軍勢が北信濃に攻め込むのは遠い先の事ではない。松代に軍勢を出そうという高梨家の使者に書状ひとつ、伝言ひとつ与えずに追い返すとは何事か。高梨を軽んじているのか。それよりも殿さま（景虎）はどこにいる。直江殿では軍勢を動かせぬ。」

直江実綱は動揺を隠せない。その殿さまが姿を消したから困っているのである。直江実綱と共に景虎を擁立した高梨政頼ではあるが、政頼は長尾家の親戚ではあっても家中の者ではない。家中の不始末は隠したい。親戚であればこそ、隠したい事もある。ましてやその原因が高梨の頼みで、信濃出陣を巡り大揉めに揉めたとは言いにくい。

「まさか、殺したのではなかろうな。」

安田が刀の柄に手をかけたのを見て直江は観念した。無実の罪で斬り殺されるのは馬鹿げている。

「なあにい。家出しただとお。」

「いや、家出ではなくて出家。殿様は髻を切り落として僧形になり、出家すると申されて出ていかれました。」

「なお悪い。」

思わず声を荒げる安田に直江は首をすくめた。

「何があったかお話いただきたい。」

直江はためらいながら話した。

「殿様を怒らせてしまったのだ。信濃滞陣も長期になれば越後衆の不満も高まる。昨年は帰国を求める越後衆をなだめるのに殿様は大変な気の使いようだった。そして帰国すれば越後衆同士のいがみ合いがある。殿様の一声で収まれば良いが、収まらない。一時は収まってもまた蒸し返す。嫌気がさしている殿様に来たのが北信濃の危急を報せる高梨殿の使者だった。」

「その者は帰って『越後の援軍が直ちに来る。』と嬉しそうに帰ってきたが。」

「おそらく殿様はそのつもりだったのだろう。だが、信濃出兵を諌める者はいても賛同する者はいなかった。殿様は怒って『昨年は駿河今川公に仲介を頼み込むまで武田晴信を追い詰めた。晴信に旭山城を破却させ帰国したから今の安泰がある。信濃の過半を手にした晴信にとって信濃の混乱は信濃全域を手にする果報でもある。昨年出した誓紙を忘れたか。何処にいても、たとえ一騎となっても駆けつけ馬前で働く誓いを忘れたか。信濃の事は高梨だけの事ではない。良かろう。越後の事はその方たちが勝手に取り仕切れば良かろう。越後を遠く離れ、見ていてやる。さぞや越後は立派な良い国になるであろう。』と、春日山城を出ていってしまった。」

越後の事情はどうであれ、信濃の事態は切迫している。東条信広が尼飾城に籠城してひと月も経った。早く助けてやらないと城内は飢餓に襲われる。尼飾城が落ちれば松代の全域が武田方になる。松代と高梨領の間には千曲川や犀川のような大河はない。千曲川支流の百々川や松川はあるが、特別に増水した時以外は徒歩渡りが日常の川である。松代が武田方に開放されれば戦火は高梨領にまで及ぶ。

「もう待てぬ。このままでは尼飾城が落とされる。松代が武田方に奪われる。」

政頼が取るべき方策は一つしかない。高梨家で集め得る限りの軍勢を集め、井上左衛門尉の綿内要害を落とし、松代へ攻め込み、真田幸隆の軍勢を追い出すまでである。少なくとも綿内要害を奪い返さなければ松代への侵攻は不可能である。東条信広以下の尼飾籠城衆は餓死するか、討ち取られる羽目になる。

真田幸隆の率いる大軍に進入された東条信広の怒りは激しい。

「真田との約束、武田晴信との約束は当てにならぬ。神前で誓紙を交わした和睦でさえも敵をあざむく手段でしかない。神仏の罰は武田方に降るであろう。」

武田方へ強い不信感を抱いた以上、真田幸隆が提示した武田晴信による本領安堵の申し出なぞ巌としてはねつけた。依然として尼飾籠城を続けているが、綿内左衛門尉が武田方に寝返って綿内要害を固めているのが心細い。高梨の援軍が来るとすれば谷街道を通ってくる。谷街道は松代に入る街道で綿内要害のふもとを通る。高梨勢は綿内要害を落とさない限り尼飾城に着けない。東条信広はひたすら耐えて援軍の到着を待っている。

景虎の出奔を知って数日後の夏が終わる頃、政頼の軍勢は綿内要害に迫ったが、綿内左衛門尉は開城の交渉に耳を貸さない。元来敵に攻められるのを考えて造った山城である。落とすには城兵の何倍もの人数が必要になる。だが小島衆に備える人数を中野に残した政頼が率いる軍勢は少ない。高梨勢に飯山の泉衆が加勢するのみである。

綿内要害は春山の山頂近くの細尾根に築いた山城である。高梨勢にふもとの居館を焼かれ井戸を占拠されると天水溜の雨水に頼るしかない。要害の守城勢は夕立の雨さえも無い山城で城兵は渇きに苦しんだ。籠城が十日にも及ぶと城兵は干上がった。

綿内要害攻めに取り掛かってから十日目の七月十九日早朝、大手の虎口を破り一番乗りしたのは泉衆の今清水六郎次郎である。政頼の想像通り水に渇いた城兵は戦う気力をなくしていた。まず城兵が逃げ出し、それに続いて綿内左衛門尉が逃げ出し、城は空になった。今清水六郎次郎は元服の際に政頼が烏帽子を加冠した政頼の烏帽子子である。昨年の犀川の合戦で倅をなくした政頼だが少しは気が晴れた。

政頼は綿内要害の頂上に登り烽火を上げ、馬を走らせて味方に勝利を報せた。早く知らせないと誰が武田方に降るか分かったものではない。千曲川の向こうでは吉窪城の小田切幸長や葛山城の落合治吉、長沼城の島津忠直が武田方の攻撃に備えている。

綿内要害を占拠した高梨勢だが、困った事にそれ以上は動けない。谷街道筋から松代へ高梨勢の侵入をたやすく許すほど真田幸隆は甘くはない。綿内要害から尼飾城へは尾根伝いに行けるのだが、何よりも肝心の軍勢が少なすぎる。

手詰まりになったのは真田幸隆も同じである。尼飾城ははるかに見上げる尾根の上にある。城の周囲は岩肌がむき出しになり簡単には攻め込めない。干天続きではあるが背後の山が深いので城中の井戸に水は涸れない。指呼の距離にある綿内要害に高梨勢の旗が翻っているので東条勢の意気は盛んである。綿内要害に高梨勢が居座ったので真田幸隆は尼飾城攻めに本腰が入らない。真田勢が尼飾城攻めに取り掛かれば背後から政頼が攻めかかる。高梨勢が居座り続ける限り、真田勢もうかつには動けない。

草間出羽守を前にして政頼はぼやいた。

「ここに越後の援軍があれば松代を制圧できるのだが。松代から坂木へ攻め込み村上殿を喜ばせるか、川中島へ出て小田切衆を援けるか、地蔵峠から真田へ攻め込むか、軍勢さえあれば何とでもできるのだが。」

「仕方ない。身内に小島修理亮の反乱を抱えての出陣だ。高梨勢の半分近くを中野郷に残しての出陣だ。少ない人手だが、事は上手く運んでいると思うべきかも知れませんぞ。」

「綿内要害を取るまでは上手く行ったがな。これからどうするかだ。」

政頼は次の打つ手が思い浮かばず、綿内要害の滞陣は長引くかと思われた。

ところが、とんでもない所から伏兵が現れた。湯山（野沢温泉）から北の志久見郷を支配する市河藤若である。藤若は武田晴信から「安田遺跡出置者也」の宛行状を得て高梨一門である安田修理亮の安田村を襲った。宛行状に高梨の安田領を「遺跡」としたのは百年ばかり前、元は市河氏が知行していた安田の地を高梨が奪い取っていたからである。

市河勢は安田村から木島出雲守が知行する毛見郷に広がる一帯を乱妨取りした。略奪である。米や雑穀はおろか衣服まで分捕った。武田晴信なら女子供まで強奪し家屋に放火までしただろうが、藤若はそこまではやらない。安田村の乱妨取りは高梨に奪われた父祖伝来の地を取り戻す市河藤若の正義である。武田の力を後ろ盾にして高梨家に奪われた安田村を取り戻すのだ。足利将軍の幕府がまともに機能しない今、藤若の正義を保証するのは武田晴信しかない。民百姓には逃げ出されたくない。高梨を安田から追い出したいだけだ。木島出雲守の毛見郷まで攻め込んだのは「おまけ」である。

藤若の動かせる軍勢も少ないが、高梨勢の過半が綿内要害に出向いているので抵抗する者も少ない。安田村は高梨領の北端で南の綿内要害からは全く逆の方角である。綿内要害に腰を据えている場合ではない。高梨勢は綿内要害から引き返さざるを得ない。

高梨勢が綿内要害から引き揚げるとなっては東条信広の粘りもこれまでだった。信広は尼飾城に火を放ち高梨を頼って中野の尾楯館へ落ち延びた。ほぼ二か月を費やした尼飾城の争奪戦は武田方の圧倒的な勝利である。松代は武田方の手に落ちた。

高梨勢が湯山（野沢温泉）到着すると市河藤若は西浦城に逃げ込んだ。千曲川河畔の小さな丘に築いた山城で、さして堅固な城ではない。常の事なら総力を挙げて力任せに攻め込み藤若を捕縛するのだが、松代には真田幸隆の軍勢、身内には小島修理亮の反抗を抱えている。市河藤若を攻める為に割ける人数にも限りがある。

西浦城の虎口に近づいた政頼は大声で怒鳴った。

「おおい、藤若。馬鹿な考えを起こすな。長尾政景殿の妹を正室にしている立場を忘れたか。親戚の縁を断ち切る気か。独りになって信濃で生き抜けると思うのか。この城が攻め落とされる前に開城しろ。悪いようにはせぬ。」

「馬鹿はお前だ、政頼。景虎は政景と仲違いして出奔したと言うではないか。景虎は越後を捨てて逃げたのだ。越後勢は当てにならぬぞ。安田村はこの市河藤若が武田晴信公から安堵された先祖伝来の地だ。もう安田村には来るな。安田村は俺が知行する。」

結局、越後勢の援軍は来なかった。景虎不在の春日山城に越後を取り仕切れる者はいない。信濃出兵に反対し景虎出奔の原因となった長尾政景が景虎に詫びを入れ、景虎は春日山城に帰った。この間、越後段銭方の大熊朝秀が信越国境の箕冠《みかぶり》城に拠って挙兵したが、景虎不在の越後衆はこれを鎮圧できなかった。景虎が帰って大熊を追放したと政頼が知ったのは八月も末になってからだった。まずは越後が無事で何よりである。

松代の全域が武田方になった今、残されているのは水内郡と高井郡の二郡と川中島だけである。このうち高井郡は北の市河藤若が武田方に付き高梨の安田村を襲った。高梨の小島修理亮は謀反し、鴨が岳城の東は政頼が入り込めない土地になっている。須田は分家の信頼が武田方に通じ、井上分家の綿内左衛門尉は既に高梨と一戦を交えた。その他にも武田方に通じている者がいるかも知れないが、政頼には分からない。

武田晴信が松代を北信濃統治の根拠地にする気なのは間違いない。焼けて傷んだ尼飾城の修復をし、千曲川端には海津城と福島城を築いている。海津城は三方を尼飾城、鞍骨城、綿内要害の山城で守られ、福島城は背後に綿内要害がある。両城共に千曲川の渡し場に面した平城である。晴信はもはや合戦時に立て籠る山城を必要としていない。山城には見張り台の役目しかない。晴信が必要としているのは川中島と水内郡、高井郡に攻め込み統治する為の平城である。

武田晴信はいつの間にか悪賢く成長した。上田原の敗戦と戸石崩れの敗走で懲りたのか、あるいは半年にも及んだ昨年の旭山城籠城戦で反省したのか、それとも良い軍師を得たのかは分からない。少なくとも自ら甲斐の精兵を率いて敵中深く侵攻するのは止めた。

信濃先方衆に組み込んだ香坂と西条、真田、元は小笠原一門の大日方や仁科、元は村上一門衆だった屋代や室賀などが武田晴信の思いのままに働くのだ。手柄を立てれば小田切衆の地を切り分けて与える約束もしてある。

武田晴信は甲府に居て川中島奥四郡の支配を拡げているが、甲斐の軍勢がしている事ではない。信濃衆がする事である。景虎と結んだ和睦条件は破っていない。したがって駿河今川の顔を潰してはいない。川中島以北は信濃衆同士を戦わせて晴信の支配下に置けば良いのだ。戦っているのは武田に忠節を尽くす信濃武士たちである。越後の長尾景虎が余計な手出しをしなければ、信濃は落ち着くべき所へ落ち着く。武田晴信の手に落ちる。武田晴信の侵攻準備は一年をかけて着々と進んだ。

奥信濃蹂躙

明けて弘治三年、正月廿日《はつか》の具足開きに景虎は戦勝祈願の願文を更科八幡宮に奉納した。更科八幡宮は四年前の天文二十二年に村上、高梨等らの北信濃連合勢が武田勢を打ち破った所にある八幡宮である。北信濃衆が晴信に滅んで欲しいと思うと同様、景虎も晴信は潰したい敵である。晴信は三年前に北条高広を焚きつけて反乱を起こさせ、昨年は会津の葦名盛氏をも巻き込み大熊朝秀に謀反させた。信濃国のみならず、越後国にとっても晴信は許し難い敵である。

「武田晴信という佞臣が現れ、信濃に住む諸士を悉く滅亡し、神社仏閣を破壊し、信濃の悲嘆は何年にも渡る。諸士は今の苦境を逃れ難く、恨みを後代の鬼神に誓った。武田晴信に何らの遺恨はないが、信濃諸士を助け安全をもたらす為に軍功に励むのである。国を奪い取るのが晴信の望みであるのは既に明らかである。その影響を受け罪なき家が乱れ、万民が争う事態に至った。軍配一つを以って国の静謐をもたらすのが景虎の本意である。乞い願わくば、この真心を照覧あれ。願いが成就し、天下に家名を発した暁には一村を寄進する。武運長久、威風堂々、信越両国の栄華永楽を願う。」

昨年の出家騒ぎを忘れたかのような願文である。武将たる者は家出のごとき些細な事を気にするべきではないのだ。

しかし、具足開き、武家の仕事始めは越後国だけではない。甲斐の国でも信濃国でも正月廿日は具足開きの日であり、武田方は活動を開始した。武田方の信濃先方衆は川中島に押し寄せ、川中島から小田切衆を追い出した。次いで武田の侍大将馬場信春に指揮されて善光寺平に押し出し、水内郡諸将を討ち滅ぼす勢いである。馬場信春の軍勢は六千人ばかりになる。馬場信春が動かす軍勢の多くは信濃武士である。信濃から集められる人数は甲斐で集める人数よりも多くなっている。

水内郡の善光寺平には島津の本領の他、高梨、須田、井上など高井郡諸将の飛び地が広がっている。平野部に頼れる山城はなく、飛び地の者は高井郡に引き上げ、島津忠直は山城の大蔵古城に籠った。

落合治吉と葛山衆は葛山城に籠り、これに小田切駿河守が加わる。落合治吉の分家、落合遠江守と落合三郎左衛門尉は昨年の三月に武田晴信に内通していた。「たとえ惣領の落合治吉が武田方の手に掛かろうとも、武田に忠節なら丁重に待遇する。」約束が成立していた。武田に忠実でなければ落治吉もろとも武田方に討たれる約束でもある。

二月十二日、武田晴信は慈悲深い降伏勧告状を発給した。急ぎの使者の手で書状は早ければ十四日に、遅くとも十六日には高梨方の手の者に届く。物事が計画通りに運べば、馬場信春は十五日に葛尾城を総攻めにする。晴信が出した書状は脅迫状であり、生命の保証状でもある。書状を受け取った者たちは二者択一である。武田晴信に恭順するか、あるいは武田方の攻撃をうけるか。武田に恭順すれば信濃の仲間を裏切る事になる。

二月十五日、晴信の降伏勧告状を手にして山田（高梨）左京亮は恐怖に囚われた。葛山城からは黒煙が上がっている。

「山田郷之貴賎、就致降参者、身命不可有相違遣者也、仍如件」

「身分の上下にかかわらず山田郷の者が降参すれば、体も命も保証してやる。」と伝えてきたのだ。高梨の者として何度も武田勢と干戈を交えてきたが降参すれば許してくれるのだ。武田晴信は何とも慈悲深いではないか。左京介が聞く武田晴信は城兵を皆殺しにし、女子供は捕獲して売り払う残虐非道な悪鬼羅刹である。

「川向こう（水内郡）にある高梨の飛び地はもうだめか。皆の衆は武田勢に攻められて滅ぶか、それとも飯山の地に逃げ込むか。これから武田勢はどのように動くか。布野の渡しで高井郡に来て高梨を攻めるか、あるいは水内郡を北上して飯山の地を攻めるか、何れにせよ高梨が攻められるのに違いはない。」

越後勢の加勢がなければ北信濃勢はもろい。人数に圧倒的な違いがある。そして昨年の尼飾城落城の折には越後から加勢はなかったのだ。今の所、戦場は千曲川西岸の水内郡だが、島津忠直が長沼城を退去したので武田勢は直ちに布野の渡しを使って善光寺平から千曲川東岸の綿内の福島城に入り、高井郡を北に高梨を攻めるかも知れない。武田勢に攻められるよりも武田方になって高梨総領家を攻めた方が長生きできそうだ。命あっての物種、畑あっての種イモである。

そもそも、山田郷と大熊郷はかつて左京亮の祖父・山田（高梨）高朝の知行地だった。高朝は政頼の祖父・政盛に高野山参詣の留守に城を奪われ、大熊郷も奪われて追放された。七十年も昔の話である。それ以来、山田家は山田郷のみを本領として高梨の家来扱いになっていた。今更、政頼に命を賭けてまで忠誠を尽くす筋合いもない。山田左京亮は武田晴信に降参を申し出た。

木島出雲守も晴信の慈悲深い書状を受け取った。

「このまま高梨殿についていて良いものか。昨年は市河藤若に乱妨取りされた。高梨勢が出てきたので市河勢は退いたが、武田の大軍勢は善光寺平にいる。越後の軍勢が来るか当てにできん。昨年は大将（景虎）が家出してしまった。東条信広の尼飾城が落ちてしまった。」

木島出雲守の毛見郷は北隣が市河藤若の志久見郷である。高梨と武田方が合戦になれば木島出雲守は武田方の市河藤若に攻められる。武田方に付けば高梨に攻められる。どちらに付いても逃げ道はない。目前の武田勢と当てにならない越後勢を天秤にかければ答えはでる。今更高梨に忠節を尽くすのは身の破滅につながる。木島出雲守も武田晴信に恭順した。

鴨が岳城山頂で葛山城の炎上を政頼は見ていた。駆け付けたいのは山々だが高梨勢は動かせない。鴨が岳城の東からは小島修理亮の一党が高梨領に攻め込もうとしている。高梨領の北では市河藤若が攻め込もうとしている。南では新造の福島城に武田方が集まっている。隙を見せれば三方から攻められる。仮に高梨勢が駆けつけたとしても馬場信春が指揮する大軍には歯が立たない。現に馬場勢を恐れて千曲川の向こうでは島津忠直は大倉古城に逃げ込んでいる。大倉古城は千曲川の支流・鳥居川が造った深い谷に臨んだ山城である。大倉の山城に逃げ込んでも武田勢が総攻めにかかれば葛山城の二の舞になる。

昼頃、葛山城は落城した。善光寺の裏手、葛山城の真東に陣を布いた馬場信春の軍勢は葛山城を火攻めにして落とした。火攻めは昨年の春に寝返った落合遠江守と三郎左衛門尉の進言である。空気は乾き、春一番が吹く頃でもある。武田勢が放った火は折からの強風にあおられ、小屋から小屋へと燃え移り、音を上げて燃え上がって葛山城は煙に包まれた。火の後を追って武田勢は葛山城へ登ってい く。赤黒い炎が燃え上がり黒煙が西にたなびく。火に囲まれ武田の大軍勢に攻め立てられては逃げ場もない。

城将の落合備中守治吉、援将の小田切駿河守幸長は討ち取られた。小田切幸長の首を捕ったのは村上三大老の一人だった室賀経俊の手の者である。また小田切衆の一人だった春日幸正の手の者も首を一つ持ち帰った。逃げ遅れた城兵は追い詰められて首を取られた。首実検には五十を超える首が並べられた。逃げ場を失った女たちは北側を流れる湯福《ゆふく》川の谷に飛び降り、落命したと伝えられた。

午後、政頼は急ぎの使者を越後春日山城に出した。使者は十六日に景虎に面会し、十七日の夜には景虎の書状を携えて帰ってきた。

「信濃の火急をお報せしたところ、越後の殿様（景虎）は即座に信濃出兵を決められました。『分かった。直ちに軍勢を調えると高梨殿に伝えよ。』との仰せでした。越後では春日山城から出た飛脚が今頃は越後各地に向かっていると思われます。」

景虎の出した書状は景虎の心中を物語っている。

「一昨年の信濃の抗争は駿河今川公の仲裁により和睦がなった。その後、例の如く晴信が無法を働いたが神慮による誓紙を交わした事なので我慢し、此の方から手出しはしなかった。今度は晴信が落合衆を分裂させ葛山城を落とし、島津忠直を大倉古城に追い込む事態となった。この上は是非もない。越後勢を信濃に繰り出し、景虎も中途に陣を張る。雪中ご大儀だが夜を日に継いで急ぎ着陣をお待ちする信州の味方が滅亡すれば越後の備えが危うくなる。ひとかどの者以下、武芸を嗜む者の稼ぎ時はこの時である。」
しかし、積雪を理由に越後諸将の動きは鈍い。高梨の尾楯館から春日山城まで、急ぎの飛脚なら一日で着く距離である。

馬場信春は甲府に居る晴信の意を体して水内郡で暴れた。馬場信春の軍勢は容赦ない。武田晴信は領主、土豪に至るまで、恭順を求めている。水内郡では島津忠直が最も有力な領主ではあるが、島津忠直は平城の長沼城を脱出して山城の大倉古城に逃げ込んだ。高梨を始め須田氏や井上氏は水内郡にかなり大きな飛び地があるが、他に若槻氏や芋川氏など有力な土豪も館を構えて居る。山城を持たぬ土豪たちはしらみつぶしに襲われ、高梨を頼って飯山へ逃げ込んだ。

馬場信春の軍勢が水内郡で大暴れしているので政頼は飯山に移った。飯山静間郷の田草城近くにある安田の渡し場（綱切の渡し）、越巻《こまき》の渡し場、木島の渡し場などが奪われると中野と飯山の交通が遮断される。越後の援軍が来ても千曲川を渡れなくなる。高井郡の高梨領は敵中に孤立する。

水内郡の山岳地帯は修行の道場でもある。飯縄山の霊仙寺や戸隠の顕光寺に寄宿する山伏の霊力も武田晴信が我が物としたい戦果だった。戸隠山顕光寺の別当・栗田栄秀は恭順せず、戸隠山顕光寺三院の衆僧は合戦を避けて山岳修験道の道場である越後関山権現に逃げた。何時になれば帰山できるか、誰にも分らない。別当の栗田栄秀は居城の宇和原城に籠っているが、援軍が無ければ落城は目前である。

飯綱山霊仙寺も晴信の慈悲深い勧告状を受け取ったが、逃げもせず恭順もしなかったので武田勢に焼き討ちにされた。伽藍も僧房も焼き払われ、衆僧たちは飯綱山頂に近い千日太夫の屋敷で息を潜めている。千日太夫は飯綱の秘術を尽くし敵の退散を念じている。飯綱の秘法は神通力を持つ管狐《くだぎつね》を飼い慣らし、敵味方を自在に操る妖術である。

二月の末、中野郷で山田左京亮の謀反が明らかになった。山田左京亮が旗揚げした枡形城は尾曽崖城、間山城、鴨が岳城、尾楯館と広がる要塞群の一つである。高梨から見れば高梨を守る要塞群の一角が崩されたのである。また、枡形城は尾楯館から間山、山田郷、福島、綿内を抜けて松代に至る谷街道（謙信道）を見下ろす要害である。いわば、枡形城は中野尾楯館から松代に抜ける街道の首を絞める位置にある。山田左京亮の挙兵は松代に居る真田幸隆以下の武田勢が高梨領に攻め込む道筋を完成させたに等しい。武田方の城は松代から谷街道沿いに綿内左衛門尉の綿内要害、須田信頼の臥竜山城、そして山田左京亮の枡形城へと続く。臥竜山城の須田信頼は大岩城主の須田満親とにらみ合っている。もし、武田方が援軍を得て襲来すれば、須田氏と高梨氏は一挙に瓦解する。

籠城する山田左京亮は本領の山田郷五百貫は勿論、大熊郷七百貫の地を晴信から新恩として安堵された。枡形城に加勢に来た伊藤右京亮は間山郷三百貫を与えられた。間山郷は中野一族を追放して尾楯館に移るまで、高梨の石動館のあった場所である。晴信が小島修理亮一党に与えた高梨領内の河南千五百貫、山田左京亮に与えた大熊郷七百貫、伊藤右京亮に与えた間山郷三百貫の地が争いの場になった。大きな合戦には至らないまでも至る所で小競り合いが頻発した。しかし、互いに相手の要害を落とすだけの人数は集められず、緊張ばかりが高まっている。

松代に居る真田幸隆の意図は明白である。高井郡で「未だ降参せざる者」の追放であり、「身命に相違がある」侵攻である。降参し遅れた者は今更恭順を申し入れても手遅れである。戦うか逃げるかの選択肢しかなく、多くは高梨を頼って中野へ逃げ込んだ。皮肉なことに逃げ込んだ者が加わって人数が増え、中野の守りは固くなった。

山田左京亮の注進で中野に軍勢が増えたのを知った武田晴信は「甲府を大軍で出馬する用意はできた。馬場信春の軍勢に重ねて甲州勢が働く。それまで城を固く守っておれ。」と命じた。馬場信春の軍勢でさえ大軍だが、今度は武田晴信が自ら甲斐の軍勢を率いてくると言うのだ。武田方の援軍が来るまでに無理をして怪我などしたら馬鹿げている。山田左京亮や木島出雲守、小島修理亮一党は城に籠って守りに専念しているので、中野は一時の静けさを取り戻した。

三月十一日（4・20）の夜、高梨政頼にとっては嬉しい事に、山田左京亮にとって腹立たしく残念な事に、越後の援軍が飯山に到着した。越後勢の着陣を待ち望んでいた政頼は喜んだが、景虎が率いる大軍を期待していた政頼は拍子抜けもした。来たのは小千谷から政頼の倅、高梨鶏四郎と阿賀北の色部勝長の軍勢だけである。

「良く間に合ってくれた。雪道の進軍はさぞや難儀したであろう。」

鶏四郎はアハハと笑った。

「父上、節分からふた月近い街道に難儀する訳はない。雪があるのは山の上だけだ。梅の花も咲いている。街道筋の雪なぞ二十日も前に消えている。だから馬場信春の軍勢が攻め込んだと聞いてから十日ばかりで着陣できたのだ。」

　政頼は越後から援軍の派遣を得て心強いのだが、何分にも数が少ない。今は馬場信春が率いる大軍が水内郡で暴れているのだ。援軍は少ないが、武田勢のこれ以上の狼藉、飯山侵攻に対する突っ張りにはなる。

「何とか間に合ったが、島津忠直殿は平城の長沼城を捨て大倉古城に逃げ込んでいる。越後の加勢が遅れるなら大倉古城が落とされる。武田勢が飯山の地になだれ込む。それで、景虎殿の越後勢本隊が信濃の地を踏むのは何時になる。」

「いち早く準備が整った我らが第一陣だ。春日山城は出陣の準備を整えている最中だ。準備が整い次第、殿様（景虎）は信濃に出陣することになっている。武田勢が川中島奥四郡から姿を消す日は近い。もうしばらくの辛抱ですぞ。」

　着陣した越後の軍勢、高梨鶏四郎と色部勝長の軍勢は多くはない。武田方に寝返った山田左京亮の軍勢と高梨勢が互いににらみ合う中野の形勢を変えるほどの力は無い。枡形城を力攻めで落とす事なぞ不可能である。しかし山田左京亮勢が武田方の援軍を得たとしても、鴨が岳城、間山城、小曽崖城から成る要塞群に籠城すれば二千や三千の軍勢に攻められても耐えられる。

「それで、越後衆は景虎殿に従って信濃出陣を決めたのか。」

　鶏四郎は口ごもった。

「小千谷高梨城から上田筋を回ってきたのだが、坂戸城の政景殿の元には軍勢が集まっていなかった。」

「越後衆には越後衆の都合もあるだろうが、遅れれば武田勢は飯山まで攻め込む。」

山田左京亮は越後勢の飯山着陣を注進した。甲府の武田晴信から届いた返信は心強い。「越後勢の信濃出張は元から分かっている事である。疾風のように出馬する。詳細は陣前で直接顔を合わせて聞くつもりである。塩田城の飯富虎昌殿に内容を伝えておけ。」

晴信の返信を頼もしいと読むべきか、あるいは狡猾と読むべきか。「大軍勢になるから安心されたい。」と言われても安心できない。武田晴信は未だ甲斐にいるのだ。そして葛山城を落とした馬場信春勢は未だ千曲川西岸の水内郡にいるのだ。

しかし、高梨政頼の越後勢を加えた軍勢は眼前に在る。高梨勢に枡形城を攻められても武田方の援軍は間に合わない。すでに大熊郷の切り取りを初めてしまったのだ。敵中で梯子を外されたような気がする。心細いこと限りない。山田左京亮と木島出雲守は首を突き合わせて悩んだが、結論は「枡形城を固く守る」他に打つ手がない。

水内郡を攻略した馬場信春の軍勢の軍勢は、島津忠直が去った長沼城に集まった。数日の休養を取った後、馬場勢は攻略し残した鳥居川の北に攻め込むのは容易に予想できる。鳥居川の北は島津忠直が籠る大倉古城、村上義清が身を寄せる芋川正章の若宮城、そして高梨勢の飯山の地になる。その北は山岳地帯となり、峠をひとつ越えれば越後の国である。

政頼は逐一戦況を景虎に報せているのだが景虎出陣の気配はない。そろそろ季節は夏も近づく八十八夜である。野にも山にも若葉が茂っているのである。信越国境の街道に雪はもうない。黒姫山や妙高山といった高山でさえも雪は消えた。一か月の籠城で城兵の疲れも蓄積している。ここに馬場信春の武田勢に総攻めされたなら、高井郡の中野も水内郡の飯山も持ち堪えられない。信濃十二郡の全てが武田晴信に攻め取られる。

「景虎殿はまた家出でもしたか。景虎殿の援軍がなければ今度こそ信濃全てが武田晴信の手に落ちる。そして武田勢は北国街道を野尻の関を越えて春日山に向かうかも知れぬ。あるいは飯山の地を落として富倉峠を越え、越後に攻め込むかも知れぬ。景虎殿は間もなく出陣すると報せてきたが、これでは間に合わぬ。」

政頼は草間出羽守を越後へ向かわせた。手遅れにならぬ内に越後勢の援軍を呼ばねばならない。

草間出羽守が春日山城に来てみれば、春日山城は景虎の飛脚が出入りして慌ただしいが、大軍の姿は無い。

「長沼城に入った馬場信春の軍勢は明日にでも鳥居川を越えようとしている。そうなれば島津殿の大倉古城も飯山の城も落とされるかも知れぬ。高梨は飯山の地を守り切れるか。落城か、退去か。しかし、春日山城下に軍勢が集まっておらず、途中の道中でも越後勢に出陣の気配が無い。何故だ。」

応対した直江景綱の歯切れは悪い。

「越後諸将に出陣を求めて殿様(景虎)はしきりに使いを出されている。何分にも坂戸城(長尾政景)から出陣の報せがない。坂戸城の政景殿が参陣しなければ、越後衆は納得せず殿様の顔も立たぬ。昨年、信濃出陣に同意せず殿様の出奔を招いた政景殿だ。詫びを入れたとは言え、殿様の疑念は消えておらぬ。政景殿の妹は武田方に付いた市河藤若に嫁いでいるのだ。」

「政景殿だけの問題ではなかろう。春日山城から信濃へ続く街道に越後勢の姿は見えなかった。景虎殿は本気で信濃を援けるつもりなのか。それとも信濃を見捨てる気なのか。高梨を越後の捨て石にする気か。」

「見捨てるつもりなぞ、ある筈はない。だが何分にも越後は雪国であり、信濃出陣もはかどらない。雪が溶け次第、越後の各地から加勢の軍勢が集まるはずだ。」

「何を悠長な事を。高梨鶏四郎の軍勢は小千谷から妻有庄を抜けて飯山に着陣したのだ。妻有庄の雪が消えているのに越後勢が積雪に難渋する道理がなかろう。」

信越国境地帯の越後側にある妻有庄は日本一の豪雪地帯である。直江景綱の説明は弁解に過ぎない。出陣が遅れる原因は政景が乗り気でない事と、事態のひっ迫を景虎が理解していなかった事にある。政頼は葛山城の落城以来、何度も春日山城に戦況を報せていたのだが他国の事でもある。既に高梨鶏四郎の軍勢は飯山に着陣しているのだ。援軍は間に合っていると景虎は思っていた。通常、籠城戦は長引く。景虎は長尾政景などの有力者と、出陣の日取りを協議してから出かけようとしていたのだ。

「それでは遅過ぎる。葛山城を落とした馬場信春の武田勢は戸隠・飯縄一帯から信濃衆を追い払い、善光寺を押し取り、今にも飯山の地に攻め込もうとしている。また真田幸隆が率いる松代の武田勢が中野へ向かえば高梨が危うい。高梨家は中野も飯山も引き払い、越後へ逃げ込む事態になる。中野の地が武田晴信の手に落ちるか、あるいは飯山の地が落ちるかは武田晴信の腹で決まる。武田勢が飯山から富倉峠を抜けて越後へ出るか、あるいは北国街道をまっすぐ春日山城に向かうかは武田晴信が決める事だ。殿様（景虎）は晴信の勝手に任せようと言うのか。今この時、武田勢は飯山に攻め込んでいるかも知れぬ。もう帰る場所がなくなっているかも知れぬ。これ以上、時を置けば必ずそうなる。

殿様（景虎）を頼っている信濃衆は越後へ逃げ込むしかなくなる。」

越後衆の尻は重い。信濃を切り取りに行くのではないから旨味がない。他国の事であるから越後に迫る危機、我が身に迫る危機とは直ちに感じられない。草間出羽は真剣だった。高梨が越後勢の援軍なしで戦い、松代を奪われた昨年の記憶は消せない。東条信広は高梨に逃げ込んだが今度は高梨が越後に逃げ込む番になる。景虎の信濃出陣する意志が固まっても越後衆の思惑が合わなければ信濃に援軍は来ない。信濃衆は滅びる。

六日のあやめ　十日の菊

武田晴信にとって水内郡は戦利品の山である。善光寺は戦利品の宝庫だ。二年前に政頼は善光寺の宝物を運び出したが戦火を避ける為だった。最も大きいのが秘仏となっている善光寺如来像である。武田勢が善光寺から宝物を持ち出していると聞いて政頼は首を傾げた。

「はて、善光寺如来像は景虎殿が越後へ遷座したが。」

「それが殿様。景虎様が越後に運んだ宝物は前立本尊と五鈷や法印など小さな物ばかり。ところが馬場信春の手の者は仏像や宝物を運び出し、釣鐘も鐘楼さえも運び出したばかりでなく、寺の僧侶までも連れさる大掛かりな狼藉を働きました。」

「そこまでやったか。武田晴信は信濃衆の心の拠り所まで甲斐の国に持っていくのか。僧侶も栗田永寿の案内で武田勢に附いていったのだろうが、残ったのは伽藍洞になった伽藍だけか。信濃国に限らず日本はこれからどうなるか。善光寺仏が鎮座して九百年、信濃国外に遷座した事は無かった。とんでもない災害なぞ起こらなければ良いが。」

目の前で葛山城が焼け落ちるのを僧侶たちは見ている。「越後の賊徒が戻ってくる。合戦になれば今度は善光寺が燃え落ちる番だ。信濃善光寺をそっくりそのまま甲斐に移すべきではないか。」と栗田永寿に説得されては善光寺の上人様も諦めるしかない。甲府に信濃善光寺に匹敵する大伽藍を作って仏像を安置すると約束されれば妥協もできる。善光寺を丸ごと焼かれるよりは甲斐へ移る方が良い。

恐らく、武田勢は本堂をも解体して持ち帰りたかったのだろうが、持ち帰るには大きすぎる。仏像と宝物を持ち去られた善光寺は建物だけが残った。伽藍洞になった。仏像も無く訪れる者も無い寺を守っていても仕方がない。僧侶たちばかりでなく職人までもが甲府へ移り、次いで商人までもが散っていって善光寺はさびれた。

本音を明かせば晴信は戸隠山顕光寺のご神体も甲斐へ移したいところだが、不可能だった。御神体は戸隠山の山体そのものである。

「まさか、飯縄の秘法ではあるまい。」

「昨日越後から帰国した某《それがし》を恐れたのでは、絶対にない。」

政頼と草間出羽守は開いた口が塞がらない。葛山城を落とし、水内郡を侵略し尽くし、善光寺を略奪してのけた馬場信春の武田勢が、消えた。

飯綱の千日太夫は武田晴信の安堵状を受け取った。

「飯綱山の支配は父豊前守支配の時と相違ない。よって武田の武運長久を祈念し、裏切ってはならぬ。」

千日太夫の妖術が効いたのである。少なくとも晴信はそれを信じている。実際、武田勢の仕事が終わるまで長尾景虎の邪魔が入らず、計画通りに水内郡に侵攻し、侵略し、分捕れたのだ。千日太夫は妖術使いだが、心までをも武田に侵略されはしない。霊仙寺を焼き払い善光寺を略奪した晴信の所業は許し難い。飯綱の秘法を向ける相手は千日太夫が決める事である。武田勢の退散を念じていたのだ。武田の滅亡をひたすら祈念し続けていたのだ。

大倉古城に籠っていた島津忠直は息を吹き返し、旭山城の西にある春日幸正の居城・戸屋城を乗っ取った。戸屋城は春日幸正が支配する七二会郷二十一か村の中心で、武田方の大日方一族が支配する小川郷や鬼無里への反攻拠点になる。戸隠郷では栗田寛国栄秀（山栗田）が宇和原城に拠って大日方一族に抵抗を続けているので。島津忠直は自ら最前線に乗り込んだ事になる。北信濃衆は犀川の北から武田勢を追い払った形になった。

高梨と戦った枡形城の山田左京亮は狐に化かされたらしい。

「疾風の如く、晴信公は出馬すると報せる書状が届いてから十日も経つ。晴信公は信濃に来ず、水内郡からは馬場信春の軍勢が風の如く去った。昨夜は善光寺の裏山辺りに灯火が連なった。あれは狐の嫁入りだったか、馬場信春の軍勢だったか。」

葛山城落城から二か月も経った四月十八日、ようやく越後勢が飯山の地に姿を現した。

梅雨を控えて青葉茂る夏である。青い空にはトンビが翼を広げ、峠道はウグイスとホトトギスの競演である。春日山城を発った景虎の軍勢は上田庄まで大回りし、「これ以上遅れるのは人の道に外れる。」と坂戸城下に軍勢が詰め寄れば長尾政景も出陣しない訳にはいかない。

馬上で揺られる景虎は上機嫌だった。昨年に出家騒動を起こした事なぞどこ吹く風である。政頼も今更、「えらい事だったぞ。今頃何をしに来た。」とは口が裂けても言わない。

「お待ちしておりましたぞ。景虎殿の出陣を恐れたか、武田方の軍勢は北信濃から姿を消した。村上殿も坂木へ戻れますぞ。今夜は飯山の地で軍勢を休ませ、明日にも千曲川を渡るが宜しかろう。安田の渡し場には太い綱を張り変え、舟も用意してある。これだけの大軍勢だから丸一日はかかろうが、明日十九日の夕刻には全員が中野へ着陣できる。」

千曲川の流れは速く水は深い。暴れ川なので橋を架けても流される。安田の渡しは両岸に張った太い綱を頼りに渡し舟を手繰る綱渡しになる。越後勢を見た巾河藤若は山城に籠り妨害もない。馬は泳がせ、人は舟に乗せ、安田郷に渡れば安田修理亮が握り飯を用意して越後勢を迎え入れる。

越後勢は中野で緊張の毎日を送っていた叔父の清秀が用意した暖かい飯をたらふく喰らい、酒をふるまわれて眠りに就いた。至れり尽くせりである。中野で一泊した翌日の二十日の早朝、高梨勢を先導に中野尾楯館を出発した越後勢は千曲川東岸の谷街道を南下した。谷街道は中野から枡形城のふもとを通り松代に抜ける街道だが、街道を塞ぐ形で枡形城と福島城と武田方の城塞がある。

枡形城に籠る山田左京亮や木島出雲守は困ってしまった。武田晴信の「大軍勢で出陣するから城の守りを固めて待て。」「直ちに軍勢を向けるから安心されたい。」の指図を信じて籠城を続けたのである。ところが来たのは敵方の越後勢であり、しかも大軍である。枡形城に籠城する者たちは武田晴信に見捨てられたのだ。枡形城に留まれば我が身が滅ぶ。長尾景虎が許しても高梨政頼は決して許さない。全員が城から逃げ出した。

福島城は布野の渡しを守る城だが平城である。イノシシの乱入を防ぐ程度の土塁しかない。合戦には向かない。福島城は空になっている。対岸の水内郡に武田勢の姿は見えず、なんとも手の打ちようがない。

越後勢は善光寺参詣に向かう旅人のように布野の渡しで舟に乗り千曲川を渡り、その日のうちに善光寺に着いた。善光寺は文字通りの伽藍洞である。薄暗い伽藍の中には何もない。仏像もなければ仏具もない。梵鐘さえもない。僧の姿は見えず、住む人もいない。

武田の軍勢は越後勢を恐れるがごとく水内郡のみならず高井郡からも姿を消したのだ。今や景虎は自信満々だった。もはや重臣たちに腹を立てて出家騒ぎを起こしたひ弱な景虎ではない。重臣たちを心服させ、越後勢の総大将として北信濃の味方衆を助けるために出陣した英雄である。

後続の越後勢を迎え入れる為に政頼は飯山へ戻ったが、景虎の若さが心許ない。何しろ目の前には武田の軍勢も武田晴信も居ないのだ。葛山城を火攻めにした馬場信春の軍勢も姿を消した。塩田城からは飯富虎昌も去っている。これでは合戦にならない。出陣したものの、武田勢が現れなければ景虎が信濃に出兵した意味がない。景虎は甲斐の軍勢が退いた北信濃に越後の軍勢を持ち込んだのである。武田勢と戦わなければ、長尾景虎は信濃衆を責めさいなむ非道の武将になってしまう。「武田晴信に騙されなければ良いが。」と思いこそすれ、景虎を頼らねば高梨を守れない我が身が恨めしい。

景虎は未だ甲府にいる武田晴信に使者を遣わし、果たし合いを求めた。

「村上、高梨、井上、須田、島津、栗田などの信濃諸士に頼られる都度、余が信濃に出陣したのは自らの欲望を満たす為ではない。信濃の面々を本領に帰す為である。信濃に戦乱がある都度に甲斐、信濃、越後三国の民の苦しみは計り知れない。今回は高梨政頼の頼みで再度出陣することになった。両家の栄枯盛衰は今回の、この出陣で決着をつけなければならない。」

武田晴信の返事はつれない。既に村上義清との勝負はついているのだ。高梨政頼は既に小島(高梨)修理亮一統に離反され、山田（高梨）左京亮や木島出雲守も晴信に恭順した。高梨は晴信が直接手を下さなくとも滅びる運命にあるのだ。長尾景虎は誠に迷惑な若造である。

「村上始め信濃諸士に頼まれての御出馬は軍将として誠にご立派だが、村上が本領に戻る望みは晴信存命中には少しばかり無理があろう。立場上どうしても一戦に及ぶ必要があるなら、これも仕方ない。我が望みは村上を釈迦如来の元へ返す事である。どうしても合戦すると決めたのであれば、そちらが先に動くが良かろう。」

晴信には晴信の都合がある。目の前の大仕事に比べれば、越後勢の信濃出陣は些細な妨害でしかない。晴信の嫡子・義信を総大将にして馬場信春も飫富虎昌も西上州に出向いているのだ。西上州では高崎箕輪城主の長野業政を総大将にする上州勢が未だ頑強に抵抗を続けている。武田晴信には景虎が率いる越後勢の相手をする余裕はない。

二十六日、景虎は飯山に戻ってきた。

「高梨殿が危ういと言うので信濃に出兵したのだ。信濃衆が居館に帰れたのは喜ばしいが、越後勢は歩いただけだ。武田晴信は、どうしても合戦に及びたいなら勝手に始めろと言ってきた。武田勢は西上野にいるし晴信は甲府から動かぬ。相手がいない事には合戦にならぬ。このまま帰ったなら越後衆は納得しない。さて、どうした事か。」

景虎は渋る越後勢を説得して信濃に連れてきたのである。

「皆の者。武田晴信の軍勢は去った。信濃のお味方衆は居城に戻った。仕事は無い。ご苦労であった。」

では済まない。越後の諸将が怒るに決まっている。

「景虎殿。今川義元公の仲立ちで取り決めた条約を思い出されよ。武田晴信が諏訪大社の護符に書いた誓書なぞさっぱりと捨てたのは、武田方の動きを見れば分かる。晴信に約束を守らせるのは神仏ではない。景虎殿ですぞ。岩鼻より北に武田方の軍勢は置かない取り決めになっているが、晴信はそれを破った。岩鼻より北、川中島奥四郡の武田方一人残らず追放してこそ、晴信に約束を守らせた事になる。」

無敵の川中島奥四郡

五月十日。景虎と政頼は小菅山元隆寺に戦勝祈願に出向いた。小菅山元隆寺は六社五堂三十七坊を抱える修験の道場であり、高梨家と市河家が何代も前から合戦を繰り返し、高梨領と市川領の境界ともなっている。山頂の奥社からは市河藤若の湯山の地（野沢温泉村）が良く見え、西に流れる千曲川の対岸が飯山になる。願う事は逆賊武田晴信の征伐以外にない。

「武田晴信は威を振るい争いを求め甲斐と信濃に干戈の止む事がない。越後の国、平氏の小せがれ長尾景虎、昨年の夏から高梨政頼らの為に度々諸葛の陣を設けたが、晴信は兵を出さず合戦には至らない。景虎は飯山の地にしばらく滞陣し、積年の憤りを晴らそうと策を練った。吉日を選び明日の朝出馬し、群がる兇徒を平らげ平穏を取り戻す覚悟である。願わくば、当山仏の慈愛に依り仇を為す逆賊を刈り取り、義を以って不義を誅罰し天下の憂いを除き安楽をもたらしたい。千門万戸に安らぎをもたらしたならば、川中島の一所を永代に渡って寄進奉る。」

川中島の一所は敵地にある。いくら割き与えても惜しくはないが、簡単に実現できる事でもない。景虎が川中島に代官を置けるほど平穏無事な支配が確立してからの事である。

景虎一行を旭山城に送り出した政頼は湯山（野沢温泉）へ向かった。湯山は市河藤若の在所で居館は周囲を土塁で囲んだ平城である。小菅山元隆寺から徒歩で一時間の距離にある。市河家の支配する領域は湯山から志久美郷全域に及び越後との国境まで広がる。

境界を接する者の常として高梨家と市河家は何代も前から不仲である。高梨家が信濃守護の小笠原家と戦えば市河家は小笠原家の味方になる。高梨家が越後守護代の長尾家と結べば市河家は守護の上杉家に合力する。今、市河藤若は武田方である。藤若が武田方にいる限り政頼は安心して高梨の軍勢を動かせない。昨年のように政頼の留守中に高梨領を荒らされてはたまらない。

「越後勢が善光寺平に着陣してまだ一か月も経たぬが、武田勢は川中島奥四郡（高井郡・水内郡・埴科郡・更級郡）を引き払った。越後勢に合戦を挑む者なぞはおらぬ。武田晴信はこのような信濃のどん詰まりの、湯山の事なぞ忘れておる。高梨家としては、市河家と和睦しても良いのだが。」

藤若はあんぐりと口を開けて政頼の顔を眺めた。

「当たり前だ。勘違いするな。北信濃衆は越後勢に合戦を挑んだりはせぬ。わずかの手勢で越後の大軍に攻めかかるほどの愚か者が信濃の何処にいるか考えてみよ。越後勢が退くまで城を固めておけと武田晴信公からは申し付けられておる。武田の大軍が戻ってきたら高梨は葛山城の二の舞を演じて滅びるぞ。」

藤若は武田方の一人として高井郡北部で孤立している。市河領の北と東は越後国、南と西は高梨領である。武田の大軍が北信濃を去った今、そして越後の大軍が北信濃に進出している今、政頼が越後勢の援けを得て市河藤若を攻める気になれば不可能ではない。

「藤若殿は長尾政景殿の妹を正室に迎えている。景虎殿と長尾政景殿が不仲だった時なら藤若殿の立つ瀬もあっただろう。しかし今、政景殿は景虎殿の重臣の筆頭だ。藤若殿が武田晴信に付いていては政景殿の立場がない。政景殿も藤若殿をかばいきれぬ。政景殿が間に立てば越後方と和睦はできる。それとも一戦して滅びるか。」

武田勢と越後勢の狭間で藤若は進退を決めかねていた。敵方の政頼を館に入れた事自体がおかしな話である。政頼の申し出を受け入れれば、今度は武田勢を敵に回すことになるが、武田晴信の軍勢は川中島奥四郡から姿を消している。晴信の約束を信じるしかないが藤若の心は揺らいでいた。

藤若は腕組みをして考え込んだ。雨が降り始めた。梅雨入りである。

「梅雨が明けるまで合戦は休みだ。それまでに腹を括りたい。」

藤若の漏らした一言を政頼は聞き逃さなかった。

「そうか。梅雨が明けるまで合戦はないか。梅雨が明ける頃に武田晴信は軍勢を動かすのか。」

だが、政頼は慌てた。梅雨になれば千曲川が増水する。越後勢が松代へ向かってから四日ばかり経っている。

「越後衆は千曲川の怖さを知らぬ。千曲川の怖さと信濃川の怖さとは違う。松代へ向かった越後勢がうかうかと千曲川を徒歩渡りすれば流れに呑み込まれる。」

千曲川は越後へ出て信濃川と名前を変えるが、名前と同時に性格も変わる。信濃に住まない景虎は千曲川の性格を知らない。大雨でも降れば千曲川は一時間に一メートルも水位を上げる。

信濃川は信越国境の雪解け水を集めて春に増水するが、千曲川は季節の雨を集めて急速に増水する。千曲川の増水に応じて勾配が緩い川中島平野部の川幅は普段の十数倍にも広くなる。中州は水没し、取り残された者は溺れて流される。越後勢が千曲川を渡っているときに急な増水があれば越後勢は大変な損害を被ることになる。そして今、千曲川が増水しているのだ。

政頼は旭山城へ向け早飛脚を送り市河藤若から聞き出した事と千曲川の増水を注進した。朝に送り出した早飛脚は夕刻には帰ってくる。早飛脚に託された景虎の返信で政頼は自分の杞憂を知った。越後勢は政頼の想像を越えた快進撃をしていた。千曲川が増水する前に一仕事を終えた景虎は十四日には善光寺に戻っていた。

景虎の返信はすこぶる調子が良い。越後勢は十二日に松代の館や小屋を全て焼き尽くし、十三日には川中島を抜けて坂木岩鼻まで行っていた。遠目に越後勢を認めれば城兵は逃げてしまったらしい。「打ち捕えざること無念」と景虎は悔しがるが、武田方に戦う意志は無く、戦えるほどの軍勢も残っていない。川中島には平城しかなく、越後勢はさぞや「お稼ぎ」になった事であろう。景虎の返信からは愉快がにじみ出ていた。雨が上がり次第、飯山で打ち合わせた通り、次の行動に動くから草間出羽守を派遣して欲しいとも書いてあった。川中島奥四郡の全域から武田晴信の勢力を一掃する戦いが始まる。


再び湯山(野沢温泉)へ出向いた政頼を市河藤若は拒絶しなかった。拒絶はしないが同調もしない。

「藤若殿、岩鼻がどこにあるかは分かっておろう。岩鼻は川中島奥四郡の最南端だ。越後勢は川中島を通り過ぎて岩鼻の向こう、塩田平まで武田勢を追い払ったのだ。武田の軍勢はもう戻っては来ぬ。手遅れになる前に降参しろ。将軍・足利義輝公の仲介で越後と甲斐が和睦する話も出ている。」

中野郷など高梨領の多くの村々はかつて市河領だった。一所懸命の抗争が合戦にまで発展し、命を落とした者も互いに少なくはない。高梨家と市河家との間にある二百年を超える確執が簡単に解けるとは思わない。しかし、越後長尾家と市河家の間には大した因縁はない。かつて市河家が越後の松之山四か郷を奪ったことがある程度である。それも何十年も前に長尾為景が奪い返して解決済みだった。淡い期待ではあるが、高梨家との和睦はならなくとも越後勢を率いた長尾家との和睦なら可能かも知れない。長尾政景と市河藤若は親類でもある。

「武田勢は岩鼻の南、塩田平へ退去した。松代にも武田勢はおらぬ。そして小菅山から南は高梨勢が塞いでいる。北へ向かっても越後だ。飯山には後詰の越後勢が詰めかけている。逃げ道はない。この小城でいつまで抵抗できると思っている。火を放たれるのは湯山だけではない。市河谷全域が焼き払われる。今なら間に合う。景虎殿に味方して旭山城に出仕すれば、今までのように高梨家と争う事もなくなろう。」

「出仕して長尾の家来になれと言うのか。長尾景虎からこの市河谷を安堵してもらえと言うのか。市河谷は弘安元年（１２７８・鎌倉時代）に幕府から安堵され、甲斐から居を移し領知して三百年、先祖累代市河家の物だ。市河谷を侵そうとする者があれば武田晴信公が市河家に味方してくれる。今さら長尾家に所領を安堵される理由もない。」

「藤若殿は勘違いをしている。その武田晴信が長尾景虎殿と和睦したなら藤若殿の後ろ盾が無くなるのだぞ。将軍の命を受けて京都から御使者が下向したと報せがあった。だから武田勢は北信濃に居ない。それを景虎殿は軍勢を出して確かめてきた。だから武田勢の援軍は来ない。晴信はいつまでも市河家の後ろ盾ではない。景虎殿は高梨家と北信濃衆の頼みで信濃に出陣したのだ。信濃支配を目論んでいるのではない。信濃衆を支配しようとしている武田晴信とは違う。今は市河家の味方を装っていても晴信は何時か市河谷を支配しようとするだろう。藤若殿も武田家譜代家老の配下に置かれ、市河家の一門一族も藤若殿の手を離れて武田家の家来にされる。藤若殿は市河谷の、市河一族の総領ではいられなくなる。良く考えるのだな。」

「長尾家が高梨家の味方だから安心できんのだ。市河家と長尾家の間が無事であったとしても景虎殿は何かと高梨家に身びいきするに決まっている。安田郷は晴信公から藤若に安堵された土地だ。政頼殿は安田郷を早くこの藤若に引き渡せ。それが嫌なら高梨は武田勢に滅ぼされるのを待つだけだ。」

「もはや、これまでか。次に来る時は越後の援軍も一緒に来る。その時は城下の盟と為すか。それとも市河谷に引き籠るか。あるいはこの世を去るか。良く考えておけ。」

武田の軍勢が戻ってくる

雷と共に梅雨が明けた六月十一日の夜、越後勢は善光寺から飯山の地に着陣した。翌日は高梨政頼の軍勢が市河藤若の籠る山城に詰め寄り、最後の談判になる。できるなら藤若を降参させて味方につけたい。それが不可能なら高梨勢が先鋒となって山城を攻め落とす事になる。山城の虎口は固く閉まっているが、武田勢は遠く上州に出向いている。

藤若の注進を手にした武田晴信は僧形の使者・山本勘介を急派して藤若を説得した。山本勘助が持参した晴信の書状は近日中に始まる武田晴信の反撃を伝えている。

「急ぎの事なので武田に身を寄せている僧(山本勘助)に申し伝えさせる。長尾景虎が飯山の地に陣を進めたとの事だが、風聞では高梨政頼が湯山に来て和睦の話を進めている。誓約の事は分かっているだろうが、心底を残らず申し伝える。

武田方の陣営は堅固である。明後日の十八日、上州勢の全部が援軍に来る。上田地域には北条左衛門太夫が着陣する。越後勢は遠からず滅びる。晴信の望みが叶う時が来た。早々に準備をお願いする。

相変わらぬ忠節を望む。　六月十六日　晴信　市河藤若殿」

北条一門の北条左衛門太夫綱茂は十一年前の河越夜戦で上杉憲政（関東管領）以下八万の関東連合勢をわずか三千の軍勢で打ち破った猛者である。武田晴信は政頼や景虎の想像が及ばない構想で動いている。武田と北条の連合軍が北信濃を攻めようとしている。

書状を藤若に見せた後、山本勘助は話を続けた。

「あれは三月の末だったか。武田勢が一度は北信濃から退くが、越後勢を恐れて退くのではない。軍略であると説明したのは。武田勢の後詰がなくて市河殿も定めし心細かっただろうが、もう大丈夫だ。市川殿と晴信公の間で取り交わした誓約は決して反故にはならぬ。遠からず武田勢は反撃に出る。北条勢と武田勢で越後勢を攻めるのだ。長尾家は滅びる。市河家が高梨に奪われた地は再び藤若殿の手に帰る。」

勘介は戦況を伝えると同時に大事な秘密まで漏らした。

「実はな、藤若殿。内密の話だが、武田勢の主力は遠からず松本から越後の西浜（糸魚川）に攻め込む。西浜に攻め込んでから春日山城を攻め落とす手はずになっている。」

「内密にしてくれ。」と断った上で聞かされた話ほど内密にできない。まして目の前には越後勢と高梨勢の大軍が詰めかけているのだ。大軍の先鋒となった高梨勢が藤若の籠る山城へ攻め込もうとしているのである。総攻めされたならわずかな人数で山城を守り切れる自信は、全くない。攻められる前に高梨勢を追い払いたい。

「おおい。藤若。命を粗末にするな。命を落としたら飯が食えなくなるぞ。」

虎口脇で怒鳴る政頼に藤若の返答は威勢が良い。

「馬鹿め。降参するのはそっちの方だ。今頃は上田に上州から北条家の援軍が続々と駆け付けておるわい。二万の軍勢が中野筋に押しかけるぞ。湯山（野沢温泉）でのんびり構えていて良いのか。長尾景虎は千曲川に阻まれて飯山に戻れぬぞ。中野へ攻め込まれて高梨家の小人数で太刀打ちできるか。高梨が滅びる番だぞ。袋の鼠になるぞ。今なら命だけは助けてやる。首を取られる前に飯山へ下がれ。中野を捨てて越後へ落ちていけ。」

上州から援軍が駆け付けると言っても着陣するのは上田である。上田から湯山は早馬なら一日で着くかも知れないが、軍勢を動かすなら三日はかかる。焦眉の急場には間に合わない。

「武田勢が、湯山に駆け付けるまで、この小城で待つというのか。半日もあれば、この城は落ちるぞ。」

政頼の言う事がただの脅しでないのは藤若も十分分かっている。背に腹は代えらない。武田勢が越後へ攻め込めば越後勢は信濃を退くだろうが、その前に藤若は攻め滅ぼされる。そこまで秘密を守る義理はない。藤若は内密の件までをも大音声で怒鳴ってしまった。

「武田の大軍勢、一万が越後へ攻め込むぞ。春日山城が落とされるぞ。越後勢は総崩れになるぞ。長尾家は滅びるぞ。」

容易には信じ難い話ではあるが可能性はある。武田の大軍が北信濃から退き西上野に攻め込んでから三か月にもなる。武田晴信の嫡子・義信が西上州から引き上げてきてもおかしくない頃である。長野業政に同心する西上州の者の地を荒らすのに十分な時間は経過していた。

「二万の軍勢が押し寄せる」はともかく市河藤若が口にした事は嘘ではない。武田勢は西上州から信濃へ続々と入り込んでいる。しかし、主力が何処へ向かうのか皆目わからない。一群は松本深志城に置いた武田晴信の本陣に向かっているが、別の軍勢は飯富虎昌が預かる塩田城や真田幸隆の元に集まっている。

松本から越後西浜口の糸魚川に続く街道、千国街道の大部分は既に武田方の手に落ちている。景虎方として千国街道に残るのは平倉城しかなく、越後の西浜は旗本衆が守りに就いているだけだ。

政頼は安田の渡し場に綱を張り舟を増やしていたが、一度に渡せる人数には限りがある。もし武田勢が松代、中野、湯山へと押し寄せれば越後勢は千曲川西岸の飯山に戻れなくなる。もし武田勢が松本から千国街道を経て越後西浜（糸魚川）へ押し寄せれば越後国府（直江津）が危うい。湯山（野沢温泉）に腰を落ち着けて市河藤若に関わっている場合ではない。越後勢は湯山を引き揚げた。

これを晴信に報せた藤若の注進状は威勢が良い。

「越後勢は飯山から湯山へ陣を進め武略に及んだが、市河の備えは堅く越後勢は為す術も無く引き上げた。」

武田勢が越後へ侵攻する秘密を洩らした事は内緒にしておいた。

晴信の返信は藤若の勇武を頼もしいと称えると共に、援軍を出す準備が整った事を知らせた。すなわち、上州に出陣していた武田勢を呼び戻して塩田城に置き、市河藤若の要請があり次第、晴信を介さずに駆けつける手はずである。

越後が危うい

景虎が信濃に出陣した成果はあった。武田勢の侵攻を恐れて越後関山に逃げた戸隠山の衆徒は帰山し、戸隠郷宇和原城には戸隠山顕光寺別当の栗田栄秀（山栗田）が籠っている。旭山城主だった栗田永寿は去り、武田に帰順した七二会郷戸谷城主の春日幸正は没落した。

越後勢の信濃出陣に応じて武田晴信は松本に出てきたが、川中島奥四郡の事は塩田城の飯富虎昌に任せて景虎の挑戦に応じる気配は全く無い。武田方の者が山城に籠ってしまえば越後勢も簡単には手が出せない。越後勢が犀川を越えて塩田城攻めに取り掛かれば松本から山県昌景が率いる武田勢が越後に攻め込み、松本の武田本陣を衝こうとすれば飯富虎昌の軍勢が高梨、島津を攻める。

もし、市河藤若の話が本当なら山県昌景の武田勢が松本から千国街道を伝って越後西浜（糸魚川辺り）に向かう事になる。そして今、山県昌景の軍勢は千国街道を塞ぐ平倉城（小谷《おたり》城）へ押し寄せた。平倉城が落ちれば武田晴信の軍勢は越後に足を踏み入れる事になる。越後勢の主力は信濃に在り、本国の守りは薄い。なお、山県昌景と飯富虎昌は兄弟である。

軍議は迷った。春日幸正が去った七二会郷戸谷城を守る島津忠直、戸隠郷宇和原城主の栗田栄秀、高梨政頼が越後勢に貸した草間出羽守を交えた越後勢の軍議である。

「千国街道に出るには戸隠郷から鬼無里郷を抜ける道と小川庄を抜ける道がある。鬼無里郷も小川庄も武田方の大日方一族が支配する地だ。両側に崖が迫る隘路を使って何千もの大軍を一挙に進ませるのは難しい。」

この道では戸屋城を乗っ取った島津忠直が、鬼無里や小川で大日方一族と抗争を続けていた。

「それは武田勢も同じ事だ。善光寺に越後勢が居る限り、武田勢は大軍勢を戸隠郷に送れず、善光寺平にも出てこられない。」

越後坂戸城主・長尾政景は滞陣の継続を嫌った。

「善光寺は伽藍洞になり、川中島奥四郡から甲斐の軍勢は去り、落ち着きを見せている。後は信濃衆に任せても良いのではないか。帰国して武田勢の越後侵攻に備えるべきであろう。」

草間出羽守は慌てた。

「越後勢が帰国したなら、武田晴信はさぞや大喜びするであろう。越後の軍勢が信濃に来たから北信濃諸士が居城に戻れたのだ。越後勢が居座っているから武田晴信は川中島奥四郡に手出ししないのだ。殿様（景虎）の信濃出陣は善光寺詣での物見遊山の軍旅だったのか。越後勢が信濃を去れば、武田晴信は再び甲州勢を出す。高梨も信濃には留まれない。武田勢は北国街道から、あるいは飯山街道を使って越後へ攻め込む。それでも越後勢は帰国するのか。武田勢は千国街道から越後に入ろうとしている。千国街道の武田勢を討ってから、千国街道を通って帰国されるが良かろう。」

売り言葉に買い言葉と言うべきか、長尾政景は軍勢を率いて千国街道へ向かった。残念な事に政景の援軍は間に合わず七月五日に平倉城は落城した。糸魚川に武田勢が到達するには時間がかかろうが、一歩だけ進めば越後国に足を踏み入れる事になる。武田勢に踏み込まれては越後国主として長尾景虎の立場は無い。

秋半ばの八月下旬、両軍の先鋒は戸隠郷宇和原城周辺で衝突したが山中の狭隘で複雑な地形の為、大軍同士の会戦には至らなかった。なお、戸隠古道を北上すれば北国街道に合流して越後関山に至る。千国街道を押さえた武田晴信は越後への侵攻路を開き続けていた。

二度目の和睦

初霜の降りる頃、京都聖護院の森坊増隆《もりのぼうぞうりゅう》が景虎の本陣を訪ねた。将軍の使者として将軍・足利義輝の御内書を持参して和睦の打診である。

「義輝公は甲斐と越後の争いに心を痛めておられる。夏からの滞陣は誠にご苦労だったが、武田晴信に戦う意志が無いのは確かめてきた。越後勢が引き上げるなら、晴信は甲府へ帰る。」

将軍の仲介で和睦するのは結構だが、武田晴信から見れば信濃の支配は概ね完了しているのだ。義輝の仲介は利用できる、武将豪族地侍は言うに及ばず、敵対した飯縄山霊仙寺は屈服させたし、定額山善光寺は御本尊の秘仏もろとも小県郡に引越しさせた。また、越後へ逃げていた戸隠山の衆徒は帰山したが、晴信に人質を出して戸隠山の安全を図った。今や武田の信濃支配を妨げる者は高井郡の高梨政頼、水内郡の島津忠直、そして越後の長尾景虎だけなのだ。和睦が成り、敵が大人しくなるのは喜ばしい。

ただ、武田晴信と長尾景虎の和睦は将軍の望みであって晴信の願いではない。調停に乗り出した将軍・足利義輝はこの頃、三好長慶との抗争で京都を退去しているが、京都を退去しても将軍である。将軍は武家の頭領であって諸国の守護職を任免し、在地の地頭を指揮支配して朝廷を支える役職である。

将軍は管領の補佐と支援を受けて政権を運営するのが本来の姿であるが、残念な事に今はその管領が当てにならない。現管領の細川晴元は領国を失い義輝と共に京都を追われ近江の国・朽木谷に閉籠っている。細川氏が当てにならない時は斯波《しば》氏か畠山氏を管領に任じれば良いのだが、斯波義銀《よしかね》は領国を無くして織田信長の庇護を受けている。畠山氏は内紛を繰り返して力を失った。関東に目を向ければ関東管領の上杉憲政は長尾景虎に守られて名跡を保つばかりである。

将軍の近衛軍ともいえる武装集団・ご奉公人衆は長引く戦乱ですり減った。京都は山城国・摂津国・丹波国・讃岐国・土佐国守護の細川晴元の、守護代でしかない三好長慶が支配している。

将軍はすり減ったご奉公人衆に替わる武力を必要とし、持てる力を最大限に使った。景虎が家出騒動を起こした一昨年（弘治二年）には本願寺領国の加賀に侵攻した朝倉勢に和平を呑ませるのに成功し、本願寺は将軍と良好な関係にある。尾張守護・斯波義銀を庇護している織田信長、関東管領・上杉憲政が身を寄せた長尾景虎は将軍直属の親衛部隊となり得る。三好長慶との抗争が長期化して膠着状態に陥っている今、義輝の呼びかけに応じて上洛の軍旅に出る者が事態を好転させる。事態は政頼には想像もつかない規模で動いていていた。

明けて弘治四年は二月二十八日に改元して永禄元年となる。長尾景虎は将軍の仲介を呑んで越後に引き上げたが、武田晴信の信濃侵攻の意志は揺るがない。天意が晴信の背信を呑むかは神仏が知る所である。晴信は既に戸隠生まれの阿智源蔵徳武寛国と懇意にしている。将軍から和睦の仲介があって筮竹を立て占わせれば晴信の望み通りの託宣が出る。

「来たる戌午の年（弘治四年・永禄元年）、信濃に居を移せば十二郡が晴信の意に従うか。」と問えば、「一村も残さず疑いなく、往けば必ず得る。」だった。「信濃に移居し」すなわち信濃守護となれば一村残らず晴景の意に従うのである。小笠原長時が信濃を去ったので信濃守護職は空席である。晴景が信濃守護職に就けば信濃の地頭たちを指揮し、信濃を支配する法的な権限が成立する。

また、「越後と甲斐の和睦を停止して干戈に動くのは吉か凶か。」と問えば「君子往く所、始め苦労するが後に勝利を獲得する。吉。」だった。越後勢と干戈を交えれば和睦を仲介する将軍に不忠を働く事になるが、晴信は将軍への忠義より神仏が下した託宣を重んじた。神仏の意志に従わなければ罰が当たる。

永禄元年八月、武田晴信は戦勝祈願状を戸隠中院に奉納した。「先の占筮に依り、信濃に居を移す。すなわち今年中に寸土を残さず信濃国を掌握する。もし越後勢が動き干戈を交えるならば、敵はたちまち滅び晴信が勝利を得るに決まっている。社修理の費用として銭五貫文を納める。」

晴信にとって和睦とは敵の戦意を削ぐ手段であって自分の矛先を鈍らせる物ではない。和睦をしても矛を収める意思は全くない。将軍の権威によって長尾景虎が矛を収めれば和睦の甲斐がある。戸隠山顕光寺は武田方になった。

越後勢が去ってみれば、武田晴信の圧倒的な政治力が高梨を覆っている。すなわち安田郷は市河藤若に、木島出雲守は木島郷を、山田左京亮には山田・大熊の二郷合わせて千二百貫の地を、小島修理亮は中野尾楯館周辺千五百貫の地を、伊藤右京亮には間山郷五百貫の地を晴信は安堵しているのだ。全部合わせると中野郷のほぼ全域である。

彼等と武田晴信との間に御恩と奉公の関係が成立している。安堵された地に命を懸けるのは武士の習性である。高梨が居座る限り、約束は実行されない。晴信から見れば、高梨政頼は未だ信濃守護職の強制執行に従わぬ犯罪人である。

「良いなあ。僧侶は。この騒ぎの中で中野の阿弥陀堂に泊まってきたのか。中野は小島修理亮や山田左京介が高梨と争っている地だ。超賢が本誓寺の僧兵を率いて越後勢に加勢していたのを敵方も知っているだろうが。良くぞ寝首を掻かれなかったな。」

政頼の宿所を訪ねたのは笠原本誓寺の超賢である。越後勢に従軍して川中島で戦った超賢は景虎の使僧の立場にある。

「殿様（政頼）。甲越の和睦が成ったからその心配はご無用。その小島殿も山田殿も高梨清秀様や岩井民部様とは合戦には至らない。」

手放しで休戦状態を喜ぶ超賢に政頼は少しばかり鼻白んだ。超賢は景虎に春日山近くに寺の建立を許されて上機嫌なのは分かるが、中野郷の緊張状態は全く緩んでいない。また武田方は松代や小川庄などの要衝に常駐の軍勢を配して守りを強化していた。

「武田晴信との和睦に何の意味がある。どうせまた一年もすれば晴信は約束を違えるさ。」

投げやりに言う政頼は晴信を全く信用していない。

「殿様。それは違う。前回の和睦は今川義元公の仲裁だったが今度は違う。将軍義輝公の仲裁だ。今川は武田の親戚だから同じ穴のムジナだったが、足利義輝公は違う。将軍職に在る者として大所高所から和睦を望み、今年の夏には京都聖護院の森坊増隆を甲斐に下向させて武田晴信に停戦を命じておられたのだ。」

「ならば何故、秋まで武田晴信は軍勢を退かなかったのだ。」

「どうやら手違いがあったらしい。将軍の仲裁であるから武田晴信は律儀に停戦したと言うのだ。しかし、越後勢は戦いを止めずに松代を焼き払った。長尾景虎こそ不忠の者だから、千国街道に軍勢を出して越後方の平倉城を攻め落とした。これが武田晴信の言い分らしい。」

「あはは。超賢はそれを信じているのか。だが景虎殿がそれに騙されるとえらい事になる。武田晴信が信濃を諦めると思うか。高梨や島津を潰さずに置くと思うか。晴信の兜を見たであろう。あの白熊《はぐま》の兜は猫の兜だ。角を生やした猫だ。晴景は越後勢が邪魔だから猫をかぶっているだけだ。」


超賢が持ち込んだ話は再度の上洛だった。

「またか。大将（景虎）は何を考えているのだ。やはり、何も考えては居らんのだろうな。五年前の天文二十二年だったが、某《それがし》が上洛した時には村上義清殿が武田勢に攻められて信濃を去る羽目になった。某の上洛は景虎殿上洛の露払いの為だった。一昨年の弘治二年、松代で東条信広殿が尼飾城で真田幸隆の軍勢に攻められていた時、景虎殿は家出した。尼飾城は落ちた。昨年は武田勢が葛尾城を落として北信濃を乱妨取りしたが景虎殿はふた月も出兵しなかった。高梨から春日山城までたった一日で着けるのに、越後勢が信濃に出てくるにはふた月もかかる。越後勢が信濃に姿を見せたのは武田勢が姿を消してからだった。景虎殿は何の為に上洛するのだ。」

政頼の顔は怒りで紅くなった。

「高梨殿。今の話が殿様（景虎）の耳に入ったら何とする。景虎様は将軍の求めで武田と和睦するのだ。景虎様の動きに背くのは将軍の意志に背くと同じだ。将軍をないがしろにする者が多いから今の戦乱が収まらない。殿様が上洛すれば、三好長慶も大人しくなる。武田晴信も和睦には同意しているのだ。和睦が成れば晴信も留守を襲うことはあるまい。」

「寺参りの上洛のように小人数では三好長慶は大人しくなるまい。景虎殿は三好勢を上回る軍勢を集められるのか。小人数で逆に侮られる結果になる。しかも遠征の軍勢だ。北信濃に出兵するのとは事情が異なる。」

「人数の半分を国元に残し、半分を上洛の軍勢に充てる。高梨殿も同様に準備願いたい。」

「景虎殿はそれだけの人数で、摂津・山城・丹波・和泉・阿波・淡路・讃岐・播磨の八か国を支配する三好長慶と戦えると思っているのか。上洛して三好勢と合戦になったら何とする。越後勢が上洛している時に武田晴信が信越国境を侵し、越後に攻め込んだら越後はどうなる。」

「ご心配なく。三好長慶と合戦になれば本願寺の門徒衆が越後勢に加勢する。武田晴信が越後に侵攻するなら将軍の顔を潰すことになる。信濃守護に任じられた上に将軍の顔を潰しはしないはずだ。」

なお、本願寺門主の顕如は政頼が前回上洛の折に面会した証如の倅である。昨年に如春尼を娶ったが、如春尼は武田晴信の正室・三条夫人の妹なので顕如と晴信は義理の兄弟関係になる。敵と味方を明確に分ける基準なぞは無い。

「果たして武田晴信が大人しくしているか、これは分からん。もはや否も応もない。景虎殿が決めたのなら従うしかあるまい。今となっては高梨が越後の力無しで生き残るのは難しい。困った時に援けを求め、力を求められて断る事なぞはできぬ。」

晴信の信濃支配は高梨と島津を除けば完了する。小笠原長時が没落し、村上義清も没落した。政頼は高梨家が責め滅ぼされる姿を想像した。戦国時代では良くある話である。

「景虎殿が朝廷から綸旨を下されたのは四年前だった。あの綸旨で景虎殿は隣国信濃鎮定の名分を得たので信濃に出兵した。景虎殿と晴信の和睦を望むのは晴信の都合でもなければ景虎殿の望みでもあるまい。将軍は動かせる軍勢が必要なのだ。これは義輝公の都合だ。景虎殿は将軍にだまされている。」

景虎の父・為景の下剋上は将軍の承諾を得て上杉定実を担ぐ下剋上だった。景虎が兄・晴景から守護代職を禅譲されたのは守護・定実の同意があったし、景虎の越後守護の代行・越後国主を命じたのは将軍・足利義輝だった。越後の下剋上は将軍を頂点とする社会秩序の中、上杉家中の内部事情から起きた事である。しかし、将軍が越後国主の格式を認めても長尾家の者は越後国の守護にはなれない。守護職に就けるのは守護家の者だけである。例外は応仁の乱の混乱で越前守護となった朝倉氏だけである。

冬十一月、景虎は京都雑掌の神余親綱を上洛させ、将軍に三好長慶一党を排除する決意を伝えた。

「本国の事は捨て置いて」の言上に景虎の本気度を見たか、あるいは将軍が自ら動いたか、三好長慶は将軍と和睦してしまった。景虎が大軍勢を率いて上洛する名目、三好長慶を排除する目的は崩れた。それでも将軍は越後勢の上洛を求めた。足利義輝に直属する軍勢が弱体なので景虎の越後勢が上洛すれば事実上の将軍親衛隊となる。越後勢の京都駐在が何年にも及ぶことは無かろうが、将軍に忠節な諸士が交替で軍勢を上洛させれば将軍の常備軍となる。

景虎上洛　高梨没落

翌永禄二年二月、将軍の御内書が越後に下された。武田晴信が和睦に同意したのである。和睦の条件に晴信は嫡子・義信に幕府管領に準ずる格式を求め、将軍はこれを認めた。景虎は武田勢の高井、水内両郡の侵略禁止を求め、将軍はこれを武田晴信に命じた。

高梨家の上洛も本決まりだが、叔父の清秀は高梨勢の上洛に猛反対である。

「景虎殿は晴信にだまされた。それとも晴信が将軍をだましたのか。越後勢の留守を晴信が見逃す事なぞ有り得ない。高梨の力量は既に半分になっている。そのまた半分を上洛させれば連中は大喜びで切り取りに掛かるであろう。」

清秀の憂慮は政頼の恐怖でもある。

「叔父上。是非もない。できる事は鶏四郎や江部山城を頼りに守りを固める他はない。山城に籠れば武田方も迂闊には手を出せぬ。武田晴信は和睦に応じている。ただ今は晴信が約束を守ると信じるしかない。」

越後勢の上洛は将軍の御内書を通じて武田晴信の知る所でもある。未だに晴信が信濃全域を支配できていないのは、長尾景虎が邪魔をしたからだ。越後から信濃に軍勢が出てこない今を置いて高梨と島津を排除する時はない。だが、高梨家が越後勢に加わって上洛すると決まったなら従うほかは無い。清秀も腹を括った。

「北信濃で留守居していても大した働きはできんしなあ。帰国する冬まで半年もある。帰国せずに京都に残って老いの身を養うのも良かろう。京都には晴信の親父の武田信虎がいる。信濃守護だった小笠原長時殿もいる。昔語りでもして時を過ごすのも良かろう。」

新緑の頃、高梨勢は上洛の軍旅に出た。これを指揮する清秀は既に還暦を過ぎている。政頼の叔父として高梨家の繁盛を願って働いてきたが、先の事を考える気は毛頭もない。このまま京都で生を終えるにしても思いを残すのは尾楯館であり自分の汗を吸い込んだ北信濃の地である。

老いた清秀にとって上洛の軍旅は物見遊山の旅になった。将軍と三好長慶の和睦が成った今、越後勢の上洛は将軍の示威行動でしかない。高梨家の参陣は越後勢に華を添えた。信濃国の大名である高梨勢をも従えて上洛する越後国主が景虎である。

四月三日に春日山城を発った越後勢は総勢五千に上る。越後勢の軍旅が無事だったのは景虎の段取りが良かったのか、将軍の威令が及んだか、あるいは超賢の働きか。加賀では本願寺門跡の顕如が遣わした坊官が尾山御坊の門徒衆と共に、越前では守護の朝倉義景が、近江では守護の佐々木（六角）

義秀が宿舎や街道を調えて歓待したばかりでなく、三好長慶は家中から松永弾正を派遣して近江坂本と周辺の地に宿舎を調える歓迎ぶりである。

目を丸くした清秀が見る所、上洛した景虎は極楽とんぼだった。近江坂本に軍勢を置いたまま京都へ入って将軍に面会すれば在京の大名衆が機嫌伺に宿舎を訪れる。参内すれ昇殿を許され、主上に拝謁すれば天盃を下され従四位下少将に叙位叙官である。あまつさえ粟田口藤四郎吉光の短刀を下賜される。五匹の虎が刀の光を見て逃げ出したと伝説の名剣（五虎退《ごこたい》）である。天台座主の使いや著名な僧侶、公家が文字通りに列を為して来訪する。

関白近衛前嗣と景虎は随分と気が合ったらしい。互いに和歌をやり取りし、前嗣の館や景虎の宿所で華奢な若衆を呼んでの酒宴は明け方まで続く事もしばしばである。これを見る高梨清秀の目に、景虎は信濃の事なぞ忘れて遊び呆けていると映っていた。

この頃、武田晴信は大笑いしていた。北信濃の守りは薄い。守りの薄い所を攻めれば勝利に疑いはない。まして晴信が掻きまわした高梨の家中は分裂している。城兵が少なくなった今、武田の軍勢が動けば高梨を守る城塞群も意味をなさない。頑強に抵抗する城兵が有っての城塞群である。高梨を離れ武田方に付いた小島や山田は高梨攻めの先鋒となって攻め込む。尾楯館を焼き尽くし鴨が岳城を落とすのは易しい。

越後勢が京都に着いた頃、武田晴信は佐久松原諏訪社に願文を納め、「城を攻めれば戦う事なく落城して敵は逃げ去り、長尾景虎の軍勢と向かえば越後勢は北に逃げて消え去る」事を願った。虫が良すぎる願い事だが晴信は十分な仕掛けを作っている。松代では尼飾城に真田幸隆と小山田虎満を在城させ、景虎勢が焼いた海津城は香坂弾正昌信が再建に取り組んでいる。なお、香坂弾正は元牧島城主・香坂宗重の養子で晴信の寵臣である。牧島城には馬場信春が在城している。戸隠の衆徒は晴信に帰順した。戸隠古道から越後に攻め込むのも可能になった。

五月、予定通り武田晴信は軍勢を動かした。晴信は大名の間引きをしているのだ。本来なら一昨年の弘治三年に完了したはずの片づけていた筈の大掃除である。それが長尾景虎の介入で未完状態になっていた。抜くべき雑草たちが去るべき居館に戻り、はびこっているのだ。大掃除を済ませる時は長尾景虎が上洛の軍旅にある今を除いて無い。

高井郡では高梨政頼、須田満親、井上清政が間引かれるべき雑草である。高梨政頼は木島出雲、小島修理、山田左京に離反されているし、須田満親は須田信頼に離反され、井上清政は綿内（井上）左衛門尉と敵対している。

香坂弾正昌信を主将とする武田勢は千曲川東岸（高井郡）を北上して中野へ向かった。これに綿内（井上）左衛門尉の軍勢が加わり、須田信頼の軍勢が加わる。井上清正、須田満親は居城を捨て高梨を頼って逃げた。高梨から離反した木島出雲、小島修理、山田左京は枡形、小曽崖、間山の山城を乗っ取り、武田方の軍勢は高梨勢の十倍をはるかに超える。城塞群のほとんどを敵勢に奪われた高梨勢にとって、尾楯館と鴨が岳城は敵勢に囲まれた孤塁である。今頃になって降参しても助命される見込みは全く無い。

鴨が岳城に向かう武田勢の先頭には小島修理亮や山田左京亮など、高梨本家を裏切った者たちが立っている。鴨が岳城の籠城も終わりである。鴨が岳城下に見下ろす尾楯館は火を放たれて燃えた。鴨が岳城に追い込まれた高梨勢に最期が近付いた。

「人は、死ぬまでは、生きている。飯山の地に落ち延び生きぬき、景虎殿の援軍を待て。」

鶏四郎は命じたが、武田方の包囲は厳しい。囲みを破って脱出を試みる者は一人をも逃さぬ構えである。鴨が岳城を脱出しても落武者狩りが待ち構えている。鴨が岳城から安田の渡しまでは歩いて半日もかからないが、高梨方の壁田城や岩井城近くまで武田方の落武者狩りが出没している。結果、政頼次男の鶏四郎、家老の江部山城守など主立った者が三十人余り討ち取られた。ホタルが舞い狂う夜だった。

高梨が高井郡を去り飯山（水内郡）に籠った今、晴信の約束した河南千五百貫、大熊郷七百貫、間山郷三百貫の地はそれぞれ小島修理亮、山田左京介、伊藤右京亮に与えられた。残余の地は武田の代官が支配する。武田晴信の約束は空手形ではない。

時を同じくして馬場信春の軍勢は千曲川西岸（水内郡）の大掃除に掛かった。未だ長沼城に居座り続ける島津忠直を追い払えば水内郡は武田の支配に落ちる。そして、忠直は逃げた。命を保つ為にできるのは逃げる事しかなかった。北国街道が信越国境を越える手前に芋川正章の若宮城がある。若宮城には村上義清が寄寓して信越国境の守りに就いている。島津忠直も若宮城に転げ込んで露命を保った。武田勢は戸隠方面から若宮城を狙っている。村上義清は敗残の兵を集めて武田勢と戦っている。

越後勢と共に上洛した高梨清秀は落城の悲報を手にしても驚かない。予想していた事ではある。予想はしていたが、哀しい。しかし、我が身は景虎と共に近江国にある。「武田晴信が和睦を破り高梨を攻めたのは将軍への不忠。武田を討つ為に帰国する事に何の不都合がありましょうや。」

清秀は高梨政頼の叔父として当然の事を言ったのだが、景虎は首を縦に振らない。

「今、三好長慶の軍勢は京都を留守にしている。越後勢が居るからこそ洛中が静かで落ち着いている。帰国すれば京都は再び乱れるであろう。それでは上洛した甲斐が無い。帰国はならん。高梨殿も覚悟を決められよ。」

景虎は清秀の帰国を許さなかった。高梨家は景虎の求めに応じて上洛したのだが、「高梨勢」となれば話は別である。長尾景虎の求めに応じて高梨政頼は上洛の軍勢を出しはした。しかし、飯山城主の尾崎（泉）重歳・重信父子は景虎の求めで上洛したのではない。高梨政頼の求めに応じて上洛したのである。清秀に従って上洛した高梨家中の者は帰国できないが、泉衆に景虎の威令は通じない。

「尾崎殿は帰国されよ。惣領が上洛していては泉衆も揺らぐであろう。早く帰国して飯山城の守りに就いてくれ。」

泉衆を束ねる尾崎重歳は市河藤若の妹を正室にしているのである。市河藤若に気持ちを動かされ武田方に寝返るのを恐れて政頼は泉衆を上洛させたのだが、今は泉衆の力も頼らなければならない危急の時である。泉親衡の末裔と伝わる尾崎・上倉・奈良沢・今清水・上堺・大滝・中曽根の泉衆七家は今の所は無傷である。

泉衆が帰国の途に就いたので京都の巷では長尾景虎帰国の噂が広まった。このまま帰国すれば景虎は多大な骨折りをして清秀が傍観した通り、将軍や関白と遊ぶために上洛した事になる。景虎は京都で遊び惚けるために上洛の軍勢を起こした暗愚の将で終わる。

帰国の意向を尋ねる関白近衛前嗣に景虎は真顔で答えた。景虎の不満は将軍が景虎の忠節に報いていない事にある。越後勢の上洛に天皇は名誉で報い、関白近衛前嗣や公家高僧は京都の文化で報いた。しかし、将軍は未だ何も与えていない。大軍を率いて上洛した景虎の苦労に報いていないのである。箇条書きにして近衛前嗣に託した景虎の思いは将軍に届いた。

「一、亡き父・為景の代から将軍に忠義を尽くす心に変わりはない。義輝公が京都を追われ近江の朽木に幕府が移った時には駆けつけたかったが、信州の事に手一杯で上洛できなかったのは将軍を無視していたのではないが、誠に心苦しい事であった。

一、今回上洛して今上からは親しく天盃と御剣を賜り、関白近衛前嗣公からは三智抄を書写して頂いた。まことに過分の扱いを賜り、苦労して上洛した甲斐があった。我が身を顧みず、忠義を尽くしたいと、心底から願っている。越後は遠国なので出せる人数にも限りがあり、大した働きもできず、景虎は虚言を弄しているとも聞いたが、景虎の心に揺るぎはない。

一、本国の事はどうなろうとも、如何なる災厄が出来しようとも、全てを捨て置き、将軍の威令が天下に及ぶまで、将軍の身近に仕えて奉公する覚悟の一途で今回の上洛を果たしたのである。先月、甲州勢が越後に攻め込んだが、お暇をいただいて帰国する意志は全く無く、滞陣を続け将軍を守る覚悟。恐れながら、泉州で騒乱が続いている今、帰国の意思を尋ねられた事は、心無いふるまいと存じます。」

箇条書きを前嗣に渡した日から景虎は病気になって近江坂本の宿所に引き籠った。出来物という病気である。前嗣は連日の如く坂本へ病気見舞いに出かけ、景虎と飲み明かした。これが近衛前嗣の口を通して将軍に伝わると、「景虎は明日にでも帰国するかも知れない」になった。

「景虎は武田晴信に攻められ越後一国を失うかも知れない。もし景虎が帰国したらどうなるか考えられよ。丹波・摂津・和泉・河内・淡路・阿波・讃岐の七か国を支配する三好長慶が大人しくしているのは越後勢が近江に陣取っているからだ。将軍は景虎を帰国させ、再び三好長慶の謀反を呼んで朽木谷に逃げるか。あるいは豊後・豊前・肥前・肥後・筑前・筑後の六か国を支配する九州探題の大友宗麟を頼るか。それとも関東管領の上杉憲政を頼るか。憲政は北条氏康に攻められ長尾景虎の元に身を寄せる立場ですぞ。直ちに景虎の帰国を止めなされ。」

近衛前嗣の忠告で将軍は景虎に信濃諸将を援けて武田晴信の追討を命じた上に管領の格式を与え、関東管領上杉憲政の進退を景虎の考えに任せた。景虎を関東管領職に任じたのと同じである。なお、近衛前嗣は上杉氏が属する藤原氏の氏の長者である。

それでも景虎の不満は収まらない。大出来物は治らない。将軍は大友宗麟が献上した鉄砲と火薬の製法「鉄放薬之方并調合次第」を景虎に与えた。火薬の製法は書物だけでは難しかろうと越後侍に実習させて習得させた。至れり尽くせりである。これこそ景虎が欲していた物かも知れない。

景虎と飲み明かすうちに近衛前嗣は関東の平野を思い描き、関東の平定を夢見た。酒の席で出た関東下向の話は醒めても前嗣の思いは変わらない。

「余《われ》も景虎と共に関東へ下向して働きたいと思うぞ。」

血判を押した起請文を交わして関東下向を約束した。出血をいとわない公家である。正親町天皇の即位大典が済んだ翌永禄三年、近衛前嗣は関東に下向した。

近江坂本で高梨清秀は病んだ。既に還暦を過ぎている。

「越後勢に従って上洛の旅に出たが、為す事も無く時ばかりが過ぎていく。京都は落ち着き、景虎殿は将軍から過分な待遇を受けたと聞く。もう帰国しても良いではないか。はて、帰国しても帰る館は無くなっているか。」

景虎は越後国主ではあるが、信濃は景虎の領国ではない。「本国がどうなろうとも」と景虎は覚悟を弁じたが、本国を失ったのは景虎ではなく、高梨である。高梨政頼は未だ飯山に在るが、須田満親は信濃に寸土もなくした。長尾景虎が居ればこそ北信濃衆は武田晴信に抵抗できたが、それも越後勢の上洛で元の木阿弥になった。

「もしや、景虎殿は高梨を越後の捨て石にする気では。」との疑念も沸くが、如何ともし難い。

景虎が失った物は何も無い。清秀の不満と恨みと自責の念は煮えくり返り怒りとなった。怒りの行き場所は武田晴信か、高梨家中から武田に寝返った小島修理亮や山田左京亮か、それとも清秀の帰国を止めた長尾景虎か。

何れにせよ、信濃にある高梨領は大半が武田方に奪われたのである。平安時代末期から土着して城地を拡げてきた開発領主としての高梨氏は消えた。残ったのは長尾景虎に臣従する高梨氏である。清秀は「わが孫が世に出るまでは、尾楯館の松、緑立つ事無かれ。」と恨みを累代に残して憤死した。

高梨政頼は飯山城で耐えている。飯山は高梨が信濃に持つ最後の砦でもある。援軍は期待できない。孤城落日の思いで日々を過ごす政頼に届いた報せは上洛した清秀の客死だった。信濃へ帰り着いた清秀の近習は臨終の清秀が語った遺恨を言伝けたが、もはや為す術もない。

「老いた身は夏の暑さに耐えられなかったか。長期の軍旅は厳しかったか。」

政頼は遠い京都で客死した清秀に哀れを覚えたが、明日は我が身である。

景虎は功成り、高梨は家来になった

景虎は主上からお言葉を賜り天盃と御剣を下賜された。朝廷からは関白近衛前嗣公が下向する事も決まった。将軍からは関東管領就任の合意を得た。上洛を成し遂げて帰国した長尾景虎はまさしく凱旋将軍である。凱旋将軍の元には越後侍が祝儀に駆けつける。

太刀を献上して祝う越後侍の中には高梨政頼の倅・喜三郎の姿があり、村上義清の倅・国清の姿がある。高梨喜三郎も村上国清も、景虎に仕える越後侍の立場になった。

未だ家督を譲られていない喜三郎はおぢや殿として糸巻きの太刀を献上した。国清は山浦（上杉支族）の名跡を継ぎ山浦（国清）入道殿として金覆輪《きんぷくりん》の太刀を献上した。高梨政頼は草間出羽守を、村上義清は出浦蔵頭を祝賀の使者に立てた。高梨も村上も信濃大名衆としての面目を立てられはしたが、村上義清の家門は山浦（上杉）家に呑まれて消えた。

信濃国衆の島津忠直、須田満親、井上清政、栗田栄秀（山栗田）、東条信広などは景虎の上洛中に居城を焼かれ、信濃に雨露を凌ぐ宿所さえもない。祝儀に参上したくとも使者を出せる状況にない。

かつて村上家中だった屋代正国、室賀経俊、あるいは小笠原家中だった仁科、大日方、あるいは関東管領の被官だった真田幸隆、根津、望月は、今は武田晴信の家来だが、何時の日か景虎の馬前に太刀を持参するであろう。この者たちを景虎は御太刀持参の衆として書き記させた。

関東からは常陸国太田城主・佐竹義昭が使者を立てて金覆輪の太刀を届けた。佐竹家は常陸守護であり上杉家と特別の関係があるので当然ともいえる。佐竹義昭の五代前は上杉家から佐竹家に婿養子に入り、かつて上杉憲政は義昭に関東管領職と上杉姓を譲ると考えた事もある。その他の関東諸士は恐らく、関東管領が関東管領として関東に軍勢を動かした時に太刀を持参する腹であろう。

翌永禄三年。越中国では神保良春が晴信に通じ、これを抑え込む為に景虎は出陣した。尾張国では織田信長が攻め込んだ今川義元を桶狭間で返り討ちにした。正親町天皇は即位の大典を挙げ、関白近衛前嗣は越後に下向した。

常陸の佐竹義昭は下野宇都宮氏と共に下総の結城晴友（北条氏康方）を攻めあぐね、安房の里見義堯は北条氏康が率いる軍勢に久留里城を包囲されて景虎に援軍を求めてきた。なお、里見義堯は関東管領に忠実な西上州の長野業正の妹を正室としている。

長野業正は武田勢に昨年の永禄二年と弘治三年に西上州に攻め込まれ、辛うじてこれを撃退していた。関東管領、関東の総大将であるべき上杉憲政は越後勢の関東出兵を強く求めている。

景虎は越中から帰国した後、関東出兵の準備を始め、高梨政頼に飯山城代を命じて信越国境の守りを固めさせた。事実上の国境線は野尻湖と飯山を結ぶ山岳地帯となっている。政頼は飯山で武田勢の動きに備える役目だが、高梨だけの力ではそれも危うい。「高梨殿だけでは心細かろう」と越後侍が輪番で加勢する事になっている。政頼は景虎の駒になる事を素直に受け入れた。

「景虎殿は変わった。出家すると言って家出したひ弱な景虎殿は消えた。信濃衆を援ける為、あるいは憲政公を援ける為の出兵は終わった。武田晴信を追討し、北条氏康を討つのは将軍の意志でもある。これからは景虎殿と武田晴信、北条氏康との戦いになる。もはや田舎の小大名同士が遠交近攻、合従連衡を繰り返して争う時代ではない。」

草間出羽守も感無量である。

「一所懸命は武士の習いだが、それも越後を頼ってこそできる。草間が高梨家の家来であるように、殿様（政頼）が景虎様の家来になるのも時の流れかも知れぬ。」

九月、関東管領を旗印にして景虎は越後勢を関東、上野国に向けた。関東管領を総大将とする景虎の越後勢に関東の軍勢が加わって十万を超える連合軍となり、これに京都から下向した関白・近衛前嗣が合流する。国境の山脈を越える景虎はもはや関東管領の助っ人ではない。主上の思いと将軍の意志を背負った英雄である。天皇の股肱である関白のいる軍勢に弓を引けば逆賊となり、関東管領を擁して進軍する軍勢に戦いを挑めば下剋上になる。破竹の勢いで関東を席捲する景虎の軍勢が、北条氏康を降せば関東の平定は完了する。

永禄四年二月、関東に居る景虎は留守将の直江実綱にも出陣を命じた。直江実綱の軍勢に政頼の末子・頼親が参陣し、これに飯山の泉衆のほとんどが従った。越後勢の総動員である。有力な武将の全てに関東出陣を命じた景虎に、春日山城を任せられる侍は政頼しか残っていない。

政頼は直江実綱に代わって春日山城に詰める事になったが、信越国境の守りはさらに粗くなった。小田原城に追い詰めた北条氏康が滅びる日も近い。

景虎の不在は武田晴信にとって勿怪の幸い、棚から牡丹餅である。武田晴信は信濃経略の拠点であり、越後侵攻の拠点になる長沼城と松代城を本格的な城郭に造り変えている。両城共に千曲川に面する平城で、防御に配慮した上に北信濃・川中島四郡を支配する心臓部である。武田晴信の支配が及ばないのは信越国境の山岳地帯だけになった。

しかも、景虎が関東出陣に全勢力を注ぎ込んだから防御はさらに薄くなる。城兵の多くが去った信越国境の城には見張り台程度の機能しか残らない。越後の背中に武田晴信が刃を突き付ける中を、景虎の軍勢は関東に出陣したのだ。

割ケ嶽《わりがたけ》城は北国街道沿い、野尻湖近くの山城である。信越国境の関川まで、北へ徒歩で二時間もかからない場所にあり、山道を東に辿れば飯山へも同程度の時間で行ける。いわば奥信濃最後の要衝の地である。その割ケ嶽城が四月、武田二十四将の一人、原虎胤《とらたね》の軍勢に囲まれ、落城した。大将の原虎胤までもが負傷する激戦だったが、落城に違いはない。時を同じくして飯山近くの小菅山元隆寺も焼き討ちにされた。越後が危うい。

政頼は越後の急を景虎に伝えたが、景虎の軍勢は相模国の小田原に在る。小田原城下を焼き尽くし、城内に籠った北条氏康を処分すれば関東に出陣した意味がある。景虎の目覚ましい戦果を知った将軍・足利義輝は自ら越後に下向して北条征伐を望んだ。御内書を携えた僧・一舟が景虎の陣を訪ねたが、武田晴信の動きは北条と連携している。

景虎が政頼の急報を手にした頃、武田晴信の軍勢は西上州に侵攻して松井田辺りを放火した。上州勢の多くが相模国に出陣した手薄が狙われた。駿河の今川氏真勢までもが北条氏康に援軍を差し向けている。景虎は武田、北条、今川の三者を敵にしているのだ。下手をすれば越後勢は退路を断たれ、帰国できなくなる。

十か月近い滞陣に関東勢は疲れていた。その上、陣中に疫病が発生した。勝手に帰国する者も出てくる。景虎を盟主とする関東衆は景虎の家来ではない。盟友である。居城に引き上げるのを景虎は止められない。

景虎は名を上杉政虎と変えて越後に帰国した。上杉憲政の養嗣子で関東管領であり、上杉家の惣領でもある。政頼の祖父・政盛と景虎の父・為景が起こした下剋上の戦いは終わった。上杉家は景虎を挿草（接ぎ木）として戦国時代を乗り切ったが、越後長尾家は断絶する。

関東から帰国して休息を取った越後勢は八月半ば、信越国境の山を越えて松代へ向かった。上杉政虎が去った西上州は武田晴信の侵攻にさらされている。信濃の地理に明るい村上義清、高梨政頼、井上昌満、須田満親、島津忠直の信濃大名衆は先陣である。呼び名こそ信濃大名衆だが、実態は上杉政虎の家来である。地方豪族の時代は終わり、今は景虎の支配で働く武装集団でしかない。

かつて清野清重が城主だった西条山鞍骨城に本陣をおけば、かつて信濃衆が支配していた川中島も善光寺平も一望である。清野の館は燃え落ち、跡形もない。眼下の海津城は夕暮れの中に城門を閉ざして静まり返っている。

着陣して程なく海津城攻めは始まった。大手口攻めは中条藤資を始めとする阿賀北衆、搦め手口攻めは高梨政頼や村上義清などの信濃大名衆である。平地に土盛りをして造成した本丸の周囲は、土を掘り上げた跡地には、千曲川の水が流れ込み広い水堀になっている。遠くから鉄砲を撃ち、矢を射ても互いの損害は知れている。つまり、嫌がらせにしかならない。

十日も立たずに武田晴信の軍勢が塩崎城に着陣した。上杉勢の本陣は西条山の尾根上にある。越後勢の本陣は雨宮の渡しから千曲川下流に向かって戌が瀬、一二が瀬、猫が瀬、広瀬と徒歩渡りできる浅瀬の全てを見通している。五日ばかり経った八月二十九日、武田晴信の軍勢は塩田城を出て川中島を横切り千曲川を渡って海津城に入った。それでも越後勢は動かない。

九月九日は重陽の節句で吉日。武田晴信も上杉政虎も同じ暦を使い、同じ天候の下にいる。考える事も同じだった。武田晴信の軍勢は川中島に出て越後勢を封鎖する。越後勢は西条山で飢える。深夜、越後勢は雨宮の渡しで千曲川を越え川中島に出た。雨宮の渡しは西条山の山影なので海津城の武田勢からは見えない。越後勢は広瀬の渡しを越える武田勢を待ち構えて討ち滅ぼす意図である。千曲川を封鎖する武田勢は相応の大軍になる。

川中島の濃い霧が晴れる頃、千曲川に沿って展開した武田勢は西条山に目を向けていた。その背後に越後勢が居る。武田勢は千曲川を前にして越後勢に背を向けている。越後勢は矢と鉄砲を放つと時を置かず武田勢に攻めかかった。武田晴信はさぞや驚いた事であろう。背後の敵に攻められる軍勢は弱い。

海津城の武田勢は上杉勢の一部が川中島に出るのは織り込み済みだから動かない。事態の深刻を悟ったのは武田晴信から援軍の要請を受けてからだった。日が暮れて合戦は終わり、翌日の一日中を費やして越後勢は横田城に引き上げた。残念な事に武田晴信は討ち漏らしたが、晴信の実弟・信繁と軍師の山本勘助は討ち取った。

越後勢は合戦の痛手を癒す間もなく関東に出陣した。下総国古河城にいる近衛前嗣が下総古河、武蔵松山、上野倉賀野など関東の危急を報せると共に上杉勢の出陣を求めている。

上杉政虎が関東を去り武田晴信と闘っている隙に、北条氏康が関東に侵攻したのだ。関東八か国の北条氏康、信濃と甲斐で二か国の武田晴信、合わせて十か国を擁する二人が越後一国の国主である政虎の敵なのだ。敵の中枢を攻めて城下の盟を結ぶか、あるいは敵の大将を討ち取るまで合戦は終わらない。

政頼は椎谷城で老いを養った。既に武田晴信は他界し、倅の武田勝頼は設楽ケ原で大敗した。

「爺様（政盛）と為景殿はこの城から関東管領を討ちに出たが、政虎殿は関東を支配しようとしている。天下の苦労は将軍と領国持ちの大大名が考えて背負い込めば良いのだ。高梨は苗代の水の底で空の青さを知れば良いのだ。」

政頼の法名は大虚高空である。

【著者紹介】

小田切　健自（おたぎり　けんじ）

北海道大学薬学部卒。

製薬会社・病院・研究所勤務・薬局経営を経て現在に至る。

高梨《たかなし》大乱《たいらん》　――上杉《うえすぎ》家《け》を狂《くる》わせた親子《おやこ》の物語《ものがたり》――

2023 年 4 月 18 日　第 1 刷発行

著　者 ― 小田切《おたぎり》　健自《けんじ》

発行者 ― 佐藤　聡

発行所 ― 株式会社 郁朋社《いくほうしや》

〒 101-0061　東京都千代田区神田三崎町 2-20-4

電　話　03（3234）8923（代表）

ＦＡＸ　03（3234）3948

振　替　00160-5-100328

印刷･製本 ― 日本ハイコム株式会社

落丁、乱丁本はお取り替え致します。

郁朋社ホームページアドレス　http://www.ikuhousha.com

この本に関するご意見・ご感想をメールでお寄せいただく際は、

comment@ikuhousha.com までお願い致します。

 ISBN978-4-87302-786-9 C0093